三岛 由纪夫

禁色

きん じき

禁色

（日）三岛由纪夫 著

陈德文 译

北京联合出版公司
Beijing United Publishing Co.,Ltd.

第一章　发端

康子已经习惯了，现在她来玩，碰到俊辅坐在庭院的藤椅上休息，甚至能若无其事地坐在他的膝盖上。这使俊辅很开心。

正好是夏天。整个上午，俊辅都谢绝客人来访。心情好的时候，这段时间就工作。要是没心思做事，就写信，或把藤椅搬到院子里树荫底下，躺着看书。要么就把读了一半的书覆盖在膝盖上，无所事事地消磨时光，或者摇铃叫女佣送茶来。假如因故夜间没有睡好觉，他就将毛毯从膝头盖到胸脯，眯瞪一会儿。岁数毕竟过了还历[1]又五个年头了，他已经没有什么可以称作有趣的事了。他也不特别奉行什么兴趣主义。对于俊辅来说，什么样的事情有趣，无论是对他本

1　60周岁。之后，天干地支重新组合。

人还是别人，客观上他都缺乏判断的标准。这种客观性认识的极端欠缺，以及与所有外界和内部的完全不正常的扭曲关系，所有这些都给他老年的作品不断带来新鲜感和活力，同时又要求在作品中做出牺牲。就是说，人物性格的冲突产生的戏剧性事件、谐谑的描写、性格塑造本身的追求，还有环境和人物之间的矛盾等，这些小说的真正要素都要做出牺牲。因此，有两三位极为吝啬的批评家犯起踌躇，他们考虑眼下该不该理直气壮地称他为文豪。

藤椅上的毛毯长长地铺展着，康子坐在俊辅毛毯包裹的大腿上。她很重。俊辅本打算说个笑话，挑逗挑逗她，可他还是沉默了。聒噪的蝉声加深了这种沉默。

俊辅的右膝时时感到剧烈的神经痛。发作之前，深处就有一种朦胧的隐痛。年老了膝盖骨变脆，岂能长久承受一个少女温热肉体的重量？然而，俊辅却忍受着渐渐加剧的疼痛，他的表情里浮现出一种狡黠的快感。

俊辅终于开口了：

"我的膝盖有点儿疼啊，康子。我要挪挪腿，你坐到那儿去吧。"

康子带着一副一本正经的眼神，迟疑地看了看俊辅，俊辅笑了。康子对他有些轻蔑。

老作家明白这种轻蔑的意思，他坐起来，从后头抱着康子的肩膀，用手托着女人的下巴颏儿，使她扬起头来，亲亲她的嘴唇。他例行公事般地草草应付完这一切之后，右膝感到剧烈的疼痛。他只好又躺下了。当他抬眼环视四周的时候，康子已经消失了踪影。

其后一周之间，都没有康子的消息。俊辅散步时到康子家看了。知道她和两三个同学一起到伊豆半岛南端附近的一个海滨温泉地旅行去了。俊辅随手记下那家旅馆的名字，一回到家就忙着做旅行的准备。俊辅手头有一部被反复催促的书稿，这正好可以当作他突然要做一次盛夏单独旅行的借口。

为了躲过暑热，他订了早晨出发的火车票，可他白色麻布西服的背部，还是被汗水浸湿了。他喝了一口水壶里的热茶，将干瘦得像竹片一般纤细的手插进衣袋，掏出全集内容的校样，无聊地翻看着。这是前来送行的某大出版社职员才交给他的。

这次的《桧俊辅全集》是他第三次出全集。第一次出全集，是他四十五岁时候编纂的。

"那个时候的我，"俊辅思考起来，"已经瞧不起世界上那些堆积如山的作品，那些作品只是反映安定、完善，在某种意义上被认为是具有先见之明的所谓圆熟的化身，而自己一味陶醉于一种愚行之中。愚行没有任何意义。愚行和我的作品无缘。愚行和我的精神、我的思想之间也无缘。我的作品绝对不是一种愚行。因此，我自己的愚行里有着不借助于思想辩护的矜持。为了使思想变得纯粹，我从自己所实行的愚行中，排除了足以形成思想的精神的作用。当然，肉欲不是唯一的动机。我的愚行同精神和肉体格格不入，只是具有一种模糊的抽象性，这种抽象性威胁我的借口只能说是非人性的。而且现在依然如此。六十六岁的现在还是这样……"

他苦笑着，一边紧紧盯着印在书稿封面上的自己的肖像照片。

这是一帧丑陋的老人的照片。当然，要想找出社会上被人们称为"精神美"的那种可疑的所谓美点来，也并不困难。宽阔的前额、清癯而瘦削的面颊、显现着贪欲的大嘴唇、固执的下巴，所有的构件，从精神上看起来，都十分明显地带有长期劳动留下的痕迹。但是，这与其说是精神所构筑的面孔，毋宁说是被精神蛀蚀的面孔。这面孔有着精神的某种过剩，有着精神的某种过度暴露。就像公开说到耻部时的面孔是丑陋的那样，俊辅的丑陋犹如失去隐藏耻部能力的精神衰落的裸体，有着一种忌讳直视的东西。

遭受现代知性享乐的毒害，人性的趣味被同在个性的趣味所置换，美的观念失去了普遍性。那些通过强盗般赤裸裸的暴行斩断伦理和美的媾和的英雄们，不论如何说俊辅的风貌怎么漂亮，那也只能是他们的一厢情愿。

不管怎么说，封面上这位老丑的风貌印得十分亮丽惹眼，但封底上十几位知名人士写的各类广告词，却同封面的照片形成了奇怪的对照。这些精神界的领袖人物，就像一群秃头鹦鹉，随时可以听命到任何场合去歌功颂德一番。他们异口同声赞扬俊辅的作品具有一种无可名状的不安的美。例如，某知名评论家，就是那位著名的桧氏文学研究家，他对这全部二十卷作品做了如下的概括：

"这众多的作品像骤雨一般浇灌着我们的灵魂。这是因真情而写就，因不虔诚而成书。桧氏坦白说：他自己如果没有不虔诚的才能，就会一边写作一边销毁，就不会有这些累累死尸曝露在众人面前。

"桧俊辅先生的作品，描写不测、不安、不吉——不幸、不伦、不轨——等所有负数的美。当以一个时代作为背景时，必定用其颓唐期；以一种恋爱作为素材时，其重点必置于失望和倦怠的姿态之上。总是以一种健康而旺盛的姿态被描写的，只能是像流行于热带城市的瘟疫一般的人们心里猖獗的孤独感。大凡人的强烈的憎恶、嫉妒、怨恨，以及热情的种种表象，似乎都与他无关。尽管如此，那热情的尸体所保有的一脉温馨，较之生活燃烧的时期，反而更能说明生命本质的价值。

"无感之中有着敏锐的感觉的战栗，不伦之中有着濒于危殆的伦理感，无感之中展现着豪迈的动摇。为了追溯这种反论的来龙去脉，其文体编织得何等巧妙！这种文体可以说是《新古今集》的风格，洛可可的风格。这是存在于语言真正意味中的'人工的'文体。既非思想的衣裳，也不是主题的假面，而是衣裳只是为了衣裳的文体。这其中具有同所谓裸体文体相对峙的因素，犹如帕特农神庙搏风上的女神像，又似帕奥涅斯[1]所作的奈基像身上缠绵优美的衣服的襞褶。流动的襞褶，飞翔的襞褶！这不仅仅是迎合肉体的运动而从属之的流线的集合，而是自体流动、自体飞翔的襞褶……"

读着读着，俊辅的嘴角浮现了焦灼的微笑。他自言自语道：

"完全不明白。简直文不对题。这难道不是一份凭空捏造、辞章华丽的追悼文吗？打了二十年交道，简直是傻瓜一个！"

他转向二等车车窗外广阔的风景。海出现了。渔船扬帆驶向海面。仿佛意识到被众多的目光注视着一般，尚未十分鼓胀的白帆，坠挂在桅杆上，显现着忧戚的媚态。这时候，桅杆下面，恭然闪现一道炫目的亮光。火车倏忽擦过一排排夏阳辉映的红松林，钻进山洞。

"哦，那一瞬的闪光，兴许就是镜子的反射。"俊辅想象

---

1 Paionios，古希腊雕塑家。活跃于公元前五世纪后半叶。相传在奥林匹亚发现的从蓝天飞舞而降的胜利女神奈基(Nike)像为其所作。

着，"渔船上说不定是位渔家女，她正在化妆吧？也许那手镜握在一个被太阳晒黑的勇敢的女子手里，像出卖她的秘密一样，时时对着过往列车上的乘客暗送秋波吧？"

这诗一般的联想，转移到渔家女的脸上。一看，那是康子的脸。这位老艺术家汗流津津的干瘦的身躯，不由得战栗起来。

……那女子不正是康子吗？

※

"大凡人的强烈的憎恶、嫉妒、怨恨，以及热情的种种表象，似乎都与他无关。"

胡说！胡说！胡说！

艺术家不得不伪装真情，和普通人不得不伪装真情，两者的目的可以说恰恰相反。艺术家为显示而伪装，普通人为隐蔽而伪装。

不屑于素朴而恬淡的告白，另一个结果是，桧俊辅受到了那些主张社会科学和艺术相一致的一帮人的诘难。但是，犹如轻歌舞剧[1]中的舞女撩开裙裾闪露一下大腿一样，在作品最后也要表明一下"明朗的未来"，从而确定思想的

1　Vaudeville，美国舞台上集歌舞、魔术、相声为一体的娱乐戏剧。

存在。他对于这种愚蠢而虚假的做法，理所当然地不加理会。这是因为，俊辅对于生活和艺术的看法，本来就存在一种招致"思想不孕症"的因素。

我们称之为思想的这种东西，不是事前产生的，而是事后产生的。这思想一般作为因偶然冲动而犯罪的人的辩护者身份出场。辩护人赋予其行为某种意义和理论，以必然替代偶然，以意志置换冲动。思想虽然不能给撞在电线杆上的盲人治伤，但至少有能力证明受伤的缘由不是因为盲目，而是因为电线杆子。每一个行为都跟着一个事后的理论，于是理论成为体系，而人——行为的主体却明显地变成了行为的可能性。他具有思想。他将纸屑扔到大街上。他是因思想而将纸屑扔到大街上的。这样一来，思想可以凭借自身的力量无限扩大范围，而思想持有者就成了思想牢笼里的囚犯。

俊辅将愚行和思想严格区分开来。其结果，他的愚行就成了无法救赎的罪恶。作品中不断遭到排斥的愚行的亡灵，每日每夜都在威胁他。三次失败的婚姻，在作品里没有丝毫表现。青年时代以来，俊辅的生活就是一连串的挫折、误算和失败。

和憎恶无关？胡说！和嫉妒无关？胡说！

同他作品里飘荡的玲珑的情念相反，俊辅的生活就是不断地憎恶，不断地嫉妒。三次婚姻的挫折，以后十多次的不像样子的恋爱结果……致使他对于女人产生了无尽的憎恨和恼怒。然而，这位老作家从来都不把这种憎恶写到作品里去。可见，这是多么谦虚、多么傲慢的行为啊！

他作品中出现的许多女子，在读者眼里，男的不用说，即便是女人也会感到出奇的清净。一位好事的比较文学研究家，曾经将这些女主人公和埃德加·爱伦·坡[1]笔下的超自然的女主人公加以比较。也就是和丽姬娅、贝蕾妮丝、莫蕾娜、阿弗洛狄忒侯爵夫人等相对照。结果，毋宁说她们具有大理石一般的肉体。她们那种易于倦怠的恋情，犹如午后的阳光照射雕像投下的模糊的影子。俊辅害怕赋予自己作品中的女主人公以感性。

某位好心的评论家指斥俊辅是一个永远的女权主义者。这种说法实在太天真了。

第一任妻子是小偷，在两年无聊的婚后生活中，她巧妙地盗卖了一套冬装、三双鞋子、两件夹衫的呢料和一架蔡司照相机。她离家时把宝石缝进衬领和腰带中带走了。俊辅家本是名门望族。

第二任妻子是疯子，睡眠时老觉得丈夫要杀自己。她受这种强迫症的折磨，睡不着觉，精神越发不安。一天，俊辅

1　Edgar Allan Poe (1809—1849)，美国诗人、作家，浪漫主义文学的先锋。主要作品有长篇小说《阿瑟·戈登·皮姆的故事》，短篇小说《丽姬娅》《贝蕾妮丝》《黑猫》《金甲虫》等。

打外面回来，闻到一股异味。妻子站在门口拦住丈夫，不让他进入室内。

"让我进去，怎么有一种怪味？"

"现在不行，我干了一件很有趣的事。"

"什么事？"

"你整天外出，想必有了情人。我把你的女人衣服剥下来，眼下正在焚烧呢。好开心哪！"

他推开她进去，看到波斯地毯上散落着一块块烧得通红的煤炭，正在冒烟。妻子再次走到火炉旁，以一种十分沉静的态度，一手挽着袖口，用小铲子将燃着的煤炭铲到地毯上。俊辅慌忙制止她，妻子激烈地反抗，犹如一只被捕捉的猛禽，用尽力气拼死抵抗。她全身的肌肉都凝结到一起了。

第三任妻子倒是始终跟着他。这个淫荡的女子，使俊辅遍尝了作为一个丈夫的各种苦恼。他清清楚楚记得痛苦产生的最初的那个早晨。

办完那件事儿，俊辅当然还要继续工作，所以晚上九点暂时同妻子睡一会儿，然后将妻子留在卧室，自己到楼上的书房，一直工作到早晨三四点钟。这回就在书房的小床上躺一躺。他严格执行这个工作日程，从头一天晚上到翌日早晨十点光景，俊辅和妻子都不碰面。

这是一个夏天的深夜，他为一种非同寻常的情意所动，想惊吓一下妻子的安睡，然而，对于工作的坚韧的毅力，制止了这种恶作剧的打算。那个早上，他为了惩罚自己，坚持工作到接近五点。他没有了睡意，心想，妻子肯定还在睡觉。于是他蹑手蹑脚下了楼，打开卧室的门一看，妻子不见了。

这一刹那的时间，俊辅自然感到发生了某种事。这多半是他反省的结果：他自己之所以执拗地坚守那个日程，不过是预想到要出事，因而感到害怕的缘故。

然而这种担心立即得到纠正。妻子也许像平时一样，内衣外面披着黑天鹅绒斗篷，去厕所了。他等着。妻子还是没有回来。

坐立不安的俊辅，顺着走廊走向楼下的厕所。这时，透过厨房的窗户，他发现妻子披着黑斗篷，胳膊肘儿支撑在饭桌上。天色未明。那朦胧的黑影看不清是坐在椅子上，还是跪在地面上。俊辅躲在走廊厚厚的丝绸幔子后头，窥探着。

这时候，距离厨房门十来米远的后门口，吱呀响了一声。紧接着传来低低的口哨声。此刻正是来送牛奶的时分。

各处院子里孤独的狗叫起来了。送奶员穿着运动鞋。后门到厨房的石板地面，被昨晚的雨打湿了。他们因劳动而发热的身体，蓝色的短袖衫里露出的膀子，蹭着湿漉漉的八角金盘的叶子，脚底感受着路石的寒冷，急匆匆到来了吧？他们那清亮的口哨声，来自一张张年轻的嘴唇沐浴着的清晨爽洁的空气的吧。

妻子站起身，敞开厨房的门。早晨的微暗之中站立着一个暗淡的人影，可以朦胧地看到笑着的雪白的牙齿以及蓝色的短袖衫。晨风吹进来，轻轻摇动着帷幔下边沉重的穗子。

"辛苦啦。"

妻子说着，她接过两瓶牛奶，响起了瓶子和瓶子的摩擦声，还有奶瓶碰着白金戒指发出的微音。

"夫人，犒劳我一下吧。"

那青年用一副死乞白赖的语调，甜甜地说。

"今天不行。"妻子说。

"今天不行，那就明天白天，可以吗？"

"明天也不行。"

"哎呀，十天就这么一回，想必又有相好的了吧？"

"不要大声嚷嚷!"

"后天呢?"

"后天嘛，"——妻子吐出"后天"这个词儿，就像将一只心爱的瓷器小心翼翼放在棚架上一样，十分难得地说，"后天下午倒是可以，丈夫要去参加一个座谈会呢。"

"五点来行吗?"

"五点可以。"

妻子打开一度关上的门，那青年没有回去，他漫不经心地用指头敲了两三下柱子。

"现在不行吗？"

"啰唆什么呀，丈夫在楼上呢。我讨厌不识相的人。"

"那么就亲一下嘴儿。"

"在这种地方哪行呢。要是给看到了，一切都完啦。"

"光是亲亲嘴儿嘛。"

"讨厌鬼！那就亲一下吧。"

青年反手关上门，站在厨房门口。妻子穿着室内的兔毛拖鞋，来到门口。

两人站住了，像玫瑰花和支撑棒相拥在一起。妻子披着黑天鹅绒斗篷的腰肢部位，时时像波浪似的起伏摆动。男人的手解开了斗篷。妻子摇头拒绝，两个人无言地争执着。先前是妻子背向着这边，这回是青年背向着这边。妻子敞开的斗篷面对着这边，斗篷里什么也没有穿。青年跪在狭窄的厨房门口。

妻子伫立于黎明前的微暗之中，俊辅平生第一次看到了妻子洁白的裸体。那白皙的躯体，与其说伫立不动，毋宁说是漂浮不定。她用盲人般的动作摸索着跪在地上的青年的头发。

这时，妻子的目光忽明忽暗，一会儿睁开来，一会儿又眯缝着，她看到了些什么呢？是棚架上摆着的搪瓷锅？是冰箱？是碗橱？还是窗外晨光熹微中的树景？再不然就是挂在柱子上的日历？一天活动即将到来之前，这间厨房沉睡般带有几分亲切的静寂，在妻子眼里肯定不含有任何意义。这双眼睛也许注意到了什么，她明明看到了帷幔后的一些东西，而且仿佛已经注意到了，但她对俊辅窥视的眼睛看都不看一下。

"那是一双经过训练、绝不肯向丈夫这边瞧一瞧的眼睛。"

俊辅想着想着，不由战栗起来。于是，他打消了本来要一头冲过去的想法，除了沉默，他再也不知道别的复仇的办法。

不久，那青年推开门出去了，院子里渐渐明亮起来。俊辅悄声上了二楼。

这位颇有绅士派头的作家，找到了唯一的排遣个人生活郁愤的办法，就是每天用法语写几页日记。（他虽然没有去过外国，但法语很熟练。于斯曼[1]的《大教堂》《在那儿》和《上路》三部曲，罗登巴克[2]的《亡妻》等，借助他的手，开始走进漂亮的日本语中。）这日记如果在他死后能够公开，说不定会同他的作品本身争个高低。凡是作品里缺少的内容，都活跃于每页日记之中。要是把这些原原本本转移到

1　Joris-karl Huysmans（1843—1907），法国作家。前期属自然主义，后期倾向现代派、黑色幽默。主要作品有《巴黎速写》《逆流》和《献身修道院的俗人》等。

2　Georges Rodenbach（1855—1898），比利时作家、记者、诗人。代表作有《家庭与田野》《虚度的青春》和《敲钟人》等。

作品里，那是和俊辅憎恶生活真实的态度相违背的。他确信，不论天赋的哪一部分才能，或者自我流露出来的才能，一概都是虚假的。尽管如此，他的作品缺乏客观性的原因，在于他顽固而主观地恪守着目前这样一种创作态度。在憎恶生活真实之余，与此相对应的是他的作品——那种可以说由活生生的裸体所铸造的雕像般的作品。

俊辅一回到书房，就埋头记日记，含着痛苦埋头记下天色微明之中男女幽会的情景。他的字迹十分潦草，也许尽量想使自己也不愿再读到这些。同堆满书橱的往昔十几年的日记一样，今年的日记也是每页都充满了对女人的诅咒。这类诅咒之所以不怎么高明，主要因为诅咒者是男人，而不是女人。

这种大部分是断片和箴言的手记，较之日记更加容易从中引用这样一些片段章节。下面是他青年时代一天的日记：

> 女人只会生孩子，其他什么也不会。男人除了生孩子之外，什么都会。创造、生殖和繁衍，全靠男子的能力。女人怀胎，只是生育的一部分。这是亘古不变的真理。（俊辅不要孩子，一半出于这种主义。）
>
> 女人的嫉妒是对创造能力的嫉妒。女人生下男

孩并加以养育，由此而品味对于男性创造能力的甘美的复仇般的喜悦。女人于妨碍创造之中尝到了生命的价值。豪奢和消费的欲望，就是破坏的欲望。女性的本能在一切方面占上风。初期资本主义是基于男性的原理、生产的原理。接着，女性的原理侵蚀了资本主义，资本主义蜕变为奢侈消费的原理。不久，由于这位海伦的缘故，战争开始了[1]。遥远的将来，共产主义也要被女性所灭亡吧。

女人生存于一切方面，夜一般君临各处。其习性之低劣，达到崇高的程度。女人将一切价值拖入了感性的泥沼。女人全然不了解主义为何物。她们只知道"某某主义的"，而不知道"某某主义"是什么东西。不光是主义。因为没有独创性，所以也不理解环境气氛。她们关心的仅仅是香气。她们像猪一般嗅着。香水是男人发明的，是出于对女人施行嗅觉教育的认识。由此，男人才免于被女人嗅到。

女人所具有的性的魅力、媚态的本能，以及一切性吸引的才能，是女人无用的证据。有用的东西不需要媚态。男人为女人所吸引，这是多大的损失

1　海伦(Helena)，希腊神话中的爱神。特洛伊王子帕里斯迷恋其美色，欲强夺她，因而发生了特洛伊战争。

啊！这是加给男人多大的精神性的侮辱啊！女人没有精神的东西，只有感性。所谓崇高的感性，是一种可笑的矛盾，相当于成功的绦虫。母性时时展现的惊人的崇高，实乃同精神没有任何系累，只不过是单纯的生物学现象，与所见之于动物母性的富于牺牲的爱情，没有任何质的差异。应该看作精神的特征的，只能是那些将人类和其他哺乳动物区分开来的质的差异。

质的差异！……由此推测，也许应当称作人类固有的虚构的能力。这种特征……俊辅夹在日记中的二十五岁时的肖像照片，其面部所含有的，也就是这种特征。虽丑也是年轻时俊辅容貌之丑，不论如何，这是人工的丑陋。这是日日努力相信自己丑陋的人的丑陋。

当年的部分日记缺少着意用法语记述的价值，随处可见一些荒唐无稽的乱涂乱画。一幅简单的女阴画，上面打着两三个好大的"×"。他诅咒女阴。

俊辅并非因为没有女子愿意嫁给他才不得已娶了小偷、疯子做老婆。世间总有"精神的"女人们寄意于这位有为的青年。然而，这些所谓"精神的女性"，是女妖而不是女人。背叛俊辅爱情的女人，只限于这样一些女子：她们对于他的唯一的长处亦即唯一的美——"精神性"——根本不愿加以理解。而且，只有她们，才是真正的女人，货真价实的女人。俊辅曾爱过美女，他只爱那些满足于自己之美、不赞成需要精神性补充的麦瑟琳娜[1]。

俊辅心里浮现了三年前死去的第三任妻子美丽的面容。五十岁的妻子和不到自己年龄一半的年轻的情人一起殉情死了。她殉死的原因俊辅很清楚，她害怕同俊辅一道度过丑陋的老年生活。

他们的遗体摊在犬吠岬上，怒涛把两人的尸体冲上了高高的悬崖。搬运工作极其困难。渔夫们腰里系着绳子，从波浪轰响、白雾翻卷的海岩上，一一传递下来。

将两具尸体分离开来，也不那么容易。两副肉体融解为一体，两人的皮肤如湿纸一般紧紧贴合成共同的皮肤。强行分离开的妻子的遗骸，按照俊辅的希望，在付诸火葬前运到了东京，举行了盛大的葬礼。仪式结束后，出棺时刻迫近了，灵柩停放在只许俊辅一人进入的房子里，年老的丈夫对着灵柩告别。膨胀得令人生畏的尸体，被深深掩盖在百合和石竹花丛里，面部半边透明的发际，明显地排列着青黑的发根。俊辅毫不畏惧地仔细瞧着这张极度丑恶的脸。于是，他感觉到了这张脸的恶意。今天，她已经不会再让丈夫感到痛苦，因为这张脸已不需要漂亮，而变得丑陋起来了。

1　Valeria Messalina（约 20—48），罗马皇后，因与人私通被处死。

他把珍藏的河内若女能面[1]盖在死者的脸上。他的动作像是用力扣上去的，所以死者的脸犹如熟透胀裂的水果，被面具压碎了——俊辅的这个行动谁也没注意，不到一小时，就被烈火包围，烧得无影无踪了。

俊辅是在悲愤和憎恶等各种回忆之中度过这次丧期的。带给他最初痛苦的是那年夏季的一个早晨，他一想起那黎明前的微暗，脑子里就泛起新鲜的痛苦。那时候，他想，妻子还会在家里继续生活下去，那些十恶不赦的情敌，他们可鄙的青春，他们可憎的美貌……俊辅嫉妒之余，抢起拐杖对一个青年一阵猛打，随后妻子就要和他谈判离婚。他向妻子道歉，又给那位青年定做了一套西装。那青年后来战死在华北的时候，俊辅欣喜若狂，记下永远使他高兴的日记。从此，他着魔般地独自到街上去。大街上挤满出征的军人和送别的家属，热闹非凡。一个俊美的未婚妻为她的士兵丈夫送行，大伙儿围住他，俊辅也挤进人群，喜滋滋地挥动纸做的国旗。正巧在这当儿，被摄影记者发现拍了下来，报纸上刊登了俊辅挥舞旗子的大照片。谁会知道？这位莫名其妙的作家挥动旗子，正是为走向战场的这个小伙子祝福，祝福他奔向那个可恶的青年活该被杀的土地，祝福眼下这

---

1 日本古典戏剧能乐中旦角戴的假面具，以室町桃山时代名工井关河内(Izeki Kawachi)所制作的最为有名。

个前去送死的士兵。

※

从 I 车站到康子所在的海岸，在公共汽车一个半小时的行程里，桧俊辅胡乱地回忆着这些痛苦的往事。

"后来，战争结束了。"他想着，"战后第二年初秋，妻子殉情了。各大报出于礼节，都说是心脏病，只有极少数朋友知道这个秘密。

"丧期过后，我很快恋上某一位原伯爵的夫人。生来谈了十多次恋爱，看来这次很有希望成功。没想到她丈夫突然出现，敲竹杠被敲去三万日元。原伯爵的副业就是专设美人计。"

汽车颠簸得很厉害，他勉强笑了。美人计故事颇为滑稽。而且，这段可笑的记忆，使他猛然陷入不安之中。

"我真的不像年轻时那样强烈憎恨女人了吗？"

他想起了康子。自从今年五月在箱根与她结识以来，这个十九岁的女客，有事无事都要来看看俊辅。这使得老作家枯寂的心里激起了波澜。

五月中旬，俊辅在中强罗旅馆写作时，同住这家旅馆的一位少女，在女侍陪伴下来请他签名留念。此后，俊辅和这位带着他的著作的女孩子，在旅馆院子的一角经常碰面。

一个美好的傍晚，俊辅出来散步，登上石阶，见到了康子。

"是你？"

"唉，我姓濑川，请多关照。"

康子穿着淡红色的童式服装，手脚修长，使人感到有些长得过分了。两腿的肌肉像河鱼一般绷得紧紧的，略显赭黄的白嫩的皮肤。这些都是从短裙下面窥视到的。俊辅猜测她大约十七八岁光景。从眉梢不时流露出的颇有几分老成的表情看来，似乎又像二十岁或二十一岁的样子。她脚穿木屐，清楚地裸露着洁净的足踵。脚后跟显得又小巧，又坚实，犹如鸟爪一般。

"房间在哪里？"

"在最后头。"

"怪不得很难见到。一个人吗？"

"嗯，今天是一个人。"

她原来得了轻度肋膜炎，病后到这里疗养来了。令俊辅高兴的是，康子这位少女的水平只能把小说当作"故事书"阅读。那个照顾她的老保姆，因有事要回东京一两天。

他把她带到房间里，本来应该给她签上名将书还给她的，可俊辅叫她明日再来拿，于是，两人就坐在庭院前一张粗劣的凳子上，山南海北闲聊起来了。一个沉默寡言的老人和一个彬彬有礼的少女，共同的话题毕竟不多。俊辅问她家里几个人，病好了没有，少女大都报以无言的微笑。

谈着谈着，薄暮过早地包围了庭院。对面的明星岳和右边楢山柔和的山容，随着渐渐变暗，在观者的心里有一种咄咄逼人的力量。这一带山谷，浮沉着小田园的海面。暗淡的天空和狭窄的海景之间的分界线飘忽不定，严守规则、明灭有序的灯塔点缀其间，看起来犹如夜晚的星辰。侍女来招呼吃晚饭，两人这才离开。

第二天早晨，康子和老保姆带着从东京寄来的点心到俊辅屋里来，拿走已经签好名的两本书。老保姆只顾一个人说话，俊辅和康子只是保持着愉快的沉默。俊辅等康子回去后，突然心血来潮，做了长时间的散步。他气喘吁吁急匆匆地快速登上山坡，随意遛达，他也不感到累。他想："我也能这般闲逛了。"不一会儿，他走到草地的树荫里，一骨碌躺倒在地上，旁边的草丛里不时有大野鸡飞腾而起。俊辅十分惊愕，他的心中跃动着一种因疲劳过度而产生的既快活又兴奋的情绪。

很久没有这样兴奋过了，已经好多年了！俊辅想。

"这般心情"的形成，多半是自己制造出来的，所以才会有特意做出的如此不自然的散步。俊辅忘却了这种散步的辛苦。其实，就连这种忘却也许会成为一个老人有意而为之的罪孽。

※

通往康子那座城镇的公路，数度靠近海面。从悬崖上可以俯瞰夏季海上的火光。那不太明亮的火焰在水面上燃烧，大海泛着沉静的痛苦，那是一种被雕镂的贵金属般的痛苦。

离正午还有些时候，空荡荡的汽车里坐着两三个本地人，他们打开竹箬儿分菜，吃饭团。俊辅似乎一点儿也不感到饿。他一面想心事一面吃饭，结果，总是把刚刚吃过饭的事给忘了。他有时为无名的腹胀而惊讶。他的内脏和精神一样，早已远离他的日常生活了。

这里叫作 K 公园前站，距 K 镇政府终点站还有两站路程。没有人在这里下车。这座大公园从山麓到海滨，面积约有十公顷，公路纵贯其间，宛若将公园分成以山为中心和以海为中心的两个部分。俊辅发现风声喧闹的树丛深处，有一片阒无人声的休闲游园地。他看到对面断断续续拖曳一条蓝线的海景，看到灼热的沙地上静静印着影子的几座秋千架。这座午前静谧的大公园，不知为何，使得俊辅十分着迷。

汽车抵达这座混杂的小镇的一角。镇政府里没有什么人，他从敞开的窗户看到空无一物的圆桌，闪着青漆的白光。旅馆几个侍者走来迎接，打招呼。俊辅把行李交接了，跟着他们慢悠悠登上神社旁的石阶。风从海上吹来，几乎感觉不到热。蝉声犹如一条发热的毛毯，劈头盖脸罩过来，使人心情郁闷。阶梯登了一半，俊辅摘下帽子小憩。脚下小海港里，停歇着绿色的小火轮。想起什么似的高鸣着汽笛，突然又消失了。于是，使得这座有着过于单纯曲线的沉静的海湾，立即充满抹不掉的忧愁，就像赶也赶不走的一群苍蝇，不断发出嗡嗡嘤嘤的声音。

"好景色呀。"

俊辅随口说着，他想转换一下心情。其实景色并不好。

"从旅馆里看还要好呢，先生。"

"是吗？"

这位老作家使人感到厚重的原因，在于他的怠惰影响着他的揶揄和讽刺的热情。要使他有一种轻松的态度看来很困难。

俊辅入住于旅馆顶层的一个房间，他向女侍提出了问题，而这个问题在路上几次想问都未能启齿（他担心会不会失态）。

"有个姓濑川的小姐来了吗？"

"唉，来了。"

老作家心情一下子乱了，他慢腾腾地接着问：

"是和朋友一起来的吗？"

"是的，四五天前就住进了菊之间。"

"如今在房间里吗？我是她父亲的朋友。"

"刚才到 K 公园去了。"

"和朋友一块儿吗?"

"是的,是和朋友一块儿去的。"

女侍没有说"和大家一起",那么,朋友的人数,是男朋友还是女朋友等,由于俊辅不知道如何恬淡地问清楚,心中泛起了疑惑。这位朋友莫非是个男的?人数是一个吗?这种当然的疑惑,为什么过去未曾有过?愚行也要保持一定秩序,在未达到最后阶段时,应该彻底抑制巧妙而必要的考察,一面继续实行下去,是这样的吗?

旅馆的殷勤接待不像是劝请,似乎近于强迫命令,一会儿叫入浴,一会儿叫吃中饭,这段时间,老作家一直不能静下心来。好容易单独待着的俊辅,兴奋得坐立不安。苦恼终于驱使他付诸行动。这件事说得好听些谈不上是一个绅士的作为。他偷偷地潜入了菊之间。房间整理过了。俊辅打开里间的衣橱,看到了白色的男裤和白府绸衬衫。这些衣服和康子欧式的贴花白麻连衣裙并排挂在一起。他的目光转向梳妆台,发胶和发油摆在香粉、口红和护肤霜旁边。俊辅离开屋子,回到自己房间,摇铃唤来女侍,叫她雇一辆汽车。他换西装时,车子来了。于是乘车到K公园去。

俊辅请司机稍等一等,走进依然闲静的公园的大门。这是用天然石新砌的圆拱门。这一带望不到海。一棵棵树木梢头覆盖着层层浓密的绿叶,经风一吹,发出阵阵响声,犹如远方喧骚的潮音。

老作家要去他们每天游泳的沙滩。他向游乐园走去，来到小动物园的一个角落。园中的野狸蜷着身子睡觉，背上鲜明印着栏杆的影子。放养动物的栅栏里，两棵翁郁的枫树，紧紧依偎在一起，一只黑兔蹲在两根树干的交接之处乘凉。沿着草木森森的石阶下去，穿过丛丛树林，可以看到宽阔的海面。风摇动着一望无垠的树梢，不久又吹到俊辅的额头上，仿佛看不见的小动物，从一个树梢迅速跳到另一个树梢。有时，一阵大风过后，又如无形的巨兽欢腾咆哮。头顶上，毫不退缩的日光朗朗照耀，肆无忌惮的蝉声如潮水奔涌。

通往沙滩要走哪条路好呢？

遥远的下方出现一片松林，深草丛里有一条石阶，看来是迂回通向那里的。俊辅沐浴着树荫下的太阳，忍着野草刺眼的反光，感到全身汗淋淋的。石阶弯弯，他来到悬崖下边走廊一般的沙滩一头。

然而，这里也没有一个人影。老作家累了，在一块石头上坐了下来。

引导他来这里的是愤怒。盛大的名声、宗教般的尊崇、繁忙的杂务、驳杂的交游……他被这些有毒的要素包围着过日子，他的生活一概不需要逃避。最佳的逃避方法是尽量接触对方。桧俊辅惊人的交友范围里，犹如明星登台表演，不顾远近视点，全然凭精湛的技术使数千名观众感到他就在自己身旁。一切赞叹和嘲骂，都无损于这位名优。因为他不作任何吹嘘……眼下，他为预测自己将受到伤害而战栗，唯有在他渴望被伤害的时候，俊辅才需要一流的逃避。就是说，他需要将那伤痕清晰地烙印在自己的身子上。

但是如今，这身边显得有些异样的晃荡不定的广阔的海水，看来能够治愈俊辅。这大海每每从岩石间狡黠地迅疾涌来，浸泡着他，流入他的身体，倏忽将他的内脏染成蓝色……又从他的体内退出来。

这时，蓝色的海水正中，出现一道水波，雪白的浪头扬起细碎的飞沫。这道水波径直涌向这边海岸，到达浅滩时，游泳的人蓦然站立于波浪之中。刹那之间，他的身体又被飞沫抹消，又旋即安然地站在水里。那人用强健的腿脚踢着海水走来。

这是一位令人惊愕的漂亮的青年。比起古希腊时期的雕像，更像伯罗奔尼撒[1]派青铜雕像作家所制作的阿波罗。那温婉而柔美的肉体，高贵的脖颈，舒缓的双肩，宽阔的胸脯，优雅圆活的手臂，俄而变得颀长、洁净而结实的胴体，还有那宝剑一般雄健而劲拔的双腿。这青年站在波浪涌动的水边，为了查看撞在岩石角上的左肘，稍稍曲着身子，右手和脸都朝向左臂这一边。于是，逃离开他脚边的水波猝然

---

1 希腊南部的半岛，奥林匹亚城所在地。

发亮，映出他那喜形于色的面容。俊敏的细眉，深含忧郁的眼睛，略显厚重、稍带几分羞赧的嘴唇，这些共同精心打造了那副稀有的容颜。还有那悬直的鼻梁，同那绷紧的面颊，使得这位青年的脸膛带着几分高贵，以及除了饥饿其他一无所知的纯洁的野性的印象。还有，那黯然而毫无感触的眼神，洁白而强劲的牙齿，漫然摇摆的忧郁的双腕，跃动的身段等，相辅相成，更加显现了这个年轻俊美的狼的习性。是的，这副面相正是狼具有的美貌！

然而，他的肩膀优美圆润，他的胸脯袒露无垢，他的嘴唇鲜红艳丽……这些部分，都含蕴着一种不可思议的难以形容的甘美情调。沃尔特·佩特[1]论及十三世纪出现的美丽的故事《埃米斯和阿米莱》所说的"文艺复兴时代早期的甘美"，以一种后世难以想象的强大和神秘的气势，预示着未来强劲的发展。那种所谓"早期的甘美"，似乎在这位青年肉体微妙的曲线内散射着芳香。

……桧俊辅一概憎恶世界上俊美的青年，但是美强使他沉默。首先，他有将美和幸福忽而结合在一起考虑的恶癖，因而，使他的憎恶保持沉默的，抑或不是这位青年无所挑剔的美，而是这位青年可能具有的完美无缺的幸福。

1　Walter Horatio Pater（1839—1894），英国诗人和批评家，著有《文艺复兴史研究》等。

青年向俊辅这边瞥了一眼，带着一副毫不介意的神情躲进岩石后面。不久出来了，已经换上了白衬衫和素朴的蓝哔叽裤子。他吹着口哨登上俊辅刚才经过的石阶。俊辅也跟着他上了那段石阶。青年回头又看了看这位老作家。也许夏天的阳光正面照射下来使睫毛留下了阴影，那双眸子显得十分黯淡。俊辅大为惊讶，想起刚才那个裸体的亮丽的青年，至少在他眼里，早已消失了幸福的影子。

青年拐进一条小路，小路转眼间隐藏了尽头。这位疲惫的老作家走到小路入口，他再也没有力气走进去追寻那青年的踪影了。然而，从小路里面的草地上，传来了那位青年快活的声音。

"还在睡呀，真没办法。你睡着的时候，我到海里游了一大圈儿。快起来吧，该回去了。"

俊辅就在眼前，意外地发现一位少女从树荫下站起来，高举着纤纤素手伸了个懒腰。她身穿一件蓝色的孩童式的西装，背后散开两三个纽扣，他看到那青年正在帮她扣好。少女随意躺在草地上睡午觉，裙裾上沾满了花粉和灰土，她回过头来伸手掸了掸身后，俊辅发现她就是康子。

俊辅泄气地坐在石阶上，他掏出香烟吸起来。赞美、嫉妒、失败等情绪异样地搅混在一起，那种滋味对于一个惯于吃醋的老手来说，已经不稀奇了。可是在这个时候，比起康子，俊辅的一颗心始终黏着在那位举世罕见的漂亮青年身上。

完美的青年，完全的外表美的具体显现，一直是这位貌丑作家的青年时代的梦之所系。这个梦不仅在人前被掩盖，还遭到他本人的叱骂。精神的青春，精神性的青年时代，这个概念是使青年逐渐丧失"青年味儿"的毒素。俊辅的青年时代是在想成为一个真正的青年这一强烈愿望下度过的。这是多么愚痴啊。因为青年时代，人们虽然为种种愿望和绝望所苦恼，但他并不认为这种痛苦只是青年特有的苦恼。可是，俊辅的青年时代始终在考虑这个问题。他不允许自己的观念、思想以及所有"文学上的青春"之中，保持任何一种持久的、普遍的、一般的、不快而暧昧的所谓浪漫主义的永恒性。另一方面，他的愚行又是他毫无意义的一时的试验。这时候，他心中的唯一希冀是能获得一种幸福，这种幸福能给他力量，使他将自己的痛苦看成是完美无缺的正当的痛苦。同时，也能把自己的喜悦当作真正的喜悦。这就是人生必备的能力。

"这回，就这一回我也可以安心地败退了。"俊辅想，"这位青年如此完美无缺，他是美的主宰，人生的宠儿。他绝不受艺术等毒素的感染，是个天生爱女人并为女人所爱的男子。这样一来，可以安然撒手了。还是我主动退让吧。自己和美奋战了一辈子，最后能同美实现和解，握手言欢，倒也未尝不可。说不定上天就是为了这个，才将他们二人送到我的面前的吧。"

这对恋人顺着不能并肩而行的小路一前一后相互依偎着走过来了。首先注意到俊辅的是康子。老作家和康子对望了一下。他的眼里含着痛苦，可口角边带着笑意。康子面色苍白，眼睛俯视着。她低着头问道：

"是来写作的吗？"

"是的，从今天开始。"

青年怪讶地瞧着俊辅。康子介绍说：

"这是我朋友，阿悠。"

"我姓南，叫悠一。"

听到俊辅的名字，那青年并不感到惊奇。

"这之前，从康子那里总该听说过我吧。"俊辅想，"所以，一向不感到惊讶吧。我的全集出版了三次都没瞧上一眼，不知道我的名字，这反倒使我更高兴……"

三个人一边沿着静谧的公园里的石阶攀登，一边就这座观光地极其荒寒的景象，漫无目的地谈着话。俊辅十分宽容，他虽说不能装出一副毫不在乎的老好人的豁达的形象，但显得非常高兴。俊辅雇了一辆汽车，三人一起乘车回旅馆。

晚饭大家在一起吃，这是悠一的提议。饭后各自回房间。不一会儿，悠一身穿长长的浴衣独自来到俊辅房间。

"可以进来吗？在写作吗？"

他在门外问道。

"请进。"

"阿康洗澡洗了好长时间,实在太闷了。"

他说着。他那黯淡的眼睛里,忧郁的神情比午前还浓。俊辅凭借作家的直觉,他觉得悠一有话给他说。

聊了一会儿闲话,青年露出焦急的样子,似乎想早一些倾吐出来。过一会儿,他说道:

"要在这里住一阵子吗?"

"有这个打算。"

"我可能乘坐今晚十点的轮船或明天早上的汽车回去。无论如何,我今天晚上要离开这地方。"

俊辅大吃一惊,问道:

"康子小姐怎么办?"

"我就是来商量这个的。您能照看一下阿康吗?我真希望先生能和阿康结婚。"

"你完全想错了。"

"不,我今天晚上实在无法住下去了。"

"为什么?"

青年率真地带着冷冷的语气说道:

"我想先生是能理解我的,我不爱女人。懂吗?纵然我的身体可以爱女人,但我的感情只不过是精神上的。我生下来从未想过女人。面对女人,我没有任何欲望。可我还在欺骗自己，欺骗一个一无所知的女孩子。"

俊辅的眼睛闪动着复杂的神色。凭他的天性，他对这个问题没有感性上的共鸣。俊辅的天性，其倾向大体是正常的，因而他问道：

"那么你爱什么呢？"

"我吗？"——青年的面颊羞得通红，"我只爱男孩子。"

"你把这个问题……"俊辅说，"向康子说明了没有？"

"没有。"

"不能说明，不管有什么事，这个问题绝对不能说明。有些事可以让女人知道，有些事不能让女人知道。我对这个问题缺乏知识，但我属于主张不告诉女人更有利的那部分人。有个像康子这样喜欢你的少女，早晚是要结婚的，所以还是结婚为好。权且把结婚看成生活中的寻常小事吧。正因为是一桩小事，那就放心地高呼万岁好啦。"

俊辅一下子恶魔般地变得兴高采烈起来。毕竟是一位出过三次全集的艺术家，接着他用一副惮于时世的口气，盯住青年的脸孔悄悄问道：

"这么说，你们三个晚上什么事情也没发生吗？"

"嗯。"

"这很好。女人这东西，就是要这样教育教育她。"——俊辅大声朗笑起来，朋友中从未有人看见他这样大笑过，"根据我长期的经验，女人绝不可使她快乐。快乐是男人悲剧性的发明，这样做很好。"

俊辅的眼睛里浮现一种恍惚的慈爱的神色。

"你们一定可以照我想象的那样，过上理想的夫妻生活。"他又加了一句，但没有说"幸福的"这个词儿。然而，这种结婚可以给女人带来最彻底的不幸，这对俊辅来说，每想到这一点，他就觉得太好了。这样，他就能借助悠一的力量，将一百个清纯的女子送到尼姑庵里。于是，这位老作家有生以来第一次发现来自自身本质的热情。

第二章 镜中的契约

"我做不到。"悠一绝望地说，那圆圆的眼睛里闪着泪光。要是听从这样的忠告，谁还敢觍着面皮向俊辅这种素昧平生之人倾诉衷肠呢？俊辅一番结婚的规劝对他来说是很残酷的事。

倾诉之后虽说感到后悔，但至今一心想一吐为快的狂热的冲动就不用说了。三个夜晚什么事也没发生的痛苦，使得悠一大肆爆发。康子决不挑动他，一旦受到挑动，他会对她说明白的，可是在焦躁不安的黑暗之中，在风时时拂动的鹅黄色的蚊帐里头，一位少女眼睛直盯着天棚，屏着呼吸躺在自己的身边。看到她的睡姿，悠一苦恼极了，他从未尝过这种撕心裂肺般的痛苦。可怖的疲劳使得他们两个陷入困倦，他们担心，假若继续这般痛苦地醒着，那么只要活着就再也不能入睡了。

敞开的窗户，布满星星的天空，轮船微弱的汽笛声……
康子和悠一，久久地睁着眼，连身子也不翻一下。不说话，
不动弹。他们觉得，只要交谈一下，哪怕动一动身子，就会
招来不测的事态。两个人都保持同一行为、同一状态，总之
都是在勉强等待着一种东西。不过，康子是带着一种千百
倍强烈的羞耻心在等待，而悠一却感到耻辱，他希冀着死。
对于悠一来说，这个横卧身旁、汗津津、瞪着黝黑的眼眸、
双手搭在胸间、一动不动的少女，就是死。假如她稍稍靠过
来，那就是死。他被康子死乞白赖邀到这里来，因而对自己
十分憎恶。

他不止一次想，现在就能死。马上起来，沿着那段石阶
跑到临海的悬崖上就成。

一想到死，在这一刹那他感到一切都变成可能的了。他
沉醉于可能之中。这样可以带来快活。他不住地故意打哈欠，
大声喊着"困死啦"。借此背对着康子假装睡着了。不一会儿，
他听到康子娇滴滴小声咳嗽，知道她没有睡着。于是，他鼓
起勇气问道：

"睡不着吗？"

"不。"康子流水般地低声回答。他们两个互相假装入睡
以欺瞒对方，结果各自都受到蒙骗而堕入困倦。他做了一个
幸福的梦，梦见神允许天使将他杀掉。他哭了，哭声和眼泪
都没有泄露到现实世界。因而，悠一感到自己依然残留着浓

重的虚荣心，他放心了。

虽然青春期过了七年了，但悠一十分憎恶肉欲。他保持纯洁的身子。他热衷数学和体育、几何学和微积分，还有跳高和游泳。这种希腊风格的选择，并非有意识的选择，然而数学在某种程度上使他头脑透明，比赛在某种程度上使他精力抽象化。可是，在体育部的屋子里，当他看到一个低年级同学脱下汗湿的衬衫时，他为那位同学浑身飘溢的青春的肉香所迷醉。悠一再次跑出门外，来到薄暮冥冥的操场，趴在草坪上，把脸孔埋在坚硬的夏草里。这是为了等待情欲自行静止。棒球部成员正在训练，那用干燥的球棒击球的响声，回荡在黄昏暗淡的天空，又传到操场的每个角落。悠一觉得有什么东西落到自己裸露的肩头，那是浴巾，雪白的粗棉线，刺一般火辣辣扎着他的肌肤。

"怎么啦？要着凉的。"

悠一抬起头一看，正是刚才那位低年级同学，俯首站在一旁。他已经穿好制服，帽檐下面的脸上，于黑暗中满含微笑。

悠一勉强地道了谢，站起身来。肩上披着浴巾，正要回屋里去。这时，他感到那位低年级同学的眼睛一直盯着他的肩头。可是他没有回头。根据纯洁的奇妙逻辑，悠一发觉那少年爱上了他。结果他暗下决心，不能爱上那位少年。

如果悠一他自己绝不会爱女人而又偏偏切望想爱女人，

那么，悠一要是爱上这个少年，尽管他是男的，也会将他看作女人，使之变异成为一个难以形容的丑恶而麻木的存在，不是吗？

——悠一一连串的告白中，那种尚未转变为现实的童蒙的欲望，道出了腐蚀现实本身的消息。他总有一天会和现实邂逅的吧？在他和现实遭遇的场所，他的欲望既然抢先一步腐蚀着现实，那么现实只能改换姿态，按照欲望的命令采取相应的形式。他绝不想和自己的欲望相会，然而却总是碰见自己的欲望。俊辅觉得，即使从那三个夜晚什么事儿也没干的痛苦的告白里，也能感知这位青年欲望的齿轮徒然旋转的声音。

然而，这不正是艺术的典型、艺术创造的现实的雏形吗？悠一为了使他的欲望变成他的现实，首先二者之中要死掉一个——他的欲望或者现实。他知道，虽然在这世界上二者几乎并存，然而艺术必须敢于触犯存在的法规，这是因为艺术本身需要存在下去。

惭愧的是，桧俊辅的全部作品，从一开始就放弃了对现实复仇的企图。所以，他的作品不是现实。他的欲望轻轻触及了现实，又令人厌恶地咬着嘴唇缩回到作品之中。他那一个接一个的愚行，只是在欲望与现实之间来来往往，努力起着一个虚假的信使的作用。那种无与伦比的华丽矫饰的文体，总体来说，不过是对现实的粉饰，不过是现实将其欲望腐蚀殆尽之后留下的奇拔的花纹。可以肆无忌惮地说，他的艺术，他三次出版的全集，一概都不存在。因为他从来没有触犯过存在的法规。

这位老作家已经失去从事创造的膂力。他倦于严密构思的工作，他只是对过去的作品加以美的注释，这成为他目前唯一的工作。所以，当悠一这位青年出现在他眼前时，对于他是多么大的讥刺啊！

悠一具备着这位老作家没有的青年人的全部资质。与此同时，又具有这位老作家一直梦寐以求的最高级幸福——不爱女人。假如具有这种矛盾的理想的形象，以有望青年的资格爱女人，那就不会有那一连串的不幸。在俊辅的一生中，他已经感到爱女人这只能给自己带来不幸。那么弥补俊辅这一观念的存在，将他的青春梦想和老年悔恨交混在一起的存在，那就是悠一。假如俊辅是个像悠一那样的青年，爱女人是多么幸福的事！再者，假如俊辅像悠一那样不爱女人，或者说，他可以不爱女人的话，他的一生该有多么幸福！——这样一来，悠一就成为俊辅的观念和他的艺术作品的化身了。

可以说，一切文体都是从形容词这部分开始老化的。就是说，形容词就是肉体，就是青春。俊辅甚至认为，悠一就是形容词本身。

这位老作家面带审判官般的微笑坐着，双肘支在桌子上，身着浴衣，单腿着地，露着膝盖，听悠一的诉说。过后他毫无所动地反复说道：

"没关系，干脆结婚好了。"

"我怎么能和不喜欢的人结婚呢？"

"别犯傻啦，一个人即使是根木头，是台电冰箱，也要结婚的。结婚这玩意儿，本来就是人的发明嘛。这是人人都要做的工作，不需要什么欲望。至少在这个世纪，人已经忘记凭借欲望而行动了。权当把对方当成一堆碎木柴、一副坐垫，或者肉铺屋檐下吊着的一块干牛肉。你是一定能够煞有介事地大振雄风，讨得对方欢心的。可是要记住，正如刚才所说，使女人获得快乐，有百弊而无一利。重要的是，无论如何都不能在对方身上寻求什么精神。你自己也不能保留一点点儿精神的残渣。听到了吗？只能将对方看成物质。这是我长年积累的痛苦经验，就像入浴时要摘掉手表一样，当你面对女人时，如果不摆脱精神的制约，那就立即会败下阵来，成不了事。正因为我做不到这些，所以我失掉了无数只手表，一生中都在为制造手表而忙忙碌碌。积攒了二十块生锈的手表，这回出了一套全集。你读过没有？"

"没有，还没读过。"——青年脸红了，"不过，先生说的话我有些明白。我一直在考虑，自己为什么从来都不想女人？每当我想到我对女人的精神之爱是一种欺骗的时候，我就倾向这样的想法：精神本身就是欺骗。现在我就在考虑。我为何同大家不一样？为什么我的朋友都不像我肉欲和精神相乖离呢？"

"大家都一样。凡是人都一样。"老作家提高了嗓门，"不过，不作如是想，这是青年的特权。"

"可是我就不一样。"

"没关系，我也想怀着你这种确信返老还童呢。"

狡黠的老人说道。

然而，悠一到底是悠一，对于他自身秘密的天性，他自身一直为那种丑事所折磨的天性，俊辅不仅很有兴趣，还十分憧憬，这使悠一感到困惑不解。可是，现在平生第一次将秘密公开出来了，等于是把全部秘密卖给了对方。于此，悠一感受到一种自我背叛的喜悦。犹如被可憎的主子驱使卖秧苗的人，偶尔碰到一位好心的顾客，把秧苗全部贱卖给他了，他也会感到叛徒般的喜悦。

悠一把他自己和康子的关系简要讲述了一遍。

他的父亲和康子的父亲是老朋友。大学时代，悠一的父亲选修了工科，作为培养技术员出身的重镇，受雇担任菊井财阀一个子公司的总经理，后来死了。这是昭和十九年夏天的事。康子的父亲毕业于经济系，在某百货公司工作，现在是那里的部门经理。根据两位父亲的约定，悠一二十二岁这年元旦，同康子订了婚。他的冷淡使康子感到绝望。她经常到俊辅这里来那一阵子，也是她无法引他动心的时候。

这年夏天，她好容易劝说悠一同她两个人单独到 K 镇旅行。

康子觉得他另有意中人，时时为此烦恼。这是一个未婚妻常有的怀疑。不过悠一只是守着康子一人。

他目前在一所私立大学读书，同患慢性肾炎的母亲和女佣三人一道生活。生长在这个健全的没落家庭，他的一副恭谨的孝心，成为母亲的一块心病。在他母亲相识的亲友中，除了这位未婚妻之外，还有许多寄意于这位美青年的女子，但他一个也瞧不上眼。做母亲的只能认为，儿子是为照顾自己的病体或出于经济方面的考虑吧。

"我不想把你培养成一个老实巴交、毫无出息的孩子。"这位心胸坦率的母亲说，"要是你爸还活着，该是多么伤心啊！你爸从大学时代起就没日没夜地玩女人，上了年纪后变得老实多了，我也就省心啦。像你年轻时这么规规矩矩，等年龄大了，反而会使得康子小姐大吃苦头的呀！别看你长着一副老子遗传下来的眠花卧柳的面相，可真叫人想不通。我这个当妈的，总想早一天抱孙子，要是你不喜欢康子小姐，那就早点儿撕毁婚约，自己挑个中意的带来也好啊！和她结婚之前，你尽管挑，哪怕挑得眼花缭乱，只要不给我丢丑，十个二十个都行。只是妈妈这病，不知哪天一口气上不来，可就走人喽！所以嘛，还是尽早结婚为好啊！一个男子汉，堂堂正正的，做事要敢做敢为。不要担心没钱花，我哪怕瘦成一把老骨头，管饱肚子的钱总会有的。这个月，我供你双倍的钱，学校的书也不必再买啦!"

他用这笔钱学习舞蹈，技术出奇地好。然而，这种十分艺术化的舞蹈，和那种专为床戏做准备运动的庸俗低级的实用舞蹈相比较，可以说带有一种单调的过于机械化的动作，令人感到寂寥。悠一那种心情低落的动作，在观者眼里，使人觉得他的美貌的内里，隐含着不断受压抑的行动的潜能。他参加舞蹈比赛，获得了三等奖。

三等奖奖金两千日元。他母亲的银行存折上号称有七十万日元的存款。他到银行为母亲存钱时，发现存折上的金额相差甚远。母亲查出尿里含有蛋白卧床休息之后，把存折交给行动懒散的老女佣代管。母亲每次问起存款总额，这位规规矩矩的女子，都要特意将存折的上段和下段用算盘汇总起来，然后报告母亲。就是说，换了新折以后，不论过多长时间，一直都是七十万日元。悠一一算，已经变成三十五万了。证券收入月月两万，由于近来不景气，这个靠不住了。考虑到生活费和他的学费，以及母亲的医疗费和以备不时之需的住院费，就必须尽快把这幢宽敞的房子卖掉。

这个发现反倒使悠一喜出望外。他想，自己心里总是有一个结婚的义务压抑着，这样一来，要是搬到刚能住进三个人的窄小的房子，就可以避免结婚了。他主动担当财产管理。他把这件粗俗的工作，硬说成学校经济课程的实际运用，母亲看到儿子高兴地埋头于家庭开支账本里，心中感到伤悲。实际上，悠一这一举动，对于上述母亲坦率的怂恿来说，暗暗包含着一种强烈的对抗：哎，我干的这份工作，让您无话可说。一次，母亲无心地说道："一个做学生的，对家里柴米油盐这么感兴趣，实在有点儿变态。"悠一一听，气得脸都歪了。这句带有几分沮丧的话语，足以使儿子跳起来。她对这种反应反倒很满意。她不知道这话哪一点儿如此伤害了儿子。愤怒使悠一从日常极其单调的趣味里解放出来，他认为，对母亲寄托在儿子身上的浪漫主义空想，踏上一脚的时机到来了。因为他觉得，这空想对于他来说是毫无指望的幻想，母亲的希望也是对他的绝望的一种侮辱。他说：

"结什么婚？连这房子都得卖掉！"——儿子发现经济上的拮据情况，出于爱心，一直隐瞒到今天。

"别瞎说，不是还有七十万存款吗？"

"缺了三十五万。"

"算错了，还是你撒谎？"

肾脏病慢慢给她的理性搀进了"蛋白"。悠一这个颇感自豪的证言，反而驱使她热衷于这一可爱的阴谋了。本来双方约定，康子要有一笔陪嫁钱，悠一毕业后到康子父亲的百货公司就职。为此，一个急着要结婚，一个有点儿勉强，提出首先要维持这个家。同儿子媳妇一块儿住在这座房子，这是母亲长年的愿望。心地善良的悠一看到这一点，反而陷入必须结婚的困境。于是，这一自恃的念头给了他力量。他一旦和康子结婚（勉强作出这样的假定，更加深了他的不幸之感），靠她的陪嫁钱拯救家计危机的企图，马上就会暴露。这样一来，结婚就显得不是出自真情，而是基于一种卑微的打算。这位纯洁的青年，是不容许自己有一点儿自私的想法的，他希望这桩婚事的实现完全出自孝道这一纯粹的动机。不过，对于爱来说，这就更是一种不纯的动机了。

"怎样做才能最符合你的希望呢?"老作家问，"我们先来考虑一下吧。婚姻生活是没意思的。不过，我为你做保人。因此，你结婚完全不必顾虑什么责任或良心。为了患病的母亲，还是早些结婚为好。不过，至于这笔钱……"

"哦，我倒不是为了这个。"

"不过我听出来了。你害怕为陪嫁钱而结婚的原因是缺乏一种自信。你怕不能把这种卑俗外表掩盖下的爱情倾注给妻子。你总是巴望有一天能背叛这桩自己本不情愿的婚事。一般青年人总是相信，计划可以通过爱来补偿。一个精于算计的男人，总在某些方面依靠自己的纯粹行事。你的不安来自不明确依靠什么。陪嫁钱存起来，留作将来离婚的赡养费。这点儿钱不必在意。刚才说了，有四五十万足够维持家计，还可以把媳妇娶进门。说句不必见外的话，这笔钱包在我身上。只是不要告诉你家母亲好了。"

悠一面对的地方，有一个漆黑的镜框。浑圆的镜面也许被来往人的衣角扇动了一下，微微上扬着，正好映出悠一的面孔。悠一一边谈话，一边不时注视着自己的表情。

俊辅急急地继续往下说：

"你知道的，我可不是喝醉酒的财主，随随便便抛给一个过路人四五十万。我之所以给你这些钱，理由很简单，有两个原因……"——他不好意思地犹豫了一下，"一，你是世上的一位漂亮青年。年轻时，我也曾想像你一样。二，你不爱女人。我现在也还想有女人。不过，生就这副样子，没办法。我受到你的启发，拜托了，请让我的青春再来一次吧。坦白地说，我想让你做我的儿子，为我复仇。你是独子，不能做养子，那么就做我精神上的（啊，这可是禁忌！）儿子吧。替我对那些堕入迷途的无数件愚行做一番吊慰吧。要是能这样，花多少钱我都愿意。本来也不是为老后的幸福才攒钱的。不过，为了我，你不能向任何人透露你的秘密。我叫你见哪个女人，你就去见哪个女人。要是碰到一眼看不中你的女子，我倒是想见识见识。对于女人，你没有任何欲望。有欲望的男人，他们的做派我会一一教给你的。我教你男人如何用冷酷使女人白白死去。怎么样？就照我的指示行动吧。也许你会问，假如被识破没有欲望，该怎么办？我有办法，交给我好啦。为了使你的秘密不被识破，我要运用一切手段。你今后万一没法找到安心于夫妻生活的路子，我会让你实地涉猎一些男人之间的情爱。虽说还未到这种地步，可我也要寻找机会。不过这件事，万不可向女流们泄露。前台后台不能混在一起。我陪你到女人的世界串一串，那里是我一直扮演丑角、用香水和脂粉涂抹成的大布景的舞台，你扮演对于女人不曾动过一根指头的唐璜[1]。过去的舞台，不管多么偏僻的剧场，演唐璜也不出现床上戏，你只管放心好啦。至于舞台背后的那一套，我正在学习研究来着。"

老艺术家几乎走到吐露真情的地步了。他讲述了一部尚未动笔的作品的写作计划。尽管如此，他还是掩盖了部分难以启齿的真情。这个突然心血来潮的五十万日元的慈善行动，正是对于抑或是他最后的一次恋爱——使这个不爱出门的老人大夏天跑到伊豆半岛南端来的恋爱、一次悲惨的愚行中可怜的失意的恋爱、第十多次愚痴的抒情式的恋爱——奉献的一份祭奠。他没想到爱上了康子。他尝到了犯下这个错误而受的屈辱。为了报复，他必须使康子成为一个爱上没有爱的丈夫的妻子。她和悠一这门婚事，是基于掳掠俊辅意志的一种凶暴的逻辑。他们必须结婚。尽管这样，这位不幸的作家，过了还历之年依然不能从内心里寻求一种控制自己意志的力量。为了根绝或许还要再犯的愚行而花的这笔钱，竟然当作为了美而舍弃的费用，还有比这更空虚的陶醉之情吗？这样一来，俊辅不就借结婚这件事间接

1　Don Juan，十五世纪西班牙贵族，后成为好色之徒的代名词。

地对康子犯下了罪行吗？同时，这桩罪行不也将使他品味自己心灵受到苛责而产生的快慰的苦痛吗？在过去的不幸之中，俊辅从来没有一次站在犯罪的一边。

这段时间，悠一从镜子里一直盯着自己，他被一个漂亮青年的面庞吸引住了。那双含着深深忧郁的眸子，从秀美的眉毛下边向他这边瞧着。

南悠一品味着这副美貌有何神秘。这副面孔如此充满青春的朝气，如此带有男性雕像般的深沉，如此具备青铜似的不幸的美质。这副青年人的脸，就是他的脸！过去，悠一对于意识到自己的美感到厌恶，对于那些可爱的少年不断拒绝的未来的美感到绝望。按照男性一般的习惯，悠一自行禁止认为自己美。然而，如今随着眼前一位老人热情的赞词流进他的耳朵，这种艺术的毒素，这种语言的有效的毒素，消解了长期的禁忌。他现在容许自己感觉到自己的美。这时候，悠一第一次发现自己如此漂亮。他看到小圆镜里出现一个他不认识的绝美青年的脸，那富于男性性感的嘴唇，显露着一排洁白的牙齿，不由笑了。

悠一不理解俊辅那种发酵和复仇交混形成的复仇的热情。尽管如此，俊辅还是急着提出一个要求，逼着他回答。

"你怎么答复我？和我订合同吗？愿意接受我的补助吗？"

"不知道。我现在有种预感，好像要发生我自己也弄不明白的事。"

这位漂亮青年梦幻似的说。

"现在不一定马上回答。如果有意接受我的提议，可以打电报通知我。我马上履行刚才的约定。婚礼上我来致祝贺词。此外，只管按我的主意行事，好吗？我决不会给你惹麻烦的，还要送你一个美名——浪荡公子。"

"假如要结婚……"

"绝对需要我。"

老人满怀自信地答道。

"阿悠在这里吗?"

康子从格子门外头问道。

"请进。"

俊辅说。康子拉开门，同蓦然回头的悠一打了个照面。她看到一个年轻人脸上令人着迷的美好的微笑。她意识到这是悠一的微笑。一刹那，她发现这青年满含着光辉而动人的美。这是从来没有的事。她迷茫地眨巴一下眼睛。她也学着那些被感动的女人，不知不觉体验着一种"幸福的预感"。

康子在浴室里洗完发，她想悠一可能到俊辅房里聊天去了，不便到那里叫他。她倚着窗口晾头发。轮船进港了，这是傍晚自 O 岛出发，经由 K 镇，明天微明到达月岛栈桥的班船。她一边梳头，一边眺望水面上灯火闪耀的进港的轮船。K 镇缺少三弦之声。因此，轮船一进港，甲板上的扩音器就清晰地响起流行歌的音乐，在夏天的夜空中回荡。栈桥上聚满了旅馆导游的灯笼。不一会儿，轮船靠岸作业的尖厉哨音，划破夜气，如不安的鸟鸣传入她的耳鼓。

康子感到洗过的头发迅速变得干爽、清凉起来。沾在太阳穴附近的几根头发，摸上去像草叶一样冰冷，仿佛不是自己的头发。她害怕用手摸自己的头发，这逐渐干燥的头发，其手感里包含着爽净的死。

"阿悠在为什么而苦恼呢？我不明白。"康子想，"如果这苦恼一旦说出来就应该死，那就一道去死也没有什么。自己特意把阿悠叫到这里来，很明显，心里早有这个打算。"

好大一阵子，她一面梳理头发，一面反复思虑着。突然，她被一种不祥的念头所困扰：悠一眼下不在俊辅房里，而是在她所不知道的地方。康子站起身，快步跑到走廊上。她一边叫一边拉开格子门，正好碰见那美好的微笑。她自然产生了幸福的预感。

"正在谈话吗？"

康子问。那微微倾斜着脑袋的媚态，老作家一看就觉得明显不是冲着自己，他转过头去。他想象康子七十岁了。

房子里飘荡着不自然的空气。这时，就像人们常做的那样，悠一看看表，快到九点了。

这时，壁龛桌子上的电话响了。三个人像刀刺一般一起转向电话看着。谁也不接。

俊辅拿起听筒。他马上向悠一递眼色。原来是东京家里给悠一打来了长途电话，要他到柜台去接。悠一出了房间，康子害怕只剩下她和俊辅两个，也跟着去了。

过一会儿，两人回来了。悠一的眼里失去了沉静，没等人问就急急地说道：

"母亲似乎患有肾萎缩，心脏很弱，一味感到口干。不管住院不住院，先叫我马上回去。"——他很激动，报告了平时不大提起过的事。

"而且整天念叨，说总得看到悠一娶过媳妇再死呀。病人简直像个小孩。"

他说着，越来越感到自己应该结婚。这一点俊辅也看出来了。俊辅的眼睛里暗暗泛起喜悦的神色。

"总之，我得马上回去。"

"现在还能赶上十点的班船，我也一起回去。"

康子说罢，跑回屋子收拾行李。她的脚步带着欢乐。

"母爱浩大无比。"因为丑陋、一直未能尝到亲生母亲之爱的俊辅想道，"她不是能凭自己肾脏的力量，拯救儿子于危机吗？这样一来，悠一不也就能实现今夜赶回去的愿望了吗？"

在他考虑这些问题之前，悠一也陷入沉思之中。一瞥见那低俯的细细的眉毛，以及冷峻的流线型的眼睫，俊辅感觉到轻轻的战栗。"今夜是个奇特的晚上。"老作家在心中自语。对于这位青年思念母亲的不安情绪，从反面加以刺激，以使其就范，这个办法要谨慎运用。没关系，这位青年会按照我的意思行事的。

正好赶上十点出发的班船。头等舱已经满员，八人一间的二等舱日本式房间只住进他们两个。俊辅听到这些，拍拍悠一的肩膀，逗笑地说："今夜可以保证睡个好觉啦。"他俩上船不久就撤去了舷梯。码头上两三个身穿白色内衣的男子，拎着提灯，和甲板上的一个女子打情骂俏，那女子用尖厉的叫声回击他们。康子和悠一被这些人你一言我一语征服了，含着微笑，任其轮船远远离开了俊辅。于是，轮船和栈桥之间徐徐露出油一般闪着万斑光点的静静的水面，接着，这片肃穆的水面又像获得新生似的眼见着慢慢扩大开来。

老作家的右膝经夜间海风一吹，有点儿疼痛。有段时间，神经疼发作的痛苦，是他唯一的热情。他憎恶这些日子。现在慢慢不讨厌了。这右膝阴险的疼痛，有时成了他为人所不知道的热情的藏身处。他由旅馆掌柜的提灯引导着回到旅馆。

一周之后，俊辅匆匆赶回东京，他接到了悠一应允的电报。

第三章　孝子的婚事

婚礼定在九月下旬的一个吉日。两三天之前，悠一想，一旦结婚就再没有机会单独一个人吃饭了。尽管平时他没有单独出去吃过饭，但为了完成一个未了的心愿，他下决心来到街上，到位于后街的一家西餐馆楼上吃晚饭。这位五十万日元的小富豪，也有这样享受一次的资格。

五点钟。还不到吃饭的时候。店里很空闲，侍者们都还在睡觉。

他俯瞰着日落前残暑未消的杂沓的大街。街道的一半十分明亮，对过洋货店的遮阳伞下，阳光一直照到橱窗内部。阳光像小偷的手指一般，已经逼近和服腰带上的翡翠绿。这座静谧的光芒闪耀的橱窗中的一点绿色，和正在等待上菜的悠一的眼睛时时碰到一起。这个孤独的青年感到口渴，不住地喝水。他有几分不安。

悠一不知道，大凡喜欢男色的人，多数也要结婚当父亲，找不出一个例外。其中多数人虽说不是出于本意，事实上都想利用自己的特异的本能为婚姻生活锦上添花。他们在饱享妻子这唯一女人赏赐的珍馐盛筵，被弄得脑满肠肥、恶心呕吐之余，可以说绝无再向别的女人伸手的道理。世上热爱妻子的男人中，这类人并不少。要是生了孩子，他们既当父亲，又当母亲。那些为沾花惹草的丈夫所苦恼的女子，二次结婚时可以找这种男人。他们的婚姻生活意味着一种幸福、安定、无刺激，而从根本上说是一种可怕的自我冒渎。这类丈夫最后的堡垒总的来说靠的是一种自恃骄人的观念：永远以冷笑对待"作为人的"日常生活的每一个细节。对于女人来说，这是做梦都难以想象的残酷的丈夫。

要了解这些机微需凭年龄和经验。而且要经过调教才能耐得住这样的生活。悠一二十二岁了。不仅如此，他的疯子一般的庇护者也没有年龄上的优势，只是热衷于观念。悠一至少失去了使之凛然而视的那种悲剧意义。他感到一切都无所谓。

菜上得太迟了，他不经意地回头看了看墙壁。于是，他觉察有一双眼睛紧紧盯着自己的侧影。那视线一直像飞蛾一般悄悄地停在悠一的面颊上，他一回头，那"飞蛾"很快飞走了。墙壁旁边站着一个十九二十光景的身材修长、肌肤白嫩的侍者。

那人的胸前排列着半圆形的两列漂亮的金扣子。他倒背手直立不动，手指轻轻弹着墙壁。看他那副羞赧的神色，就知道尚未经过职业训练。头发乌黑光亮，那纤弱的略显倦怠的下半身，同那小巧的面庞、男童偶人般天真的嘴唇十分相配。他的腰围衬托着少年双腿纯洁的线条。悠一如实地感受到他身上飘溢的情欲。

那位侍者被里面的人叫去了。

悠一吸着香烟。正如一个接到征兵令的男子，入伍前绞尽脑汁计划着如何享乐，结果什么也没有得到那样。快乐从一开始就需要有个前提，即无期限和害怕倦怠。悠一有种预感，就像过去数十次放过机会一样，这种情欲也会失去踪影。他一口吹走落在光亮的餐刀上的烟灰，那烟灰飘到了桌面的一朵玫瑰花上了。

汤上来了。左臂搭着餐巾、推着银制餐具走过来的正是刚才那位侍者。他把打开盖子的汤碗放在悠一的盘子上的时候，悠一在一股热气的鼓舞下，抬眼朝侍者看了看。两张面孔靠得非常近，悠一微笑了。侍者微微露出一口洁白的牙齿，以此回应这位青年的微笑。不久，侍者离去，悠一又低头默默望着盛满汤汁的杯碗。

——这个颇有意味的难得再遇见的小插曲，清晰地留在他的脑里。因为这插曲的背后似乎带有某种明确的意思。

婚礼宴会在东京会馆分馆举行。新郎新娘照例并排站在金屏风前。独身的俊辅当然不适合担当证婚人的角色，他以所谓嘉宾名义出席。老作家坐在休息室里吸烟，这时，身着男女礼服的一对夫妇走进来。这位举止高雅、身穿滚花裙裾的盛装女子，和她那一副略显冷艳的瓜子脸，使得休息室内所有其他女子黯然失色。她那绝不含笑意的澄澈的眸子，一无所动地打量着周围。

她就是和原伯爵丈夫一起巧设美人计敲走俊辅三万日元的那个女人。知道这些，就会懂得那副装得毫无所动的一瞥，是在寻找新的猎物。而那位仪表堂堂的丈夫，他缩着下巴颏儿，两只手拽着没有戴的白色羔皮手套，紧贴着自己的妻子。和好色之徒颇有自信的传情不同，他用不安而充满渴望的视线到处搜寻。这对夫妇具有乘着降落伞到蛮荒之地探险的兴趣。那种自豪和恐惧相混合的滑稽的表情，在战前贵族身上是难得一见的。

镝木原伯爵看到俊辅伸出手来。他用一只像流氓似的白皙的手摆弄着纽扣，微微歪着脑袋，笑眯眯地说了声"您好"。这句自有财产税一来被伪君子所滥用的寒暄语，中产阶级故意绕开不用，实出自他们可厌的顽固本性。作恶可以保证他们高贵的无耻，所以，听到这个"您好"的问候语时，谁都有一种自然的印象。总之，恶人由于慈善，最终可以变成非人；贵族由于作恶，最终可以变成真人。

话虽如此，镝木的风貌里还是能感觉出某种难以形容的可厌的东西。犹如衣服上擦也擦不掉的污迹，仿佛刻印上的一种莫名其妙的不快、柔弱和厚颜无耻的混合物，还有那副硬挤出来的可怕的腔调，以及那完全按计划造就出来的自然……

俊辅满怀愤怒。他想起了镝木那副又像女人又像绅士的胁迫手段。他今天更没有理由接受镝木这句诚恳的犒赏。

老作家勉强应付了一下。他马上意识到必须对这种孩子气的回应方式加以修正。俊辅从长椅上站起来。镝木一双黑色皮鞋上套着鞋套，他看到站起来的俊辅，以一个脚底擦着地面的舞蹈姿势后退了两步。于是，他便和另外一位熟悉的夫人互道契阔。俊辅已经站起来的身子失去了方向，镝木夫人径直走过来，将俊辅领到窗边。这是一个不爱说过多客套话的女人，她走起路来风摆荷叶，显得非常快活。

室内的灯光明亮地映在玻璃窗上，镝木夫人站在暮色笼罩的窗户前边。俊辅注意到她那看不出一点皱纹的美丽的肌肤，十分惊奇。夫人的才能是总能在一瞬间选择适合自己的照明角度和光感。她也没有提到过去的事情。这对夫妇很善于利用一种心理作用：自己只有完全不显露歉疚的样子，才会使得对方更加感到歉疚。

"您的身体很好嘛，在这种场合，我丈夫倒比桧先生显得老多啦！"

"我真想老得快一些呀。"六十六岁的作家说道，"现在还老是犯年轻人的毛病哩！"

"这老头子真讨厌。还有那番心思吗？"

"您呢？"

"对不起，我今后还长着呢。今天的新郎倌和那孩子般的姑娘结婚很像过家家呢。要是举行婚礼前，到我这儿学习两三个月就好啦。"

"您看南君这位新女婿的穿戴怎么样？"

老艺术家用微显黄浊的目光，紧紧盯着女人的表情问道。只要她面庞稍动一动，眼睛略微闪一下光，他就有信心抓住时机，煽风点火，定能使她欲火中烧，春心荡漾，欲罢不能。大凡小说家都是如此，他们这伙人，在对付别人的热情方面本领大极了。

"今天第一次见到他。早听人说起过，真是一位名不虚传的漂亮青年。这青年和一个不通世故的傻姑娘结婚，听说才二十二岁，还有比这桩婚姻更枯燥无味的吗？哪里还有什么浪漫可言呢？连我都忍不住生气呢。"

"别的人对他怎么看？"

"都在谈论那位新郎倌。康子小姐的同学都在争风吃醋呢，说什么'我才不喜欢那种男人哩'。除此之外，她们还能挑剔些什么？那新郎一副动人的笑容真是没法说，那是一种散发着青春光彩的温馨的微笑。"

"您可以在致辞的时候提一提嘛。也许可以帮衬帮衬，因为他们的恋爱结婚实在太平淡无奇了。"

"可是事先不是这么宣传的吗？"

"那是撒谎。可以说是另外一层意思上的崇高的婚姻，这指的是孝子的婚事。"

俊辅朝休息室一角的安乐椅方向示意了一下，那里坐着悠一的母亲。她的脸上显得有些浮肿，涂着厚厚的白粉，近来看不出是一个快活的刚入老境的年龄。她拼命想笑，但是那浮肿的面颊妨碍了她的笑容，使她那僵硬的笑意不断沉淀在腮边。尽管如此，在目前这一瞬间里，她置身于一生最后的幸福之中。俊辅认为，所谓幸福就是丑陋。这时，那位母亲戴着古式钻戒的手指在腰间蹭了一下，或许表示要小解了。陪伴她的一位身穿紫色和服的中年女子，低头同她说着什么。那母亲被女子拉着手从椅子上站起来，一面殷勤地向来宾打招呼，一面分开人群向走廊里的厕所走去。

俊辅从近处看那张浮肿的面孔，想起第三任妻子死后的容颜，不由战栗起来。

"现今这真成了难得的美谈啦。"

镝木夫人冷冷地说。

"找机会见一见悠一君吧？"

"他刚结婚，恐怕很难吧。"

"可以等他们蜜月旅行回来之后。"

"他肯赴约吗？很想和那新郎说说话呢。"

"您对结婚没有偏见了吗？"

"反正是别人结婚。不过，即便是我自己结婚，对于我来说也像是别人的婚姻。这不是我所能理解的事情。"

这位严冷的女人回答道。

店员告诉大家宴会一切就绪，于是百余名客人缓缓拥进另外一座大厅。俊辅排在主宾席，使得这位老作家甚感遗憾的是，从这个角度看不见悠一那双美丽的眼睛里闪烁不安的神色。在客人们看来，这位新郎黯淡的眸子，该是今宵最为美丽的风景之一。

宴会准时开始了。按惯例，宴会进行一半时，新娘新郎在众人的掌声里退席。证婚人夫妇为照顾这对大小孩夫妻费尽心思。悠一换休闲装的时候，总是打不好领带，重新打了好几次。

证婚人和悠一来到停在门口的汽车前边，等着尚未换好衣服的康子出来。这位原大臣证婚人掏出香烟也给了悠一一支。年轻的新郎笨拙地点上火，环视着大街。

他们都有些醉意，不适合坐在汽车里等康子。两个人倚着崭新的汽车闲聊，身旁驶过的汽车的头灯照耀着车体散射着炫目的光芒。证婚人叫他不必担心母亲，他答应在悠一外出这段时间由他负责照顾。悠一听了父亲的这位老朋友亲切的话语，十分高兴。他心里感到很悲凉，又很伤感。

这时，对面大楼走出一位精瘦的外国人，一身淡黄的西装，打着漂亮的蝴蝶领结。他走到停在路边的自己那辆新型的福特轿车旁，打开车门。接着，他身后很快出现一位日本少年，站在石阶中央张望。他穿着一身笔挺的双排扣格子西装，打着色彩艳丽的领带，即便在夜晚也看得很清楚。在楼前的灯光照耀下，发油像水波一般闪亮。悠一见了大吃一惊，他就是前些天见过的那位侍者。

外国人催促少年快些走。少年十分轻快地跑过来熟练地坐在副驾驶座上。接着，外国人坐进左侧方向盘前边，咔嚓一声关上车门。车子立即以轻快的速度驶去了。

"怎么啦？脸色很不好啊。"

证婚人说道。

"哦，没抽过香烟，一抽就有点儿不舒服。"

"那可不行，还是还给我吧，我没收。"

证婚人接过点着火的香烟，往镀银的烟盒里一放，呱嗒关紧盖子。这声音再次威胁着悠一。这时候，换上西式休闲装的康子，戴着蕾丝白手套，在送行人的簇拥之下走出大门。

两人坐汽车到东京站，乘上七点开往沼津的火车去热海。康子那副轻松自在、充满幸福的神态，使得悠一甚感不安。他那温柔而宽厚的心胸本来是可以容得下爱的，可是眼下变得狭窄起来，似乎难以收容她那奔流的激情。他的心被死板的观念填得满满的，像地窖一样黑暗。康子把读厌了的娱乐杂志交给他，目录里印着"嫉妒"两个黑体字，才使他感到自己名副其实地处在黑暗的动摇之中。他的不快似乎来自嫉妒。

嫉妒谁？

于是想到刚才那位少年侍者。坐在蜜月旅行的火车里，放着新娘子不顾，嫉妒一位交肩而过的少年，他感到自己变得可怕起来。他觉得自己就是一种不定型的不像人样的生物。

悠一头靠在座席背上，稍微拉开些距离，瞧着康子低俯的脸庞。能否看作是男孩子的脸呢？那眉毛？眼睛？鼻子？嘴唇？他像画坏了几幅素描的画家一样咂着舌头。他终于闭上眼睛，一心把康子想象成一个男人。然而，这种极不道德的想象力，使得眼前这位美丽的少女，变成比女人更难去爱，或者说越来越像一个不可爱的丑恶的影子了。

第四章　黄昏看到的远火的效能

十月初的一个晚上，晚饭后悠一闷在书房里。他环视了一下周围，这是一个学生般的简朴的书房。独自一个人的思考，如看不见的雕像一样纯洁地矗立着。全家只有这间屋子尚没有妻子出入，一个不幸的青年只有在这里才能放松地呼吸。

墨水瓶、剪刀、笔架、字典，他喜欢这些东西在台灯光下熠熠生辉的时刻。物象是孤独的。每逢他置身于这些东西的包围之中时，便朦胧觉得，世上所说的家庭团圆式的和平不就是这样的吗？就像墨水瓶和剪刀一样，相互孤立存在的理由，伴随着尚未成形的行为，无言地相守着。这种团圆是无声而透明的微笑。这是保证相互团圆的唯一资格……

一浮现"资格"这个词儿，他的心立即发痛。现在南家表面的和平，似乎是对他的谴责。幸好不是肾萎缩而免于住院的母亲每天的微笑，康子从早到晚浮现出的阴云般的微笑，这种安息……都睡着了，只有他一人醒着。他感到和一直沉睡的家人生活在一起很不是滋味。他想一个个拍着肩膀叫醒大家。但要是这样……当然，母亲、康子，还有阿清，都会醒来的。而且在这一瞬间，他们都会憎恨悠一。他一人独自醒着，这是多么背信弃义的事。然而更夫却被这种行为所保护，因背叛睡眠而保护着睡眠。啊，为了让真实在睡眠旁边继续，这人性的警戒啊！悠一感到了更夫的愤怒，他在这人性的作用上感到了愤怒。

考试的日子尚未来临，可以先检查一下笔记。他的经济学史、财政学、统计学等笔记本上，排列着整齐、漂亮的小字，同学们都为他正确的记述感到惊奇。这种正确不是来自机械本身。机械的姿势突出表现于早晨秋阳照耀的教室里数百支唰唰作响的笔尖之上，尤其是悠一的笔尖之上。那种没有感情的笔记，几乎像速记一样，只是他将一切思考用于机械式的克己手段的回报。

今日是他婚后第一次到学校去。学校是个很好的避难所。回家了。俊辅来电话了。电话里，老作家用沙哑而明朗的语调大声说道：

"喂，久违啦。你好吗？考虑你的情况，一直没有打电话。明天到我家吃晚饭好吗？本来打算叫你们一道来，可是想问问你近来的情况。你一个人来吧，这事不要告诉你夫人。刚才夫人来过电话，她说后天星期日你们都来看我，到时候你就装作是婚后第一次来这里好了。明天，你五点来吧，有位客人想介绍给你认识一下。"

想起这电话，悠一感到面前的笔记本上好像有一只大飞蛾子来回盘旋。他合上笔记。他嘀咕了一声："又是女的！"浑身觉得疲惫不堪。

悠一像小孩一样害怕黑夜。今晚上至少可以从义务观念里解脱出来了。这一夜，他独自全身放松地躺在床上，贪婪地饱享着反复到来的义务所奖给他的安息。他的目光在纯洁的一丝不乱的被单上徘徊。这是最高的奖赏！然而讽刺的是，窥视的情欲却不允许今夜的他如此安息下去。情欲像岸边的流水，时而舔着他黑暗的内心，退去了又悄悄涌过来。

一次次畸形的毫无情欲的行为。一回回坚冰般的官能的游戏。悠一的初夜是情欲拼死的摹写。这个出色的摹写，欺骗了缺乏经验的买家的眼睛。就是说，摹写看来很成功。

俊辅仔细教会悠一实行避孕的手续，悠一还是放弃了，因为他害怕这种手续会妨碍他精心构筑起来的某种幻想。理性命令他避免生小孩，然而，一想到眼下这种行为一旦失败所带来的屈辱，以及由这种屈辱而产生的恐怖，那么未来的一桩桩一件件，比起这种恐怖来就变得无所谓了。第二个晚上，他又重复一遍和初夜相同的那种盲目的行为。这是由于他出于一种迷信，认为初夜的成功是因为没有履行那样的手续，他担心万一履行那种手续会引起挫折。第二夜可以说是那种成功摹写忠实的二重摹写。

想起那些始终以一颗冰冷的心闯过来的一个个冒险的夜晚，悠一战栗了。热海宾馆的初夜，新娘新郎陷入同一种恐怖的奇怪的初夜。康子入浴的时候，他带着不安的心情走到阳台上。夜间，宾馆的狗在叫。眼底下，站前灯火明丽之处有一家舞厅，可以清晰听到那里的音乐。凝神一看，窗户里人影憧憧，随着音乐而动，音乐停止，人影也停止。每当停止，悠一就心跳加快。他像念咒一般背诵着俊辅的话：

"把对方当成一堆碎木头，当成坐垫，当成肉铺屋檐下吊着的干牛肉！"

悠一胡乱地将领带解下来当鞭子，用力抽打阳台的铁栏杆。他需要有这种积聚力量的行为。

熄灯时，他沉迷于漫无边际的想象之中。摹写是最富独创性的行为。在从事摹写的时候，悠一感到自己没有将任何东西当作范本。本能使人陶醉于凡庸的独创之中。但是，违反本能的痛苦的独创意识，又无法使他陶醉。"干出这种事来的人，从前没有过，今后也不会有。只有我一人。我必须自己动脑筋创造一切。每时每刻都在屏息静待我的独创的命令。看，我的意志一次又一次战胜本能的冷彻的景色。在这荒凉的风景中央，女人的欢乐像吹起尘埃的一股小旋风一般婉转飘荡。"

……总之，悠一的床上，还需要一个美丽的雄性，介于那面镜子和女人之间。不借助这一点，成功就没有把握。他闭上眼抱住女人，这时，悠一在心里描绘着自己的肉体。

暗室内的两个人逐渐变成四个人。这是因为，真实的悠一和变成少年的康子之间的交媾，以及想象中能够爱女人的假设的悠一和真实的康子之间的交媾，两者必须同时进行。这种双重错觉，时时可以迸发梦幻般的欢喜。这欢喜随即又转为极度的倦怠。悠一在幻觉里，每每想到母校放学后空无一人的宽阔的操场，他投身于陶醉之中。凭着这瞬间的自杀而结束行为。然而，从明日起，自杀又成为他的习惯。

一种不自然的疲劳和呕吐，夺去两人第二天的旅程。他们沿着倾向海面的陡峭的斜坡，来到大街上。悠一感到自己是在所有人面前，继续装出很幸福的样子。

他们在岸边三分钟花五日元用望远镜窥探大海。海上晴明，可以清晰地看到右手地岬一端锦浦公园的东屋，在午前的阳光里闪耀。小两口的身影掠过东屋融进光亮的茅草丛里。又有一对人影进入东屋的阴影向这边靠近。那一对身影融汇在一起了。将镜头转向左方，蜿蜒而舒缓的石板坡上，点缀着一对对人影，正在向上攀登。印在石板上的双双对对的影像看得分外清楚。悠一瞧着自己脚边同样的影子，稍稍放下心来。

"大家都和我们一样啊!"

康子说道。她离开望远镜倚在防波堤上,让海风吹拂着微微有些眩晕的额头。然而这时候,悠一却对妻子的这种确信颇感嫉恨,他沉默不语。

……悠一从不愉快的思虑中清醒过来,他望着窗户。透过高台上的窗户,可以远望下面市街上电车道、简易建筑对面的地平线,那里是烟囱林立的工厂地带。晴天的日子,那一带烟雾萦绕,地平线看上去仿佛升高了一两寸。不知是夜间作业还是霓虹灯光微微反射的缘故,那一带天空底下时时染着一抹淡淡的胭脂红。

但是,今晚的红色却有点儿异样,天际一带显露着几分模糊不清。月亮尚未出来,在微薄的星光照耀下,愈发显得沉醉不醒了。不仅如此,远方的红色像飘舞的旗子,带着浑浊而不安的杏黄色,看起来,像一面随风飘扬的奇怪的旗子。

悠一明白了,那里失火了!

看起来,大火周围笼罩着白烟。

美青年的眼睛因情欲而湿润了。他的肌肉悒郁地绷紧了。不知为何,他感到不能一直待在这儿了。他从椅子上站起来,必须赶紧跑出去,必须使那场大火熄灭。他出了大门,将学生服外面的淡蓝色外套的带子紧了紧。他告诉康子，要马上去找一些必要的参考书来。

他下了斜坡，站在简易房前漏泄着微弱灯光的马路上等电车。虽说漫无去处，但他先要到市中心去。不久，光亮炫目的"都电[1]"拐过街角摇摇晃晃地开过来了。没有空席位，尚未坐下的十二三个乘客，三三两两，有的靠在窗边，有的拉着吊环。总之，相当混杂。悠一凭窗而立，让夜风吹拂灼热的面颊。遥远地平线上的大火在这里看不见了。那真是一场火灾吗？或者是一种极为凶恶而不吉祥的火光？

悠一身边的窗户没有人。下一站上来的两位男子靠在那里了。他们只能窥视悠一的后背。悠一若无其事地留意着他们两个。

一个是商人打扮，穿着一件旧西装改做的灰色夹克，不到四十岁，耳后有个小疤痕，头发梳得很整齐，油光可鉴。他的双颊瘦长，灰黄，长着稀疏的乱草般的胡子。另外一人似乎是个工薪族，穿着小号的茶色西装，那长相使人想起老鼠。然而肌肤白皙，近乎苍白。枣红色玳瑁腿的眼镜，更加反衬出那张灰白的脸膛儿。看不出他的年龄。两个人低声地说着话，声音里带着难以形容的亲昵，仿佛急等着享受什么愉快的秘密。他们的话毫不客气地传到悠一的耳朵里。

1　即都营电车，东京都交通局经营的电车。

"从这儿向那里去吗?"

穿西装的男子问。

"近来男人少,要想找,到这时辰就该出动了。"

商人打扮的男子回答。

"今天去 H 公园吗?"

"这叫法不好听,应该说 park。"

"哦,对不起。有好小子吗?"

"要碰机会,现在正是时候,晚一点儿就光剩老外了。"

"好久没来了,我也去看看吧。今天看来是不行了。"

"你要是我这样,就不会遭生意人的白眼啦。我要是再年轻漂亮些,就会被当作来捣乱市场的。"

车轮的响声打断了会话。悠一心里一阵好奇起来。然而第一次发现的同类者的丑恶刺伤了他的自恃的念头。长期养成的非人的懊恼,同他们的丑恶十分相合。"同他们比起来,"悠一一想,"桧先生的年龄在脸上,至少有着男人的丑陋。"

电车到站,从这里换车到市中心。穿夹克的男子告别同伴来到车门边。悠一跟着他下了车。与其说出于好奇,毋宁说是自己的义务感使他这样做。

十字路是个比较繁华的街巷。他等车尽量距离那个男子远一些。他站在一家水果店旁,明晃晃的电灯光下,店头堆满了秋天的果实。有葡萄,紫色的果皮上布着一层白粉。这颜色和临近的富有柿[1]秋阳般的光泽相映成趣。有梨子。有及早上市的青橘子。有苹果。然而，堆积在一起的果子像死尸一样冰冷。

穿夹克的男子转头向这边张望，目光和悠一碰在了一起，悠一无意地避开了。对方的视线像苍蝇一样死死盯住悠一不肯离开。"难道注定要和这家伙一起睡觉吗？"悠一想，"我已经没有选择的余地了吗？"他战栗起来。这种战栗包含着一种甘美的不洁的馊味儿。

电车来了，悠一迅速上去了。刚才听他俩谈话的时候，或许没被他看到脸吧，绝不能被他们当作同类。但是，那个男人眼里情欲如火，在混杂的电车里，踮着脚尖，搜寻着悠一的侧影。一副完整的侧影，狼一般年轻彪悍的侧影，理想的侧影……然而，悠一却把穿着深蓝色外套的脊背对着他，抬头仰望写有"秋天行乐到 N 温泉"字样、画着红叶的广告。广告都一样。什么请到温泉、宾馆、简易旅舍休息啦，什么有浪漫设备啦，什么一流设备、最低收费啦……一张广告上画的是：墙壁映着裸体女人的影像、一只香烟萦绕的烟灰盘子，写着"我家宾馆是您今秋夜晚的回忆"。这些广告使悠一感到痛苦。这个社会毕竟基于异性爱的原理，并以某种令人倦怠的永远的多数派原理运转。不论你情愿不情

---

1 岐阜县种植的品质优良的柿子。

愿，都得品尝这个滋味。

不一会儿过了下班的时间，可是大楼的窗户依然通明。开往市中心的电车在灯光里穿行。行人稀少，街树幽暗。可以看见公园里黑森森静谧的林木。到达公园前站，悠一抢先下车。还好，下车的人很多，那男人殿后。悠一和其他人一起穿过马路，进入公园对面角落一家小书店。一面装着阅读杂志，一面窥视公园方向。男人在面对行人道的厕所前转悠，明显地在寻找悠一。

悠一看到那男子不一会儿进了厕所，他马上走出书店，穿过无数汽车的洪流，快步过了马路。厕所前面是幽暗的树荫，但是，那里仿佛有着轻快而杂沓的脚步、隐蔽的热闹，或者说有一种看不见的正在举行集会的气氛。就像一般宴会，虽然门窗紧闭，却能微微感知悄然流泻的音乐、餐具碰撞的响声，以及拔掉酒瓶塞子的声音。但是，那里是飘散污秽之气的厕所，而且悠一周围没有一个人影。

他进入厕所阴湿而黑暗的灯下，这个圈子里的人管这里叫"办事处"——这种办事处举其著名者，东京有四五个之多——这个名称来自办事的默契：眼神代替身份材料，一个小动作代替方式，交换暗号代替电话。这种阴暗沉默的办事处里的日常事务，映入悠一的眼里。然而，这并不是说他看到了什么。那里有将近十个男人，但这个时刻不该有这么多。他们互相交换着眼色。

他们一同看着悠一的脸。一刹那，众多的眼睛发光了，众多的眼睛嫉妒地看着。这位美青年恐怖地颤抖着，他似乎要被这些眼睛撕裂开来。他感到惶惑不安。可是，那些男子的动作很有秩序。他们被互相牵制的力量所左右，因而可以省却超乎寻常的速度。他们像一团泡在水里的水藻，徐徐涨大开来。

悠一由厕所的侧门逃出来，进入公园八角金盘的浓荫里。一看，眼前的人行道上随处是香烟的火光。

白天和傍晚在公园僻静的小路上挽手散步的恋人们，数小时之后，这小路完全派上另外的用场。这是做梦都无法想象的。也就是说，公园改换了一种面貌，显现出白天掩盖着的异样的半边脸孔。正如沙翁戏剧最后一幕所说，人们宴飨的场所到夜半时刻，就为妖魔的晏飨让出地点来。白天里，白领恋人们坐下来喁喁情话的展望台，到夜里可以说变成了"比武台"；本来是远足的小学生争先恐后跑跑跳跳登上的阴暗的石阶，这时取名为"男人的入口"；公园后面高大树木下的道路，这时以"初会之路"命之。所有这些都是夜间的名称。由于没有特别取缔法，当地警察弃置不管，他们很熟悉这些名称。伦敦、巴黎的公园也是充当这样的用途，这当然是因为实际上的便利，但这种旨在服务于多数人的公共场所，也滋润了少数人的利益，这倒是一个具有讽刺意味的施恩现象。H公园一角自大正时期辟为练兵场时候起，就成为这类人聚集的著名场所。

悠一站在他自己所不熟悉的这条"初会之路"的一端，他沿着这条路反方向而行。同类们有的站在树荫里，有的像水族馆的鱼一样慢慢腾腾踱着步子。

这些被一种渴望、选择、追求、欣慰、叹息、梦想、仿徨、习惯的麻药所麻醉，并沉迷于一种情念、美学的痼疾而变得丑恶的肉欲的群体，依靠幽暗的路灯的微光，互相交换着悲凉而凝滞的视线。夜间睁开着的几多渴求的眼睛，注视着，流动着。小路拐弯之处相互交肩而过的手臂、肩膀、一闪即逝的目光，似夜风拂动树梢，缓缓地来来往往。又在同一个地方交肩而过，这回投过来的是一瞥锐利的检验的视线……

分不清是树林里漏泄的月光还是灯火，斑驳明丽的草丛里到处是虫鸣。虫的声音和黑暗里随处明灭的香烟的光亮，加深了这种情念上的窒息般的沉默。公园内外不时疾驰而逝的汽车的头灯，摇动了巨大的树影。这时，伫立于树影里一直看不见的男人的身影，转瞬间猛然浮现出来。"这些都是我的同类！"悠一边走边想，"这类人虽然阶级、职业、年龄、美丑各异，但同一种情念，可以使得他们的私处互相结合。这是什么样的纽带啊！这些男人现在没有必要一起睡觉。我们天生就睡在一起了。互相憎恶，互相嫉妒，互相蔑视，而又互相温存，互相施以些微的爱。看，走在那边的男人的脚步如何？他忸怩作态，双肩紧缩，摇头摆尾，走路像蛇行。那是我的同类，比起父母、兄弟和妻子还要亲近的同类！"——绝望是一种安息。美青年的忧郁有些减轻了。这是因为，如此众多的同类中，没有发现一个比自己更美貌。"可是刚才那个穿夹克的男子哪儿去了？他还在厕所里吗？我慌慌张张逃脱了，也把他给放掉了。站在那边树荫里的是他吗？"

他有一种盲目的恐怖：要是见到那个男人必须跟他睡觉。他又泛起这种盲目的恐怖感来。为了给自己壮胆，他点上一支烟。这时，走来一个青年，没有点火，他掏出恐怕是故意掐灭的香烟说道：

"对不起，借个火。"

这是一个穿着一身精心缝制的灰色双排扣西服、年龄二十四五岁的青年。一条轻柔、美观而富于情趣的领带……悠一默默递过香烟。青年面孔狭长，五官整齐。悠一仔细瞧着那张脸，不由战栗起来。青年绷满血管的手臂，眼角深深的皱纹，看来是个远远超过四十岁的人。眉毛经过眉笔认真地修饰，白粉像假面具一般掩盖着衰老的皮肤。过长的睫毛似乎也不是天生的。

老青年睁着圆圆的眼睛，好像要跟悠一说些什么。可是悠一转身走开了。他出于对对方的怜惜，尽量放慢脚步，免得像逃开一样。这时候，似乎一直跟过来的那帮人忽然活跃起来。不止四五个，他们三三两两无意似的转换了步伐。悠一发现其中一人明显就是那个穿夹克的男子。他默默加快了脚步。然而，这些无言的赞美者或前或后，都在窥视这位美青年的侧影。

来到那段石阶旁，既不熟悉地理，又不知其夜间名称的悠一，心想上了石阶总会有地方可逃吧。月光如水，照耀着石阶的顶端。他在登石阶的时候，偶然有一个人影正吹着口哨走下来。这是一位穿着紧身白毛衣的少年。悠一认出他来了，就是宾馆的那个侍者。

"哦，小哥哥。"

他不由向悠一伸出了手。排列不整齐的石阶使得少年摇晃了一下，悠一扶住他那柔软而饱满的身子。这种戏剧式的会面使他大为感动。

"还记得吗?"少年问。

"记得。"悠一回答。他没有说出婚礼那天看见他的痛苦的记忆。两人互相握手。悠一感觉出少年小手指上戒指的棘刺，这使他忽然想起学生时代披在他肩膀上的浴巾锐利的纤维。两人手挽手跑出公园。悠一的胸脯剧烈地起伏着，不知不觉拉着少年走上恋人们夜间闲逛的小道。

"为何这么奔跑?"

少年气喘吁吁地问。悠一红着脸站住了。

"没什么好怕的，小哥哥还不习惯啊。"

少年又一次说道。

　　其后，两人在一家特殊服务的宾馆的一间房间里度过三个小时。这对于悠一来说，好像是在灼热的瀑布里洗浴。他挣脱一切人工的羁绊，陶醉于灵魂赤裸的这三小时之间。赤裸的肉体的快乐又能如何？当灵魂扔掉重负、赤裸着的一瞬间，悠一官能上感觉到的那种澄明而剧烈的喜悦，几乎不给肉体留驻的余地。

　　但是，要正确加以判断的话，与其说是悠一买下少年，不如说是少年买下了悠一。或者是巧妙的卖主买下了拙劣的买主。侍者的精妙技艺使得悠一做出壮烈的表演。霓虹灯通过窗帷看起来好似火灾。在烈焰的映照中浮起一双盾牌，浮起悠一丰满的男人的胸脯。夜间所没有的冷气不时刺激着他的敏感的体质，使得这胸脯上好几处出现荨麻疹似的红斑。少年叹了口气，他亲吻着一个个红斑。

　　——侍者坐在床上一边穿短裤一边问：

　　"下次何时能再见？"

　　明天，悠一和俊辅有约会。

　　"后天可以，最好不去公园。"

　　"可不是嘛，我们没有那个必要了。今晚第一次见到打从孩童时代一直向往的人。像哥哥你这样帅的人真的没见过。简直像神仙。好吧，拜托啦，可不能丢下我呀。"

少年用他那柔嫩的脖颈蹭着悠一的肩头。悠一的指尖儿抚摸着他的脖颈，闭上了眼睛。这时，他在品味着一种预感，不久自己将把这位最初的伙伴丢弃。

"后天九点，店里一打烊就去。这附近有一家那类人集中的咖啡馆。虽说像俱乐部，但一般人也一无所知地进来喝咖啡。所以，哥哥可以来。我给您画张地图。"

他从裤兜里掏出笔记本，舔着铅笔尖儿画了一张蹩脚的地图。悠一看到少年的颈项上有一小撮旋毛。

"好啦，一看就知道。哦，我的名字叫阿英，哥哥呢?"

"阿悠。"

"好名字。"

对于这种恭维话，悠一有点儿不爱听。他感到惊奇，少年远比自己更沉着冷静。

——两人在街角分手。悠一刚好赶上末班电车回到家中。母亲和康子都没有问他到哪儿去了。悠一躺在康子身旁的床上，第一次感到安息。他已经可以避免什么了。他为一种奇妙的恶意的喜悦所驱使，将自己比作结束愉快的假日又回到日常工作里来的娼妓。

然而，这种游戏的寓意里，含有比他所想象的更深的意味。康子这位谨慎、柔弱的妻子，到头来所能给予丈夫的与其说是一种不测的影响，即最初的浸润，毋宁说是浸润的某种预感。

"较之躺在那个少年身旁的我的肉体，"悠一想，"如今躺在康子身旁的我的肉体是多么廉价！康子不是委身于我，而是我委身于康子。这是无偿的。我是个'不要报酬的娼妓'！"

这种自甘堕落的思想，不像以前那样使他感到痛苦，说来说去，而是给他一种愉快。因为太疲劳，他很快睡着了，就像一个慵懒的娼妓。

第五章　济度开始

第二天，出现于俊辅家中的悠一那副满足而幸福的笑容，首先使俊辅，其次使来见他的女客感到不安。两人本来以为悠一身上会带有最符合青年人的不幸的印记。看来他们都估计错了。这位青年的美貌是普通的美，看不出有什么不符合他的印记。镝木夫人以女人迅疾判评人品的一瞥，一眼就看出了这一点。"幸福只适合这位青年。"夫人想。适合于幸福的青年就像穿着合体的黑色西装的青年一样，应该说是当今一种宝贵的存在。

悠一感谢夫人出席他的婚礼。这种自然而使人感到愉快的礼节，使得应对所有年轻男子游刃有余的夫人，立即说出十分亲昵的话来。她忠告说，他的笑容仿佛是吊在额头上写着"新婚"二字的牌子，走出家门要是还不把这块牌子摘掉，那就有撞上不长眼睛的电车或汽车的危险。老作家看到他不表示任何反驳，只是笑容满面地应酬着。俊辅怀疑自己的眼睛，他那困惑的表情里显现一个男人明明上当受骗、还要维护体面的愚痴。悠一开始对这位一大把年纪的老人有些轻蔑。不仅如此，他还联想一个诈骗别人五十万日元的罪犯的喜悦，心里很是愉快。于是，三个人的餐桌，由于一些意想不到的话题，气氛显得格外活跃。

桧俊辅有一位一直崇拜自己的技艺高超的老厨师。这位厨师的拿手菜，都是适合盛在俊辅父亲搜集的瓷器里的佳肴。俊辅本人由于天生不感兴趣，他没有餐具和菜肴如何搭配这方面的爱好。但出于一片诚心，他在请人吃饭时，习惯于招这位厨师来帮忙。这位进入木津聿斋[1]之门学习怀石料理[2]的京都绸缎庄家的老二，今晚为餐桌制作了如下的菜单。怀石料理中谓之"八寸[3]"的一组凉菜：松叶松菇、百合烩椒芽、岐阜县熟人带来的蜂屋柿子、大德寺的浜纳豆、红烧螃蟹。接着是鸡汁芥子红酱汤，然后是高雅的宋瓷红牡丹花大盘，里面盛着鲔鱼和河豚生鱼片。炒菜有烤秋香鱼，配菜有青豆烩秋蘑以及赤贝凉拌豆腐。水煮有鲷鱼、豆

1　木津聿斋，明治时期的园林设计师。主要作品是大阪庆泽园。

2　源自禅僧正餐前进的"晚粥"等简单食物，取温石暖腹之意。后渐发展为高级日本料理之一系。

3　广岛县内陆制作的乡土拼盘料理，以"煮物"为主的酒菜。名称来自盛菜的漆盘，直径八寸（约 24 厘米）。

腐、腌蕨菜。壶菜有热浸红茜。饭后点心有森八的不倒翁果子，还有包在一枚枚樱纸里的白色和桃红色的小偶人点心。但是，所有这些美味佳肴未能给悠一的舌头带来任何感动，他只想吃到一盘煎蛋卷。

"这种饭菜对不起悠一君啊。"

俊辅看见悠一总是提不起食欲来。他问悠一喜欢吃些什么。他照自己所想的作了回答。可"煎蛋卷"这个如实的回答却触动了镝木夫人的心事。

悠一自欺欺人陶醉于快活里，他忘记自己是不爱女人的。固定观念的实现，往往会治愈这种固定观念。但被治愈的是观念，而绝不是观念的根源。不过，这种伪饰的治愈，却第一次容许他有沉醉于假设之中的自由。

"假如我的话都是谎言……"美青年多少带着快活的心情想道，"……事实上是我爱康子，假如出于金钱的考虑而向这位老好人作家玩骗局，我今天该是多么快活。我将扬扬自得地夸示自己舒适的别墅般的幸福，是建筑在罪恶的坟场上的。我会给出生的孩子们大讲埋在食堂地板下的古代骷髅的故事。"

悠一在告白中表现了难以避免的过分的诚实，如今他为此而感到羞愧。昨夜的三小时改变了他的诚实的实质。

俊辅给夫人的酒杯斟满了酒。

酒溢出来，滴在她的漆丝外套上。

悠一从上衣口袋迅速掏出手帕擦拭，打开来的手帕的炫目的白色，为现场带来一番清洁的紧张感。

俊辅在想，自己的老手为何颤抖了呢？当时，他对一直盯着悠一的侧影瞧个没完的夫人激起了嫉妒之情。绝不可因自己愚痴的私情而坏事，尽管俊辅本人的感情必须泯灭，但悠一出乎意表的高兴的神色又使老作家甚感迷惘。他又做了如下反省：我所发现和感到的，也许只是说明这位青年的美是伪装的，我只是喜欢他的不幸罢了……

夫人到底是夫人，她对悠一的细心照料十分感动。大凡男人的好心，她都能够迅速做出判断，不过对于悠一的一番亲切之情，她不能不承认是出于一片真诚。

说起悠一，他对自己转眼之间掏出手帕那种轻率的判断，感到有点儿后悔。他想，自己太轻薄了。他害怕这种由迷醉转为清醒的一种关心，会使自己的言行被看成是为了谄媚。这种动辄反省的习惯，不久就使他同不幸的自己达到和解。他的双眸又像平时那样黯淡了。俊辅看到这些司空见惯的表现，他很高兴，也就放心了。不仅如此，俊辅还看到，这青年刚才那副明朗的表情，是完全体会了自己用意之后的精心伪装。看看现在的悠一，俊辅的眼睛里有着一种感谢和欣慰之情。

说起来，所有这些各种各样的误解，打从镝木夫人比约定时间提前一小时到访就产生了。这一小时本来是俊辅用来听取悠一汇报的，可她出于平时那种对什么都不在乎的作风："待着也是无聊，提早前来啦!"于是，她的这句话轻而易举地打乱了一切。

两三天后，夫人给俊辅写了一封信。下面一行把收信人逗笑了。

"总之，那位青年颇为优雅。"

这和生长在上流社会的女子对于"野性"所给予的那种尊重，比较起来似乎角度不同。莫非悠一太纤弱了？俊辅想。绝非如此。看来，夫人的"优雅"这个词儿想要传达的是，他对悠一那种对于女人"殷勤的麻木"的印象，表示抗议。

实际上，悠一离开女人身边，只和俊辅两个人待在一起时，心情会明显放松。俊辅长期看惯这个年轻崇拜者一副肃然起敬的表情，这时候，他心里才会更加高兴。在俊辅眼里，悠一这番心情倒可以称作优雅。

镝木夫人和悠一该回去了。这时，俊辅约悠一一起到书房去寻找答应借给他的书，他迅疾地向正在犹豫的悠一使了个眼色。这是一种不失礼地将青年从女客身边拉开的巧妙计策。这是因为，镝木夫人是根本不读什么书的。

这是一间约有七坪[1]的书库，窗外覆盖着洋玉兰树铁甲

1　面积单位,每坪约 3.306 平方米。

般浓密的叶子。这里位于楼上的书斋旁边，老作家曾经在这里写下充满憎恶的日记和满含宽容的作品。他很少带人到书库来。

美青年跟着他随意走进这间充满尘埃、金箔、皮纸和霉味的书库，俊辅发现这些唯一的自我收藏品——数万册辉煌的图书，似乎立即羞得面孔通红。在生命面前，在这光耀的肉的艺术品面前，众多的书籍皆为自己虚伪的装潢而羞耻。他的全集的精装本，三面金箔虽然没有失去光泽，但集中涂抹在裁断的高级纸张上的金箔，几乎都映照着人的面影。当青年取出全集中的一册书时，俊辅似乎觉得蓄集在书页之中的青春的影像，净化了这些藏书的尸臭。

"日本中世时期，有相当于欧洲中世圣母崇拜的东西，你知道是什么吗?"他得到否定回答后，依然毫不介意地说下去，"是少年崇拜。少年占据宴会的上席，最先获得主君的敬酒。这里有那个时代颇有意思的密藏的写本。"——俊辅顺手从书架上抽出一册薄薄的古装的抄本给悠一看，"这是我托人从睿山文库里抄写的。"

悠一不知封面上"儿灌顶"三字怎么读，他问老作家。

"读作 chigokanjyo。这本书分为'儿灌顶'部分和'弘儿圣教密传'部分。'弘儿圣教密传'题目下注着什么'惠心述'，这显然是幌子，时代不同啊。我希望你读一读'弘儿圣教密传'里详述一种不可思议的爱抚的仪式那个部分。(何等精妙的用语！可爱少年之童具称为'法性之花'；可爱男人之玉茎，称为'无名之火'。)我要你理解的是儿灌顶这种思想。"

他用衰老的手指焦急地翻着书页，找到一行读道：

"……汝之身乃深位之萨埵[1]、往古之如来。来此界渡一切众生。"

"汝，"俊辅解释说，"这一称呼的对象就是少年。'汝，自今日起，以后在本名之下添加一丸字，应称某丸。'这种命名仪式以后，照例要朗诵这样一段神秘的赞美和训诫之文。不过……"——俊辅笑了，他带着讽刺的神色，"……你济度的开始如何？似乎很成功吧？"

悠一听了一时摸不着头脑。

"听说那个女人，一见到中意的男人，一周之内定要搞到手。真的，有无数个实际例子。不过，有趣的是，即使有不中意的男人求她，她也在一周之内弄得对方神魂颠倒，但最后还是把他一脚踢开。这是多么可怕的一招。我就上她的当了。为了不打破你对她的一丝幻想，我不说了。好，再等一周看，一周后，她就会急不可待地找你，你要巧妙地逃避（当然我会帮你），再拖延一周。只要不使她彻底撒手，有好多办法弄得她急火攻心。那就再等一周吧，你有比那个

1　Sattva，佛教语，菩萨。

女人更可怕的权力。就是说，你可以代我为她济度。"

"可她是个有夫之妇啊。"悠一天真地说。

"她也是这么说的。她公开宣称：'我是人家的老婆！'她虽说和丈夫没有分手的意思，但一直不守本分。那个女人的恶癖究竟是淫心不泯，还是始终黏着那个丈夫不放呢？第三者是看不清楚的。"

俊辅看到悠一对这句讽刺话笑了，就调侃道，今天倒是笑得挺开心啊！婚事进行得很好，多虑的老人因而想到，该不是喜欢上女人了？悠一讲了事情的原委，使得俊辅惊叹不已。

两人下楼来到日式房间，镝木夫人无聊地抽着烟，香烟夹在指缝里在想心事。拿烟的一只手包在另一只手掌里，她想起自己以前见过的年轻人的大手。他谈起体育，谈起游泳和跳高，这些都是孤独的项目。要说"孤独"这词儿不恰当，不过可以说都是一个人干的。这个青年为何选择体育？那么舞蹈呢？……突然，镝木夫人感到嫉妒起来，她想到康子。因此硬是把悠一的幻想封闭在他的孤独里。

"他似乎有着一种失群的狼的本性。他不像反叛者那样，抑或他内心的能量不适合于反抗或反叛吧。那么，他究竟适合于什么呢？难道适合于强烈、深沉、巨大而黑暗的徒劳之事吗？他的明朗而透明的笑容里沉潜着锤子一般忧郁的金矿石。那副朴讷、厚实，具有农家椅子般的安定感的手掌！（坐在上面试试看）……那修长的剑一般的眼眉……深蓝的混纺西服十分合体。那一转身的时候，那觉察危险竖起双耳的时候，那是一副柔软而锐利的狼的身段！……那天真无邪的醉态。当他不能再喝的时候，就会用手捂住杯子，歪着头，表示已经醉意朦胧。这时候，他的乌亮的头发就在眼前闪耀。于是，我产生一种凶暴的心情，想一把抓住他的头发，就像老鹰捉小鸡一样。我巴望他的发油沾在我的手上。我猛然伸出手……"

她习惯性地向下来的两个人抬起倦怠的视线。桌子上只有盛着葡萄的大盘子和喝了一半的咖啡碗。"已经很晚了""送我回家吧"所有这类话语，她出于自恃都没说。她默默迎接着他们两个。

悠一看到了被传说腐蚀的女人真正孤独的姿影。不知为什么，他感到夫人和自己十分相似。她很灵巧地把香烟掐灭在烟灰缸里，朝手提包里的镜子瞅了一眼，站起身来。悠一跟在她后头。

夫人的一副做派很使悠一惊讶。她一直没有对悠一开口，自作主张叫辆车，开到银座，自作主张领他进入一家酒吧，让他和侍者一道玩。又自作主张离开，用车把他送到自家附近。

在酒吧里，她故意从远处看着他身旁围着一群女人。悠一不太习惯这样的场合，况且穿着没有穿惯的西服，所以他时时快活地拽一拽缩进西服里的白衬衫的袖口。镝木夫人眼看着这些，心情非常愉快。

夫人和悠一在椅子狭窄的空间跳起舞来，流行乐队在酒吧一角棕榈荫里演奏音乐。这是穿梭于椅子缝隙里的舞姿，这是笼罩在醉汉无止境的狂笑以及香烟烟雾之中的舞姿……夫人用手指触摸着悠一的颈项，那夏草般新鲜而坚挺的发根也不住摩挲她的纤指。她睁开眼，悠一的眼睛瞧着虚空。夫人感动了。这是一双傲岸的眼睛，只要女人不跪在他面前，他决不会看她一眼。这也正是她久久苦求而未得的眼睛啊！

然而，其后一周里，都没有夫人的音讯。过了两三天，来了一张"优雅"的感谢信。失算了的俊辅从悠一口里知道这事后显得很狼狈。但是到了第八天，悠一接到夫人一封厚厚的信。

第六章　女人们的不如意

镝木夫人看着身边的丈夫。

十年来没有一次和她同床共寝过的丈夫。谁也不知道他在干什么。夫人也根本不想知道。

镝木家的收入，自然来自丈夫的怠惰和恶行。丈夫是赛马协会理事、天然纪念物保护委员会委员、用海蛇制造盛物袋皮革的东洋海产股份有限公司经理、某西服缝纫学校名誉校长，另外秘密做美元生意。碰到手头拮据，就以类似俊辅一样无害的好好先生为对象，利用绅士的手法干坏事。这一点，有些像搞体育。加之，原伯爵又从做了妻子情夫的外国人那里索取应有的慰问金。例如害怕丑闻的某顾主，未等索取一下子投出二十万日元。

联结这对夫妇的爱情，是夫妇爱的模范，亦即同谋者的爱情。就夫人来说，对于丈夫肉感的憎恶已经成为过去，到今天，这种肉感的憎恶早已褪色而透明，只成了将两个同谋犯联结在一起的一条难解的纽带。因为作恶不断使得二人越发孤立，所以需要好歹长期维持着像空气一般的同居生活。两个人虽说打心底里巴望离婚，之所以未能离婚，就是因为他们两人都想分手。原来要实现离婚，只限于有一方不想离这样的场合。

镝木原伯爵一直保有一双打磨得血色很好的面颊。那张经过仔细修饰的脸孔和髭须，反而给人一种加工后不洁净的印象。总是睡不醒的双眼皮眼睛，眼珠不安地转动着。面颊时时如风扫水面一般荡起皱纹。他总是习惯于用一双白皙的手，不住搓捏面颊滑润的肌肉。他同熟人冷冷地聊着，谈话拖泥带水。碰到不太亲近的人，便摆出一副使人很难接近的架势。

镝木夫人又看看丈夫。这是个坏习惯。她绝不看丈夫的脸。她每当思考问题，或感到无聊，或觉得厌恶，这才像病人瞧着自己瘦削的手臂一样，瞥一眼丈夫。可是，看到这般情景的一个蠢货，又捕风捉影地到处散布，说她依然恋着丈夫。

这里是连接工业俱乐部大舞厅的休息室。每月一次的慈善舞会，集合了约莫五百名会员。镝木夫人身穿一件薄薄的玄色晚礼服，前襟上坠着一副假珍珠项链。

夫人邀请悠一夫妇参加这次舞会。厚厚的信封里装着两张票和十数页白纸。悠一将带着何种表情阅读那些空白信呢？其实他哪里知道，夫人把一口气写下的热情洋溢的信笺一把火烧了，随后又将相同张数的白纸装进了信封。

镝木夫人是个性格猛烈的女人，从不相信女人会有不如意的事。

违背道德的懈怠立即将她引入不幸，正如萨德[1]的小说《朱丽叶》中女主人公被预言的那样，自打夫人和悠一共度良宵的那个晚上起，她就感到自己十分懈怠。接着就是一个劲儿牛气。她想，和那个无聊的青年在一起的几个小时是浪费时间。不仅如此，她还把自己懒惰的理由硬是归咎于这一点，认准了是因为悠一缺乏魅力的缘故。这种思想带来了一时的自由，但是，当她感觉在她眼中这世界所有男人都失去魅力的时候，不由惊叹起来。

恋爱使我们切身感到，人原来是这样毫无防备，想到过去一无所知的日常生活，会一阵战栗起来。恋爱使人变得规规矩矩，其原因就在这里。

这或许是一个按世间一般惯例看将跨进母亲年龄的人的表现吧，镝木夫人感到悠一心中有一种妨碍母子之爱的

---

1 Marquis de Sade（1740—1814），法国侯爵、作家。其代表作有《朱斯蒂娜》《朱丽叶》《闺房哲学》等。其作品不受道德、宗教和法律的制约，宣扬性暴力和性虐待，追求个人肉体的最大快乐。他的作品大多是在狱中写就的，所谓"萨德主义"即来自其名。

禁忌。本来，夫人每想起悠一，总像一位在世的母亲思念死去的儿子一般。可是，夫人却在美青年不逊的目光里，发觉这是不可能的。然而，以上这些征兆，不正说明她已经开始爱上这种不可能了吗？

这位骄矜的夫人声称从未梦见过男人，但她却梦见了悠一那一开口就愤愤不平的天真可爱的小嘴。这样的梦，预示着自身的不幸。她开始感到必须保护自己。

传说中这位夫人对任何男人一周之内必然要通殷勤的，却给了悠一一个例外的恩惠。除此之外再没有别的因由和办法了。夫人想忘掉他，不再见面。她随便地写了一封长信，也不打算投寄，一边笑一边写。她用半开玩笑的口气一直写下去，回头重读一遍，她的手颤抖了。她害怕再读下去，划根火柴烧了。火势很猛，她连忙打开窗户，把信纸扔到大雨潇潇而降的庭院里。

点燃的信纸正巧落在檐下的干土和水洼的分界线上，信纸继续燃烧，她感到这段时间似乎很长。夫人无意中捋一捋头发，她看见指尖上沾着一点白色，那是不该染上头发的微细的纸灰。

……镝木夫人意识到下雨了，她抬起眼来。乐师换班时音乐停止了，震动地板的脚步声听起来像骤雨猛降。透过通往阳台的出口，可以看见外面的夜景，那只不过是由星空和高层建筑闪耀着斑驳灯光的窗户构成的平庸的都市的夜景。夜气流进来，然而，沉迷于歌舞和酒香之中的众多妇女，依旧无动于衷地裸露着白嫩的肩膀，脚步轻盈地来来往往。

"是南君！南君夫妇来了。"

镝木说。夫人看见悠一和康子站在杂沓的入口处，正向休息室里张望。

"是我叫他们来的。"她说。康子首先分开人群向镝木夫人桌边走来，迎接她的夫人的内心是安详的。上次，她只看到悠一而没有看见康子时，夫人对没有到场的康子甚感嫉妒，现在看见悠一就在康子身旁，反而心绪安然，这是为什么？

她几乎不看悠一，随将康子引到身旁的椅子上，满口夸奖她的衣服如何艳丽。

康子的父亲在百货店采购部能买到廉价的进口衣料，她很早就为这次秋季的晚会定做了服装。夜礼服是象牙黄的波纹绸。宽阔的裙裾展开来，充分显现了波纹绸严冷的量感，那些流光溢彩的纹络，张开沉静而死寂的纤细的眼眸。胸前装饰着一轮洋兰，淡紫色的花蕊围绕一圈微黄、淡红或纯紫的花瓣儿，尤其突显了兰科植物所特具的那种妩媚、娇羞的魅力。颈项上戴着黄金索子串连的印度产小坚果的颈饰。从那深深隐藏于肘间的青蓝色的手袋里，以及胸前的洋兰上，弥散出雨后空气一般爽净的香水味儿。

悠一为着夫人不肯瞧一眼自己而惊讶。他跟伯爵打了招呼，伯爵以日本人罕见的眼神阅兵似的对他点点头。

音乐响起来了。这张桌边椅子不够，空闲的椅子早被别桌的年轻人搬走了。总得有人站着，自然是悠一站着身子。他喝着镝木递过来的冰镇威士忌，两个女人都要了可可香草甜露酒。

音乐从暗淡的舞厅里传出，雾一般弥漫着走廊和休息室，阻断了人们的谈话。四个人略微沉默了一会儿，镝木夫人突然站起身来。

"只一个人站着，太难为情啦，我们跳舞吧。"

镝木伯爵沉郁地摇摇头，他对妻子的这个举动甚感惊愕。每次到舞会上来，他们夫妇从未一起跳过舞。

夫人的这个邀请看起来明显对着丈夫，然而悠一看见丈夫似乎出于当然地拒绝，他发现这种拒绝夫人也并非完全没有预料到，为了礼仪，他想应该马上主动约请夫人，因为他明白，夫人很想同他跳舞。

他犹豫地看看康子，康子像个循规蹈矩的孩子，当场下判断，说：

"这不好，还是我们跳吧。"

康子向夫人行了注目礼，将手提包搁在椅子上，站起身来。这时，悠一无意中用两手抓住夫人站起身来之后的椅背，因此，夫人再次就座时，稍稍将他的指尖儿夹住，悠一的手指暂时挤在她突露的脊背和椅子之间了。

康子没有注意这些，两人穿过人群跳起舞来。

"镝木先生的夫人最近变了，变得不是十分冷静了。"

康子说着，悠一默然不语。

他记得上回在酒吧，夫人也是这样，像一名卫士，远远地护卫着他，毫无表情地注视着他跳舞的身影。

康子时时留心不碰坏胸前的兰花，所以两人的身子保持着一些距离。康子为此有些歉意，悠一则对这个障碍物很感庆幸。但是，他一想到男人用自己的胸脯压挤这轮高价的花朵该是多么高兴时，这种想象中的热情骤然使他心灰意冷起来。没有热情的行为，哪怕有一点点浪费，在别人看来，也只能是于吝啬和礼节的掩盖下，不得不如此谨小慎微敷衍一下罢了。但若是毫无热情地压挤这朵鲜花，似乎又是不合乎一切道德的不正行为啊……这样一想，压挤两人胸脯间正在灿烂开放的美丽的鲜花，这种大煞风景的企图就变成他的一种义务了。

跳舞人群的中央部分最拥挤，使得好多情侣尽量身体紧靠着身体，仿佛得到一个体面的借口，越发密集起来了。悠一每当跳擦步时，就像游泳选手用胸脯切水一样，将自己的胸脯从康子的鲜花上斜切过去。康子的身子神经质地动着，她是在爱惜兰花。较之被丈夫紧紧抱在怀里跳舞，还是保护兰花不被挤坏更为重要，女人这种理所当然的用心，使得悠一感到一阵轻松。既然对方有如此想法，悠一终归是悠一，只管扮演一位热情洋溢的丈夫好了。音乐时时变得热烈起来，青年一种不幸的狂热的念头充满心间，他发疯似的紧紧抱住妻子，妻子猝不及防，那朵兰花被无情地挤碎了，耷拉下来。

但是，在一切方面，悠一这种反复无常的表现都带来了好结果。不用说，康子稍稍感到了幸福，她温存地对着丈夫斜睨了一眼。不仅这样，她还像士兵炫耀勋章一般，故意让人们看到那朵挤碎了的鲜花，一面以少女的脚步急急回到原来的桌边。"哎呀，怎么才跳第一回，兰花就给挤坏啦?"她多么想听到这种揶揄的话语啊！

一回到桌边，就看见四五个熟人围着镝木夫妇谈笑风生。伯爵打着哈欠默默喝酒。和康子的想法不同，镝木夫人一眼就看到她胸上挤碎的兰花，可是什么也没说。

她一面吸着妇女专用的细长的纸烟，一面注视着康子胸前压坏了的兰花。

悠一同夫人一跳起舞来，就急忙用一副担心的语调直率地说道：

"谢谢您赠给的票，因为什么也没写，就和妻子两个一起来了。这样可以吗?"

镝木夫人撇开他的问话：

"什么妻子不妻子，这词儿不合时宜，为什么不称'康子'？"

夫人当着悠一的面不肯放过对康子直呼其名的最初机会，果真是事出偶然吗？

夫人再次发现悠一的舞姿不仅精巧动人，而且是那样轻盈、真率。他的每一瞬间都使她感觉到那种俊美的青春的傲岸，这种感觉仅仅是夫人的幻影呢，还是那副真率和傲岸本是出自一体的呢？

"世上一般男人只能勉强引起女人的注意。"她想，"这青年在吸引女人上仅凭一点儿零头就足够了，他是打哪里学来这套秘诀的呢？"

不一会儿，悠一问起那封信为何只有几张白纸的理由，他的这一不带任何疑念的天真的询问，使夫人重新想到那封白纸信来。她如今更加觉得羞愧，因为那封白纸信也并非完全不含有一点儿卖弄风情的技巧。

"没什么，我只是笔头拙笨罢了……当时我确实有好多话，可以写满十二三张纸哩。"

悠一觉得她的若无其事的回答是想把话题岔开。

悠一大惑不解的是信为何第八天才到。俊辅说只限于一周之内，于是他联想到这回考试是否及格。到第七天还是没有任何动静，这使他的自尊心大受伤害，他觉得经俊辅煽动起来的自信被推翻了。他确实不爱对方，但又如此想获得她的爱，这种心情倒是第一次有。当天，他甚至怀疑，自己难道真的一点儿不爱镝木夫人吗?

白纸信使他惊讶。镝木夫人不知为何害怕在没有康子在场的情况下单独见到悠一。(看来,假定悠一是爱康子的,她抑或害怕终究会损伤悠一的心情吧。)信中所附的两张票更使他感到惊讶。他给俊辅打电话,没想到这位勇于献身的好事者,虽然不会跳舞,相约也要参加这次舞会。

俊辅还没有来吗?

两人回到座位上一看,侍者已经搬来好几张椅子,男女近十人将俊辅围在中间。俊辅向悠一笑了笑,这是朋友的微笑啊!

镝木夫人看到俊辅的身影大为震惊。大凡熟悉俊辅的人不但感到惊奇,而且早已议论纷纷了。桧俊辅现身这种每月一次的舞会还是头一遭呢。是谁的力量使得老作家犯了这种不择场合的错误呢?但是,这种臆测应该说只是外行人的想法,不择场合正是敏锐的作家必具的才能,只是俊辅避讳将这种才能运用到生活中来罢了。

康子不太习惯喝洋酒,她有些醉意,便天真地将悠一的一些琐事抖落出来。

“阿悠近来可爱时髦啦,买了梳子,一直装在里边口袋里,一天之中不知要梳几遍头呢。我真担心他会很快成为秃子。”

众人表扬了康子对悠一的感化,漫不经心地笑着的悠一,神情蓦地黯淡下来。买梳子这件事儿,是他无意识形成的最初的习惯，大学时代课堂上无聊时，经常于无意之中拿出梳子梳梳头。如今在这么多人面前，经康子一说，这才感觉到自己的变化，已经是将梳子暗暗藏在里面口袋里了。他发现，当初就像狗从别人家里衔回一根骨头一样，连梳头这种琐细的习惯，都被他从那个社会带到了自己家里。

然而，康子将新婚不久丈夫的变化归结于自己加以考虑，这是当然的事情。有一种游戏，把一幅画里的数十个小点结合在一起，就会忽然改变原画的意义，浮现另外一种影像。但是偶尔将最初的点数结合起来，只不过是无意义的三角或四角。不能怪康子糊涂。

俊辅看不出悠一心情放松，他小声说道：

"怎么啦？被恋爱搞得神魂颠倒的。"

悠一起身到走廊上去，俊辅也若无其事地跟了出来。俊辅说：

"镝木夫人眼睛潮润了，你注意没有？令人惊讶的是，那女人已经变得精神性的了。她和精神的东西有缘，恐怕是平生第一次吧。这倒也能为恋爱起到奇异的补充作用，完全不具有精神的你，产生了一种反作用。我逐渐明白了，你认为能从精神方面爱女人，这是妄想。人不能玩出这种聪明的把戏来。你在肉体和精神两方面都不能爱女人。正像自然美君临人类一样，你应该用同样方法，亦即凭借精神的完全不存在去面对女人。"

——俊辅这时候无意之中发现，他已经无可奈何地把悠一看作是自己精神的傀儡了。当然，这是在他一流的艺术性的赞美之下——"人们不管是谁，总是最喜欢自己难以对付的人。女人也是这样。看今天镝木夫人情思满怀的样子，她似乎全然忘记了自己肉体的魅力了。直到昨天为止，对她来说，你这小子比其他任何男人都令她牢记啊！"

"但是早已过去一周了呀。"

"例外的恩惠嘛。这是我所看到的第一次例外。首先，这个女人无法掩饰自己的恋情。你看到没有？她刚才在椅子上放的那只佐贺锦孔雀刺绣小手提包，和你一同回来之后又移到桌子上去了。她一边认真仔细地查看桌面，一边把包放了上去。尽管如此，她还是眼睁睁地把包放进一汪酒水里了。你以为那女人一到舞会上来就兴奋非常，那就大错特错了。"

俊辅递给悠一一支香烟，又接着说：

"看来她还要等一段较长的时间。目前你是安全的，她引你不管到哪儿都是安全的。因为你已经结婚，而且新婚燕尔，有安全的保证。不过使你安全待着并非我的本愿。等等，回头我还要给你介绍一个人呢。"

俊辅巡视一下周围，他在寻找穗高恭子。十多年前，她也像康子一样，抛掉俊辅结了婚。

悠一蓦然用另一个人的眼光瞧着俊辅。俊辅站立在这个充满青春活力的、华丽的世界中央，看上去就像一个死人在物色着什么。

俊辅的面颊上沉淀着铅锈一般的颜色。他的眼珠失去了光亮，从黝黑的嘴唇里可以窥见那排过分整齐的假牙，犹如残留于废墟上的白墙，显得异样鲜明。但是，悠一的感想也是俊辅的感想。俊辅了解自己。他自从见到悠一之后，虽然活在现实之中，就已经决心进入棺材了。他在从事写作时，看起来世界是那样明净，人事是那样清晰，不是因为别的，而是因为在这一瞬之间他已经死了。俊辅的种种愚行，不过是一个死人企图重新回归现实生活的拙劣的酬报罢了。就像回到作品中一样，他既然使自己的精神进驻到悠一的肉体里，就是决心想使精神从阴郁的嫉妒和怨恨之中解放出来。他想寻求十全十美的回归。总之，他想，作为一个死去的人，能在这个世界得以复活该有多好。

用死人的目光观看时，他发现现实世界是一个多么澄明的机构啊！他人的爱情又是多么准确无误地可以透视出来！在没有偏见的自由自在的情况下，世界变得像小小玻璃机器一样了。

……但是，这位老丑的死人心里有时也涌动着一种不甘于自我束缚的情绪。如今，他听到七天之中悠一那里毫无动静，便因为受挫和估计不准而显得有些恐惧和狼狈，但同时又有几分快意。这种快意和刚才的痛楚如出一辙，那痛苦正是他从镝木夫人表情里看到的一种不折不扣的恋情而引起的。

俊辅发现了恭子的身影，不巧又被某出版社社长夫妇抓住郑重地寒暄起来，使得他无法到恭子那里去。

满满堆积着节目抽奖奖品的桌子旁边，一位白发外国老绅士和一个身穿旗袍的美丽女子站在那里又说又笑，她就是恭子。她每当发笑的时候，嘴唇就像水波一样在洁白的牙齿周围轻柔地一开一合。

她身上的旗袍是白色的缎子，上面浮现着龙纹。金质的领卡和纽扣，长裙拖曳下若隐若现的舞鞋也是纯金的。翡翠的耳环不时摇荡着星星翠绿。

俊辅刚想接近，又被身穿夜礼服的中年女子拉住了，她一个劲儿搬弄一些艺术方面的话题，俊辅对她漠然而视。他目送那个女人的背影，看到那磨刀石一般扁平、瘦削的脊背光裸着，厚厚的白粉下面并排着一对灰色的肩胛骨。俊辅想，艺术为何要为这种丑陋留下口实？这竟然也是社会公认的口实啊！

悠一神情不安地走过来。俊辅看到恭子还在和那个外国人站着聊天，用眼睛向那边示意了一下，小声对悠一说：

"就是那个女人。她是个美丽、活泼而时髦的贞女。不过我听别人说她最近和她丈夫关系不太好，今天是同另外一帮人一块儿来的。我就介绍说你没有带夫人而是一人单独行动，你也姑且装糊涂。你必须和她连续跳五支曲子，不能多，也不能少。等跳完之后分别的时候，你就说你其实是同夫人一道来的，开始时没有照实说，是怕说了你不愿意和我跳下去，所以就撒了个谎，很对不起。你说话要尽量富有情趣。那女子若原谅你，你的印象就会变得神秘起来。此外，你也可以说几句恭维话，她最爱听别人夸奖她笑容很美。她从女校刚毕业时，一笑就露牙龈，样子不好看。但其后十多年，经过反复训练，很有成效，即便开怀大笑也看不见牙龈了。那副翡翠耳环也可以夸赞一番，她很善于映衬出领口雪白的肌肤。还有，最好不要说些什么性感之类的话。她喜欢清纯的男人。说起来她的乳房倒是很小，你看，她那漂亮的胸脯其实就是一件装饰品，没错，肯定是用海棉什么充填起来的。欺骗别人眼目，也就是漂亮女子的礼仪啊！"

那个外国人同另外一伙外国人说话去了，俊辅走到恭子身边向她介绍悠一。

"这位是南君。从前他托我给你介绍，一直没找到机会。他还在上学，不过已经有了夫人，好可怜啊！"

"哎呀，真的？这么年轻？近来大家都在赶早儿哪！"

俊辅说："他婚前就托我介绍，现在南君还一直埋怨呢。他结婚一周之前，在秋天最初的舞会上第一次见到过你。"

"这么说，"恭子一时不知说什么好，这时悠一瞅瞅俊辅的脸。他今天是第一次到舞会上来。"……这么说，还刚结婚三周呀。那天的舞会很热呀。"

"所以他最初一见到你，"俊辅用十分武断的语气说，"他就产生了孩子般的野心。他想在结婚前务必找机会，同你连续跳上五支曲子。哎，对吗，悠一？不要脸红嘛，要是能这样，就能不留任何遗憾地结婚啦。结果未能如愿以偿，就和未婚妻结了。如今，他还是不死心，一个劲儿责备我。这都怪我不好，谁叫我一时不小心说认识你呢……今天，你可知道，他就是为了这个没有带夫人，而是单独来了。就请你满足他的愿望吧，行吗？连跳五曲，使他了却一桩心事吧。"

"这事好办。"——恭子看不出有什么难为情，她豁达地答应了，"只要没找错人就行。"

"好，悠一君，那就跳吧。"

俊辅向休息室注意了一下，催促悠一说道。于是，两个人走进舞厅微明的中央。

在休息室一角，俊辅被一位熟人的家属拦住坐在椅子上，从这里隔三四张桌子正面可以看到镝木夫妇。他看见镝木夫人在外国人护送下回到桌边，向康子行了注目礼后在她对面坐下来。这两位不幸的女人的倩影，远远看去带有故事中的风情。康子胸前已经没有兰花了。黑衣女子和象牙黄女子，漠然交换一下眼色，沉默不语。就像一对招牌。

从窗外看到别人的不幸，比起在窗内看到的更加美丽。这是因为，不幸很少能越过窗棂扑向我们……音乐的专制支配着集合的人群，这是秩序在起作用。音乐以类似深深疲劳的感情驱动着孜孜不倦的人们。俊辅想，音乐的旋律流动之中，音乐也有一个不可侵犯的真空的窗户，自己正在透过这个窗户望着康子和镝木夫人。

俊辅现在的桌子上，十七八岁的少男少女在谈论电影。原参加特攻队的长子，穿着时髦的西服，给自己的未婚妻讲述汽车的发动机和飞机的发动机有什么不同。母亲对自己的朋友谈论一位很有天才的寡妇，她把旧毛毯重新染色，改做成漂亮的购物袋，接受订货。这位朋友是原财阀的夫人，自从在战争中死了儿子以后，一直热衷于研究心灵学。这家的主人不住劝俊辅喝啤酒，反反复复说道：

"怎么样？把我们全家都写进小说里吧。要是能事无巨细、一个不漏地描写一番就好啦……您看，我的妻子还有他们，都是些怪人。"

俊辅微笑地看着这个家庭里心直口快的成员。很遗憾，家长的自豪实在有些不得当。经常有这样的家庭，互相谁都找不出有何不同之处，没办法只好全家人一起耽读侦探小说，以治愈"健康的饥渴"。

老作家有他自己的地方，他该回到镝木夫妇的桌旁去了。长时间离开座位，他怕自己被怀疑是悠一的同谋。

他走到桌旁，康子和镝木夫人老是被别的男人请去跳舞，俊辅就在独自被撇在一旁的镝木身边坐下了。

镝木也没问他到哪儿去了。他劝俊辅喝冰镇威士忌，问道：

"南君在哪里？"

"啊，刚才还在走廊里见过他呢。"

"是吗？"

镝木在桌面上叉着双手，竖起两根食指仔细观看。

"哎，请看！不会在颤抖吧？"

镝木对着自己的手，用眼睛向俊辅示意说。

俊辅没有回答，他看看表。五支曲子大约需要二十多分钟，加上刚才在走廊上的时间，一共是三十分钟光景。对于一个新婚燕尔、首次同丈夫一起来参加舞会的年轻女人来说，这三十分钟绝不是一段容易度过的时光。

一曲终了，镝木夫人和康子回到桌旁。两人无意中都脸色苍白。她们眼里所见逼迫自己做出不愉快的判断，又各自不愿说出来，所以变得寡言少语。

康子想起那个同丈夫已经亲密跳过两遍的穿旗袍的女子。她刚才一面跳舞一面对着丈夫微笑，也许他未注意到吧，悠一没有回过她一个笑脸。

订婚阶段，康子不断为"悠一有无其他女人"这个问题所折磨，这种猜疑随着结婚烟消云散了。也许她这样做是对的，她用新获得的逻辑的力量使得这个猜疑自行消解。

……康子有些无聊，她把紫色的手套脱下又戴上。她戴手套时，眼睛里闪现着若有所思的神色。

是的，她凭借新近获得的逻辑的力量解开了心中的疑惑。康子在K镇时从悠一忧郁的表情上预想到的不安和不吉利，婚后再一想想，一种天真少女的自负帮助了她，康子觉得一切都应归咎于自己。她认定，他之所以苦恼得夜不成寐，是由于她没有主动答应他的缘故。这样一想，那使得悠一感到无比痛苦的风平浪静的头三个晚上，就是他爱着康子的最初的明证。那时候，悠一肯定在同欲望苦斗。

这位非凡的自尊心极强的青年，定是害怕遭到拒绝才那样按兵不动的。对于一个紧紧团缩着身子、磐石一般默然不响的无邪的少女，三个夜晚他都没有出手。康子自然明白，没有比这更能证明悠一是纯洁的了。订婚时代她怀疑悠一有其他女人的幼稚的想法，眼下完全可以获得嘲笑、轻蔑的权利。

回娘家更是一种实实在在的幸福。悠一在康子父母眼里越发是个保守型的青年。这位在应对女客方面大有作为的美青年的前途，将在岳父的百货店里获得确实保证。这是因为他孝顺、纯洁，而且更为可贵的是，有一副尊重世俗体面的气质。

婚后开始上学那天，晚饭后悠一第一次很晚才回家，听他说是被一个坏同学硬逼着请去吃饭了。康子未等深通世故的婆婆开口，就急急忙忙替丈夫说情，说交朋友就是这么一回事。

……康子又脱下紫色的手套，突然一阵不安袭上心头。她眼前正像看到镜子里的自己一样，发现镝木夫人也带有一副同样焦躁的目光。康子很害怕，她的不安不正是夫人那种莫名其妙的忧郁情绪所传染吗？她对这位夫人之所以怀有某种亲爱之情，莫非就是因为这些吗？不一会儿，她们两人又分别被人请进舞场。

康子看见悠一还在同那个穿旗袍的女人继续跳舞，这回她没有对他微笑，目光转移开了。

镝木夫人也看到了同样的情景。夫人不认识那个女人。就像戴一副假珍珠项链只能露出一端来一样，夫人那种爱好嘲笑的精神，使得她对这种公然在"慈善"的幌子下举办的舞会感到厌恶，从未参加过一次，所以没有机会结识作为一名干事的恭子。

悠一跳完了约定的五支曲子。

恭子陪悠一回到自己一伙人的桌子旁边。他在思忖，妻子没来这一谎言何时对她坦白出来好呢？他一时心中没底，显得有些六神无主。这时，刚才老是到镝木夫妇桌旁去的一位心直口快的同学，来到这里见到悠一，一句话揭了底。

"哎呀，你这小子真坏，撂下夫人不管！康子女士一直独守在对过的桌子旁边呢。"

悠一看看恭子的脸，恭子也看看悠一，马上转过眼睛。

"快回去吧，太可怜啦！"恭子说。这句劝告不失理性，又合乎礼仪，悠一有些不好意思，脸涨得通红。一种廉耻之心时常能够激起一股热情，美青年猛然站起身来，这种勇气连他自己都感到惊奇。他随即将身体挨近恭子，把恭子带到墙边，说有话给她讲。恭子眼里充满愤怒，她冷然以对。假若悠一能感觉到自己勇猛的动作正说明热情的质量，也就会理解这位漂亮的女子不由自主、鬼迷心窍地从椅子上站起来随他而去的缘由。悠一那双天生的黯淡的眸子，含着深切的歉意，心情颓唐地说道：

"对你撒了谎，实在对不起。可我没办法，我想要是说了实话，你就不会和我连续跳上五支曲子了。"

恭子对这位青年深藏在内心的真正的纯洁瞠目而视。她满含热泪，以宽恕之心做出一个女人所能达到的牺牲，及早原谅了悠一。悠一急匆匆向妻子等待的桌子走去，恭子目送着他的背影，这位易于动情的女子，把他连同上衣背后微细的襞褶都铭记心中了。

悠一在原来的地方见到兴高采烈正在和男人开玩笑的镝木夫人，以及不得已随声附和的可怜的康子，还有准备回去的俊辅。俊辅在这伙人面前必须避免同康子见面，所以老作家盯着悠一看了看，急急忙忙回去了。

悠一当场有些困窘，他提出要送俊辅到楼梯口。

俊辅听到恭子的情况，放心地笑了，他拍拍悠一的肩膀，说：

"今晚不要跟男孩子玩啦，为了抚慰夫人的心情，今夜里必须完成那个义务，懂吗？几天之内我还会叫恭子在某个地方'偶然'遇到你。到时候再联系。"

老作家生龙活虎地握了握手，他独自顺着铺有大红地毯的楼梯径直走到中央出口，不小心插进口袋里的手指受伤了，是那枚蛋白石的传统风格的领带别针刺伤的。原来刚才为了接悠一夫妇路过南家时，他们夫妻已经走了，悠一母亲将这位大名鼎鼎的贵客让进客厅，为了表达心意，把亡夫的这件遗物赠给了俊辅。

俊辅高兴地接受了这件落伍于时代的礼品，他想她回头一定会告诉悠一的。他想象着这位母亲会不会这样对儿子说：

"送上这件东西，你就可以自豪地同他交往下去啦。"

老作家看着手指。一滴血像宝石一般凝结在指尖儿上。他很久没有在自己的肉体上见过这种颜色了。俊辅甚感惊讶，他想，即使是个肾病患者，只要是女人，也必定会有一天奇缘巧遇，冷不防刺伤他的肉体。

第七章　出场

悠一在这家店里，不问住址和身份，被大家称呼为"阿悠"。这里就是"阿英"给他画了一张幼稚的地图、等他见面的那家店铺。

这家位于有乐町一角、名叫"罗登"的极为平凡的咖啡店，自打战后开张以来，不知何时变成了这类人的俱乐部。但是不知底里的一般顾客也结伴而至，喝罢咖啡，依然一无所知地离开。

店主是第二代混血儿、四十光景的英俊男子。大家都习惯管这位生意人叫"洛蒂"。悠一进店后从第三回起也称他"洛蒂"了，他是学阿英才这么叫的。

他是银座一带二十年来的老面孔。战前在西银座开设了一家叫"布鲁丝"的店，除女孩子外，还使唤两三个美少年，所以打那时候起，经常有男色家进出洛蒂的店。这条道儿上的人，在区分同类上，都具有动物一般天赋的嗅觉，又像蚂蚁见到砂糖一样，从不会放过一点能够酿造此种气氛的场所。

难以置信的是，洛蒂在战争结束前，一直不知道有此类秘密的社会存在。他有老婆孩子，至于对别人的爱情，他认为只不过是他个人的一种偏奇的毛病。他只是出于自己的兴趣，放些美少年在店里。可是战争结束，他在有乐町一开设罗登，就一下子会聚着五六个美少年，因此他的店在这类人之间很有名气，终于成为一种俱乐部。

知道了这些后，洛蒂苦练经营方法。他发现此类人为了抚慰那颗孤独之心，一旦来店就再也不会离开。他把客人分成两类，一类是年轻有魅力，他们的到来具有磁石般的吸引力，可使店内生意红火；一类是趾高气扬的富豪，一到店里就被磁力紧紧吸引，动辄一掷千金。洛蒂为前者吸引后者繁忙地工作。一次，一位名义上的年轻客人，被主宾领到酒店，结果又从酒店门口逃回来，这青年虽说是店里的老熟人，可还是被洛蒂好一顿叱骂，悠一看到这番情景惊叹不已。

"你把洛蒂的脸面丢光啦！嗯？这样的话，无论如何再也不能让你伺候好人啦！"

洛蒂每天早晨化妆要花两小时，他有个癖好，吹牛不犯罪。他说："被人一直盯着脸瞧实在太难为情。"凡是见过面的男人都是对洛蒂慕名而来的男色家，连幼儿园的孩子在街上看到他都惊愕地回头。这位四十岁的男人穿着马戏团风格的西服，在慌忙中剃去时髦的科尔曼胡须[1]的日子里，高矮胖瘦简直换了一个人。

这帮人大约日落以后开始集中，店里的扩音器不停地播送舞曲唱片，特别注意不使秘密话题进入一般顾客的耳朵。洛蒂总是坐在最里头的椅子上，碰到那种肯花钱、讲排场的大款，他会立即走到柜台前看账单，他这位店主亲自鞠躬如也，去"伺候算账"。享受这种"宫中礼法"的客人必须预先想好，算账时要支付高出账单两倍的钱。

客人们每当有人开门进来，就大伙儿一起朝他望去。进来的男人一瞬间置身于众目睽睽之中。谁敢保证梦寐以求的理想，不会由这座向着夜间街道敞开的大门突然变成现实呢？然而很多时候，投过去的视线立即褪色，眼中表现出不满来，于是鉴定就在最初的一瞬间结束了。那些一无所知的年轻顾客，假如没有唱片的骚扰，一旦听到了每个桌子对自己所作的窃窃私语式的品评，一定会吓破了胆吧。听那伙人都说些什么："什么呀，没啥了不起。"——"看那副长相，一边儿待着吧！"——"看那蒜头鼻子，想必那个

---

1 英国电影演员 Ronald Colman（1891—1958）蓄的短而整齐的八字须。

玩意儿也不会大!"——"小瘪嘴儿,谁瞧得上你!"——"嗬,领带倒是有点儿意思。"——"总之,性的魅力完全等于零!"

每个夜晚,这里的观众席面对空荡荡的夜路,那里总有一天会出现奇迹。说是宗教式的大体不差,这种等待奇迹出现的虔敬的氛围,比起今天马马虎虎的教堂来,在这种男色俱乐部香烟的雾气萦绕之中,反而能以更加朴实的形式直接品味到。玻璃门面对的广大的空间,是他们观念上的社会,是被认为遵照他们的秩序存在的大都市。条条道路通罗马,无数条看不见的道路,都从一个个如夜空点点明星的美少年那里通向这家俱乐部来。

霭理士[1]说:女人为男人的力量所迷惑,但她们对男性的美缺乏定见,可以说是一种近乎盲目的钝感,故和正常的男人对于男性美的认识没有太大差别。对于男性固有的美,最敏感的只限于男色家,希腊雕塑的男性美的大系开始在美学上的确立,则有待于男色家温克尔曼[2]的出现。一个正常的少年,一旦受到男色家热烈的赞美(女人不会如此

1 Henry Havelock Ellis(1859—1939),英国心理学家,创立性科学。著有《性心理学》《性本能分析》等。
2 Johann Joachim Winckelmann(1717—1768),德国美术史家,出生于勃兰登堡的商家。年轻时向往希腊古典文学。1755年移居罗马,后为意大利人所杀。著作有《古代美术史》《希腊美术模仿论》等。

肉麻地赞美男人），就会变成一个梦幻的那喀索斯[1]。他就会把自己作为赞美的对象扩展自己的美，树立男性一般美学的理想，成为一名像样的男色家。先天性的男色家与此相反，从幼年时代起就怀抱着理想，他的理想是肉感和观念尚未分化的真诚的天使，这种理想可以说和通过亚历山大葡萄[2]发酵般的醇化而完成的宗教官能性的东方神学很相似。

同"阿英"相约的悠一，于下午九时店里最热闹的时刻来到店里。当他系着枣红色领带、身穿深蓝色外套走进店门的一瞬间，一种奇迹出现了！在他本人不知不觉的这一瞬之间就确立了霸权的地位。悠一的出场成为罗登后来长久不衰的话题。

当晚，阿英及早下班，一跑进罗登，就跟青年伙伴们说：

"我前天晚上在公园碰见一个，帅极啦。当夜跟他玩了一把。我从来没见过这么漂亮的人。他马上就来，叫阿悠。"

"长什么模样?"

一个认为自己最美的少年名叫"绿洲阿君"，带着挑剔的口气问。他本是"绿洲舞厅"的侍者，穿着特请外国裁缝制作的草绿色的双排扣西服。

---

1 Narcissus,希腊神话里的美少年。
2 Alexandria,原产于北非的一种高级绿葡萄。

"什么模样？一副轮廓鲜明的男子汉的面孔。目光敏锐，牙齿洁白、整齐，侧影显得很精悍。身体很棒，肯定是个运动员。"

"阿英，你把他引来，我们都要掉价啦。你说玩了一把，究竟是多长时间？"

"三个小时。"

"不得了啦，还说玩了一把。三个小时就一把，没听说过。看来要进疗养院啦。"

"不过对方很强，床上工夫忒厉害！"

他合起两手，将手背靠着面颊，故作矫情。扩音器不时播放着康茄舞曲，他猝然站起来跳了一段动作猥琐的曲子。

"哎，阿英给吃掉啦？"一直在倾听他们谈话的洛蒂问道，"那小子来吗？长什么模样？"

"讨厌，老色鬼马上就来劲儿了。"

"要是个好小子，就请他喝杜松子酒[1]。"洛蒂吹着口哨吼了一句。

"想用一杯杜松子酒引他上钩，老率子实在够讨厌的。"阿君说。

"率子"这词儿是这个社会的一个隐语，意即为金钱而卖身，有时又转化为吝啬的意思。

1　Gin fizz，又名金酒。因含有杜松子香气，故名。

此时店里正是上客的时候，挤满了相互熟悉的男色家。假如这时有一般客人进来，看不见女客也认为是偶然的，发现不了任何异样的征兆，有老人，有伊朗商人，另外还有两三个外国人，有中年男子。还有一对显得有些拘谨的年轻同伴，他们抽烟点火时，相互交换吸了一口。

也不是完全没有征兆，据说男色家脸上都有一种难以拂去的寂寥的神色。还有，他们的视线里共存着媚态和审视这两种目光。就是说，女人对于异性的媚态和对于同性的审视的目光是分开来使用的，而男色家是同时将两种目光投向对方的。

阿君和阿英被伊朗人招呼到桌子旁边，这是洛蒂对他们耳语的结果。"喏，特别招待。"——洛蒂推了一下两人的脊背。"一个谈不拢的老外!"阿君不情愿地嘀咕着，走到桌旁，他用平常的语调问阿英，"这个人懂不懂日语?"

"看那样子似乎不懂。"

"一窍不通。又像上回一样。"

这时候，两人来到外国人面前干杯时，"哈罗，大令，这个蠢货!""哈罗，大令，这个老色鬼!"两人一唱一和。于是，外国人笑笑说："小色鬼和老色鬼正好谈得来。"

阿英显得十分不安。他的眼睛三番五次盯着朝向夜间街道敞开的玻璃门。那张用精悍和忧郁的合金雕铸成的脸孔，在这个少年眼里，仿佛在他过去搜集的一枚外国货币上见到过。他怀疑，他是不是传说里的人物呢？

这时，一股青春的力量推开了玻璃门，阻断的夜气爽爽地流泻进来。众人一起抬眼朝大门口望去。

第八章　感性的密林

……普遍性的美，一出手就赌赢了。

悠一在肉欲的视线里游泳。正如女人从男人们当中走过时所感觉的那样，那种视线可以在一瞬之间使人脱光最后一件衣衫。纯熟的品鹭的眼神大体不差。过去，俊辅在海边飞沫中见到的舒缓而宽阔的胸廓，俄而变细的洁净而饱满的胴体，修长而劲健的双腿，无与类比的纯洁而年轻的光裸着的肩膀，再加上纤细而坚挺的眉毛、阴郁的眸子，还有那纯然少年的嘴唇和整齐而洁白的牙齿所构成的美青年的头颅，看起来那种可见部分与不可见部分相互泛起的调和的美，可以说是无可动摇的按照黄金分割比例的绝妙安排。完美的头颅必须连接完美的裸体。美的断片是美的复原图的预感……怪不得嘴巴挑剔的罗登的批评家们也保持沉默。考虑到同伙或在店里服务的少年侍者，他避免说出那种无法形容的赞美的心情。但是，这些目光，将往昔他们爱抚的众多青年中最美的幻影，一起拉到难以描画的悠一裸像的身边来了。这里，飘荡着青年们迷幻不定的裸影，还有那种肉体的温热，那种肉体的熏香，那种声音，那种接吻。然而，他们的幻影，一旦置于悠一裸像身旁，就遽然留下羞怯而消泯。他们的美没有脱离个性的范围，而悠一的美，却杂糅个性于一体而光芒闪耀。

他倚着里面黑暗的墙壁，袖着手默然而坐。他感受众多视线的压力，低着双眼。因而，他的美貌里又平添一种天真的联队旗手的风情。

阿英微带歉意地离开外国人的桌子，来到悠一旁边，身子蹭着他的肩膀。悠一叫他坐下，两人相向而坐，目光不知转向了哪里。点心上来了，悠一挑一大块奶油水果蛋糕毫无顾忌地张开大口吃起来，草莓和奶酪被那洁白的牙齿咬碎了。少年看着他，自己也仿佛亲自尝到了一种吞噬的快感。

"阿英，给老板介绍介绍嘛。"洛蒂说。没办法，少年将悠一介绍给洛蒂。

"请多关照，今后可要常来呀。这里的人都很好。"店主甜言蜜语地说。

不一会儿，阿英去洗手间，这时，一个衣着气派的中年客人走到里边柜台旁算账。脸上浮现一副无法形容的孩子气，这是一个幽闭的孩子的表情。尤其是眼皮浮肿，面颊带着浓重的乳臭。可是一见到悠一，眼睛里鲜明的青春的欲望背叛了那种拙劣的伪饰。他想扶住墙壁，手却落到了悠一的肩上。

"哎呀，太失礼啦。"

客人说着，马上放开手。但是说话和松手之间有着一瞬的迟疑，也许可以说是一种探索。这种言语和动作间微小的令人不快的脱离，在美青年的肩头留下一个轻轻的印记。客人再次回头望了望，像逃跑的狐狸一般，朝着悠一的面孔瞟了一眼走开了。

少年从洗手间回来，悠一把这事讲了一遍。阿英吃惊地说：

"什么？已经来啦？好快嘛。阿悠你呀，被那家伙盯上啦！"

悠一还是悠一，使他惊讶的是，这种装模作样的店和那座公园完全一样，都需要一种敏感的手续。

这时，一位皮肤浅黑的长着酒窝的小个子青年，挽着一个秀丽的外国人走进店里。青年是最近才出道的芭蕾舞演员，外国人是他的法国人师父。他们在战争结束后就互相认识。青年今天的名声大多仰仗这位师父。这个一头金发、开朗的法国人数十年来一直和比他年轻二十岁的朋友住在一起。据说他一喝醉酒，就开始表演他的拿手好戏，即爬到屋顶上下蛋。这只金发母鸡，吩咐弟子拿着笊篱在屋檐下面等着，把观众召集在月光明亮的庭院内，自己学着母鸡的动作，顺着梯子爬上屋顶，一撅屁股，一拍翅膀，再尖叫一声，于是就有一个鸡蛋滚落到笊篱中。再拍击翅膀，再发一声尖叫，第二个鸡蛋滚落下来。一连掉下四个鸡蛋。客人们捧腹大笑，拍手欢呼。等到宴会结束，把客人送到大门口，看到从主人的裤腿里滚出来一个鸡蛋，掉在石阶上打碎了，这是忘记下的第五个鸡蛋。这只"鸡"的直肠里能装下五个鸡蛋。阅历肤浅的人，是不可能有这样高超的技艺的。

听了这段话，悠一大笑起来。笑罢，他又负疚般地沉默了。接着问那少年：

"那外国人和芭蕾舞演员交往有好几年了吧？"

"听说前后有四年了。"

"四年。"

悠一想象着同桌子对面的少年相处四年岁月会是什么样子。他确确实实预感到这四年里绝不会再有前天夜里的那种欢喜，那么这说明什么呢？

男人的肉体起伏似平原，一望无边，不像女人的肉体那样，每次散步都能感受新发现小泉的惊喜，再深入进去就会看到美丽晶莹的矿石的洞穴。它是单一的外表，纯粹可视的美的体现。一旦将一切爱欲赌进最初热烈的好奇心之中，随后的爱情只有一种可能——不是埋没于精神，就是轻轻滑向其他肉体。悠一尽管只有一次体验，但他感到自己心里已经有权做如下的推论了。

"假如只有初夜我的爱才能得到完美的展现，那么其后重复拙劣的模仿，只能是对自己和对方两个人的背叛。不能用对方的诚实衡量我的诚实，应该相反。抑或我的诚实会使我和不断变换的对手连续度过无限个初夜，然而我的爱只能是一次性的，它是贯穿无数初夜欢喜中的一条经线，不管对谁都是不变的强烈侮辱般的一次性的爱。"

美青年把对康子的人工的爱和此种爱相比较，哪一种爱都不能使他得到安息，而只会使他焦躁不安。他被孤独所袭击。

阿英看到悠一沉默不语，便茫然地瞧着对过桌边一对年龄相仿的青年。他们背靠背坐着。看样子，他们深切感到自己这种难以预料的关系，互相肩并肩、手挽手，似乎拼命抵御着这种不安。一种预见明日就要死去的战友般的友情，将他俩紧紧联结在一起。其中一个再也忍不住了，亲吻了一下对方的脖颈。不久，两个人急急出去了，刚剃的爽洁的颈项并列着。

阿英双排扣格子呢西装上，打着柠檬黄的领带，张着嘴目送着他们。他的眉毛、眼睛，还有那男偶一般的嘴唇，都被悠一的嘴唇一一光顾了。他看着，"看"这种行为多么残酷！少年的身体上的角角落落，就连背上的小黑痣，对于悠一来说都不生疏。这座单纯的美丽房屋的结构，他只进去过一次就全都记住了：哪里有花瓶，哪里有书架。而且可以肯定，这花瓶和书架永远不会改换位置，直到这间屋子腐朽倒塌为止。

少年看到了他的冷淡的目光，在桌子下面紧紧握住他的手。悠一为一种残忍的心情所驱使，一下子甩开了。他多少意识到了这种残酷。悠一那种被妻子强迫之后黯淡而痛苦的心情，使他向往一个具有爱的权利的人所持有的一种愉快的残酷的薄情……于是，少年的眼睛里充满了泪水。

"阿悠如今什么心情我全知道啊。"他说，"你已经对我厌倦了吧?"

悠一连忙否认，阿英仿佛要证明比这位年长的朋友更有经验似的，用颇为老成的断定的口气说道：

"打从阿悠刚来的时候我就明白。这是没有办法的事。这个道上的人，不知为什么，几乎都是一次性的。我也习惯了，死心啦……不过，我希望阿悠一辈子做我的哥哥，你是我第一个对象，我一生都感到自豪呢……可不要忘了我呀!"

悠一被他撒娇般的哀诉感动了，觉得有些对不起。

他的眼里也噙满泪水。他从桌子下面再次摸到少年的手，亲切地握着。

这时，大门开了，三个外国人走进来。其中一人的面孔悠一还记得，是结婚典礼时从对过楼里出来的那个瘦瘦的男人。他的西服变了，但依然系着水滴花纹的领结。他用老鹰一般的目光环顾着店里，显得有些醉意。两手拍得山响，连连叫道：

"阿英！阿英！"

快活甜润的嗓音震动了墙壁。

少年低着头，不愿露出脸来。接着职业般老练地咂咂舌头。

"呸！今晚我说过不到这儿来的呀。"

洛蒂天蓝色的上装前襟一闪动，身子伏在桌子上，低声地怂恿阿英：

"阿英，快去吧，少爷来啦。"

场上的空气惨淡起来。

洛蒂的声音里含有的强迫似的哀诉，进一步加深了这种惨淡的气氛。悠一很为刚才自己的眼泪而后悔。少年迅疾瞥了洛蒂一眼，做了一个孤注一掷的动作站立起来。

决定性的瞬间，往往对于治疗心里的内伤像医药般灵验。悠一如今可以毫无痛苦地看着阿英了，他为自己感到骄傲。少年和悠一的目光很不自然地碰到一起了。他们想巧妙地修正一下分别的瞬间，试图调整两人视线的焦点，但都没有成功。少年离去了，悠一把眼睛移向别处，他发现一位青年优美的眼睛正盯着自己。他的内心一片明净，犹如一只蝴蝶款款飞向那双眼睛。

那青年背靠对过的墙壁站立，穿着粗布作业裤和深蓝色上装，系着胭脂红的领带，看起来要比悠一小一两岁。富有流动感的眉毛和浓密的波浪形的头发，更使他的脸孔别有一番潇洒的情趣。他的眼神像扑克牌梅花 J 里的骑士像，忧郁地忽闪着，不住地向悠一这边递眼色。

"他是谁？"

"他是阿滋，中野地区干货店老板的儿子。倒是个俊男哩，叫他过来吗？"

洛蒂说着，打了个招呼，那位民间王子飘然离开了椅子。他一眼发现悠一正掏出烟来，于是灵巧地擦着了火柴，用掌心护着走了过来。那火影透过手掌，发出玛瑙般的光亮。这使得悠一联想起他那操劳一生的父亲遗传下来的一双朴实的大手。

※

来往于这家店的顾客，身份的转变实在微妙。从第二天起，悠一就被唤作"阿悠"了。比起其他顾客，洛蒂更把悠一看作一位重要的朋友。自从悠一进店那天起，罗登的客人骤然增加，大家不约而同地谈论着这位新面孔。

第三天，又发生一件事情，进一步抬高了悠一的身价，阿滋剃了和尚头来到店里。原来昨夜他和悠一同床共枕，十分快活，他打算用这一头美丽的浓发作为对悠一守身的信物，毫不可惜地剃掉了。

一桩桩侠义事件在这个社会里迅速传扬。大凡秘密结社，其特征就是不能将消息传到外面世界上去的。一旦进入这个社会的内部，面对惊人的传播力，是不可能保有一点儿闺房秘事的。为什么呢？这是因为平时百分之九十的话题，都是露骨地报告着自己和别人的闺房消息。

随着见闻的增加，悠一被这个社会出乎意料的广大惊呆了。

这个社会，白天里大家都穿着隐身衣而伫立于社会之中。什么友情、同志之爱、博爱、师徒之爱，什么共同经营、助手、经济人、书生、老板、伙计，什么兄弟、堂兄弟、伯侄，什么秘书、拎提包的、司机……还有种种繁杂的职务和地位，什么经理、演员、歌手、作家、画家、音乐家，还有那些趾高气扬的教授、公司职员、学生等等，整个男人世界一律穿着隐身衣而站立着。

他们向往无限幸福的世界，由共同的可诅咒的利害结合在一起，梦想着一个单纯的公理。他们巴望男人应该爱男人这条公理，有朝一日能推翻男人应该爱女人这条古老的公理。他们坚强的忍耐力，看来只有犹太民族与之相匹敌。对于一种被侮辱的观念的那种异常执着的程度，也只有这个种族和犹太人颇为相似。这个种族的感情，于战时，产生了狂热的英雄主义；于战后，暗暗怀抱一种颓废代表者的矜持，乱中取利，在龟裂的土地上培育了一小片黯淡的紫堇花丛。

在这个全是男人的世界，却投射下来一个女人的巨大身影。所有的人都隐身于这个看不见的女人的身影之中，有的向影子挑战，有的仔细观察，有的经过抵抗而败北，还有的一开始就阿谀奉承。悠一相信自己是个例外。接着，他庆幸这个例外，他打算努力当好这个例外者。他要极力制止这个奇怪的影子的影响，使之停留于一些无关大局的琐末细事上。例如，频繁地照镜子，街头玻璃橱窗映出自己的身影，也要忍不住回头看一看等小习惯；还有，看戏中间换场时有事无事都要到走廊上转一转等小毛病……说起来，这些也都是一个正常的青年常有的习性。

有一天，悠一在剧场的走廊上看到在这个圈子里颇有名气的歌手，已经娶了妻子。他具有一副男子汉的风貌和身姿。从事多种职业之余，还在自家的场地上练习拳击。他有条件凭借一副甜润的歌喉，引得女孩子喧闹不已。眼下，正有四五个闺阁小姐似的女子围着他团团打转。这时，旁边走过来一个年龄相仿的男子跟他打招呼，看样子是他的同学，歌手猝然拽住那人的手，紧紧相握，（简直就像打架似的）接着又甩开右手，重重地拍一下对方的肩膀。那位严谨而瘦削的男子微微晃动着身子。小姐们你看看我，我看看你，暗暗窃笑。

悠一看在眼里，这番情景刺伤了他的心。这和以前在公园看到的那些丑态百出、勾肩搭背、扭着大屁股走路的同类正好形成对比，这就使得他们隐蔽的相似的原形显影般地浮现出来。这些都仿佛触动了悠一心中的某种不快的情绪。一个唯心论者，会把这称作"命运"。这位歌手对于女人们的一番虚空的矫情媚态，那将整个生活作为赌注、竭尽全力、使得每一根神经末梢都紧张起来的"男性"的演技，暗含着浸透泪水的心酸，令人目不忍睹。

……其后，"阿悠"不断应约出面，被迫去献殷勤。

过了几天，一个罗曼蒂克的中年商人，仰慕早已声名远播的悠一，千里迢迢从青森跑到东京来。一个外国人通过洛蒂提供了三套西装，还有外套、鞋子和手表。为了一夜情缘，做得有些过头了，悠一没有答应。还有一个汉子，看到悠一身边的椅子空着，假装喝醉了，坐下来，帽檐儿压得低低的，胳膊肘儿摊开在扶手上，好几次意味深长地捅捅悠一的肋骨。

悠一回家，经常要绕道而行，因为有人暗地里盯梢。

然而，人们还是只晓得他是学生，谁也不知道他的身份、经历，更不会知道他已经有了妻子、性格怎样、门牌号码多少。因而，这位美青年的存在，不久就充满一种神秘的气氛。

一天，罗登来了一个专门为男色家看手相的师傅——一个穿戴寒酸的老人——他对悠一的手掌翻来覆去仔细瞧，说道：

"我说你呀，脚踏两只船，腰插两把刀，像个宫本武藏[1]。你那里明明扔下女人不管，任凭她呼天号地，却装作没事儿一般跑到这里来。"

悠一不由微微战栗起来。他亲眼看到了这个"神秘的自己"显得多么浅薄、轻贱。他的神秘在于缺乏一种生活的约束。

……这也难怪，以罗登为中心的世界，只有热带地方的生活，亦即类似遭到流放的殖民地官吏一般的生活。总之，这个世界每一天都充满感性，仅凭感性的暴力维护着秩序。（要说这就是这个种族的政治命运，那么谁又能抗得住呢！）

这里是感性的丛林，密密生长着具有异样黏着力的植物。

在这座密林里迷路的男人，为瘴疠腐蚀，到头来变成一个丑恶的感性的妖怪。谁也别笑话谁，只有程度之差。在

1　宫本武藏（1584—1645），江户初期剑客，名玄信。生于播磨，遍历诸国，创造剑术二刀流。晚年居熊本，长于水墨画，著有《五轮书》。

男色的世界，人们不由分说被强行拖入感性的泥沼，这种不可思议的力量，任何人都抵挡不了。例如，人们一方面想借助繁忙的职业、研究学问、探讨艺术，试图抓住男人世界的种种上层建筑；一方面作为一个人，又无法抵御感性的洪水涌进房内。谁也忘不了自己的身体总是和这洪水连在一起。任何人都不能和同类之间黏糊糊的亲近感彻底斩断关系。他们反复试图摆脱，然而最后又只能重新握住那只湿漉漉的手，再次回归那黏糊糊的目光。这些本质上不具备家庭生活能力的男人们，只有在表达"你也是同类"的幽暗的眼神里，约略看到家庭灯火的闪烁。

有一天，悠一——早上完第一节课，离下午的课中间还有很长一段时间，他到大学校园的喷水池边散步。几何图形的小路在草坪之间纵横交错。喷水池背后是一片秋色萧索的树林，随着风向变换，飘起的水珠润湿了草地，那飞扬的水扇时时脱离扇骨扩展开来。阴霾的天空下耸立着大讲堂镶满马赛克的墙壁，老掉牙的都内电车不时打校门外通过，车轮的响声在墙壁间回荡。

一种莫名的严格的亲疏差别，给这个不断感到孤独的青年稍稍附加一层公共的意味。他在大学里，除了和少数几个死气沉沉的同学互相借借笔记之外，没有交其他朋友。这些思想保守的同学，有的艳羡悠一有个俊俏的妻子，有的认真讨论着悠一婚后会不会安分守己。一半议论是击中要害的，他们认为悠一很会玩弄女人。

因此，当美青年冷不丁被人喊作"阿悠"时，就像一个逃犯被人喊出真名儿一般，心里怦怦直跳。

叫他的是一个学生，他坐在洒落淡淡日光的小路旁边一个藤蔓缠络的石凳之上。这个学生正俯伏在膝头摊开的浩瀚的电工学教科书上。在听到他的叫声之前，悠一没有注意到他。

悠一站住后又有些后悔，本来可以置若罔闻地走过去的。"阿悠！"学生又是一声高叫，随即站起身子。他用两手仔细掸掸裤子上的灰尘，快活的圆脸上溢满青春的朝气。他挺然而立，裤线笔直，看样子，似乎每晚都把裤子慎重地压在枕头底下吧。当他提起裤线，系紧腰带时，悠一瞥见那件炫目的纯白衬衫的大襞褶从上衣里显露出来。

"叫我吗？"悠一只得问他。

"是的，我是铃木，在罗登见过面。"

悠一再次瞧瞧他的脸，想不起来。

"忘了？盯着阿悠的男孩子太多啦。就连那个同少爷一起的孩子，也从远处偷偷打量过你呢。我可没有盯你看过呀。"

"什么事？"

"什么事？这可不像阿悠的话，太粗俗啦。现在我们去玩玩吧。"

"玩玩?"

"还不明白吗?"

两个青年的身体渐渐接近了。

"现在是大白天呀。"

"大白天也有好多可去的地方。"

"那是男人和女人啊。"

"哪里,我带你去。"

"……可我没带钱呀。"

"我有。能和阿悠一块玩,太荣幸啦!"

——悠一当天下午没有上课。不知在哪里挣的钱,年少的学生叫了一辆出租车。车子驶向青山高树町邻近一处遭受火灾之后荒寥的宅基地,在铃木的指点下,停在一家名为"香草"的宅子前面。这里只残留一段石墙,还有一座烧毁的大门,通过墙缝可以看到新盖的简易住房的屋顶。走进大门,看到连着门框的古老的房门紧闭着。铃木按了门铃,顺手解开领口,回头望望悠一,微笑着。

不一会儿,细碎的木屐声渐次来到门内,一个分不清是男是女的声音问道:"谁呀?""铃木,请开门!"学生回答。旁门打开了,身穿鲜红运动衫的中年男子,出门迎接他们两个。

院子里的景象很奇妙,踏着走廊上的踏脚石可以走到堂屋和远处的厢房,但是院里的树木几乎全部失去了,泉水干涸，随处生长着茂盛的秋草，看上去宛若一片荒野图。草丛之间，清晰地残留着大火烧过的房屋石基。两个学生走进新建的散发着木材香气的四席半厢房。

"要烧洗澡水吗？"

"不用啦。"

"拿酒吗？"

"不，不要酒。"

"那好。"男子别有意味地嫣然一笑，"那就铺床了，小青年都是急着上床呢。"

他俩在旁边一间小屋子里等着铺床，谁也不吭声。学生问他抽不抽烟，悠一答应抽。铃木将两支香烟含在嘴里点了火，微笑着递给悠一一支。正像透过墙缝看人一样，悠一似乎从这个学生的恶作剧里，窥见了一个天真烂漫的孩子。

远处雷声殷殷。白天里，邻近房间的挡雨窗也紧闭着。

两人应邀一进入闺房，那人就点着枕头边的灯，在隔扇外头说了声"请自便吧"，于是走廊上响起一阵脚步声，渐去渐远。履声籍籍，震动着阳光散淡的走廊地板，这是大白天里的声响啊！

学生解开胸前的纽扣，胳膊肘支在被子上抽烟，听到跫音远逝，便像一只年幼的猎犬，猛然弹跳起来。他个子比悠一矮，一下子扑向呆然而立的悠一，对着脖颈狂吻。两个学生站着接吻五六分钟。悠一把手伸进铃木解开的前襟，胸中的心跳越发急促了。两人松开身子，背靠着背三两下就脱光了衣服。

……两个赤条条的青年抱到了一起，都营电车嘎啦嘎啦驶过山坡，不时传来鸡鸣，如在夜间。

然而，挡雨窗的缝隙里，一缕夕阳飘荡着尘埃，阳光透过凝聚在木缝间的树脂，血一般鲜红。一条纤细的光线照射在壁龛花瓶注满污水的水面上。悠一把脸孔埋在学生的头发里，没有搽油的头发散发着洗发水的馨香，令人心情快活。学生的面孔紧紧贴着悠一的胸脯，闭着眼的眼角闪现着微亮的泪痕。

蒙眬中，悠一听到消防车的警笛声。接着，远处又响起同样的警笛声，连连驶过三辆消防车。

"又失火了。"他泛起模糊的联想。

"就像当初去公园那天一样……大城市总会有火灾的，总会有罪恶的。想用大火消灭罪恶，是困难的，连神仙都犯愁。抑或大火和罪恶平分秋色吧。所以，罪恶绝不会被大火烧尽，然而无辜却屡屡遭受大火的洗劫。这正是保险公司发财的缘由。为了使我的罪恶纯粹而不遭焚毁，我的无辜不正需要首先闯过这场大火吗？……对于康子我是完全无辜的……我不是曾经为了康子而祈求重生吗？现在呢？"

午后四点钟，两个同学在涩谷车站握手告别，彼此谁也没有感到谁征服了谁。

一回到家，康子就说：

"今天倒是难得早回家呀，晚上一直待在家里吗?"

悠一说是的。当晚，他陪同妻子出去看电影，坐椅很窄，康子依偎在他的肩头。突然，她一下子闪开来，狗一般警觉地眨着聪敏的眼睛。

"好香呀! 你搽了整发香水啦?"

悠一本想否认，转念一想，连忙作了肯定的回答。看起来，康子觉得这不是丈夫身上的香味……甚至也不是女人身上的香味。

第九章　嫉妒

"这可是天上掉下来的人儿啊!"俊辅在日记里写着,"找到这个活宝贝,我真是如愿以偿! 悠一实在美,光有这个还不行,此外,他对伦理道德无动于衷。他没有吃过那种使得所有青年沉醉不醒的迷魂药。他对自己的行动缺少责任感。这个青年的伦理,一句话,就是'一无所为'。因此,一旦出手做点什么,他就不要伦理了。这个青年将像放射性物质一样磨灭。其实,我长期以来要寻找的正是他。悠一不相信所谓'现代的苦恼'。"

慈善舞会几天后,俊辅着手筹划使恭子和悠一完全出于偶然的一次会面。俊辅听悠一谈起"罗登",便提出打算傍晚和悠一在那里会合。

桧俊辅当天下午做完一场极不情愿的讲演,他没有耐得住为自己出版全集的那家出版社的怂恿。这是一个天气微寒的初秋的下午，老作家穿着一件丝棉夹层西装，鼓鼓囊囊的，倒让举办单位的人员大吃一惊。俊辅戴着羊绒手套站在讲台上，他这样做没有什么特别的理由，只因俊辅临登台时忘记脱手套，有个趾高气扬的年轻职员提醒他，他干脆不脱了，故意气气那小子。

听众济济一堂，约有两千人。俊辅瞧不起这些听众。就像模糊不清的现代照相技术，讲演会的听众同样模糊不清。他们的糊涂表现在只相信这样一些人：做事瞅空子，乘人不备，顺其"自然"，迷信质地，说话夸大其词，爱传小道消息等一些庸俗猥琐的人。摄影师要求"放松些""说说话""笑一笑"，听众也是这样要求。他们只爱看真面孔，喜欢听心里话。俊辅厌恶现代心理学的侦探趣味，这种学说认为，反复推敲写成的文章中隐藏的心里话，在日常匆促的生活里会不经意地流露出来。

面对无数充满好奇心的目光，俊辅亮出了那张熟悉的面孔。这些人对于"个性比美更重要"这一点深信不疑，在富有智慧的大众面前，俊辅丝毫不感到畏葸。他有气无力地抚平讲稿上的折皱，将刻花玻璃茶杯压在上边。水渗进纸里，讲稿上的蓝墨水漫漶着美丽的花纹。他联想起大海，不知为何，他忽然觉得眼前黑压压的两千多听众里，仿佛暗暗隐藏着悠一、康子、恭子和镝木夫人，虽然俊辅爱他们是因为他们绝不是出席什么讲演会的人种。"真正的美是使人沉默的。"老作家用一副力不从心的语调开讲了,"在这种信仰尚未泯灭的时代,批评也有自己的领域。批评尽在模仿美上。(俊辅戴着羊绒手套,在空中做了一个模仿的手势。)就是说,批评和美一样,最终目的是使人沉默。与其说这就是目的,莫如说那就是没有目的。批评的方法在于不依赖美就能招致沉默,靠的是逻辑的力量。批评方法的逻辑,其力量不像美那样让对方说出有无,而在于强使对方沉默。而且,沉默的效果,作为批评的效果,要使得对方产生一种错觉,认为现在美确实就在那里。必须形成一个取代美的空间,只有这样,批评才能起到创造的作用。"

老艺术家环顾一下场内,发现有三个调皮的青年在伸懒腰。在俊辅看来,那些生龙活虎的打哈欠的小伙子,说不定更能深深领会他的意思。

"然而,美使人沉默这一信仰,不知不觉已经化为过去的东西。美不再使人沉默,即使美从盛宴里走过,人们也不会停止喧哗。去京都的人,总要看看龙安寺的石庭,那院子绝不难解,只是一种普通的美,一座使人沉默的院子。但滑稽的是,拜谒石庭的现代人,并不仅仅满足于沉默。他们总想说点儿什么,于是紧蹙眉头,硬诌出几首俳句来。美似乎逼使人饶舌。人们每当面临美,就急不可待地阐述感想,觉得这是义务,感到美必须迅速折价变卖,不折价就有危险。美仿佛是炸弹,是产生一切困难的根源。这样一来,我们就失掉以沉默保有美的能力，失掉为之献身的崇高的能力。

"于是，批评的时代到来了。批评不再是美的模仿，而以折价变卖为己任了。批评一个劲儿走向创造的反面。过去，批评是美的跟班，如今，是美的股东、美的代言人。随着美使人沉默这一信仰的削弱，作为可悲的代理者，批评必须代替美奋力行使主权。就连美都不能使人沉默，何言批评？事情就是这样。今天，可恶的时代开始了，饶舌，饶舌，再饶舌，几乎到了震耳欲聋的地步。美随处使人喋喋不休，饶舌最终使美越发人工化（亦即奇怪的表现），不断增殖，开始美的大量生产。同时，批评对于这些本质上属于自己孪生兄弟的无数美的赝品，开始漫骂攻击了。"

……讲演结束后，俊辅走进和悠一约好傍晚见面的罗登。这个心神不定的孤独的老人一踏进店门，客人们一起向他瞥了一眼。和悠一初来时一样，大家沉默了。不仅美，漠不关心也能使人沉默。当然，这不是强制性的沉默。

这位老人向坐在里边椅子上和青年们谈话的悠一亲切打招呼，并把他引向远处的桌子边面对面坐下来。这时候，大家的目光才显现出不寻常的关切。

两人说了几句话，悠一暂时离开座位，不久又回到俊辅面前，说道：

"大家都把我当成先生的少年，有人问起，我也作了肯定的回答。我想这样做，先生来这店更容易了。再说，作为小说家肯定对本店很感兴趣啊。"

俊辅甚感惊讶，但当场也只得听之任之，没有责怪悠一的轻率。

"假如你是我的少年，那么我该采取什么态度呢？"

"这个嘛，您可以默默装作幸福的样子。"

"那我就装作幸福吧。"

真奇怪，死人俊辅，居然扮演幸福！老作家被赶着鸭子上架，真是选错了地方。连导演也头疼，怎么给他说戏呀？他想，还是阴沉着脸为好，但这也很困难。俊辅感到很滑稽，立即对这种即兴表演失去了信心。当时，他并没有意识到自己脸上浮现的幸福的表情。

对于这番轻松的心情，俊辅找不到恰当的解释，只好归结于平时的好奇心。老作家已经失去了创作的力量，他为自己这种虚假的热情感到羞愧。近十年，他曾好几次有过潮水般的创作激情，一旦拿起笔来，一行字也写不出来。他诅咒这种空头支票般的灵感。年轻时一举一动都带有一种病态的艺术冲动，到如今，这种冲动只不过满足一下毫无结果的好奇心罢了。

"悠一好漂亮啊！"老作家又一次远远望着离开座位的悠一，"在那四五个美少年里，只有他一人最惹眼。美这东西，用手摸一摸就会被烫伤。有了他，被烫到手的男色家想必很多吧……然而，他是一时冲动而走入这个异样的世界的，这种动机和美是多么符合啊！我呢？我在这里依然只是为了看看。我知道，一个间谍的身份路子很窄，间谍不能凭欲望而行动。基于这种理由，间谍的行为不论多么爱国，本质上也是卑劣的。"

围在悠一身边的三个少年，像感情亲密的雏妓，敞开前襟，从西服的胸脯上竞相拉出崭新的领带。电唱机依然播送着欢闹的舞曲。男人们比起在别的世界稍微亲密些，但除了频繁地碰碰手和肩膀之外，也没有什么特别的风景。

这位一窍不通的老作家如是想：

"原来男色这东西是以纯洁的快乐为基调的。男色画那种炫目的奇矫的歪曲，一定是纯洁的苦恼的表现。男人们始终无法同流合污，也无法相互作践对方，他们被这种绝望所驱使，只得扮演一个感伤的爱的角色。"

这时，他面前展开了气氛微微紧张的情景。

悠一被两个外国人叫到桌子旁边。那张桌子和俊辅这张桌子之间隔着一个屏风般的水槽，水里游着淡水鱼。水槽里绿色的电灯把一丛水藻照得透明。秃头外国人的半边脸上荡漾着光的波纹。另一个外国人是非常年轻的秘书。年长的全然不懂日语，要由秘书一句一句翻译给悠一听。

俊辅的耳朵里响着那位年长的外国人格调纯正的波士顿英语，同时也听到秘书一口流利的日语和悠一很少的几句回答。

老年外国人首先为悠一倒啤酒，他不住赞美悠一年轻英俊。这位妙语如珠的翻译十分难得，俊辅仔细倾听，他们谈话的意思大体明白了。

老年外国人是个贸易商，他来是想找年轻漂亮的日本青年交朋友。秘书的任务是物色对象。秘书向主人推荐了好几个青年，他都不满意。其实他们到这店里来过好几趟，今天才找到理想的青年。他提议要和悠一交往下去，如果不乐意，也可以只做精神上的朋友。

俊辅觉察译语和原语之间有些奇妙的差距，故意把主语和宾语弄得很含混，虽然算不上不忠实，但翻译时总是流露一种曲意逢迎的媚态。年轻的秘书长着一副德国人精悍的面孔，薄薄的嘴唇，像吹口哨一般吐露着干净流丽的日语。俊辅向脚边一看，惊呆了。年轻秘书的两只脚紧紧夹住悠一左腿的踝骨。那副若无其事的忸怩的态度，竟然没有引起老人的注意。

老作家终于弄清了事情的底里。翻译的内容没有虚假，但秘书想努力抢先一步讨得悠一的欢心。

这时候，一种说不清道不明的沉郁的感情向俊辅袭来，该叫它什么呢？俊辅瞥见悠一低俯着的睫毛，那细长的睫毛闪动着，使人联想起俊美的睡相。青年向俊辅投来含着微笑的一瞥。俊辅战栗了，一种加倍的莫名的忧郁向他袭来。

"这不就是嫉妒吗？"他自问自答，"这胸中的苦闷，这火炽的感情！"

他想起很早以前，当看到淫荡的妻子黎明时在厨房门口那种不轨的场景，自己深深为苦恼所折磨的心情，如今又在头脑里闪现。这是同样的郁闷，无法排解的感情。在这种感情之中，自己的丑陋成了唯一有价的老本钱，可以同全世界的所有思想相兑换，这是他唯一的心爱之物。

这是嫉妒。这个死人因为羞愧和愤怒而面颊潮红了。他高叫一声"算账"，站起身来。

"你看那个老爷子妒火烧心呢。"阿君对阿滋嘀咕道，"阿悠也挺好玩，和那个老头子来往多年了吧？"

"他追悠一追到店里来啦。"阿滋满含一种敌意附和说，"真是个不知天高地厚的老头子。下回再来拿扫帚把他扫出去！"

"也说不定这老头有点儿油水。"

"像个做生意的，看样子有点儿小钱。"

"大概是镇上的一名官员吧。"

俊辅走到门口，觉察悠一也默默跟着他出来了。俊辅在路上伸个懒腰，两手交换拍打着肩膀。

"肩头酸疼了吧？"

悠一无动于衷地爽朗地问，老人感到他似乎看透了自己的内心。

"如今你也是一样，羞耻心渐渐渗透到内里了。年轻人的羞耻使得肌肤红润，而我们却羞愧到肉，到骨头。我的骨头都感到羞愧难当啊，别人还以为我是这个道上的人哩！"

两人在杂沓的人群里并肩走了一会儿。

"先生讨厌年轻吗？"

悠一突然发问，这问题是俊辅不曾预料的。

"为什么？"俊辅惊讶地反问，"要是讨厌，我为何还豁出老命跑到这个地方来呢？"

"不过先生是讨厌年轻啊。"

悠一进一步断定地说。

"你是说那种不美的年轻吧？年轻就是美丽，只是一句蹩脚的俏皮话。我年轻时就丑，是你无法想象的。我的整个青年时代都在不断思索如何改变人生。"

"我也是。"

悠一低着头，突然说道。

"你不可这么说。这么说就要犯禁忌的。绝不能这样说，这是你的命运的选择……不谈这些，你急着出来，对外国人不太好吧？"

"不，没什么。"

美青年淡然地回答。

快七点了。战后店铺关门较早的大街上，这时候最热闹。傍晚雾霭浓重，稍远些的商店看起来像铜版画。黄昏时分街上的气息沁入敏感的鼻孔，这是一年里最能深深体验这种气息的季节。果品、法兰绒、新版书籍、晚报、厨房、咖啡、鞋油、汽油、腌菜等气味，交混融合，使得大街浮现着半透明的朦胧的画面。高架电车的轰鸣掩盖了两人的谈话。

"那里不是有家鞋店吗?"老作家指着一处明亮的橱窗，"那是一家豪华的鞋店叫'桐屋'。今晚上恭子要到那家店里取定做的舞鞋。她七点来取，你在那个时刻也到店里去挑选男鞋。恭子是个很守时的女人，她来时你可以故作惊讶，然后邀她喝茶。接下去就照对方意思办好了。"

"先生您呢?"

"我在对面小店里喝茶呀。"

老作家说。这位老人对青春持有奇妙而悭吝的偏见，这使悠一感到困惑。他想俊辅的青春看来十分贫瘠吧。他想象着，俊辅跑来调查女人来店的时间时，那种卑微的年轻时的丑陋又在他的脸上复活了。然而，悠一已经无法将此看作与自己无缘了。这是他身不由己要做的事情的另一面。况且对于悠一来说，已经面对镜子亲临教诲，早已养成不管在什么场合都不会忘记估量自己的美的一种习性。

第十章　谎言的偶然和真诚的偶然

这天一整天，穗高恭子什么也不想，都在一心一意记挂着那双竹青色的舞鞋。此外，对她来说，这个世界上再没有什么更重要的事情了。不论谁见了恭子都会感到一种所谓"宿命之轻"。仿佛投身咸水湖里不由自主又浮上来而得救了，恭子心境明朗，似乎怎么也沉不到感情的湖底，她有一种焦躁之感。因此，这种明朗既是发自内心，又带有勉强而为之的意趣。

恭子经常有着被动性的炽热的情怀，但是人们总感到这是由她丈夫冷静的手势点燃起来的虚假的热情。其实，她像一条驯服的狗，只不过是某种习惯力量的巧妙的集结罢了，她给人的这种印象甚至使她天生丽质，看上去也像圆满加工制作的漂亮的假花。

恭子的丈夫被她毫无真挚的感情弄得筋疲力尽。为了点燃妻子的欲火，他极尽一切爱抚的手段。为了挑动妻子的真心，他甚至和别的女人鬼混，尽管他不愿这样做。恭子好哭，但她的眼泪像骤雨，一旦谈到正经话题，就像受人挑逗一般咯咯笑了。虽然这样，对于恭子来说，她用一般女人味儿作代价换取的机智和谐谑并不显得过剩。

恭子早晨在床上想出了十几个好主意，一到晚上只记得一两个了。她想更换客厅里的挂轴，结果拖了十天。这是因为，时时留在记忆里的主意经过一味拖延，到头来都懒得付诸实施了。

她的双眼皮不知为何，有一只变成三层眼皮了。丈夫见了很害怕。他立即明白了，妻子这时什么也没想。

……那天，恭子陪着从乡下带来的老女佣到附近街道买东西，下午丈夫的两个堂姐妹来了，她陪着她们。堂姐妹弹钢琴，恭子也没有心思听，弹完了她又鼓掌又夸赞。她们接着就聊起来了，什么银座一家西洋点心既便宜又好吃啦，什么用美金买的手表在银座一家商店卖出了三倍的高价啦等等。她们还说要买过冬的衣料，还提到了畅销小说。说什么小说之所以比西装料子便宜，是因为不能当衣服穿，那是当然的。其间，恭子只是惦记着舞鞋，那种心不在焉的样子，在堂姐妹眼里，一定被误解是在恋爱呢。恭子对那双舞鞋的爱，甚至令人怀疑还有没有比这更加使她恋恋不舍的东西。

正是这个缘故，同俊辅的期待完全相反，恭子早已把前次在舞会上向她表现不寻常风情的美青年忘得一干二净了。

恭子走进鞋店，和悠一正好打了个照面，她一心急着要看到舞鞋，对于偶然的相见并不感到新奇，只是通常打个招呼罢了。悠一对于她那只求自己得到满足的行为感到厌恶，打算马上回去，可是愤怒使他不甘心离开，他憎恶这个女人。俊辅的一番热情这时已经寄寓在他身上，其证据就是悠一忘记了对俊辅的憎恨。这青年从里面望着橱窗，虚张声势地吹起口哨。口哨的声音很响亮，带着几分不祥。他瞥了一眼正在试鞋的女人的背影，暗暗增强了斗志。"好，我一定要叫这个女人陷入不幸！"

幸好，竹青色的舞鞋做得很合恭子的意，恭子让店员包好，她的焦躁情绪也渐渐平复了。

她转过头微笑了，这才看到那里站着一个俊美的青年。

今宵，恭子的幸福正如面对着一样不少的菜单，因而，她兴奋起来。本来，照她的习惯，不会主动邀请一个不太亲近的男人喝茶的，但她来到悠一身旁，亲切地说：

"去喝杯茶吧。"

悠一顺从地点点头。七点一过，很多店都关门了，俊辅所在的那家店还是灯火辉煌。从店前经过时，恭子打算进去，悠一慌忙拦住了。其后两人又白白走过两家已经落下帷幕的店铺，才好容易找到一处很迟关门的店。

他们在墙角的一张桌子旁边坐下了，恭子胡乱脱下蕾丝手套，她用火热的目光盯着悠一。

"夫人好吗?"

"还好。"

"今天又是一个人?"

"嗯。"

"我知道了，一定是在这家店里等着和夫人会合吧？在她来之前的这段时间，可以同我在一起吗?"

"我确实是一个人。刚才到一个前辈的办事处办点儿事情。"

"是吗?"——恭子的语调含着警惕，"打那之后，我们没有见过面呀。"

恭子慢慢想起来了。当时这个青年的身体像野兽一般，威猛地将女人的身子逼到黑暗的墙边，他那祈求她宽恕的热切的眼神看上去似乎充满野心。他的略为嫌长的鬓角，性感的面颊，时时吐露不平、欲言又止的富有活力的天真的嘴唇……再想起一些来，对他准确的记忆就会彻底复活。她要了一个小小诡计，把烟灰缸拉到自己面前。这样，青年扔烟头时，他的头就像公牛犊一样在她的眼皮底下晃动。恭子嗅着他头上发油的香气，那是洋溢青春活力的撩得人心发疼的香气。正是这种香气！打从舞会归来那天起，这香气每每留在她的梦中。

　　一天早晨醒来后，梦中的这种香气，依然执拗地缠绕着恭子。她到市中心买了东西，丈夫去外务省上班，过了一小时，她又登上挤满迟上班的乘客的公共汽车。她闻到了浓烈的发油的香气，心中一阵激动。但是，当她把目光转向那个青年的面孔时，虽然那香气和梦里的发油很相似，可那副面庞似是而非，叫人失望。她不知道那种发油的牌子。但那种香气总是在电车上或商店里随处飘动，在她心里荡起莫名的波澜。

　　……没错，就是这种香味！恭子用另一种目光盯着悠一瞧。她发现这个青年身上有着企图支配她的危险的权势，一种炫人眼目的王者的权势。

　　然而，她到底是个地道的风骚女子，所有男人身上必不可少的权势，在她眼里显得很滑稽。不管多丑或多美的男人，他们都具有一种共同的博得大名分的东西，就是愚蠢的欲望。例如，男人们人人爱读廉价的色情小说，他们一从少年跨入青年，个个都将这种小说的主题作为自己固定的观念。这个因袭的主题就是"女人自我陶醉于最大幸福的时刻，亦即发现男人心中产生欲望的时刻"。

　　"这个青年的青春平平常常。"恭子暗想，她依然对自己的青春年华抱有自恃之念，"这是随处可见的青春，是欲望和诚实混淆一体的、同年龄相当、具有自知之明的青春啊！"

与恭子的这种误解相映衬，悠一的眼睛满储着略显倦怠的热情的光泽。那眼神没有忘记生来的黯淡，看着这副眼神犹如听到暗渠里激溅般剧烈的水声。

"自那之后又跳过舞吗？"

"不，没有。"

"夫人讨厌跳舞吗？"

"她很喜欢。"

好大的噪声！这家店其实十分安静，但低低的唱片的响声、脚步声、杯盘声，还有顾客不时腾起的笑声、电话铃声，互相搅混在一起，令人心情烦躁。这噪声带着恶意，时时阻隔着他们两个本来不太通畅的谈话。恭子觉得她和悠一似乎在水里交谈。

想接近的一颗心感到对方的一颗心很遥远。恭子总是毫不气馁，她意识到这个渴望见她的青年和自己之间隔着一段很长的距离。她想，自己的话是否传达过去了？中间的桌子是否太宽了？她不由夸示起自己的感情来。

"看你的表情，跳了一次舞就再也用不着我了，是吗？"

悠一显得很痛苦，这种临机应变来自几乎不露任何痕迹的演技，他的这种双重性格多半依靠无言之师——镜子的力量。镜子陶冶了他，使他运用美貌的各种角度和阴影显现出多种感情来。美终于可以有意识地独立于悠一自身之外，自由自在被驱使了。

不知是不是这个缘故，在女人面前，悠一婚前从康子身上感受的困窘从此消失了。反倒在这种场合，当他面对一个女人时，更能陶醉在一种优游自在的肉感的馨香之中。这是透明的抽象的肉感，是跳高或游泳时使他着迷的肉感。自由再也不会遭受欲望这个最大敌人的束缚了。他怀抱这种自由，感到自己的存在就像一架万能的机器。

恭子打算利用自己圈子里的熟人敷衍一下场面，她提到的几个名字，悠一一个也不认识。这在恭子看来，实在是个奇迹。按照恭子的想法，大凡浪漫的事情只能发生在和她交往的熟人里，他们的组合也是意料之中的。就是说，他们只相信精心安排的浪漫。终于，她举出了一个悠一熟悉的人来。

"你认识清浦家的阿玲吗？她三四年前就死了。"

"嗳，是我表姐。"

"啊，看来你就是被亲戚们称作'阿悠'的那位呀？"

悠一打了个寒噤，他故作镇静地微笑着。

"是的。"

"你就是阿悠啊？"

恭子大胆地盯着他瞧，弄得悠一很不自在。恭子说明了原委：原来玲子是恭子班上最亲密的同学，玲子死前把日记托付给恭子，这是她临终前几天在病床上写的。对于这个沉疴不起的可怜的女子，看到前来探视的那位表弟的青春容颜，是她生命中唯一的慰藉。

　　她一心恋着这位一时兴起偶尔来看望她的表弟。她想吻他一下，又怕他染上病，一阵战栗，打消了这个念头。玲子的丈夫使自己的妻子染上宿疾，他先死了。她试图向他吐露真情，竟未能如愿以偿。有时咳喘发作了，有时自我克制夺走了表露的时机。她发现这位十八岁的年轻的表弟，心中藏着与死亡和疾病完全相反的故事，恰似从病房的窗户里眺望院子中的小树，浑身洋溢着生命的光辉。他健康开朗，天真而富有青春的活力，笑起来露出洁白的牙齿，仿佛一切悲哀与苦恼都和他无缘。她害怕一旦向他吐露真情，他的眉宇就会充满同情，要是他也爱上她，那面颊定会刻上悲哀和苦恼吧。她想，临终前与其这样，倒不如从这位表弟精悍的脸膛儿上，只看到那副近似漠不关心的青春与率真更好些。她每天的日记，开头总是叫一声"阿悠"。一次，他送她一个小苹果，她在上面刻了他名字的第一个字母，藏在枕头底下。玲子还向悠一要过照片，他有些不好意思，拒绝了……

　　恭子也觉得，比起"悠一"这个名字，叫"阿悠"显得更亲近，这是合乎道理的。不仅如此，在玲子死后，恭子的幻想培育了这个名字，她早已爱上了这个称呼。

　　悠一摆弄着手里的镀银的汤匙，他听了暗暗吃惊。直到今天，悠一才知道比他大十多岁的表姐，深深爱着自己。

他还为表姐对自己不准确的估量而惊讶。当时，他深受一种异样的空洞无凭的肉欲的压抑。他甚至羡慕起不久前死去的表姐来了。

"那时候，我不可能有欺骗玲子的想法。"悠一想，"只是不愿意直接表露自己的心事罢了。但是玲子误解了我，她只把我当作一个单纯、开朗的少年。其实我还是我，并没有觉察玲子的爱。不论谁都是这样，总是把对别人的误解看作唯一的生存的价值……"——就是说，这位多少受到骄慢的美德熏陶的青年，他把自己对恭子的一副虚假的媚态，看成是自身诚实的外现。

大凡上了岁数的女人都一样，恭子稍稍向后仰起身子看着悠一。她已经爱上了他。恭子那种浮薄的心绪，从根本上说，抑或来自对于自己情感的谦卑与不信。因此，当她面对这位已故玲子热恋的证人时，对自己的感情充满自信。

恭子失算了。她以为悠一的心一直在亲近她，若能再跨进半步，她就满足了。

"下次找个地方慢慢聊吧。我可以给你打电话吗?"

但是，悠一每天什么时候在家没个准头，他说他给她打电话。不过，恭子也是整天不在家。因此，必须现在就得约好下一次的幽会。这办法使恭子很高兴。

恭子打开笔记本，其间夹着一支用丝线连在笔记本上的铅笔，她拿起这支又细又尖的铅笔。她的约会实在多，为了悠一，她只得在最难分割的时间带里，空出一些时间来。恭子暗自感到很满意。她在陪丈夫一同出席外相官邸某外国名士的招待会的日期上面，用铅笔尖儿轻轻点了一下。为了下次同悠一约会，总要增添一些秘密和冒险的因素。

悠一答应了，女人越发撒起娇来。今晚她想让他送自己回家，看到青年有些为难，就说只是想看看你为难的样子罢了。紧接着，她用遥望远山峰峦的目光，凝神看着他的肩膀。他们交谈一阵，总要沉默半天，或者一个人滔滔不绝，甚感孤独。终于，恭子不再害怕用卑屈的口吻说话了：

"夫人一定很幸福，你想必把她照顾得无微不至吧？"

说罢，她疲惫地瘫在椅子上，看上去像一只被捕获的死野鸡。

恭子心里波涛起伏，想起今晚家中有客人来访，看来无法见面了。她站起身要给家里打电话，说赶不回来了。

电话很快接通，但声音模糊，听不清女仆说些什么。好像是雨声盖住了她们的通话。她瞧着那面大玻璃窗户，果然下雨了。不巧，没有带雨具，于是她变得果敢起来。

刚要回到原来的座位，她看到悠一身边的椅子上有个中年女子正和他谈话。恭子将椅子稍稍拉开些距离坐下了。悠一把那个中年女子介绍给她。

"这位是镝木女士。"

女人们一眼就看穿了对方的敌意。这次偶然相遇完全在俊辅的计划之外，镝木夫人打刚才就坐在稍远的角落里，一直盯着他们两个。

"我比约定的时刻略微来得早了些，看你们在说话没敢打扰，真对不起。"

镝木夫人说。一瞬间，正像那过于年轻的化妆凸显了她的老态一样，夫人学小姑娘撒了一个谎，反而更加使人看出了她的年龄。恭子看到这种年龄的丑陋，放心了。一副悠然自得的心境使她看穿了夫人的谎言，她向悠一挤挤一只眼，笑了。

镝木夫人未能觉察这位比她小十岁的女子轻蔑的眼神，这是因为她的满心醋意，使她失去了平日的骄矜。于是，恭子说道：

"我一说起话来就没完，实在对不住。我该走啦，阿悠替我叫辆车吧，下雨了呢。"

"下雨了？"

悠一第一次听恭子喊他"阿悠"，立即慌了神儿。他似乎把下雨当作什么了不起的大事，借此掩饰自己的惊慌。

走出店门，一辆出租车立刻讨好地开过来了，他向店里招呼了一下。恭子告别夫人离开了，悠一目送着她，站在雨里挥着手。她没有留下什么话，径直走了。

悠一默默坐在镝木夫人面前，湿漉漉的头发海草一般紧贴在前额上。这时，青年忽然发现旁边的椅子上恭子忘掉的东西，他那反射似的热情使得镝木夫人甚感绝望。

"是她忘掉的吗?"

她勉强地笑了笑，问道。

"嗯，是鞋子。"

两个人都认为恭子丢下的只是一双鞋子。其实，恭子遗忘的是她和悠一见面前，这一天生活里唯一最记挂的东西。

"去追她吧! 还来得及。"

镝木夫人苦笑着说，她的这句话明显是在挖苦他。

悠一沉默不语，夫人也不说话，她的沉默里一种失败的阴云渐渐扩大，说话的语调很激烈，几乎要哭出声来了。

"你生气了? 对不起。我这样说话是因为我脾气不好啊!"

夫人虽然这么说，其实她正为一种不祥的预感所缠绕，这种预感是她表达自己恋情时无数不祥预感中的一个，即悠一明天肯定要把恭子忘掉的东西带给她，并且会把镝木夫人的谎言对她说明白。

"不，哪会生气呢。"

悠一犹如雨后初晴，心情爽朗地笑着。悠一实在想象不到，镝木夫人从他这张笑脸上获得多么大的力量啊! 年轻人向日葵一般的笑容诱惑了她，夫人立即向着幸福的山顶攀登。

"我打算给你买点儿什么，权当赔个不是，那就走吧?"

"算啦，赔什么不是呀。再说，外头还在下雨哩……"

这是秋冬季节的阵雨。雨住了，夜色凄迷。不时有一些喝得微醉的男人，站在店门口喊着："啊，雨停啦！雨停啦！"临时躲雨的顾客，为了抢先将身体投入雨后的夜气，又急急忙忙迈开脚步。在夫人的催促之下，悠一提着那双包好的鞋子，跟着她出来了。雨后的风很冷，他把深蓝色风衣的领子竖了起来。

夫人今天和悠一的偶然邂逅，给她带来了幸福，她过分看重了这个幸福。自打那天以来，她一直和嫉妒斗争，本来，她有着一副男子汉般的硬心肠，直到今天她下决心没有再约请悠一见面。她像一个人单独出门一样，单独看电影、单独吃饭、单独喝茶。只有自己一个人时，反而感到自己的感情变得自由多了。

话虽如此，镝木夫人随处都能感到悠一追过来的傲岸而轻蔑的目光。这目光仿佛说："跪下！快跪倒在我的面前！"……一天，她去看戏。休息时洗手间的镜子前面呈现着一片惨状。镜子前挤满女人的脸，她们争先恐后鼓起腮帮、伸出额头、蹙着双眉，补妆、搽口红、描眉线、理鬓角，检查一下早晨苦心卷起的头发，是否又变平整了。一个女人毫无顾忌地龇牙裂嘴，一个女人被脂粉呛得斜着脸……假若把镜面的景象画下来，从这幅画里一定能听见遭虐杀的众女子濒死的呼喊……镝木夫人在这些同性们惨痛的竞争中，窥见了自己惨白、严冷、僵硬的容颜。"跪下！

跪下!"……她的骄矜流下了滴滴鲜血。

然而今天,夫人陶醉于屈服的甜美之中——虽然她感到,可笑的是这种甜美其实是对自己狡狯手法的奖赏——她从湿漉漉的汽车头尾间横穿过马路,雨后的街树那宽阔而枯黄的落叶,紧紧贴在树干上,如飞蛾一般扑打着。起风了,夫人就像第一次在桧家见到悠一一样,默默走进一家裁缝店,店员们对夫人非常恭敬。她叫他们拿出冬日的料子,向悠一的肩头一披,这时,倒可以好好打量他一番了。

"好生奇怪呀,你什么颜色都合体。"

悠一想起俊辅,心情有些不安,老人一定还在那家店里耐着性子傻等吧?不过,今晚不便让俊辅见到镝木夫人,况且夫人也没有明说要到哪儿去……渐渐地,悠一感到俊辅的帮助不太必要了,就像一个小学生被逼着做功课,却逐渐产生兴趣一样,悠一开始对以女人为对象的多彩的人世游戏着迷了。就是说,俊辅禁闭这个青年的木马、这部模仿"自然"暴力的可怖的机器,开始灵活地转动起来了。他看到两个女人的内心燃起了烈火,是使这烈火越烧越旺,还是使火势逐渐减弱,这是关系着他的自尊的问题。悠一开始冷静地热心起来,他有着断乎不负于感情的自信。女人为他做西服,他望着她那张脸,想起猴子,稍微给点儿"寻常的喜悦"就乐乎其中。老实说,不管什么样的美人,只要是女人，在这位青年眼里只能是猴子。

镝木夫人对他笑也不成，沉默也不成，说话也不成，送东西也不成，时时偷看他的侧影也不成，故作爽朗也不成，表露忧郁也不成，近来这个决不哭泣的女人，即便洒泪君前也还是肯定不成……悠一胡乱穿上西服，从里面的口袋掉出一把梳子，夫人眼疾手快，抢在悠一和裁缝师傅头里，迅速侧身将梳子拾起来。她拾起梳子之后，很为自己的这种卑屈行为而感到惊讶。

"谢谢。"

"好大的梳子，挺好用吧。"

镝木夫人将梳子送还主人之前，她用这把梳子连连梳了两三次自己的头发。头发被梳子挂掉了几根，牵动了女人的眼睛，眼角里闪耀着莹润的光泽。

来到酒馆后，悠一告别夫人，立即奔向俊辅等着的那家店铺，那里早已关门了。有乐町的罗登，一直到末班电车过后才闭店。他到罗登一看，俊辅正等在那儿，悠一一一向他做了说明，俊辅大笑起来。

"把鞋带回家，对方不来找，你就装作不知道。恭子明天可能会给你打电话的。同恭子的约会不是十月十九吗？还有一周呢。这之前再见她一次，还她鞋，再把今晚的事说清楚，道个歉。恭子是个聪明的女子，镝木夫人撒谎，她肯定一眼就看穿啦。然后嘛，那就……"

俊辅止住话头，打名片夹里掏出一张名片来，简单写上几个字，那笔迹显得微微有些颤抖。悠一看到那双老衰的手，随即想起母亲苍老而略显浮肿的手。正是这双手，在这位青年心中燃起一股热情，驱使他走向极不称心的婚姻、作恶、虚伪和诡诈。这双手与死毗邻，和死达成默契。悠一怀疑，附着于自己身上的力量，不正是来自地狱里的力量吗？

"京桥N大楼三层，"作家把名片递过来，"出售进口的高级女式小手帕。凭名片也卖给日本人。你可以在那里买半打相同花色的手帕，听到了吗？将两块送给恭子作为道歉的礼物，剩下的四块，下次会见镝木夫人时就送给她。像这次偶然的巧遇毕竟很少，我来找机会，让恭子、夫人和你在什么地方见一次面。那时一定会谈起手帕来。我家还有死去妻子的一副玛瑙耳坠，下回也送给你吧。以后我会教你作何用场。——喏，你看，这样一来，就会使得两个女人相信对方和你有来往，不仅是自己一人。再给你的夫人加一块，她也会逐渐明白你的相好人就是这两个女子。这样，你就占了上风。你的现实生活的自由度就会大大开阔起来。"

这个时刻的罗登眼下正显示着这个社会如痴如醉的暗淡的繁华景象。里边的椅子上坐着几个青年，笑语声喧，滔滔不绝大讲风流艳闻，要是话题里出现女人，听众就会蹙起眉头，转过脸去。洛蒂每隔一天，约好下午十一点，等候他年轻的恋人前来会面。他强忍着哈欠，向门口望了好几次，惹得俊辅也打起哈欠来。这哈欠明显不同于洛蒂的哈欠，这哈欠可谓是俊辅的痼疾。一合上嘴，满口假牙格格有声。他很害怕自己肉体内部的物质发出的这种黯然的音响。他以为这是物质从内部侵犯自己肉体产生的不吉利的声音。肉体原本就是物质，假牙的碰撞之声就是肉体本质一时的启示。

"就连我的肉体同我也陌生了。"俊辅想，"何况我的精神。"

他偷眼看看悠一俊美的面庞。

"可是，我的精神的形态却是如此美丽。"

※

悠一很晚回家已经是常事了，康子对丈夫疑虑重重，反反复复的烦恼弄得她筋疲力尽了。她下决心干脆相信丈夫，但这样一来，反而感到更加痛苦。

康子发现悠一的性格里有一个难解的谜，这个谜常藏在他开朗的一面下面，不容易弄清楚。一天早晨，他见到报纸上一幅漫画随即大笑起来，康子走近一看，那漫画对于他来说，并没有什么值得可笑的地方，她想他为何要那样大笑呢？悠一解释说："前天呀……"话刚出口就马上闭嘴了。他差一点儿把罗登的事搬到自家饭桌上来了。

她看到这位年轻的丈夫动不动就闷闷不乐，痛苦非常，康子本想分担他的烦恼，但他转眼之间就声明说点心吃多了，正闹胃痛呢。

丈夫的眼里似乎始终有一种憧憬，康子误以为是来自他的诗人气质。对于世上的谣言和丑闻，他表现得有严重洁癖。尽管乡下的父母对他有出于好意的评价，但他还是被认为有些奇妙的社会偏见。大凡一个有头脑的男人，在女人眼里本来就显得颇为神秘。女人死也不会说出"我喜欢吃大青蛇"之类的话，她们生来就是如此。

有一次，发生了这样的事。

悠一上学不在家，婆婆睡午觉，阿清买东西去了。下午两点钟，康子坐在走廊上编织，她在为悠一织一件过冬的夹克。

门铃响了，康子走到门边开了锁。来客是个学生，提着一只旅行包。她不认识，学生笑嘻嘻地热情跟她打招呼，反手将身后的门关好，说道：

"我和你丈夫同在一个学校，现在正打工呢。这家店的肥皂很好，你要不要？"

"肥皂呀，家里还够用。"

"别这么说嘛，先看看货吧，包你满意。"

学生转过身子，一屁股坐在门前的地板上，一身旧黑哔叽制服的腰和背都磨得发光了。他打开背包取出样品，是包装得很花哨的肥皂。

康子再次说不要，又说要等丈夫回来再说。学生显出一副诡秘的笑容，随手拿过来一块肥皂叫康子闻一闻，康子正要接过去，这时学生一把攥住了她的手。康子没有马上叫喊，她站直身子，瞪着他的眼睛。对方奸笑着，没有退让。她刚要喊就被捂住了嘴巴。康子拼命抵抗。

这时，悠一回来了，原来学校里停课。他刚想去按门铃，忽然感到有些异样，由于光线反射，一时看不清暗淡的前厅里扭作一团的身影。只有一线白光，康子极力想挣脱开来，看到悠一回家，眼里充满喜悦瞧着丈夫。她用力一挣，学生立即松开手，站了起来。他发现了悠一，想擦身逃跑，手被逮住了。悠一把那学生拖进院子，立即照着下巴就是一拳，学生仰面倒在杜鹃花丛里。接着又朝他的两颊一阵猛打……

这件事对于康子来说是值得纪念的。当晚，悠一在家没有出去，他的全部身心都在守护着康子。即便康子相信他的爱完美无缺，又有什么奇怪呢？悠一守护她是因为他爱妻子，悠一守护安宁的秩序是因为他爱家庭。

这位力大无比、坚强可靠的丈夫，在母亲面前并没有表功。其实谁会知道，他这样大打出手是因为心里有着难言之隐啊！原因有两个：其一，那个学生长得太帅气了；其二——这是悠一最难启齿的——那学生喜欢女人，还把这一事实强行展现在他面前，令他不忍直视。

　　……十月，康子没来月经。

第十一章　家常便饭

十一月十日，悠一放学的路上，在郊外一座车站等候妻子。因为约好要去一个地方，他上学时穿着西服。

在一位为悠一母亲看病的主治医生的介绍下，他们要到一位著名的妇产科医生家里去。这位约略上了年纪的妇产科主任每周四到大学医院上班，周三和周五在家，家中有设备齐全的诊察室。

悠一陪伴妻子一起去，实际上，他对这件差事踟躇再三，这本来应该是妻子娘家母亲的事。但康子撒娇希望他陪着，他没有理由硬是拒绝。

博士优雅的西式住宅前面停着一辆汽车。悠一和康子坐在设有暖炉的光线暗淡的厅堂里挨着号。

这天早晨下了霜，天气特别寒冷。暖炉已经生火，地板铺着白熊毛皮，靠近暖炉的地方微微散着热气。桌子上摆着景泰蓝大花瓶，满满登登的一瓶黄菊开得正旺。房子又大又暗，深绿色的景泰蓝表面，清晰地映出了暖炉的火焰。

厅堂的椅子上坐着早到的四个人：带着女佣的中年妇女和由母亲陪伴的年轻女子。中年妇女似乎刚从美容院出来，头发卜面是一副浓妆艳抹、毫无表情的面孔。这是一张封闭在白粉里的脸，看来只要一笑，就会皮开肉绽。一双小小的眼睛在白粉后面窥视着，螺钿花纹的漆丝和服、腰带、外褂，还有那高级的钻石戒指、飘散着的香水味儿，所有这些，都可以用"豪奢"这个词儿统括，带有一种虚假的情味。女人膝头摊着一本《生活》[1]杂志，她将眼睛靠近上面细密的小字，动动嘴唇读了起来。她有一个习惯，不时像掠去蜘蛛网一般抹一抹脑后寥寥几根头发。那个随侍的女佣坐在后头的小椅子上，女主人一开口，她就带着十分认真的神情，连连说"是"。

另外两人多少含着轻蔑的眼神不时看看她们。女儿穿着大花条纹的紫色和服，母亲一身隐花素色绸缎和服。不知是太太还是姑娘的女儿，好几次露出洁白柔软的腕子，攥起小狐狸般的拳头，向嵌在胳膊外侧的小金表瞅一眼。

康子什么也不看，什么也不听，眼睛直盯着暖炉上的

1　*LIFE*，以照片为主的美国杂志。1936 年创刊时为周刊，1972 年停刊，1978 年复刊后改为月刊。

煤气火焰，可她目无所见。几天前，除了突然袭来的头疼、恶心、低烧、眩晕和心跳，她不再关心别的什么了。许多病症折磨她，那脸色就像鼻尖触着草箱的小兔，看上去显得十分专注和天真。

先前的两对病人过后，轮到康子了。她坚持要求悠一陪她一起进诊察室。两个人穿过飘散消毒药水味儿的走廊，廊子上冷风飕飕，冻得康子直打哆嗦。

"请进。"里面传来教授沉静的声音。

博士像肖像画似的坐在椅子上，面对着这边。一双手经消毒液浸得灰白而干爽，给人一种抽象的白骨一样的感觉。他示意两人该坐的地方，悠一举出介绍人的名字，打了招呼。

桌上排列着好像牙医用的器械，光闪闪的，这是刮宫用的钳子之类。然而，一进入房间，首先看到的是独特而呈现残酷形状的诊察台，那副样子实在有些畸形而不自然。比普通床铺要高一些，下半部分翘着，斜着向上凸起的左右两端，各钉着一只皮拖鞋。

悠一想到，刚才那穿着时髦的中年妇女和年轻女子，就是在这张机器床上进行一番危险的表演吧。这张奇矫的寝床，也许呈现着一副"宿命"的形状吧。为什么呢？因为面对这种形态，什么钻石戒指、香水、螺钿花纹漆丝和服，还有大花条纹的紫色和服，都是徒然之物，没有任何抵抗的力量。想到这张铁台子带有的严冷的猥亵，不一会儿就要嵌入躺在上边的康子的身姿，悠一顿时打了个冷战。他仿佛觉得自己就是那张寝床。康子坐着，故意把眼睛从诊察台上移开。

悠一跟着插嘴报告症状，博士向他递了个眼色，于是他撇下康子走出诊察室，回到厅里。前厅没有一个人影，他坐在安乐椅上，心情不安，把双肘搁在椅背上，还是放不下心。他的心思无法逃离康子那副躺卧的姿态。

悠一胳膊支在炉架上，从口袋掏出今天早晨接到的两封信，在学校里已经读过一遍了，现在再看一遍。一封是恭子的信，一封是镝木夫人的信。内容大致相同的两封信，恰好在同一个早晨到达。

自上次以来，悠一又见过三次恭子，两次镝木夫人。最近一次是一块儿见到的。这是俊辅花钱创造的机会，他要以悠一为中心，使恭子和夫人同时到场。

悠一先重读了恭子的信，字里行间充满愤怒的笔调，字迹像男人一般强劲。

"你在捉弄我。"恭子写道，"我不想说你在欺骗我，我说捉弄可能更好些。你还鞋的时候，送我两块珍贵的手帕，我很高兴，一直把手帕装在手袋里，换洗着用。前天再次见到镝木女士，她也用着同一种手帕，我们两个互相都一眼注意到了，只是谁都没吱声。女人对同性的东西最敏感。看样子，你是买了一打或半打手帕吧？你是给她四块给我两块，还是也给她两块，另外两块又不知给了什么人了呢？

"不过，手帕的事我不想再说了，下面我要说的是最难启齿的事情。上次和镝木夫人还有你三个人偶然碰到了一起。（同镝木女士见面是买鞋之后第二次了，怎么这样巧就碰上了呢？）我为此苦恼得吃不下饭啊！

"上回，我撇开外务省的会同你见面，在河豚料理店的宴席上，你从口袋里掏打火机给我点烟，不小心将玛瑙耳坠掉在榻榻米上。我立即问你：'哦，是夫人的耳坠吗？'你顺口回答说：'是的。'便又装起来了。我后悔不该一看见就那么轻率地随口问你。为什么呢？因为我的口气里明显地带着妒嫉，我自己很清楚。

"谁料到，第二次见镝木夫人时，发现她耳朵戴着那副耳坠，你知道我是多么惊讶啊！打那以后，我在人们面前一声不响，使你感到怪难为情了吧？我下决心写这封信之前，一直都在痛苦之中。手套和化妆盒还好说，单单耳坠装进了男人的口袋，这可是很难理解的事。人们赞扬我是个不拘小节的女人，我的性格就是如此。可是这一回真不知有多难受呀！请你及早治好我的孩子般的疑虑吧，哪怕一点儿也好呀！不说爱情，就看在朋友的分上，你总不会眼睁睁着一个女人受到无形的疑惑的折磨吧？所以就写了这么多。接到信后来个电话好吗？我借口头疼，每天都待在家里等你的电话。"

镝木夫人的信：

"上回的手帕恶作剧是你耍弄的鬼点子吧？我立即心算了一下，给我四块，给恭子小姐四块，还该有四块，正好够一打。那四块呢，莫非留给夫人了？你这个人，真叫人搞不懂呀！

"手帕的事弄得恭子小姐失魂落魄，怪可怜的。恭子小姐是个好女子，她本来以为，全世界只有她一人获得了阿悠的爱，这下子梦想全破灭了。

"先前送我那么贵重的礼物，实在太感谢了。款式倒是老了点儿，可玛瑙是块好石头呀。真是托你的福，大家都夸奖这副耳坠呢，顺带着又夸我的耳轮长得好看。给你做西装也要回报一下，你倒是个有些老派的人哩。其实呀，像你这样的人，得到女人的好处用不着回报，反而更能惹女人喜欢。

"西装再有两三天就成了，试装那天也让我瞧瞧，领带也由我来给你挑选。

"还有，打那天以来，不知怎的，我有信心胜过恭子小姐。这是怎么回事呢？今后呀，也许还会给你添麻烦的，我对这盘棋倒觉得胜利在望啊！"

"把两人的信对照着看，立即就能弄明白。"悠一暗暗自言自语，"没有自信的恭子有自信，有自信的夫人没有自信。

恭子不隐瞒怀疑，夫人显然在隐瞒怀疑，一看就十分清楚。桧先生言中了。恭子确信夫人和我有关系，夫人确信恭子和我有关系。她们都为不能触摸我的身体而感到懊恼。"

这个大理石雕像般的青年用手触摸过的唯一的女体，如今正有一位略上年纪的男子的手指插了进去，他那两只干燥的散着来苏尔药水味的冷静的手指，如同园丁移栽花草时的手指插进泥土一样。另一只干燥的手掌，则从外侧试探着内部的质量。鹅蛋大的生命之根触及了温暖泥土的内部。接着，博士就像拿起高级花坛用的铲子，他接过护士递来的库斯科子宫镜……检查完了。博士一边洗手，一边转头对着病人露出他那天职的本能的微笑，说：

"恭喜了。"

康子十分诧异，她默然无语。于是，妇产科主任叫护士喊悠一进去。博士重复刚才的话：

"恭喜了，你夫人怀孕两个月了。看来一结婚就受孕了。母体健康，一切正常，放心吧。今后即使没有胃口，也要硬着头皮吃饭。否则不吃饭容易便秘，一便秘体内就积攒毒素，这可不妙啊。每天还要打一次针，葡萄糖掺维生素 B_1。会有妊娠反应等症状，不用担心。要尽量保持安静……"——他微微对悠一递了个眼色，补充说："干那事儿也不妨碍。"

"总之，祝贺你们哪。"——博士仔细审视着他们二人，

"看样子你们是倡导优生学的模范夫妻了。优生学是寄希望于人类未来的唯一的学问。真想看看你们小两口儿生的孩子呢。"

康子沉静了，这是一种神秘的沉静。悠一像个未解世事的丈夫，奇怪地望着妻子的大肚子。这时，一种异样的幻觉使他惶恐起来。他感到妻子的肚子上揣着一面镜子，镜子中自己的脸一直盯着他看。

那不是镜子。那只是窗外的夕阳，不时照到她的珍珠白的裙子上反射的光亮。悠一的这种恐怖，就像一个将疾病传染给妻子的丈夫所感到的恐怖。

"恭喜了。"——他们回去以后，屡次在幻觉中听到这句祝词，过去重复无数次，今后也还会无数次重复下去。他从这句祝词虚空的声响里，听到了阴郁的絮絮叨叨的祷告。可以说，他耳朵里听到的不是祝词，而是无数悲悲切切的诅咒。

没有欲望却有了孩子。有了欲望而生的私生子具有某种反抗的美，但没有欲望生下的孩子该是怎样一副不吉祥的长相啊！人工授精，那精子是喜欢女人的男人的精子。优生学是将生命置之度外的社会改良思想，就像镶嵌瓷砖的浴室那般明亮的思想。悠一憎恶那个妇产科主任一头历尽沧桑的美丽的白发。悠一对于社会有着诚实而健全的观念，唯一支撑这一观念的是，他的那种特殊欲望在这个社会里不具有现实感。

这对幸福的夫妇躲避着夕阳里猛烈吹来的寒风，竖起外套的衣领，互相依偎着走路。康子把手插在悠一的臂弯里，挽着的手臂的温热透过好几层衣服分别传到两人身上。眼下，到底是什么东西使两颗心相隔离呢？心没有肉体，因而无缘相挽在一起。康子和悠一两个人都害怕双方的心灵发出无可名状的哭诉的一刹那。女人总是沉不住气，康子首先违犯了两人共同的禁忌。

"哎，我可以高兴一下吗？"

悠一不忍正眼看一下妻子的面孔，他没有望一眼康子，但如能快活地大声喊"说些什么呢，我恭喜你！"，那就好了。可是这时候，正在靠近的影像使他不再作声。

郊区住宅的街道上行人稀少，白色的石子路面映照着房顶凹凸的阴影，一直延续到远方斜斜向上的黑白道口之处。走过来一位穿毛衣的少年，手里牵着一条斯皮茨[1]爱犬。他面孔白净，半边映着夕晖，染上枣红色的光亮。走近了一看，他的另一半面孔，布满暗紫色的火烫的伤疤。那少年低头打身边擦过去。于是，悠一联想到每每出现于欲望高潮时的远方火灾的颜色，还有那消防车的警报声。他又想起优生学这个词儿的禁忌，于是他说道：

1　一种尖嘴短面、立耳、卷尾的纯白狗，二战后日本多喂养。

"可以高兴啦，恭喜你。"

这个年纪轻轻的丈夫并非发自内心的祝词，使得康子感到绝望。

※

……悠一的行为被掩盖，就像一个神妙的慈善家的行为被掩盖。但是，那种施阴德的慈善家自我满足的淡然微笑，并未浮现于这位美青年的嘴角。

年轻的他苦于没有在表象社会的一切行为。他无须努力就能成为淳风美俗的化身，没有比这更使他感到无聊的了。他无法容忍无须努力就能成为道德的轨范，他学会了像憎恶道德那样憎恶女人的本领。过去，他总是以真诚艳羡的目光注视倾心相爱的青年男女，如今他却暗暗投去了嫉妒的眼神。有时他为自己保持如此勉强的沉默而惊讶。对于夜间社会的行为，他虽然保持着岿然不动的美丽的大理石雕像般的沉默，却使悠一感到"美"被强加于自身的义务。就是说，他只是一尊纯然的雕像，被束缚于一种固定的形式之中。

康子的怀孕立即使南家的生活热闹起来。乡下濑川家欢天喜地，又是跑来探望，又是一起会餐。看到悠一当晚心神不宁、又要外出的样子，母亲十分担心。

"还有什么不满意呢?"她说,"有着这么一个温柔漂亮的媳妇,又怀了头胎孩子,今晚可是个喜庆宴啊!"——悠一爽快地回答她没有什么不满意,正在兴头上的母亲听了总觉得儿子是在嘲笑她。"也不知到底怎么了,这孩子结婚前很少出去玩,倒让我这个当妈的操了不少心。结婚后老爱往外跑,这倒也不怪他,一定是有好多坏朋友。他的那些朋友从不到我们家里来,不是吗?"——她怕康子娘家人犯疑,当着康子的面,对儿子半是埋怨半是辩护。

不用说,在这位坦率的母亲心里,儿子的幸福占据了一大半。我们在考虑别人的幸福的时候,总是不知不觉借此对自己的幸福做一番别样的描画,这样反而比考虑自己的幸福更使人具有利己性。新婚不久,悠一的生活就放纵起来,母亲本来以为是康子的错,但一听到媳妇有喜,她的疑虑也都烟消云散了。"今后悠一一定会老实了。"她对康子说,"那孩子不久就要当爸爸啦!"

她的肾病有些好转,可是近来诸事烦心,又使他想到了死。不过,这阵子病也还没有犯。从一个母亲天生的利己主义立场出发,比起康子的不幸,更令她苦恼的是儿子的不幸。儿子的这桩婚姻,其动机本来是为了孝顺母亲,她担心儿子未必甘心情愿承认这门亲事,所以一直为此感到苦恼和悔恨。

母亲觉得,趁着他们还没有破裂之前,她应该充分维护这个家。她一面安抚媳妇莫把悠一放荡的事传给娘家人，一面不动声色地好言劝慰儿子。

"你要是有什么难言之隐，或者又喜欢上谁家姑娘了，就给我直说好啦。放心吧，妈妈我不会告诉康子的。要是这样下去，我真担心会发生什么可怕的事情啊！"

康子怀孕之前，母亲说的这番话，使得她在悠一眼里就像个巫婆。她认为家庭这东西，必然孕育着什么不幸。风推帆船沿航线顺流而下，然而风也会使帆船沉没，从本质上说，顺风和暴风同是一种风。家庭和家人被一种中和了的不幸之风推拥着顺流而下，但就像描绘家庭的众多名画上的"画押"一样，隐蔽的不幸总是一个不漏地被写进某个角落。基于这种意义，悠一逢到心情快活的时候，就觉得自己的家庭抑或可以归入健全家庭一类吧。

南家的财产依然交由悠一管理。母亲做梦也没有想到俊辅有五十万日元的赞助，对于那笔陪嫁费，见到濑川家里的人，老觉得抬不起头来。岂知那笔三十万日元的陪嫁，分文未动。没想到悠一是个理财的能手，他有一个高中老同学，是个银行职员，悠一把俊辅给的二十万交他做信贷生意，每月获得一万二千日元利息。目前这种投资不属于风险投资。

康子的一个同学，去年才做了年轻的母亲，不料小孩得了小儿麻痹症死了。悠一听到这个消息，显得很高兴，这使得前去吊丧的康子脚步沉重。丈夫那副暗含揶揄神情的美丽的眼睛，仿佛在说："哎，你看。"

别人的不幸似乎就是我们的幸福。在火热的恋爱过程中，这个公式采取了最纯粹的形式，尽管如此，康子那副抒情的头脑使她怀疑，只有不幸才能慰藉丈夫的心灵，此外再没有别的。悠一幸福的思维也带有对于这个世界孤注一掷的因素。他不相信永远存在的幸福，心中暗暗怀着恐惧之情。他一看到永恒的东西就感到恐怖。

一天，夫妇两个到康子父亲的百货公司买东西，康子在四楼童车柜台前边站了很久。悠一不感兴趣，他催促妻子快些离开，他从她的胳膊肘上感到一种微显执拗的力量。妻子抬头盯了他一眼，刹那之间，他发现妻子的目光里含着愤怒，但他装作没有在意。回家的汽车上，康子不停地逗弄依偎在她身旁的一个婴孩。这个流着鼻涕的又穷又脏的孩子，那副长相也并不讨人喜爱。

"孩子总是可爱的呀。"

那位母亲一下车，康子撒娇似的歪着头，瞧着悠一说道。

"你太性急了，不是夏天才生吗?"

康子又不吭声了，这回她的眼里渗出了泪水。如此过早地流露母性之爱，即便悠一这样的丈夫，也禁不住很自然地调侃几句。更何况，康子的这种感情流露缺乏自然，甚至带有几分娇情，说穿了，这娇情里含着嗔怪的意思。

　　一天晚上，康子喊着头疼上床睡了，悠一也不再外出。看到康子恶心又加心跳过快，他请了医生。在医生没到之前，阿清用冷水湿布覆在病人的胸口上。母亲安慰儿子说：

　　"别担心，我怀你的时候，反应得很厉害。也许生性爱吃稀奇古怪的东西吧，打开葡萄酒来，就急着要吃那蘑菇般的软木塞子，真叫人头疼呀！"——医生看完病回去时已经快十点了，康子的卧室只剩悠一和她两个人。康子青黄的面颊上又恢复了红润，看上去比平时更加光艳动人。她的一双素腕忧郁地摊在被子上，在灯光照射之下愈益显得雪白细嫩。

　　"好苦啊！不过，为了孩子，这点苦又算得了什么？"

　　妻子说着，将手伸向悠一的额头，抚弄垂下来的头发，悠一也任她抚弄。这时，他心中意外地升起一种残酷而温柔的念头，他的嘴唇忽然压在康子尚有一些热度的嘴唇上了。他那急切的口气，使任何一个女人都不得不立即坦白。他问道：

　　"说说看，你真的想要孩子吗？你的母性之爱是否太早了些？想说什么就只管说吧！"

　　康子一双酸楚的眼睛忍不住流下泪来。面对一种诡秘的告白，再没有比女人陶醉般的恣意的泪水更能撼动人心了。

　　"有了孩子……"康子断断续续地说，"我是想，只要有了孩子，你就不会丢掉康子不管了。"

　　从此，悠一有了堕胎的念头。

※

社会上的人，看到桧俊辅返老还童，穿着也一反常态，喜欢潇洒的打扮，个个瞠目而视。俊辅老后的作品本来就显得颇为稚嫩，与其说这是优秀的艺术家晚年表现的稚嫩，不如说是直到晚年都未曾熟透的部分宿疾腐烂的结果。从严格的意义上说，他不可能返老还童，他所有的只是他的死。他对生活完全没有创造的力量，更不具有任何这种创造力的结晶——美的情趣。这表现于他近来的服装明显受到日趋青春化的影响。对一个作家，要看其创作的美学和生活的趣味是否一致，这是日本的通例。而俊辅显得两者如此格格不入，这就使得不知有罗登风格影响的社会，多少怀疑起这位老艺术家的正气来了。

不但如此，俊辅的生活里平添一种莫名的神出鬼没的色彩。本来远离巧妙洒脱的言行中，带有了虚假的轻妙，看起来近于轻狂。对于返老还童的人工的痛苦，人们总爱看作是轻浮的表现。他的全集十分畅销，关于他精神状态的奇异的传说进一步促进了书的销售。

不论多么聪慧的评论家，不论多么具有洞察力的朋友，都看不透俊辅这种变化的真正原因。原因很简单，俊辅开始有"思想"了。

自从夏天他在海滨的飞沫中看到青年的身影后，这位老作家平生第一次产生了一种"思想"。折磨他自身的驳杂的青春的力量，使一切集中和秩序变为不可能的最怠惰的活力，对创造毫无益处，只加速自我消耗和破坏的庞大的无力感，如此活生生地衰弱……他要赋予过剩这种疾病以自身所不可能具有的力量和强韧。他要治愈这种"活"的疾病，给予钢铁般"死"的健康。这正是俊辅在艺术作品上梦寐以求的理想的具体表现。

艺术作品具有存在的双重性，这是他的观点。正如出土的古代莲子也能开花一样，作品具有永恒的生命，可以在所有的时代、所有的国家的精神生活中获得新生。当我们接触古代作品的时候，无论空间艺术还是时间艺术，我们被作品中的空间或时间所囚禁的生，会多多少少停止甚至放弃现在的生。我们活在另一种生命之中。但是，活在这种生命里所耗费的内在时间早已得到计量和解决。这就是我们称之为形式的东西。一部作品不论怎样打动人心，即使能改变以后的人生观，我们都是无意识地通过形式而惊叹，尔后的变化只不过是通过这种形式的影响罢了。然而，人生经验和人生影响总是缺乏这种形式。自然派认为，使艺术作品附着形式，可以说是为其提供人生的制服。俊辅不屈服于这种观点。他认为，形式是艺术活生生的宿命，所谓作品内在的经验和人生经验，皆因形式的有无而改变存在的空间。

但是，在人生经验之中，唯一最接近作品内在经验的是什么呢？就是死给予的感动。我们无法体验死，但是可以经常体验这种感动，亦即在死的念想、家人的死以及所爱的人的死之中加以体验。就是说，死是生的唯一形式。

艺术作品感动了我们，使我们具有坚强的生的意志，这不正是死的感动所致吗？俊辅东方式的梦想动辄倾向于死。在东方，死较之生具有数倍的活力。俊辅所认同的艺术作品，就是一种精练的死，是使生接触先验之物的唯一的力量。

内在的存在就是生，客观的存在只能是死或虚无。这种存在的双重性，使得艺术作品接近无限的自然美。根据他的观点，艺术作品完全和自然一样，断不可具有某种"精神"。更何况思想！精神因不在而获得证明，思想因不在而获得证明，生命因不在而获得证明。这就是艺术作品逆反论的使命，甚至是美的使命，美的性质。

那么，创造的作用只不过是自然创造力的模仿吗？对于这个问题，俊辅早已准备好了辛辣的回答。

自然是天生的，不是创造的。创造具有使自然自行怀疑其出生的作用。创造就是自然的方法。这就是他的答案。

是的，俊辅是方法的化身，他寄望于悠一身上的是，将这位美青年自然的青春当作艺术作品加以提炼，使一切青春的纤弱转变为死一般的强大，使他周围的各种力量转化为自然力那样的破坏力，转化为不含有任何人性的无机质的力量。

悠一的存在宛然如创作中的作品一样，昼夜不离老作家的心。其间即使有电话进来，他一天不听到悠一充满青春活力的爽朗的声音，那一天他心里就阴云密布，郁郁寡欢。悠一黄金般的明朗与厚重的语音，正如云间射下的一支支光明的利箭，散落在这块老朽灵魂荒芜的地面，照亮<u>丛丛</u>杂草和累累顽石，使之成为适于永恒停驻的安乐之乡。

俊辅每次去他和悠一时常联系的场所罗登，依然装作"此道中人"。他熟悉隐语，精通微妙眼神的含意。一个小小的意料之外的罗曼蒂克也能使他惊喜非常。一个长相阴郁的青年，向这位丑陋的老人表明爱意，他的异常的心理、异常的倾向，使他觉得六十以上的男人尤其可爱。

俊辅带领此道中的少年们出入于各处的咖啡馆和西餐店。俊辅认为，由少年到成年这种微妙年龄的推移，犹如夕暮天空时刻变幻的色调。成人是美的日落，从十八岁到二十五岁，意中人的美产生了微妙的变化。晚霞初露，所有的云朵显现出水果般鲜润的颜色，这个时刻象征着十八岁到二十岁少年面颊的颜色，还有那柔婉的颈项、领边新剃的黛青的发根，以及少女似的鲜润的红唇。不久，晚霞灿烂，彩云如火，天空也出现一派欣喜若狂的表情。这个时刻意味着二十到二十三岁青春花季的年龄。这时期，目光略现威猛，面颊绷紧，口角渐次显露男性的意志，同时出现的，还有脸庞上火红的羞赧之色，流线般优美的眉宇，少年脆弱的瞬间闪现的美丽的面影。最后，燃烧殆尽的云层带着威严的相貌，落日舞动着残余的火焰般的头发下沉的时刻，显现了二十四五岁青年的美丽，他的眼睛满储着纯洁无垢的光芒，他的面颊注入了险峻的男性悲剧的意志。

俊辅老老实实承认周围每个少年的美丽，但他们谁也激发不起肉感的爱情。老作家想，悠一被不爱的女人们包围，其心情也是如此吧。虽说绝不会是肉感，但一想起悠一，这位老人的心里就荡起一阵惊喜。他嘴里念叨着不在场的悠一的名字。于是，少年们的眼里浮现出一种思念的欢喜和伤感。俊辅一打听，不论哪位少年都和悠一有关系，最多不过两三次就被他甩了。

悠一打来电话，问明日能否前来访问。这时，俊辅正为冬季最初的神经痛所煎熬，接到悠一的电话，病痛霍然而愈。

第二天是个和暖的小阳春天气，俊辅坐在客厅宽阔走廊的阳光里，读了一阵《恰尔德·哈洛尔德游记》。拜伦一个劲儿逗他发笑。其间，有来客四五人。女佣告诉他悠一来访，他像接下一件麻烦的案子的律师，很难为情地对来客说明缘由，然后将新到的"重大案件"的主顾引上二楼书斋。在座的客人里谁也没有想到，这位新来的客人竟是一个没有任何才能的青年学生。

书斋内连着凸窗的长椅上，并排放着五个琉球染的印花坐垫。围绕窗户的三面百宝架上，陈列着搜集来的古陶器。一个隔档里摆着精致古拙的陶俑。这样的搜集显得杂乱无章，因为这些都是人家的赠品。

悠一穿着镝木夫人为他定做的新服装坐在窗户旁边。初冬恬淡如水的阳光透过窗户照射进来，使得悠一满头漆黑的鬈发闪耀着光辉。他看到这座房子没有季节应时的鲜花，处处缺少一种生命的活力。只有一具黑色大理石座钟沉闷地转动着时针。美青年把手伸向桌上的一本皮纸装帧的原版古书，那是麦克米伦版的佩特全集，在一篇题为《杂学》[1]的文章中的《皮卡第[2]的阿波罗》一节里，随处都是俊辅画的横线。近旁堆放着古旧的《往生要集》[3]上下卷和大开本的奥伯利·比亚兹莱[4]画集。

悠一从凸窗前面站起身来迎接俊辅，当俊辅一眼看到他的姿影时，这位老艺术家几乎战栗了。眼下，他感到自己确实打心里爱上了这位美青年。在罗登的一番表演后，俊辅无形中欺骗了自己（正如悠一为自己的演技所欺骗，屡屡感

---

1 *Miscellaneous Studies*。

2 Picardie，法国北部的区域名。

3 日本古代佛教经典，天台宗僧人源信（942—1017）著。

4 Aubrey Beardsley（1872—1898），英国画家，同性恋者。

觉爱上了女人一样），抑或他在强使自己产生一种不可能有的错觉吧？

他有些目眩似的眨巴一下眼睛，在悠一身边一坐下来就开腔了，因此使人有些唐突的感觉。他说，直到昨天一直神经痛，由于气候关系，今天倒不疼了。右膝盖上仿佛挂着一个晴雨表，一大早就知道当天下不下雪。

青年苦于接不上话茬儿，老作家夸奖他身上的西装，问是谁赠送的，接着说道：

"嗯，那个女人从前敲去我三万日元，给你定做一套西装，我的这笔账也算结清了。下次给她个吻，奖励她一下吧。"

他说话总不忘向人生吐唾沫，这是他的老习惯。这倒是医治悠一长期对人生怀有恐惧感的良方。

"你有什么要紧的事吗？"

"关于康子的事。"

"听说她怀孕了……"

"嗯，这个……"——青年欲言又止，"我就是来商量这件事的。"

"你想堕胎吗？"——他一语中的的提问，使得悠一睁大了眼睛，"这又何必呢？我问过精神科医生，像你这种性情会不会遗传还闹不清楚，所以没有必要这么害怕。"

悠一沉默了。究竟为什么考虑堕胎，连自己都不很理解。妻子要是真心想要孩子，他恐怕也不会泛起这种念头。

他知道妻子希望之外还有其他想法，无疑这种恐怖就成了当前的动机。悠一打算使自己从这种恐怖之中解放出来。为此，他首先要解放妻子。怀胎、分娩，都是一种束缚，是使解放断念的事……青年用半含恼怒的语气说道：

"不是，不是因为这些。"

"那是为什么呢？"——俊辅像一个医生，他冷静地问。

"为了康子的幸福，我以为这样做为好。"

"看你说些什么呀？"——老作家仰起脸笑了，"为了康子的幸福？为了女人的幸福？你既然不爱女人，哪里还有考虑女人幸福的资格？"

"所以嘛，所以要堕胎呀。这样一来，两人就斩断羁绊了，康子想分手随时都能分手。这样做说到底还是为了她的幸福。"

"你这种感情是关怀？是慈悲心肠？还是利己主义？胆小鬼？真叫人失望呀，我不想再听你凡庸的诉说了。"

老人激动了，样子很难看。他的手比平时抖得更厉害了，两个掌心不安地揉搓着。几乎完全失去脂肪的手掌揉搓起来像搓着满手灰沙，嚓嚓作响。他一阵心情不安，胡乱翻动手边的《往生要集》，又一下子合上书页。

"我说的话你都忘记了。我不是对你说过吗？必须把女人当成物质，绝不承认女人有什么精神。我就是因此而跌跤的。想不到你也和我一样栽在这里了。你是不爱女人的！

你结婚时应该觉悟到这一点。什么女人的幸福，简直笑话！你移情啦？真扯淡！怎么把情移到碎木柴上啦？你不是明明把对方看作碎木柴才结婚的吗？对吗，阿悠？"——这位精神上的父亲，认真盯着这个俊美的儿子。他那昏花的老眼半明半暗，当他极力瞧着一种东西时，眼角便刻上了难以形容的凄凉的皱纹。"你不要惧怕人生。你必须确信，痛苦和不幸绝不会来到自己身上。不负任何责任和义务就是美好的道德。美，无暇对于自己不测的影响——负责。美，无暇考虑关于幸福的事，更何况是他人的幸福……然而，正因为如此，美只具有使那些为之痛苦而将死的人获得幸福的力量。"

"我知道了，先生是反对堕胎的。您的意思是，这样做还不足以使康子痛苦，一定要逼得她想离婚也不能离婚的地步才甘心，所以需要有个孩子，对吧？不过，如今康子已经够苦的了，康子是我的妻子。五十万日元我还给您。"

"你的话自相矛盾，又说康子是你的妻子，又千方百计使她很容易同你离婚。这到底是怎么回事？你害怕未来。你想逃脱。你害怕一生从旁看到康子的痛苦。"

"可是我的痛苦又有谁管呢？我现在很痛苦，我一点儿也不幸福。"

"你以为这是罪过吗？为此，你苦恼，悔恨，苛责自己，这又何苦呢？阿悠啊，别糊涂，你好好想想，你绝对是无辜的。你不是靠欲望而行动的。罪恶是欲望的调味品，你只是尝了点儿调味品，脸就苦成这副样子。你和康子分手，又能怎么样呢？"

"我想自由。说真的，我也不知道自己为何一定要照先生的话去做。我一想到我是个没主意的人，就一阵难过。"

这种平庸而天真的独白爆出火花，终于变成了切实的呐喊。青年说道：

"我想转变，我要变成一个现实的存在！"

俊辅倾听着。这是他第一次听到他的艺术作品发出的悲叹之声。悠一神色悒郁，他又加了一句：

"我对秘密的存在已经厌倦。"

……此时，俊辅的作品第一次开口说话了。从青年激烈而美丽的声音里，俊辅仿佛听到了镌刻完成的巨大名钟的音律，这音律满含着造钟人疲惫不堪的怨艾。

悠一孩子般絮絮叨叨的不平之声，使得俊辅微笑起来。这已经不是他的作品的声音了。

"别人说我美，我一点儿也不快活。我最喜欢大家称我快乐可爱的阿悠。"

"可是呀，"——俊辅的语气稍微平静下来，"你的种族注定不能成为现实的存在。仅就从事艺术来说，你的种族是对抗现实的最勇敢的敌手。这个道上的人似乎生来就担负着

'表现'的天职。我老是这么想，表现这种行为，跨越现实，令现实窒息，扼杀现实的命脉。这样一来，表现一直成为现实遗产的继承人。现实这东西，推动他物，反过来又被他物所推动；统治他物，反过来又被他物所统治。例如，推动现实、统治现实最彻底的现实担当者就是'民众'，但至于表现，就很难推动了。它岿然屹立，纹丝不动。这个担当者是艺术家。唯有表现才能给现实以现实感。现实性不存在于现实之中，只存在于表现之中。现实比表现更加抽象化。在现实世界，人、男人、女人、情侣、家庭等，杂然而居。表现的世界则与此相反，它代表人性、男性化、女性化、真正的情侣、真正的家庭等等。表现抓住了现实的核心，而又不为现实拖住后腿。表现像蜻蜓点水，只翩翩掠过水面，伺机在水上产卵。它的幼虫为将来能盘旋天上先在水中成长，它精通水中秘密，而轻侮水中的世界。这正是你们那个种族的使命。记得你曾向我倾诉过对于多数决定原理的苦恼，是吗？现在，我不相信你有这种苦恼。相亲相爱的男女之间，某些地方总有独创的东西。现代社会，恋爱的动机里本能占有的部分越来越稀薄。习惯和模仿插入最初的冲动，这是什么模仿？这是浅层的艺术的模仿。许多青年男女虽然愚痴，但他们都知道，唯有艺术描写的爱情才是真正的爱情，他们自己的爱情不过是拙劣的模仿罢了。最近，我观看了此道中一个男舞蹈家跳的浪漫的芭蕾舞，他扮演的情人这个角色，惟妙惟肖地表现了一个热恋中的男人的情绪。但是，他所爱恋的并不是眼前那个美丽的芭蕾舞女演员，而是那个暂时在舞台上跑跑龙套的年幼的弟子。他的演技使人看了如醉如痴，因为那是完全人工化的表演，他对舞台上那位漂亮的舞伴不抱任何欲望。正因为如此，他们表演的爱情，在那些少不更事的青年男女观众眼里，堪称这个世界上恋爱的龟鉴。"

不仅因为有俊辅三寸不烂之舌的一番说教，再加上年轻的悠一，平时在重大的人生问题上总是犹疑不决，当他迈出家门时把事情看得很重要，等临回家的时候又觉得是小事一桩，他总是把问题看得很简单。

康子一心巴望有个孩子，母亲也急等着抱孙子。康子的娘家人就更甭提了。况且，俊辅也希望他们有孩子！不管悠一如何把堕胎看成是为了康子的幸福，但首先他很难征得她的同意。妊娠反应越厉害，就越发使她变得顽强和执着。

在敌我双方都为之欢呼雀跃的形势下，悠一疾步奔向不幸，他被自己热烈的脚步搅得晕头转向。他把自己夸大成一位预见未来的预言家，想到自己的不幸就郁郁寡欢起来。当天晚上，他去了罗登，一个人喝了好多酒。他在过分思虑自己孤独的过程中，心情变得残忍了，同一个毫无魅力的少年一起到旅馆。他醉意朦胧，对着尚未脱去上衣的少年的脖子，拿起威士忌酒瓶就朝他的脊背上灌。那少年本以为他是开玩笑，所以也强作笑脸。当悠一注意到那少年一脸卑屈望着他的时候，心情更加忧郁起来。少年穿的袜子有个很大的破洞，这也是使他更增添一层忧郁的缘由。

他烂醉如泥，一动不动地睡着了。半夜里，他被自己的大声喊叫惊醒了。睡梦中他把俊辅杀了。透过黑暗，悠一惶恐不安地瞧着自己满是冷汗的手掌。

第十二章　Gay Party

满心烦恼，优柔寡断，悠一就这样挨到了圣诞节，早已放过了堕胎的时机。一天，悠一心里同样悒郁不振，和镝木夫人第一次接了吻，这个吻顿时使她年轻了十岁。夫人问他圣诞节在哪里过。"圣诞之夜总得待在家里伺候伺候老婆。"——"哎呀，圣诞节我家丈夫一次也没陪过我，今年看样子也还是各玩各的啦！"——接了一次吻，悠一对夫人颇为得体的举止产生了好感。要是一般女子，这时就会急不可待，马上爱得昏天黑地，然而，夫人的爱情从此以后反而变得稳重而富于节制了，因为她从此摆脱了平日那种烦乱不安的心绪。悠一被她那鲜为人知的质朴的一面所爱恋，更加感到可怕。

圣诞节悠一另有约定，他将应邀参加在大矶山手一座住宅举行的 gay party。gay 是美国俗语男色家的意思。

　　大矶这座住宅，因为财产税关系，即使不卖掉也难以维持下去。于是加吉通过以前一些老关系，将这座宅子租下来了。房主原是一家造纸厂的厂长，他死了之后，家属们在东京租赁一座窄小的宅子维持生计。他们每次来探望自己的老房子，眼见着这座比现在的住居大三倍、庭院宽十几倍的大宅第，里面总是熙熙攘攘，人来人往，感到很奇怪。不论是不是由大矶站发车，晚上经过这里，总是能一眼瞥见房间里点着灯。从地方到东京的旅客们说，一看到这座住宅灯火辉煌，心里就泛起怀念之情。房主的遗孀也感到惊讶，她说，她一直对那里的豪华生活迷惑不解，一次经过那里一看，正张罗着开宴会呢，真是了不起呀。站在这座广宅大院的草坪上可以展望大矶的海面，如今在这座宅邸里究竟发生了什么事呢？没有人知道。

　　加吉青年时代十分走红，其后，作为同他的名声相匹敌的青年人，悠一总算可以充当他的后任了。然而时代变了。加吉（他可是个地道的日本人！）凭着他的美好相貌，潇洒地到欧洲转了一大圈，当时就连三井三菱公司的高级职员也望尘莫及。他和英国人巴特隆交往，数年后分手。加吉回到日本，在关西待了一些时候。当时，巴特隆已是印度的富豪，围绕在这位厌弃女色的青年身边的，有芦屋[1]社交界

1　大阪、神户之间的高级住宅区。

的三个贵妇人。这位开朗、快活的白马王子，就像悠一为康子尽义务那样，对三位庇护者轮番献殷勤。印度人生肺病，加吉对这个易于感伤的大汉子态度也很冷淡。今天，年轻的情人们集合一大批同类，在楼下寻欢作乐，乱成一团。这当儿，楼上向阳的房子里，印度人躺在藤椅上，胸口揾着毛毯读《圣经》，他读着读着哭了。

战时，加吉是驻法国大使馆参赞的秘书，他被看成间谍，私生活神出鬼没，人们以为他是履行公务。

战后，加吉及早把大矶这座宅子弄到手，供熟人居住，在经营上大显身手。他现在风采依旧。就像女人不长胡子，他也不长年龄。加上 gay 社会崇拜阳具——这是他唯一的宗教——对于加吉不竭的生活能力从不吝惜赞叹和敬意。

那天傍晚，悠一在罗登，他有些疲倦，面颊比平时稍显灰白，那轮廓清晰的脸庞显得心神不宁。"阿悠，你今天眼睛潮润润的，好不动人！"阿英说。他想，大概就像那眺望大海、眼睛疲劳的轮船大副的眼睛吧。

悠一一直隐瞒家有妻子，这种隐秘竟也成为他大发醋意的一个因由。他看到窗外岁末大街上的热闹景象，回想起最近一个时期心绪不安的日子，犹如新婚初期，悠一又害怕黑夜了。怀孕以后的康子需要持续不断的热烈的情爱，需要无微不至的呵护和关怀，其结果，正如悠一以前曾经感受的，使他不能不想到自己简直成了一名无偿的娼妓。

"我很贱，我是一个玩具！"他常常这样贬损自己，"康子既然如此便宜地买到一个男人的意志，忍受一些不幸也是当然的。尽管是这样，我却像个狡猾的女佣，这不是对自己的不忠吗？"

事实上，悠一躺在所爱的少年身边的肉体，和躺在妻子身边的肉体，两相比较，后者要廉价得多。这种价值的倒错，使得一般人眼中天生一对的美丽的年轻夫妇，改变了实质，不知不觉变成一种冰冷的卖笑关系或无偿的卖淫关系。这种被人们沉静的目光所忽视的缓慢的病毒，既然毫不间断地侵蚀着悠一，那么到头来，谁能保证，一旦悠一身处这种过家家似的小圈子之外，亦即这种木偶娃娃般的夫妇关系圈子之外，就不再继续受到侵蚀呢？

例如，悠一一直在 gay 社会里忠于自己的理想，他只结交那些自己喜欢的更年少的少年。这种忠实自然是对同康子闺房关系不忠实的一种反叛。本来，悠一就是为了忠于自己而认识这个社会的。然而，由于他的软弱和俊辅不可思议的意志，强使悠一对自己不忠实了。照俊辅的话，这就是美乃至艺术的宿命。

悠一的长相，外国人看了十之八九会着迷。他讨厌外国人，一概拒绝。有个外国人气急败坏跑到罗登，砸毁了楼上一块窗玻璃，还有一个患上忧郁症，无故扭伤了一位同居少年的手腕子。那些瞄准老外很想捞一把的家伙，因此对悠一十分尊敬。他们对这个践踏却不会毁掉他们自己的饭碗的"存在"，抱有一种受虐的敬意和亲爱之情。为什么呢？因为我们无时无刻不在梦想向自己生活的源泉进行无害的复仇。

话虽如此，悠一出于天生一副好心肠，他极力做到拒绝别人时也不伤害对方的心。他看着那些喜欢自己而不为自己所喜欢的可怜的一群，他总是认为自己是用看待可怜的妻子一样的目光看着他们。怜悯和同情的动机，容许掺杂轻蔑的献身，这种献身反而滋生某种优游自适的coquetterie[1]。从探访孤儿院的老妇人母性的柔情中，可以窥见这种年老之后心静气闲的 coquetterie。

……一辆高级轿车穿过杂沓的街道在罗登前面停下来，紧接着又停下一辆。"绿洲阿君"做了一个骄傲的旋转姿势，迎着进来的三个外国人，抛去一个得意的眼神。出席加吉宴会的一伙，以悠一为首，包括外国人一共十个。

三个老外一看到悠一，眼里流露出微微的期待和焦虑。今夜在加吉的家里，谁将和他同床共枕呢？

十个人分乘两辆轿车。洛蒂从车窗递进来赠送加吉的礼物，这是一瓶绘有柊树叶子的香槟酒。

1　法语，指献媚、媚态。

※

　到大矶有将近两个小时的行程。车子一前一后跑完京浜第二国道，又沿着旧东海道公路向大船方向驶去。少年们大声喧嚷着，一个机灵鬼膝盖上抱着一只空包，准备回来装大钱用的。悠一没有坐在外国人旁边。副驾驶座上坐着一位金发男青年，贪婪地盯着反光镜，镜子里映出的是悠一的面孔。

　星空阑干。青瓷色冬夜的天空布满繁星，像无数降不下来的冰凝的雪片，闪闪烁烁。车内的暖气开得很足，悠一身旁坐着一位曾经同他发生关系的多嘴多舌的少年，他告诉悠一，那位副驾驶座上的金发少年，刚来日本时不知在哪儿学到一句话，当他乐不可支的时候，就大喊"天堂！天堂！"，弄得对方哑然失笑。这样一个小故事竟然逗得悠一大笑不止。反光镜里的眼眸和他的眼眸时时相碰，那蓝色的眼睛瞥了一下，随后把薄薄的嘴唇贴近镜面，接了个吻。悠一一惊，唇形的镜面微微模糊了，留下一弯胭脂红。

　九时到达。停车场已经停着三辆高级车。音乐打窗户里流泻出来，窗内闪动着匆忙的人影。风很大，很冷。少年下了车，把刚剃的头缩进深蓝色的衣领。

　加吉出门迎接新来的客人。他的脸蹭着悠一送给他的一束冬玫瑰，用戴着大猫眼石戒指的右手潇洒地和外国人握了手。他醉眼蒙眬，向每个人祝贺圣诞节，包括那个白天在家里卖腌菜的少年。"Merry Christmas to you!" 他打着招呼。这一瞬间，少年们感觉好像到了外国。这个道上的少年很多人跟情人到过外国，报纸上列着大标题"跨越国界的侠义心肠，赠给家政留学生"报道的事迹，大都是来自他们。

大门里面是约有二十铺席的大厅，中央立着圣诞树，上面缀着蜡烛小电灯泡，此外没别的灯光。圣诞树上架着扩音器，长时间播送着唱片的舞曲。大厅里先到的二十多个客人在跳舞。

这个夜晚，在伯利恒，一个纯洁无垢的婴儿从没有原罪的母胎里降生了。这里跳舞的男人们，都像"义人"约瑟夫一样庆祝圣诞节。也就是祝贺自己对今夜出生的婴儿不负责任。

男人们跳着舞，开着不平凡的玩笑，所有舞客的脸上都浮现着反抗的微笑，表明他们这样做并非被人所强迫，而是出于一种单纯的玩笑。他们边跳边笑，一种扼杀灵魂的笑。城里舞场上翩翩起舞的男女，他们的亲密的舞姿表现了流畅的冲动的自由；而男人与男人手挽手跳舞的样子，使人觉得被冲动强迫的颇不随意的束缚之感。为什么男人们本非出于真心而硬要装出互相爱慕的样子呢？这是因为这种爱，必须在冲动之上添加一层黯淡的意味才能成立……舞曲变成了快节奏的伦巴，他们的舞姿狂热起来，变成了淫荡。他们装作自己的动作完全是受到音乐的逼迫，一味疯狂地旋转着，甚至有一对互相嘴对嘴地倒在地上。

先来的阿英，被一个又矮又胖的外国人揽在怀里，他朝悠一递了个眼色。少年半带微笑，半锁着双眉。那小个子外国人一边跳舞，一边频频咬住少年的耳朵，他用眉笔描黑的胡子不断弄脏少年的面颊。

于是，悠一看到了他当初描画的观念的归结，确切地说，他看到了这种观念得到完整的实现，并且更加具体化了。阿英的嘴唇和牙齿依然很美，不用说，就连被弄脏的面颊也很可爱。但是，这种美里，已经看不到一点儿抽象的影子了。他纤细的腰肢在毛茸茸的手臂里扭动着。悠一无动于衷地移开了视线。

屋子里面围绕暖炉的长椅和板凳上躺着一堆人，交头接尾，如醉如狂，悲悲切切，嘻嘻闹闹，看上去，就像一块灰暗的大珊瑚。不，至少有七八个男人，身子的某个部分紧紧贴合在一起了。还有一对，互相搂着肩膀，脊背听任另一个男人的爱抚，下一个男人将自己的大腿压在身边的人的大腿上，同时又用自己的左手抚摸左边男人的胸脯。那里荡漾着低沉而甜美的爱抚和倾诉，正如傍晚氤氲的夕霭。脚边的地毯上俨然坐着一个绅士，内衣纯金的纽扣从袖口露出来。他眼前的板凳上一个少年正被三个男人抚摸着，一只脚上的袜子也脱掉了。绅士把脸孔紧贴在少年的光脚板上，接了个吻。少年的脚心被人亲吻，立即娇滴滴地尖叫起来。他的身体向后一挺，波及了所有的人。但是，其他人毫无反应，像栖息海底的水兽沉默不动。

加吉走到悠一身旁，递给他一杯鸡尾酒。

"这次宴会真热闹，你知道我是多么高兴啊！"这个忙里忙外的老板，说起话来也带着年轻人的口气，"我说，阿悠啊，今晚有个人要见你。他是我的老熟人，你对他可不要太冷淡了。这人的诨号叫'蒲柏'。"——他说着，瞅着大门，眼睛立即放光了，"瞧，他来啦！"

一个很有派头的绅士出现在光线暗淡的门口，一只洁白的手摆弄着上衣的纽扣。他迈动所谓"人工的步伐"，犹如一个机器人，上一次发条就向前跨一步，朝着加吉和悠一这里走过来。一对舞伴打他身旁走过，他哭丧着脸，转过头去。

"这位是蒲柏先生，这是阿悠。"

听到加吉的介绍，蒲柏向悠一伸出那只洁白的手。

"你好啊！"

悠一死死盯着那副阴郁不快的油光光的面孔。这人，是镝木伯爵。

第十三章　通好

"蒲柏"是镝木信孝奇特的爱称，他过去喜欢亚历山大·蒲柏[1]的诗歌，遂戏以为自己的命名，不知底细的人也这样称呼他了。信孝和加吉是旧交，十多年前，两人在神户东洋饭店相识，一起住了两三个晚上。

悠一练就一种本事，在这样的宴会上即使碰到意想不到的人也毫不在乎。这个社会使外界社会解体，打乱了外部社会的秩序，再次进行奇妙的排序——例如，排列为 C、X、M、Q、A——这个社会就像一个魔术师，能够轻而易举地对社会进行重新组合。

然而，镝木原伯爵的改变着实叫悠一感到意外，他好

1　Alexander Pope（1688—1744），英国诗人、评论家，新古典主义代表人物。作品有《人论》《群愚史诗》《夺发记》等。

大一会儿没有去握蒲柏伸过来的手，这使信孝更为惊讶，他像一个酒鬼，醉眼蒙眬地盯着美青年，说道：

"原来是你！原来是你呀！"

他又转头看看加吉说：

"我这回呀，长年的经验失灵啦，对他可是头一回啊！你看，他这么年轻就娶了老婆。第一次见到他是在他的婚礼宴席上。没想到，赫赫有名的阿悠就是这位悠一君！"

"阿悠成家了？"加吉学着派头十足的外国人，故作惊讶地问，"哈，这倒是第一次听说哩！"

于是，悠一的秘密逐渐露馅了。不到十天，他有妻子的消息将会传遍这个社会。他所居住的两个世界，各自的秘密会逐渐互相侵犯而破解，对于这种稳健的速度，悠一抱有恐惧心理。

悠一要寻找一个逃脱恐怖的靠山，他再次回头看看镝木原伯爵，他想努力改变对蒲柏的看法。

那种心神不安的渴望的目光，总是借助寻求美丽的同类的探求欲。正如衣服上擦也擦不掉的污迹那样，信孝的风貌中流露出某种可厌，还有那莫名的令人不快的柔弱和厚颜无耻相混合，似乎硬挤出来可怕的声调，精心造作出来的自然，所有这些，都说明他在努力创造一种假象，使人觉得他的的确确是个同类。悠一的记忆里保留的一切片段的印象，就此很快获得了一定的脉络，变成一个确实的典型。

这个社会有两种独特的作用：解体作用和收敛作用，而后一种作用则十全十美。镝木信孝就像一名通缉犯，通过手术改变面貌，在平常那张脸孔下边，巧妙地隐藏着为人所不知的肖像画。大凡贵族都善于韬晦之术，要作恶必先隐恶，可以说，信孝找到了贵族的幸福。

信孝朝悠一的脊背推了一把，加吉将二人引到空着的长椅上坐下。

五个白衣少年穿过人群端着盘子，送来了洋酒和糕点。这五个人都是加吉的宠嬖，很奇怪，他们每人都有些地方长得像加吉，因此看上去好似五兄弟。一个眼睛像，一个鼻子像，一个嘴唇像，一个背影像，一个额头像。将他们组合起来，一个青春时代加吉的肖像就活生生地出现了。

这副肖像画摆在壁炉架上，四周围绕着人家送的鲜花、柊树叶和一对蜡烛，镶着漂亮的黄金画框，微显黯淡的颜色衬托出充满性感的橄榄绿的裸像。这是加吉十九岁那年春天，一个溺爱他的英国人当面亲手为他画的。这位年轻的巴克斯[1]像，诡秘地笑着，右手高举着香槟酒杯，额头缠绕着常春藤，裸露的脖颈上随便套着绿色的领带。他身体倚在桌子上，一只胳膊支在将桌子盖了一半的桌布上，仿佛用力压着白色波浪的船桨，极力撑起一个酣然沉醉的船体般重

1　Bacchus，罗马神话中的酒神。

重的身躯。

这时，音乐变为桑巴，跳舞的人们退到墙边，灯光照在楼梯口紫红色的天鹅绒帷幕上，帷幕剧烈晃动着，一个半裸的少年，扮成西班牙舞女出现了。这是一个十八九岁杨柳细腰、婀娜多姿的少年郎，头上缠着猩红的布巾，金丝缀成的猩红的乳罩盖在胸间。他跳着，那一副清凛、冷艳的肉感有别于女人黯淡的优柔与缠绵，得力于简洁而圆活的线条和光感，动人心弦。少年一边跳舞，一边仰过脸来，当他回过头去的当儿，向悠一明确地传递着眼神。悠一闭着一只眼回答他，于是，默契达成了。

信孝没有放过这个眼神，他刚才初次知道悠一就是那个"阿悠"之后，心中的整个世界都被悠一占领了。因顾忌自己面子，蒲柏从来没有光顾银座附近那家店，最近各处都在盛传"阿悠"这个名字，心想，那只不过是这个道上的普通美少年，多少有些出众的姿色罢了。他半怀着好奇心，托加吉给他介绍一下，谁知竟是悠一。

镝木信孝是诱惑的天才，到现在四十三岁，已经结交了上千个少年。是什么吸引了他呢？美并不能引诱他走入渔色之路，倒是恐怖和战栗征服了信孝。此道上的快乐之中总有一种甘美的不自在的感觉，正如西鹤[1]所吟咏的那种风情："落花荫里伴郎玩，好似同狼一处眠。"信孝一直在寻求新的战栗，或者说，唯有新的东西才能使他战栗。他不记得自己曾经将美做过精密的比较和品骘，他决不把眼前所爱的人的面容和曾经所爱的人的面容加以比较。犹如一道光线，情念照亮了某一个时间和空间。这时的信孝感到，自己正被我们正常生命进程以外的新鲜的裂痕所吸引，这个裂痕宛如引诱自杀者的悬崖一般，具有不可抗拒的诱惑力。

"这小子危险！"他心里思忖着，"从前，我一直把他当成一个溺爱妻子的年轻的丈夫，当作人世黎明的道路上一匹锐意驰驱的年轻的奔马，即便看到他的俊美，也感到心平气静，从未想到将这匹奔马引入自家的小径。现在，我蓦然发现悠一就在这条小径上，此时，我的心被震撼了！这是危险的闪电！我记得，过去第一次看到走上这条道的青年，当时，也是这种闪电照亮了我的心，我打心里就迷上了。刚喜欢的时候，我就知道有一种预感。自那以来二十年了，今天又一次遇到同样强烈的闪电。可以断言，较之这次闪电，以前从千余人身上感应到的闪电只是一根线香的光亮。最初的心跳，最初的战栗，即将决一胜负。总之，我要

1　井原西鹤(1642—1693)，江户前期浮世草子(通俗小说)作家、俳句诗人，代表作有《好色一代男》《好色一代女》《好色五人女》等。

尽早和这位青年上床!"

他善于一边爱,一边观察,他的视线具有透视的能力,他的话语暗藏着机诈。自看到悠一的一瞬间,信孝就一眼洞穿腐蚀这个无与伦比的俊美的青年的一种精神毒素。

"啊,这青年已经屈从于自己的俊美,他的弱点是美貌。他意识到美的力量,他的后背留有树叶的痕迹[1],要盯住这一点!——"

信孝站起来,向在阳台上醒酒的加吉身边走去。这时候,刚才同在一辆车上的金发外国人和另外一个上了年纪的外国人,争着要同悠一跳舞。

信孝一招手,加吉马上进来,外头一股寒气袭上信孝的领口。

"有什么事吗?"

"嗯。"

加吉伴随这位老朋友来到二三楼之间可以观望海景的酒吧,窗前的墙壁旁边装着落地灯,一个侍者卷起袖子充当服务生。这个侍者很老实,是加吉过去在银座酒吧带过来的。可以看到左前方远处地岬上一闪一灭的灯塔。院子里干枯的树梢簇拥着星空和海景。窗户受到冷暖空气的夹击,

---

1　北欧神话叙事诗《尼伯龙根之歌》中的勇士西格弗里德,杀死巨龙,浑身涂满龙血,刀枪不入。唯有背后被一片树叶覆盖之处,未能沾染龙血,因而成为致命弱点。

擦过后又立即蒙上一层水汽。两个人都半开玩笑地要了女人喝的鸡尾酒。

"怎么样？挺不错吧？"

"小伙长得很帅，还真没见过哩！"

"外国人都惊呆了，可没有一个能降服他。他特别讨厌老外。那小子总有十个二十个相好的吧？净是比他年少的孩子。"

"越是难于到手，越是有魅力。现在的孩子，大多是见钱眼开呀！"

"好，试试看，不过此道上的猛男都感到棘手，直叫苦呢。蒲柏，这回就看您的手腕儿啦！"

"我想问问，"原伯爵用右手手指握住左手手心上的杯子，仔细端详着。他在看着什么的时候，故意摆出一副似乎有人正在瞧着他的风情，就是说他同时扮演演员和观众两个角色，"……怎么说呢，那孩子有没有委身于他所不喜欢的人呢？也就是……怎么说呢，他是否完全委身于自己的美貌呢？他只要对对方怀有爱情和欲望，哪怕只是一点点儿，就不会纯粹委身于自己的美貌。就是这个道理……照你的话说，那孩子长得好看，但还没有这方面的经验，对吧？"

"我听说，要是有老婆，为了这个情分，还是应该和老婆住在一起啊！"

信孝低下眉来，他琢磨着老友这句话有什么暗示。他思考问题时，也同样摆出有人瞧看的一副派头。性格开朗的加吉，劝他先试试看，还乘着酒兴跟他打赌：以明天上午十点为限，十点之前要是蒲柏拿下悠一，加吉就把小指上的高级戒指送给蒲柏；反之，蒲柏就把镝木家藏的室町初期的泥金画砚箱送给加吉。自从加吉在镝木家里看到那只艳丽夺目的厚实的泥金制品，一直垂涎不已。

两人下了二楼，又回到大厅。悠一已经和先前那个跳舞的少年跳起来了。少年新换了西装，喉咙管那里打了个漂亮的蝴蝶领结。信孝意识到自己的年龄，男色家的地狱和女人的地狱都在一个地方，就是"老"。信孝明白，即使求神拜佛，也绝不会出现奇迹，使那位美青年爱上自己。想到这里，他觉察到自己的热情从一开始就明知是白费心思，是无限接近于理想主义的热情。谁要是爱理想，他也祈望为理想所爱。

悠一和那少年一支曲子跳了一半忽然停下了。两人躲进了枣红色帷幕，蒲柏叹了口气，说道：

"啊，上楼啦！"

楼上有随时可供使用的三四个小房间，每间房里都随便配置着床或躺椅。

"一个两个的，您就权当没看见，他们那样年轻，想开些。"

加吉说着安慰话，他把眼睛转向百宝架，琢磨着从信孝那里赌赢的砚箱放在哪里合适。

信孝等着。一个小时光景，悠一又出现了，但此后一直找不到时机。夜深了，人们跳舞也疲倦了，却像不熄的火焰一对对轮番继续跳着。墙边的小椅子上，坐着加吉的一个宠嬖，他在打瞌睡，露出一张天真烂漫的面孔。一个外国人给加吉递了个眼色，这位宽容的老板笑着点点头。老外轻轻抱起瞌睡的少年，把他搬到楼梯入口帷幕后面的躺椅上去了。那个似醒未醒的少年嘴唇微微开启，长睫毛下的眸子好奇地眨巴着，悄悄地盯着搬运他的这个人的胸脯。他一窥见衬衣缝里金黄的胸毛，立即感到似乎被一只大黄蜂搂在怀里。

信孝在等待机会。聚会的人们大都是老相识，过一夜不会缺少话题。但信孝一心想着悠一，一切甘美的抑或淫靡的想象苦恼着他。蒲柏有一种自信，他绝不会把满心纷纭反复的感情流露出来。

悠一的目光时时停留在新来的客人身上。这位少年凌晨两点多和四五个外国人一起由横滨到达这里。他那双色大衣领子里露出黑红斜纹的围巾。一笑起来，整齐的牙齿坚实、洁白。留着小平头，头发和那雕刻般丰满的脸膛儿十分相称。他吸烟时动作尚不熟练的手指上，戴着一个嵌有大写拉丁字母的稀奇古怪的金戒指。

从这个野性的少年身上，悠一感到有着和悲戚、优雅的性感相应的情调。若把悠一比作雕刻的逸品，那么这少年身上就有着雕刻半成品的味道。他至少像一件仿制品，有不少地方和悠一很相似。那喀索斯为了一种不平凡的夸张，有时反而爱照哈哈镜，哈哈镜至少可以避免嫉妒。

新到的一群人和先来的客人在一起欢谈。悠一和少年并肩而坐，两人明丽的眸子互相看着，他们已经达成了默契。

可是，当他们两个手挽手离开座位的时候，一个老外突然过来邀请悠一跳舞。悠一不好拒绝。镝木信孝乘机来到少年身边，请他跳舞。他一边跳一边说道：

"你忘记我啦？阿亮！"

"怎么能忘呢？蒲柏先生！"

"现在你总还记得，听我的话没有吃亏吧？"

"我很佩服蒲柏先生的慷慨大方，大家都被您的气度迷住了。"

"你可真会说话，今天怎么样？"

"同您的话，自然没意见。"

"不过要马上就来。"

"马上？……"

少年有些犯愁。

"可是……这个……"

"比上回多给一倍好了。"

"哦，眼下不行，到明天早晨还有时间嘛。"

"说现在就得现在，过了这个村就没这个店啦！"

"可是已经有了主儿啦。"

"那可是一文不拿呀！"

"逮到个使我着迷的对手，哪怕押上全部家当也心甘情愿！"

"好大的口气！好吧，三倍再加一千，给你一万！然后把这贡献给他不好吗？"

"一万日元？"——少年的眸子发亮了。

"您对我的印象真的那样好吗？"

"当然喽！"

少年虚张声势地喊道：

"您喝醉了吧？蒲柏先生。您真会吹牛啊！"

"你呀，把自己看得太轻贱了，真可怜啊！还是拿出点儿勇气来。好吧，先给你四千，剩下的六千完事儿再说。"

少年正为着西班牙斗牛舞曲的快步动作所烦恼，一边暗自盘算。先把四千拿到手，其余六千即便发生意外吹了，这笔生意也不坏。那就把悠一往后挪，可我应该怎么给他说呢？

悠一靠在墙边抽着烟，等待少年跳完这支曲子，他用小手指轻轻敲打着墙壁。信孝横扫了他一眼，发现这位神采焕发的青年，如今浑身充溢着一种甘美的迫不及待的冲动。

这一场跳完了。亮介向悠一身边走去，打算给他说清楚，悠一没有在意，他早已扔掉烟头，转身离开了。亮介跟着他，信孝又跟在亮介后头。悠一登上楼梯，亲切地把手搭在少年的肩膀上，这下子少年更难开口了。他们来到楼上小房间门前，悠一打开门，信孝一把拉住少年的腕子，悠一惊讶地转过头来。他看到信孝和少年默然不语，青春的眉眼隐藏着嗔怒的情绪。

"您要干什么？"

"我和这孩子约好了。"

"可我在先头呀。"

"这孩子到我这里尽孝心来了。"

悠一歪着脑袋，勉强地笑一笑。

"不要开玩笑啦！"

"开玩笑？不信你问问他，他想先要谁？"

悠一拍拍少年的肩头，那肩膀在战栗。他怪难为情，又不想暴露内心，气急败坏地一边瞪着悠一，一边甜言蜜语地哄着他：

"好啦，回头再找你。"

悠一要揍这少年，信孝一把拦住。

"哎，不要动手嘛，我这就给你好好说清楚。"

信孝抱住悠一的肩膀，进了小屋，亮介正要跟进去，信孝抢先"哐当"一声关上门，外面传来那少年的怒骂。信孝反手迅速拧紧门栓，他让悠一坐在窗边的木凳上，给他一支烟，自己也点上一支。那少年还在一个劲儿敲门，不久就用脚踢门。过一会儿安静下来，他恐怕已经明白是怎么回事了。

房间里忠实于某种气氛。墙上挂着一张水彩画，恩底弥翁[1]沐浴着月光躺在牧草和鲜花丛中睡着了。开得很足的电气暖炉，桌子上摆着干邑白兰地、雕花玻璃水瓶、电唱机。平时住在这里的外国人，只在有宴会的夜晚才将这些对来宾开放。

电唱机可以一次连续播放十张唱片，信孝摁下开关，又心平气和地倒了两杯白兰地。悠一霍然站起身想出去，蒲柏用深沉而温和的目光盯着这位青年，拦住了他。这目光里有着不寻常的力量。悠一被一种不可理解的好奇心束缚住了，他坐着没有动。

"放心吧，我并不想要那个孩子。我给他钱笼络他，这才给你造成了麻烦。不这样我就找不到机会和你慢慢聊呀。一个见钱眼开的孩子，你用不着性急。"

老实说，悠一的欲望从他要打那个少年时起，就猝然消退了。然而，在信孝面前，他不想表露这种心情，他像被捕的年轻间谍一样一言不发。

"我要跟你说的，"蒲柏继续开腔了，"也没有什么大不

---

1 Endymion，希腊神话中为月亮女神所爱恋的牧羊美少年。

了的事。我只是想和你好好聊聊，能听一听吗？我呀，想起在你结婚那天第一次见到你的时候了。"

镝木信孝那冗长的独白，要是原原本本都写出来，一定会使读者感到腻烦吧。加之，里外一共十二面唱片舞曲的伴奏。信孝对自己一张嘴很有自信，语言的抚慰要先于手臂的抚慰。他掏出心要使自己变成一面映照悠一的镜子，镜子背面潜隐着信孝自身的老迈、欲求、巧致和计谋。

信孝不管悠一赞同与否，只是一个劲儿说下去，其间时常夹杂着"已经厌了？""听烦了就说吧，我就闭嘴。""这个你不爱听吗？"等等之类的话语。开始是一副软弱可怜和恳求的口吻，接着就露出绝望的神色，最后满怀自信，未等悠一开口就认为他面带微笑就是一种否定的表情。

悠一不感到无聊，他绝不会无聊。为什么呢？因为信孝的独白，说的全是悠一的事。

"你的眉毛显得多么清凛、健爽！照我的话说，你的眉毛就是那、那什么……怎么说呢？可以说表现了一副朝气蓬勃的纯洁的决心（他被比喻难住了，呆然凝望着悠一的双眉，沉默了好大一会儿。这是一种催眠术师常用的技巧。）……尽管如此，这眉毛和深深忧郁的眼睛达到了绝妙的调和。眼睛表现你的命运，眉毛表现你的决心。两者之间时有战斗。每一个青年，人人都需要战斗。就是说，你的眉眼是青春战场上最英俊的青年军官的眉眼。同这眉眼相称的帽子，恐怕只有希腊的头盔了。我有多少次梦见你的美啊！多少次想和你说说话呀！可每次见到你，我就像一个少年，所有的话语都卡在喉咙口儿了。我可以确信，你是我过去三十年间所见到的美青年中最拔尖的一个，没有任何一个青年比得过你。你怎么会爱上阿亮这样的人呢？照着镜子好好瞧瞧，你在别人身上看到的美，一概来自你的误解和无知啊！你从他人身上发现的美，尽皆储藏于你的身影之中，已经没有再发现的余地了。你'爱'上他人，说明你太缺乏自知之明了。你一生下来就是完美无缺的！"

信孝的脸孔渐渐挨近悠一的脸孔，他巧舌如簧，滔滔不绝对着悠一的耳朵谄媚。这种将阿谀奉承的话语一味向对方耳朵里硬灌的谄媚方式，真是无与伦比！

"你根本不需要名字。"原伯爵断然地说道，"带有名称的美算不得什么。什么悠一呀，太郎呀，次郎呀等，我可不是靠这些名字唤起一种幻影来欺骗自己啊！你的人生所具有的作用根本不需要名字。为什么？因为你是一种典型。你登上了舞台，你的角色就是'青年'。没有任何人能够担当起这个角色。完全靠个性、性格和名字，充其量只能扮演青年一郎、青年约翰、青年约翰内斯。但是，你的存在就是青春焕发的青年们的总称。你是一切国家的神话、历史、社会和时代精神中出现的可视'青年'的代表。你是体现者。没有你，所有青年的青春只能被埋没而不得显现。你的眉毛汇聚着千千万万青年人的眉毛，你的嘴唇是千千万万青年人的嘴唇设计的结晶。你的胸脯，你的手臂……"——信孝隔着冬装袖子，轻轻揉搓着青年的两只胳膊，"……你的腿，你的手掌也是。"——他进而用肩膀抵着悠一的肩膀，凝神注视着青年的侧影，伸出一只手拧灭桌子上的电灯。

"别动，我求求你，就这么待着，多么漂亮啊！天就要亮啦！空中发白啦！你感到那半个脸上出现的微茫的曙光了吗？可是，你的这半个脸依然是黑夜。在黎明和黑夜的交汇之处，浮现出你的完整的面颜。求你了，不要动。"

信孝感到，黑夜和白昼交接的纯洁的时间里，浮现着美青年雕像般的容颜，这瞬间的雕刻遂之化为永恒。这容颜为时间带来永远的形态，将某段时间的完整的美固定下来，从而使自身变为不朽。

窗帷忽然打开了，窗玻璃映出了白茫茫的风景。这座房间的位置一点也不妨碍看到大海。灯塔困倦地眨着眼睛，海面上泛起浑浊的白光，支撑着黎明前黑暗天空上的凌厉的云层。院子里冬天的树木，犹如经晚潮冲刷过的漂流物，无精打彩地交叉着枝叶。

悠一被深深的睡意所侵扰，不知是因为醉酒还是因为困倦，情绪不振。信孝的话语所描摹的画像走出镜面，徐徐压在悠一的身上，那头发也压在靠着长椅的悠一的头发上。肉感重叠肉感，肉感刺激肉感。这种梦幻般的肉体重合的感觉，无法简单地说明白。精神小睡于精神之上，不借助任何官能的力量，悠一的精神和已经重叠一半的另一个悠一的精神合为一体了。悠一的额头触摸着悠一的额头，优美的眼眉触摸着优美的眼眉。那睡意蒙眬的半张半合的嘴唇，紧贴着他所描摹的自己俊美的嘴唇……

拂晓第一道闪光从云隙漏泄下来。信孝放开捧着悠一面颊的双手。他已经脱掉上衣放在身旁椅子上了，空出来的手迅速褪去肩头的背带，又捧起悠一的面颊，再次将他那假装正经的嘴唇压上了悠一的嘴唇。

——上午十点，加吉极不情愿地把他收藏的猫眼石戒指交给了信孝。

第十四章　特立独行

新的一年，悠一虚岁二十三岁，康子二十岁。

南家的新年是在家里过的，这个新年本来是应该好好庆祝一番的，一来康子怀孕，二来悠一的母亲也格外健康了。不过，今年的新年总觉着笼罩一层暗云，其种子是悠一播下的。

他一次次在外面过夜，最糟糕的是他越来越懒得尽自己的那份义务。有时他也做出反省，认为自己脾气太拗，可就是这个拗脾气，害得康子吃尽了苦头。听到亲友们谈起自己的家庭，说眼下很多做妻子的，即使丈夫一个晚上不回家，也要跑回娘家去。悠一天生的好心眼儿都被他忘了，不顾母亲的忠告和康子的哀求，好几次执意不在家里过夜。他人也变得越来越沉默，很少显露那一口洁白的牙齿。

然而，悠一的倨傲并不能使人联想起拜伦式的孤独。他的孤独不是思想的行为，而是出于生活的需要。无能为力的船长只好哭丧着脸，默默观望着自己的船沉没下去。不过，这种毁灭的速度显得确实而有秩序，就连悠一有时也感到，一切罪责不在自己，而只是单纯的自我崩溃作用罢了。

新年过后，悠一突然提到要去担任一家什么公司总经理的秘书，当时母亲和康子也没把这事放在心里，等到听说经理夫妇来访，母亲立即惊慌失措起来。悠一顽皮地故意不说出经理的名字，那天母亲到门口迎接，一看，不是别人，第二次又见到了镝木夫妇，使她大吃一惊。

当天午前小雪霏霏，午后天气阴冷。原伯爵守在客厅煤气炉前边，摆出要和炉子谈判的架势，正襟危坐，伸着手烤火。伯爵夫人神采飞扬。这对夫妇显得如此亲密无间，倒是未尝有过。两口子互相调侃，不时对望一下，笑了。

康子到客厅问候客人，她在走廊上就听到这位夫人略显放肆的笑声。不用说，康子早就从直觉上觉察夫人就是一个爱恋悠一的女子。但是，凭着这位孕妇特有的自然而神奇的洞察力，她看出使悠一疲于奔命的女人，既不是镝木夫人，也不是恭子，一定还有目不可见的第三个女人。康子想象这位被悠一死死隐瞒着的女子的容颜，与其说产生嫉妒之情，毋宁说感到了一种神秘的恐怖。结果，康子即便听到夫人刺耳的朗笑，她一点儿也不感到嫉妒，她对自己平静的态度也毫不觉得奇怪。

康子尝尽了痛苦，不知不觉竟也习惯了。她像双耳直竖的聪明的小动物，考虑悠一的将来还要靠乡间父亲的栽培，所以从不将满心的苦恼向娘家漏一句。她的这种落后于时代的耐性使悠一的母亲非常感动。她拿这个年龄段的古典的贞女对照媳妇，她的可贵之处更令人感动。康子不知不觉爱上了悠一隐藏于倨傲之后不为人知的忧郁，一个二十光景的年轻媳妇，身上居然有如此宽大的襟怀，也许很多人对此都抱有疑问吧？然而，随着时光的过去，她坚信丈夫有某种不幸，她自己却无力治愈他的不幸，因而不但感到内疚，甚至觉得对他犯了罪。她认为，丈夫的放荡不是享乐，只是一种莫名的痛苦的表现。这种母性的思维里，有着成年人感伤的误解。悠一的痛苦近于道德的苛责，即便快乐也没有赋予一个相应的名称。他只有孩子般的空想，他以为假若自己像社会普通青年那样玩女人，那也许会高高兴兴向妻子一一讲明白的。

"究竟是什么事在折磨他呢？"她想，"莫非他要搞革命吗？他如果爱上了什么而背叛我，那么他的昂奋的忧郁就不会始终涌现在他的脸上。阿悠决不会爱上什么人的，作为妻子，我有本能的直觉。"

康子的想法只有一半是正确的，因为她觉得悠一不会爱上少年们。

大家在客厅里谈得很热烈。镝木夫妇过分的亲密表现，也不知不觉影响着悠一夫妇。悠一和康子谈笑风生，好像他们的夫妻生活里不存在一点云翳。

悠一不注意喝了康子杯子里的绿茶，他们都在聚精会神地聊着，没有留意到这个小小过失，事实上悠一自己也没有觉察。只有康子注意到了，她轻轻按了一下他的腿，无言地指指桌上的茶杯，笑了。悠一也感觉到了，他不好意思地挠挠头皮。

这幕哑剧并未逃过镝木夫人敏锐的眼睛，夫人今天十分高兴，她希望悠一成为丈夫的秘书，如今这个愉快的愿望实现了。丈夫能够顺应她的要求使自己心满意足，她对他也满怀感谢之情。悠一当了秘书，夫人就能频繁地和他见面，至于丈夫接受她的请求其中必定另有隐衷，这一点她毫无所知。

夫人眼瞅着悠一和康子亲密无间的样子，正是这些不为人们所在意的细微末节之处，更促使她联想到自己爱情中令她绝望的因素。这小两口都很年轻、漂亮，尽管悠一和恭子之间存在那些问题，但看到这对和和美美的小夫妻，就会使人想到悠一确实像个体育运动员。这样看来，比起恭子，自己缺乏被爱的资格，然而，她始终没有勇气正视自己所处的地位。

夫人和她的丈夫之所以表现出过分的亲昵，其实还另有一番心思，她希望在悠一的心里激起嫉妒的波澜，虽然这种打算几乎是梦想。夫人每当和恭子见面，总是感到很不自在，为了报复，她甚至想随便领个青年男子来让悠一瞧瞧。但是，夫人对悠一的一番情分，使她十分害怕这样做会伤害他的自尊。

夫人看见丈夫肩头沾着一根白线头，她拿掉了。信孝回头问她："什么事？"当他知道是怎么回事之后，心里很吃惊，妻子本不是这样的女人啊！

信孝的东洋水产公司，是一家利用海蛇皮制造提包的公司，他起用过去的管家担任秘书。这位举足轻重的老人，一直管他叫"先生"，而不称"经理"。谁知，两个月前，他得脑溢血死了。信孝物色他的继任人，当时妻子漫不经心地随便提到了悠一的名字，信孝含含糊糊回答："秘书本来就是个打工之类的闲差，让他干倒也可以。"妻子揣摸着丈夫的意思，一副故作镇静的神情。信孝从她的目光里，一眼看穿妻子对这事很关心。

没料到，这步棋一月之后成为信孝乔装打扮内心隐秘的挡箭牌。新年一过，他马上主动让悠一担任秘书，暗地里也把妻子拉下水。这时，夫人显得十分积极，她一本正经夸奖起悠一理财的本领来。

"那青年看来对这一行很精明啊！"信孝说，"以前经人介绍的大友银行的桑原君，听说是他的老校友。东洋水产曾经从桑原君手里得到过一批贷款，他也十分赞赏悠一君能干。他说，那样一笔繁杂的账目，悠一独自一年之间就清理完了，真不简单!"

"那就马上叫他来吧!"夫人说，"要是他不愿意，那就去南君家中问候一下老太太，我们俩一起去，好吗?"

信孝忘记了自己长年以来像穿花蝴蝶一样到处拈花惹草的习性，自打出席加吉的宴会以后，他似乎一天没有悠一就无法生存下去。悠一后来又有两次满足了他的要求，但是他丝毫没有爱上信孝的意思，信孝只是枉自多情。悠一不喜欢在外头过夜，两个人都怕别人看到，只好利用郊外的旅馆。信孝那副很会摆阔气的派头，使悠一感到惊讶。他为了迎接悠一，自己一人订两个晚上的旅馆，经常以"商谈要事"的名义相约。当悠一很晚回去以后，他一个人即使无事也要再住上一宿。没有了悠一，这位中年贵族反而被一种无可凭依的热情所驱使，穿着睡衣独自在室内转悠，最后倒在地毯上打滚儿。他发狂地小声地千百遍喊叫悠一的名字。他喝干悠一喝剩的葡萄酒，点燃悠一丢下的纸烟头。为此，他恳请悠一把吃了一半、印上齿痕的点心留在盘子里。

信孝对悠一的母亲说，他想让悠一到社会上学习一些本领，悠一的母亲看到近来儿子的生活有些放荡，她打算借此机会好好搭救他一把。可到底还是个学生，再说毕业后也有了固定的工作。

"濑川岳父家的百货公司不是有了你的一份差事吗?"母

亲盯着悠一，也是说给信孝听的，"濑川岳父想叫你好好用功读书的，这事儿在决定之前总得跟他商量一下才好。"

他回望着母亲随年龄渐渐衰老的眼睛，这个老人对未来满怀信心！这般岁数的人说不定明天就撒手归西了……悠一想，对未来毫无信心的反而是青年人。老人概因惰性而相信未来，而青年缺少这种年龄的惰性。

悠一抬起那双美丽的剑眉，孩子般地表示强烈反对。

"别说啦，我又不是养子！"

康子听了向悠一脸上扫了一眼，她想，悠一对自己的冷淡也许就是自尊心受到损害而做出的报复吧。看来，该轮到她开口了。

"我跟父亲说说，叫他照你喜欢的做好了。"

于是，悠一说他已经和信孝商量好了，这种帮忙不会影响自己的学习。母亲请信孝好好管教悠一。母亲的嘱托过于认真了，所以听起来有些不太入耳，她想，信孝这种人总有办法教育好这个宝贝浪荡儿子的。

事情基本谈妥了，镝木信孝请大伙儿一起吃饭。母亲推辞不去，但信孝的盛情难却，又说有车子送她回家，她动心了，做好出发的准备。傍晚瑟瑟地下起雪来，她在法兰绒的围兜里暗暗塞进一个怀炉保护腰子。

五个人乘着信孝的豪华轿车到了银座，来到银座西八丁目一家餐馆。饭后，信孝又邀请去跳舞。悠一的母亲也没有拒绝，说这回可要看看那些可怕的玩意了。她想见识见识脱衣舞，可是今夜舞厅里没有这样的节目。

悠一的母亲颇有节制地夸奖着那些裸露身子的舞伴们的衣服："真好看，真合体！那斜纹里的蓝色实在漂亮！"

悠一浑身感到就连自己也难以说清楚的凡庸的自由。他觉得自己把俊辅这个人给忘了。这次关于秘书的事，还有同信孝的关系等，他决心不让俊辅知道。这个小小的决心，使得悠一变得开朗起来，甚至时时和他跳舞的镝木夫人也禁不住问道："是什么事使你如此开心？"青年凝神望着女人的眼睛，声音里含着媚态。

"真的不知道？"

刹那间，镝木夫人胸中涌起了使她闷绝的幸福心情。

第十五章　无计可施的星期日

春天还很遥远。一个星期日，悠一和头天晚上睡在一起的镝木信孝，于上午十一点在神田车站检票口分手了。

昨夜，悠一和信孝发生了小口角，信孝没有征求悠一同意而预约的旅馆，悠一一气之下给退掉了。信孝百般示好，最后把青年带到神田附近的一家情人旅馆凑合着住了一宿。他们害怕在熟悉的酒店过夜。

这个晚上很惨，没有房间，只好安排在一间十铺席大的蹩脚的宴会厅里。没有取暖设备，冷得像寺庙的殿堂。这是混凝土建筑里一间破败荒寒的日式宿舍，他俩把萤火一般大小、里面横七竖八插满纸烟头的火钵放在中间，肩头披着外套，气呼呼谁也不愿瞧谁一眼。一个大大咧咧的女侍进来整理床铺，弄得尘土飞扬，他们呆呆望着她那肥硕的脚来回走动。

"啊，不安好心吧？干吗那么瞧着我呀!"

头发泛红、脑子有点毛病的女侍说道。

旅馆的名字叫"旅游饭店"。房客一打开窗户，就能看到隔壁背对着这边的舞厅的乐池和洗手间的窗子。夜间的窗户上闪烁着霓虹灯时红时蓝的光亮，寒冷的夜风从窗缝里钻进来，屋子里像冰窖一般，墙纸也都剥落了。相邻房间里有一男二女，看样子喝醉了，不停发出肉麻的叫声，一直持续到三点。黎明早早映现在没有挡雨板的窗玻璃上了。连废纸篓也没有，废纸只好塞进抽屉里。人人都想到了这一点，所以长长的抽屉满满登登全是纸屑。

一个温雪的天气阴霾的早晨，舞厅里从十点就响起干涩的吉他的弹拨声。寒气逼人，悠一一出旅馆就加快了脚步。信孝上气不接下气地紧跟着他。

"经理，"——青年对信孝喊道，他的心里轻蔑多于亲切，"我今天得回家，我总觉得不回去不好。"

"我刚才不是说过了吗？今天一整天都要在一起的。"

悠一睁着有些醉意的俊美的眼睛，冷冷地说：

"您这样一意孤行，我们的关系长不了啦!"

蒲柏和悠一一起过夜，对这个可爱人儿的睡姿总是看不够，他经常彻夜不眠。这天早晨，脸色也很不好，青黄、浮肿。他很不情愿地点点头。

载着蒲柏的出租车开走了，悠一独自留在尘土飞扬和一片喧嚣的大街上。想回家，那就检票上车吧，可这青年还是把买好的票撕了。他转身向车站后面一排排饮食店走去。小酒馆一律挂着"今日休息"的牌子，寂然无声。悠一来到一家很不显眼的店铺前敲门，里头有人问是谁。"是我！"悠一回答。"哦，是阿悠！"话音一落，毛玻璃门拉开了。

逼仄的店堂里，四五个男人躬腰围着一只煤气炉，他们一同回头招呼悠一。然而，他们的目光看不出有什么新奇的感觉。悠一早已是他们的同伙了。

店老板是个四十光景的干瘪的汉子。脖子上缠着方格子花围巾，披着外套，下头露出了睡裤。店里正有三个青年在聊天，他们各自穿着漂亮的羊毛滑雪衫。还有一位衣着怪诞的老年顾客。

"啊，好冷，多么冷的天哪！虽说也出了太阳。"

大家说着，一起向门口望去，毛玻璃上斜斜映着微弱的阳光。

"阿悠，去滑雪了吗？"一个青年问道。

"不，没去。"

悠一一跨进店就看出这四五个人碰到今天星期日没有去处，才集中到这里来的。男色家的星期日很可怜。他们感到，这一整天，不属于他们的白昼的世界，完全控制了主权。

剧场、咖啡馆、动物园、游乐场、大街、郊外，到处都是"多数决定原理"在高视阔步。老年夫妇、中年夫妇、青年夫妇、情侣、家庭、小孩、小孩、小孩、小孩、小孩，还有那该死的童车的队列，一边欢呼，一边前进。悠一要想学他们，同康子一起逛马路，那也很容易办到。无奈头顶上苍天有灵，一眼就能识别真假。

悠一思索起来。

"假如我真想做个独立的自我，那么在这种晴朗的星期日，就只能把自己关进这种毛玻璃牢房里。"

聚集在这里的六个同类，互相已经有些腻烦了。他们不愿交换凝滞的目光，只有一个劲儿地十年如一日，旧话重提。什么美国影星的绯闻，什么某显贵原是自己同类的传说，还有夜间的闺房密事，白天里猥亵的笑话等等，都成了他们的话题。

悠一并不想待在这里，但他也不打算到别的地方去。我们的人生，总是不时朝着稍好一些的方向拨正船头，但是，这一刹那满足里所感到的"稍好一些"的喜悦，却给自己心中不可能实现的热望带来了耻辱。正因为这样，悠一刚才为了要到这里来，才甩开了信孝。

要是回家，康子会用羊羔似的眼睛守望着自己吧？那双眼睛只是一味表达："我爱你，我爱你。"她的妊娠反应到一月底就停止了，但乳房敏感的疼痛依然很明显，这使康子想到昆虫，它们通过易于疼痛的敏感的紫色触角，和外界保持联系。悠一对康子乳房的敏锐的疼痛抱着神秘的恐怖。

最近，康子每当快步走下楼梯，乳房就微微颤动，感到一阵钝疼。触着贴身内衣也是疼。有个晚上，悠一要抱她，她说疼，将他推开了。这个意外的拒绝，对于康子来说也没有想到，这只能说是本能促使她做出的微妙的复仇。

悠一顾忌着康子，这种心情慢慢变得很复杂，可以说是一个反面的证明。作为一个女人，他认为妻子无疑比镝木夫人、比恭子都年轻得多，具有令人心动的魅力。客观上考虑，悠一的放荡是不合道理的。有时他看到很有自信的康子心里感到不安，便故意用笨方法暗示自己同别的女人有来往，康子听了嘴角含着微笑，仿佛说"好可笑"，那安之若素的样子大大伤害了悠一的自尊心。这是因为，只有康子最清楚悠一不爱女人，这种时候，悠一的恐惧和自卑势必时时威胁着他。于是，他执拗地用一种奇怪的残酷的理论为自身开脱。如果康子正视自己的丈夫不爱女人这一事实，那么她就会打一开始觉得自己受了骗，无可挽回了。但是，世上好多丈夫不爱妻子，这种不爱事实上从反面证明过去是曾经爱过的。所以关键是要让康子知道，这种不爱正是对她的爱。为此，悠一现在必须放荡一些，要更加堂堂正正地不同妻子同床共寝……

尽管如此，悠一无疑还是爱过康子的。这个年轻妻子躺在他身旁沉睡的时候，大多都是在丈夫入睡之后，但康子有时因为疲倦先睡着了，悠一便安下心来望着那张美丽的睡脸。只有这时候，他心中才会涌起喜悦之情，因为他自己拥有了这样的美。他感到奇怪的是，这个世界为何不允许这种不受任何伤害的"完美的占有"存在呢？

……"想什么呢，阿悠？"

一个客人问道。这里的三个客人都和悠一发生过关系。

"或许在回味昨晚上的好事吧？"

老年客人从旁插话了，接着又把视线转向门口。

"好晚呀，我的宝贝儿。难怪呀，我们这把年纪，都是急也急不得、拉也拉不动的人啊！"

大伙都笑了。悠一感到恶心，一个六十好几的花心老人，等着另一个六十好几的情郎。

悠一不想再待在这里。回家吧，康子会笑脸相迎。给恭子打电话，她会立即从一个地方飞跑而来。去镝木家，夫人苦涩的表情将充满喜悦。要是拖住信孝，今天一整天，他为了获得悠一的欢心，叫他在银座大街中心徒手倒立也情愿。如果给俊辅打电话——对了，悠一好些时候没见他了——那苍老的声音会在电话里变得更加尖厉……悠一不能不感到，斩断一切联络，使自己继续待在这里，这是一种道德上的义务。

所谓"回归自我"就是如此吗？那种美好的作为就是如

此吗？说是不使自己变得虚假，那么，虚假的自己就不是自己吗？诚实的根据在哪里？难道就表现在下面这样的一瞬间里吗？——过去的一瞬间，悠一为了自己外面的美，为了使人看到自己的存在，他把一切都舍弃尽净；如今的一瞬间，对一切都感到孤立，对一切都无所寄托。他在爱恋少年的瞬间，接近后者。是的，这个自我就像海洋一样。海洋的准确深度，是指何时的深度呢？是他的自我达到退潮的极限、那种 gay party 的拂晓，还是像现在涨潮时，一无所求、一切都变成多余的时刻呢？

他又想会见俊辅了。他认为他和信孝的关系光是瞒住这位好好老者还不过瘾，现在还得厚着脸皮对他撒个谎。

※

这天，俊辅上午的时间全用来读书，读了《草根集》，读了《彻书记物语》。这些书的作者正彻[1]，是中世纪的一位僧侣，传说他是定家[2]的转世灵童。

在中世文学众多作品中，有几部传世的作品，他对于

1　正彻（1381—1459），室町时代僧人、歌人。原名正清，出家后称正彻，号招月庵，一称彻书记。歌集《草根集》，收录和歌一万一千余首。
2　藤原定家（1162—1241），镰仓时代歌人、歌论家。著作有《新古今和歌集》《新敕撰和歌集》、歌论《每月抄》和日记《明月记》等。

两三位歌人、两三部作品十分执着，给予极高的评价。如吟咏永福门院阒无人迹的幽邃庭院的写景歌，如《御伽草子》中叙述那位少爷为侍卫中太顶罪而被父亲斩首这种奇特理念的《破砚》，养育了这位老作家的诗心。

《彻书记物语》第二十三条写道：若有人问吉野山在哪里，只要随口吟出"吉野樱花艳，立田红叶鲜"就够了，不必回答是在伊势还是在日向。记住在哪里又有什么用？无意记住而记住，自然知道吉野就是大和。

"诉诸文字的青春也是如此。"老作家想，"'吉野樱花艳，立田红叶鲜'，除此之外，青春还会有别的定义吗？艺术家青春已逝的后半生，都在追寻'青春的意义'，他踏遍青春的乡土。结果怎么样呢？认识已经打破'樱花'和'吉野'之间肉感的调和，'吉野'失去普遍的意义，成为地图上的一点（或已逝时代的一个时期），只不过表明'大和国之吉野'罢了……"

他一味沉浸于这种徒然的思考，其间不知不觉联想到悠一，这不足奇怪。正彻有这样一首清纯美好的和歌：

> 对岸画舫来，牵动万人心。

阅读这首歌，老作家有一种不可思议的激动之情。他联想到，那些站在河岸等待船来的群众，心地纯净，全都聚精会神盯着渐渐靠近的河船。

这个星期天，将有四五个客人来访。老作家这种同年龄不大相符的热心里，夹杂着几分轻蔑，他要证实自己的这种心情，接待了这些客人；同时也想证实一下这种感情之中仍然保有青春的要素。全集重新出版，负责校订的崇拜者不断前来求教。这又怎么样呢？将作品中的全部错误，做一些排版上的订正，又能怎么样呢？

俊辅想去旅行。他耐不住这种没完没了的星期日。悠一长期没有音讯，老作家感到凄恻不已。他想一个人到京都去。

这是至深的抒情的悲伤，是悠一杳无音信致使中断写作而受挫的悲伤，这种可谓未完成的呻吟，自四十余年以来，早已为俊辅所遗忘殆尽。这呻吟是青春时代最灰暗、最悒郁、最潦倒阶段的复苏。这是似是而非、突然中断的某种命运的未完成，是充满屈辱的嗤之以鼻的未完成。这是坦塔罗斯[1]每当伸手摘取果子，而果子和树枝同时被风飘起，嘴里永远感到饥渴难耐的未完成。从那个时代的某一天起——已是过去三十余年的往昔——在俊辅身上诞生了一个艺术家。从此，这个"未完成之病"消失了。代之而来的是完美

1　Tantalus，希腊神话中小亚细亚地方之王，因冒渎神明，在地狱里永远受到饥渴之苦。

开始威胁着他，完美成了他的痼疾。这是一种无害的疾患，是没有病灶的疾患，是没有病菌、高热、心悸、头疼和痉挛的疾患。这是和死最相似的疾患。

他知道，要治愈这种病症就只有死。他的肉体之死之前，先有他的创作之死。此外，接踵而至的是创造力的自然之死，他时而气急败坏，时而心情明朗。他一旦不再写作，额头就猝然刻上艺术的皱纹，神经痛在膝盖上产生浪漫的疼痛，胃部也不时品尝艺术的胃痛。而且，头发也变成了艺术家的白发。

打从会见悠一之后，他的理想的作品里充溢着经完美的痼疾治愈的完美以及"活"的疾患经治愈而获得的"死"的健康。这应该是由所有一切之中获得的快愈。从青春，从老迈，从艺术，从生活，从年龄，从处世之智慧，或者从狂妄……以颓废克服颓废，以创作之死克服死，以完美克服完美，老作家将这一切梦想全部寄托在悠一身上了。

……这时，蓦然之间，一种青春的怪病再发，一种未完成和窝心的挫折之感，于创作的途中袭击了俊辅。

这到底是什么？老作家在命名上犯起犹豫，是命名的恐怖使他犹豫。实际上，这不正是思恋的特质吗？

悠一的面影整日整夜不离俊辅的心。他恼怒，憎恶，他用卑污的言语暗暗咒骂这个负心的青年。这时，他对这个青年的强烈的轻蔑反而使他心情安然。他嘴里大肆称扬悠一完全没有精神性，现在又蔑视这种精神性的完全缺失。悠一的青春负气，放荡不羁的哥儿癖性，那种率意而为、庸俗可厌的自我欣赏，旧病复发的诚实，反复多变的纯情可爱，还有那眼泪等等，将这些性格上的零碎拾掇起来讪然一瞥，发觉没有一样是俊辅本人青春时代所具备的。于是，他又陷入黯淡的嫉妒之中。

他一度抓住的悠一这个青年的人格，如今变得扑朔迷离起来。他感到，自己过去对这位美青年一无所知。是呀，一无所知！他不爱女人的证据究竟在哪里？他不爱少年的证据究竟在哪里？俊辅不是一次也没有亲临现场吗？可是现在又怎么样了呢？悠一已经是个非现实的存在了。若是现实，那么有可能只用毫无意义的变幻欺瞒我们的眼睛，否则，他又能如何欺瞒一个艺术家呢？

虽然如此，悠一徐缓地——如目前这样的悄无声息——至少在俊辅看来，悠一总是想成为独立的自我，想成为一个"现实的存在"。他如今出现在俊辅眼里的是一个不确定、不知情，而且具有现实肉体的美丽的姿影。夜阑人静，在这座大都市某个地方，悠一眼下所拥抱的是康子、恭子、镝木夫人，还是那些不知名字的少年？想到这里，俊辅再也无法入睡了。每逢这样的时候，第二天他就去罗登，但悠一不在那里。他屡屡同悠一在罗登见面，对于俊辅来说并非出于本意。当时他害怕碰上那个挣脱他的羁绊的青年，他会怀着不即不离的心情跟自己打招呼吧？

今日这个星期天尤其难熬。他从书斋的窗户里望着温雪天气的庭院里的干枯的草地。那枯草的颜色微微显得温润、明丽，仿佛被淡淡的阳光照耀着。他受到错觉的侵扰，定睛一看，依然不见日光。俊辅合上《彻书记物语》，收起来了。他在巴望什么？是阳光？是下雪？他冷瑟瑟地搓着布满皱纹的双手。他又俯视着草地，这时，他真切地看到，那寂寥的庭院渐渐蒙上了一层微弱的阳光。

他下楼来到庭院，一只越冬的灰色蝴蝶在草地上挣扎，他用脚上的木屐踩死了。他坐在院子的一角，把一只木屐翻过来瞧着背面，鳞粉似霜雪闪耀。俊辅心里感到一阵畅快。

幽暗的回廊上出现了人影。

"老爷，围巾，围巾！"

老女佣毫无顾忌地大声呼喊，手里挥动着灰色的围巾。她正要换上院子里的专用木屐，这时黑暗的屋子里响起急剧的电话铃声，女佣转身跑了回去。俊辅梦幻般地听着那断续的沉闷的声响，他的心跳加快了。一个每每令他失望的幻影又出现了，这次该是悠一的电话吧？

※

他们相约在罗登见面。从神田站到有乐町，悠一下了电车，轻快地穿行于杂沓的人群之中。随处都是结伴而行的男女，那些男人，没有一个比得上英俊的悠一。女人个个偷眼瞄着悠一，不拘小节的女子禁不住频频回首。在这一刹那，女人们的心全都飞离了身边的伴侣。悠一切实感受到这一点，他一时陶醉于厌恶女人的抽象的幸福之中。

白天里的罗登，顾客也和世上普通的咖啡馆没有什么不同。青年坐在里边常坐的那张椅子上，解去围巾，脱了外套，伸手在煤气炉上取暖。

"阿悠，好久没来了，今天和谁约会呀？"洛蒂问道。

"和老爷子呢。"悠一回答。俊辅还没有到，对过的椅子上坐着一个尖嘴猴腮的女人，戴着脏污的手套，食指交叉，正和一个男人亲切谈话。

悠一确实等得有些不耐烦了，就像一个调皮的中学生在讲台上安下了什么机关，急等老师快点儿来上课。

十分钟过后，俊辅来了。他穿着一件黑色天鹅绒竖领大衣，手里提着一只大旅行箱，默默走到悠一跟前坐下。老人上下打量着悠一，眼里闪闪发光。悠一看到他的脸上浮现着无可名状的愚痴的表情。这是当然的。俊辅的老毛病又犯了，他心里又在琢磨干蠢事了。

咖啡的香味打破了沉默，他俩开始磕磕巴巴地交谈起来。这时，俊辅反倒像个内向型的青年。

悠一说：

"好久不见了，因为快要学年考试了，很忙。家里也是一团糟。还有……"

"算啦，算啦。"

俊辅立即全部原谅了他。

好一阵子没有见面，悠一变了。他的话语句句包含着成年人的秘密。往昔，他在俊辅面前毫无顾忌暴露的伤疤，如今已经紧紧缠上了消毒的绷带。悠一简直像一个没有任何烦恼的青年了。

"随你怎么撒谎吧。这个青年已经结束了坦白的年龄。不过，年龄所流露的诚实依然浮现在额头上。这种诚实很符合他现在的年岁，他不再坦白，而是相信凭谎言可以蒙混过关。"

俊辅心里这样想着，接着他问道：

"镝木夫人怎么样了？"

"我就在她的身边。"他想俊辅一定从哪里听到他当秘书的消息了，"她不把我弄到跟前就没法活下去。她笼络住丈夫，把我推上她丈夫秘书的位置，这么一来，不出三天就能见上一面。"

"那女人原是挺有忍耐力的，她不会暗地里耍手腕的！"

俊辅神经质地大声反驳。

"可她现在就是这样。"

"别再护着她了，该不是你早已迷上她了吧？"

这话说得文不对题，悠一差点儿笑出声来。

从此，两人再也无话可说了。他们就像一对情侣，本来满心的话要说，等一见面就忘得一干二净。俊辅急急忙忙端出了自己的计划。

"今晚我要到京都去。"

"是吗？"——悠一毫无兴致地朝那皮箱看了看。

"怎么样？和我一起去吧。"

"今晚上吗？"

美青年瞪着眼睛。

"接到你的电话，我就下决心今晚出发。瞧，我买了两张二等卧铺车票，也包括你的。"

"不过，我……"

"给家里打个电话，我来帮你说。旅馆是车站附近的洛阳饭店。也可以告诉镝木夫人一声，叫她拉着伯爵一起来。那女人听我的话，今晚上车之前，我要和你在一起，我可以带你到你喜欢的地方去。"

"可我的工作……"

"工作放一阵子也没关系嘛。"

"还有考试……"

"考试用的书我来买，两三天的旅行能读完一本就不错了。怎么样？阿悠。你的脸显得有些疲倦，旅行可是最好的疗养，到京都好好放松一下吧。"

悠一在不可思议的强制面前又显得无能为力了。他想了一会儿，同意了。其实，这种临时决定下来的旅行似乎很合他的心愿。即使不如此，像这般不知所措的星期日，总是暗暗催逼他到什么地方去。

俊辅打电话果断地拒绝了两个约定，热情使他比平时变得更有作为了。这趟夜车离发车还有八小时，俊辅一边想着那些白白等他见面的客人，一边按悠一的喜好，跑电影院、舞厅和饭馆，消磨了时间。悠一根本没把这位保护人放在眼里，可俊辅自己却感到十分幸福。

他们俩饱享了平凡都市的一桩桩快乐，醉醺醺地在大街上轻快地走着。悠一拎着俊辅的提包，俊辅喘着粗气像年轻人一样大踏步前进。他们各自陶醉于"今宵无归处"的自由之中。

"我今晚无论如何都不想回家啦。"悠一突然说道。

"年轻的时候，我也有过这样的一天。看到别人都活得像老鼠，而自己无论如何都不想成为一只耗子。"

"碰到这一天该怎么办呢?"

"总之，像老鼠一样咯吱咯吱啃时间吧。啃个小洞，即便逃脱不得，也能将鼻子伸出去。"

两人挑了一辆新车，叫司机开往车站。

第十六章　旅行前后

到达京都那天下午，俊辅租车带悠一去醍醐寺。车子驶过山科盆地冬天的原野，窗外展现着各色各样的风景，附近监狱里的犯人在修筑道路，好像摊开中世纪黑暗的故事绘卷，两三个犯人伸着头好奇地瞅着车内。他们穿着深蓝的工作服，令人想起北方的海色。

"真可怜啊！"

一味耽于人生享乐的青年这样说。

"我可什么也没看到。"爱说风凉话的老人说，"到我这样年纪，已经没有了想象力，也不再害怕自己将来到底会怎么样。老后的幸福就剩这一点了。不仅如此，所谓名声也在起着奇怪的作用。无数素昧平生的人一起凑过脸来，仿佛都是我的债主。他们认为我应该有无数种感情，我被这样的期待压碎了。其中哪怕有一种感情不具备，就会被人骂作没有人道。以慈善对不幸，以祝福对幸运，以理解对恋爱，就是说，我的感情银行里应该储备一些黄金，以便应付世上无数流通的纸币前来兑换。否则，银行就失去信用。而我如今已经充分失去了信用，倒可以安心了。"

车子钻进醍醐寺的山门，停在三宝院门前。他们领略了四方形前院的风景，这里生长着闻名的垂枝樱。这座院子被整理成四方形的"冬"，一个精心加工成的"冬"。他们进入写有"鸾凤"两个大字、横着影壁的大门，被人引到突出院外的阳光普照的泉殿，坐在椅子上。这时，上述那种感觉越发深沉了。这座庭院被一种统摄、抽象化以及精密计算而制作出来的人工的"冬"所占领，早已没有真正的"冬"介入的余地了。甚至每一块石头的排列，都能使人感到一个端丽的冬的形态。

湖心岛上有姿态优美的松树，院子东南的小瀑布冻结了。人工装饰的深山遮蔽了院子南侧，宛若一片常绿树林。因而，这个季节院里的景象仿佛包裹在无边无际的丛林之中。

他俩等着管长出现的这段时间，悠一又获得聆听俊辅长篇说教的殊荣。据他说，京都各个寺院的庭园，是日本人对艺术认识的最明确的宣言。因为，不论这座庭园的结构，还是最具代表的桂离宫赏月台的景观，以及赏花亭对后面深山幽谷的模仿，都是极端的人工化对自然的巧妙的摹写，其中包藏背叛自然的企图。自然与艺术作品之间，有着媚俗的隐秘的叛逆之心。艺术作品对自然的谋叛，犹如卖笑女子精神的不贞，阴柔而深切的虚伪，多以媚态的形式，装出一副力图依偎自然而原封不动摹写自然的样子。然而，没有比寻求自然近似值的精神更具人工化的精神了。精神隐身于自然的物质山石、林泉之中。此时的物质不论如何坚固，内部总是受到精神的侵蚀。物质处处受到精神的凌辱，山石、林泉的本来的物质被阉割，成为造设庭园的某种柔软、盲目精神的永恒的奴隶。这是遭受幽闭的自然！这种古老闻名的庭院，牵系着对于所谓艺术作品这种目不可见的虚假的女体的肉欲，犹如一群忘却本能的杀伐使命的男人，在我们面前显示着他们充满倦怠的婚姻生活，那里面掩藏着无尽的忧郁情结。

管长这时候来了。他向俊辅道过契阔后，便带他们到另外的房间，为满足俊辅的恳求，向他们展示了这座密宗寺院珍藏的一帧世俗小说画卷。老作家是想给悠一看的。

书末记载着元亨元年的日期，冬天的阳光照在榻榻米上展开的画卷，这是后醍醐天皇时代的秘本，命名为《稚儿乃草子》。悠一看不懂上面的说明词，俊辅戴上眼镜，流利地读起来：

开田川畔仁和寺，某高僧居之。年长，熏修三密之行法，灵验无比。然终不弃狎亵之癖，常择童侍中一尤可人者，寝之。僧无论贵贱，已逾春秋盛时，虽尽施其术，终难遂意。其情疾，风情似明月浸地，流矢越山。因此童非属本意，随夜夜修书，呼乳母之子名中太者速来以庖代之……

这段素朴而明确的说明文字之后是一幅男色画，充盈着温馨、稚拙的肉感。悠一好奇地一节一节看得入了神，俊辅没有留意，他的思绪由"中太"这个侍从的名字，转移到和《破砚》中同样的家臣的名字。令人怜爱的少爷主动为一名家臣抵罪，至死未开口说一句话，这样的心理即便从小说简洁的叙述笔法中，也可想象出或许有某种默契。于是，"中太"一词就成为这种角色的共同称呼，只要一听到这个名字，不就仿佛看到那个时代人们的凄凉的微笑吗？

这种学究式的疑问，在回程的车子中一直萦绕于俊辅的脑子里，直到在饭店大厅里意想不到地碰见镝木夫妇，这个悠闲的念头才忽然消失得无影无踪。

"你感到惊奇吧？"

穿着貂皮短大衣的夫人伸过手来说，坐在后边椅子上的信孝表情十分沉静地站起身来。一刹那，大人们都显得极不自然，只有悠一一人品尝着自由的滋味，因为在这种时候，美青年才美滋滋地对自己异乎寻常的力量充满信心。

俊辅一时摸不清这对夫妇的意图，他在茫然无措时总是显出一脸严肃的神色。然而，凭他小说家的洞察力，从面对这对夫妇第一眼的印象中，猛然泛起了如下的联想：

"这对夫妇如此亲热倒是头一次见到。看来又在想点子干坏事了。"

事实上，镝木夫妇最近确实很亲密。也许在对待悠一上，两人都在利用对方而彼此感到过意不去，甚至满怀感激，所以夫人对丈夫比以前变得温柔了。夫妇非常情投意合，两口子泰然自若围坐在被炉里，随便翻阅着报纸、杂志，夜深了，天花板上有响声，他们同时敏锐地抬起头来，时时互相对望着，笑了。

"你最近变得神经过敏喽。"

"你才是呀。"

说罢，两人都抑制不住莫名其妙的心跳。

还有一个难以置信的变化，夫人像个家庭主妇了。每当悠一为着公司的事要到镝木家里来，她就守在家中不出门，又是亲自给悠一做点心吃，又是送他编织的袜子。

在信孝眼里，夫人开始织毛线，最使他感到可笑。不知打哪里听说夫人要给悠一织夹克，他特地买来好多进口毛线，故意模仿模范丈夫，支棱着两手帮妻子桄毛线。这时候，信孝内心那种冷静的满足感是无法类比的。

镝木夫人如此敞开自己的恋心，当她觉察从这种爱情里一无所获时，心里反倒畅快起来。这种夫妻关系本来是不自然的，但是她的迟来的恋爱并没有伤害丈夫的体面。

起初，夫人那种镇定自如的样子使得信孝惶悚不安，他担心，莫非妻子真的同悠一搞到一起了？不久，他才明白，这种危惧过于盲目了。夫人故意向丈夫隐瞒恋心——正因为这是真诚的恋心，所以夫人要本能地加以隐瞒——正如信孝那种可耻的恋心也要瞒住妻子一样，两者如一对孪生姊妹。结果，每当他被危险所引诱，想和夫人一道谈谈悠一有关的传闻时，夫人就赞扬悠一如何美貌，反而激起他对悠一平素的种种不安，在这个时候，他也和世上的丈夫总是嫉恨妻子的情人一样，说几句悠一的坏话。

等到听说悠一突然要去旅行，这对亲密的夫妻更加团结一致了。

"我们到京都追他们去，怎么样？"信孝说。

不知为何，夫人早知道信孝会这样做的，他们第二天一早就急匆匆上路了。

信孝夫妇就是这样在洛阳饭店大厅同俊辅和悠一见面的。

悠一从信孝的眼睛里看到几分卑屈的神色。给他的第一印象是，信孝的责骂十分缺乏权威性。

"你把秘书这个角色当什么了？秘书不见了，经理在夫人陪伴之下到处寻找不着，谁见过这样的公司？下次务必注意！"——信孝转眼发现了俊辅，他无所顾忌地露出社交般的微笑，加了一句："桧先生真会引人上钩啊！"

镝木夫人和俊辅争相庇护悠一，而悠一并不打算道歉，只是冷冷地盯着信孝，信孝十分恼火和不安，他再也说不出话来。

到吃晚饭的时候了，信孝想到外面吃，其他人说累，夜晚不愿到冷飕飕的街上去，于是到六楼食堂围着一张桌子坐下来。

镝木夫人穿着男式花呢西装，十分合体，再加上旅途劳累，看起来有一种说不出的美丽。她的脸色不太好，肌肤带着栀子白，幸福使她微微沉醉，又像病恹恹的样子。信孝深知妻子那抒情的脸色意味着什么。

悠一感到，这三个大人只要提到有关悠一的事，就会超越起码的常识，相互信任而趋于一致，在这一点上，他们都无视悠一的存在。例如俊辅，他竟然随心所欲，硬要拉着一个在公司上班的青年出外旅行；而镝木夫妇呢，又想当然地跟着追到京都来。大家都把自己行动的原因推给对方。例如，信孝早就成竹在胸，他说妻子要来也就只好来了，从而为开脱自己找到了借口。如果对这些赶来京都的理由冷静地分析一下，总觉得极不自然。即使同桌吃饭，他们四个人都在小心支撑着这张触之即破的蜘蛛网。

四人一同喝着君度酒[1]，各人都微带醉意。信孝只是一味贩卖自己的宽仁大度，这使悠一感到可厌。他在俊辅面前，反复自夸对妻子如何尽孝，请悠一做秘书也是为了妻子，这次出外旅行更是妻子的主意。信孝像个小孩子一样只顾吹嘘，悠一对他的虚荣心很是看不惯。

在俊辅眼里，这种愚蠢的坦白并不奇怪，一些关系冷淡的夫妻，丈夫常拿妻子的不贞作为最好的诱饵，以便促使自己青春再现。

镝木夫人因悠一昨天给她打电话，心情尤其好。她确信，悠一真正来京都的缘由是为了逃避信孝而不是逃避自己。

"这个青年的心思实在叫人捉摸不透，所以总显得很新鲜，什么时候见了，都是一双俊美的眼睛，都是一副充满青春活力的微笑。"

夫人换个地方见到的悠一又别有一番新鲜的魅力，她的诗一般的灵魂被这些细微的灵感打动了。不知怎的，和丈夫一起见悠一成了她心灵的支柱。最近她和悠一两个人面对面在一起谈话，并不使她感到愉快。逢到这时，她变得心绪不宁，心里总是七上八下。

这家饭店直到前不久还是专供外国实业界人士住宿的，

1　Cointreau，一种法国产香气浓烈的甜酒。

采暖设备齐全，他们一伙坐在一侧窗户旁边说话，这里可以看到京都车站明丽、热烈的街景。夫人看到悠一的烟盒空了，便从手提包里拿出一盒悄悄装进青年的口袋。对于她的这个动作，俊辅极力装作没看见，而信孝对妻子的一举一动看在眼里，却又显得已经公认了似的，说道：

"夫人，向秘书行贿可没有什么好处啊！"

信孝真爱装腔作势，俊辅感到这个人十分滑稽可笑。

"这种没有目的的旅行真好。"夫人说，"明天大家想到哪儿去呢？"

俊辅凝视着这位夫人，她很漂亮，但缺少骇人的魅力。

俊辅以往迷恋过她而被信孝钻了空子，他爱的就是这女人丝毫没有精神性这一点。但是，如今的夫人和那时不同了，她完全忘记了自己的美丽。老作家盯着夫人吸烟，她点了一支，每吸两三口就放在烟灰缸上，转眼她又忘记，再点上一支新的。每一支烟都是悠一用打火机给她点着的。

"这女人的这番丑行，简直就像一个下作的老处女！"

俊辅想。复仇已经做到了十分。

当晚因旅途劳累，本该早些上床睡觉，可是一些小事驱散了大家的睡意。事情的起因是，信孝怀疑俊辅和悠一的关系，对于今夜房间的分配提出建议：俊辅和信孝一间房，夫人和悠一一间房。

信孝提出这个荒谬的方案，这个无耻的行为使得俊辅想起他昔日的做派。这就是凭借卫道者的华族身上所具有的天真以及对他人冷暖的极端麻木的力量，贩卖无道义的宫廷式的流风逸韵。镝木家族是堂上华族[1]的一支。

"好久没在一起聊聊了，真叫人高兴。"信孝说，"今晚上就这么早睡觉太可惜了，先生也熬夜惯了吧？酒吧已经关门了，怎么样？叫侍者把酒送到房间里来，先干上几杯！"——然后他转向夫人，"你和南君都困了，别管我们，先去睡吧。南君也可以睡在我房里。我到先生的房间里听他闲聊去，说不定就睡在那里了。你们安心地睡觉吧。"

悠一当然拒绝，俊辅也大吃一惊。青年向俊辅使眼色，求他援助。信孝一眼瞥见了，心中充满醋意。镝木夫人呢，已经习惯于丈夫的这种安排。不过，眼下不同，因为对方是自己的意中人悠一。她本想对丈夫的无理行为大加训斥，但又眼见着平素的热望即将实现，这一诱惑实在难以抗拒。她想绝不能被悠一小瞧了，这心情使她很苦恼。一直引她而来的正是这种崇高的感情，现在应该对此加以舍弃的机会到来了，否则，单凭她个人的力量不可能再有这样的机会了。这种心理斗争仅仅几秒钟时间，她下这番决心虽然非出自本意，但心情很高兴，犹如长年的战争终于结束了。她面对

---

1 "华族"系指1869—1947年间存在的日本贵族。"堂上华族"则属于位列公卿(朝廷、官宦)的一派。

自己心爱的青年，感到自己温柔的微笑就像娼妇卖笑一般。

然而，在悠一的眼里，镝木夫人从来没有像现在柔情似水、充满母性。他听见夫人这样说：

"这样也可以，老爷子们就随他们去吧。我要是睡眠不足，眼角就该起皱纹了。谁不怕再增加皱纹，谁就通宵想干什么就干什么吧，悉听尊便。"

她回头看看悠一。

"阿悠，还不休息吗?"

"唉。"

悠一急忙装作无比困倦的样子，对于这种明显的拙劣的表演，使得镝木夫人如醉如痴。

事情的进展自然有些意外，俊辅已经没有更改的余地了。只是他弄不明白信孝的意图是什么，刚才听他那副语调，好像夫人和悠一的关系已经成为既定事实，他也特别加以认可似的。对于信孝这种心理，他实在没法理解。

俊辅也不知道悠一怎么想，看不出突然的转机来。他坐在酒吧的安乐椅上，琢磨着应该找哪些无关疼痒的话题应付信孝。过不多久，他问道：

"镝木先生，你知道'中太'这个名字的意思吗?"

刚一说出口，俊辅想到那册秘本，就立即闭了嘴，因为这个话题会累及悠一的。

"'中太'是什么?"信孝向半空里瞧着，"是人名吗?"——

酒量过半的信孝已经醉了，"'中太'？'中太'？哦，这是我的雅号啊！"

这种胡言乱语的回答竟然歪打正着，使得俊辅睁大了眼睛。

四个人终于离开座位，乘电梯到三楼去，电梯在饭店的暗夜里静静下落。

他们的两间客房中间隔着三个房间。悠一和夫人一起进了最里头的三一五室，两人默不作声，夫人起身去锁门。

悠一脱掉上衣更觉得无聊，他像关在笼子里的动物，在房间里不停地转悠。他把空空的抽屉一一打开来看着，夫人叫他去洗澡，他让夫人先洗。

夫人正在洗浴的时候，有人敲门，悠一过去开门，俊辅走进来了。

"我是来借地方洗澡的，那边房间的设备坏了。"

"请吧。"

俊辅抓住悠一的腕子，低声问道：

"你真有这份心思？"

"我腻味得要命。"

洗澡间传来夫人快活的喊声，这声音经天花板反射下来，听起来显得明朗而空寂。

"阿悠，进来一块儿洗吧。"

"哎？"

"门开着呢。"

俊辅推开悠一，过去敲一下浴室的门，打开了。他穿过更衣室，又把洗浴间小门推开一条缝来，氤氲的水汽中浮现着镝木夫人苍白的面孔。

"和年龄不太相称吧？"

夫人轻轻拍击着水面，说道。

"那次，你丈夫就是在这种时候，闯进我们寝室里来的。"俊辅说。

第十七章　随心所欲

镝木夫人是个遇事不惊的女人，她从浴缸的肥皂泡里蓦地站起来。

她对俊辅连眼睛都不眨一下，说道：

"想进来就进来吧。"

她赤裸着身子，丝毫不感到羞耻，眼前这位老人，在她眼里连路边一颗石子都不如，湿漉漉的乳房对这个世界闪着麻木的光亮。她那和年龄一样丰满盈润的肉体之美，使俊辅看得入了神。不久，形势逆转，自己感到受了一种难言的侮辱，再也没有勇气注视下去了。赤裸裸的女人心静气闲，看着她的老人反倒羞得涨红了脸。一刹那，老作家仿佛明白了悠一为何苦恼的根由。

"到头来我连报仇的力量也没有了，我已经没有力气报仇啦！"

一阵炫目的对峙之后，俊辅又默默把门关上了。悠一当然不会进去，俊辅熄了灯，独自待在更衣室里，他闭着眼，面前出现了幻景。这幻景被拨动的水声点缀得愈益明丽了。站着很痛苦，回到悠一那里又有些难为情，他嘴里莫名其妙地发着牢骚，就地蹲了下来。夫人依然不见走出浴室的样子。

过一会儿，听水声似乎从浴缸里出来了。门哗啦哗啦打开了，一只水淋淋的手臂拧开了更衣室的电灯。俊辅像卧在地上的狗一样霍然站起来。夫人看着他，泰然自若地问道：

"你还待在这里呀？"

镝木夫人穿上内衣，俊辅像个仆人伺候着她。

他俩回到房间，青年在老老实实地抽烟，看着窗户外面大街上的夜景。他回过头来。

"先生也洗完澡啦？"

"嗯，是的。"夫人抢着回答。

"好快呀。"

"你去洗吧。"——夫人淡然地说，"我们到那边房间去。"

悠一一走进浴室，夫人就催促俊辅到信孝等着的那个房间去。俊辅在走廊上问：

"你何必那样慢待悠一君呢？"

"反正都是一丘之貉。"

这种孩子似的猜疑，使俊辅很是畅快，看来她并没有觉察到是俊辅救了悠一。

伯爵等着俊辅，他一个人翻着扑克牌算命。看到夫人来了，他无动于衷地说道：

"唔，你来啦?"

接着，三个人玩了一会儿扑克，毫无兴致，悠一洗完澡回来了，这位刚出浴的年轻人肌肤十分莹润，双颊像少年一般红扑扑的。他对着夫人恬然一笑，夫人被他纯真的微笑所引诱，不由得松动了嘴角。她催促着丈夫，站起身子。

"这回该你去洗澡了，我们还是睡到那边的房间去吧。桧先生和阿悠睡在这里。"

也许她的这个宣言太坚定了，信孝没有反对。两个房间的人互道了晚安，夫人走了两三步又回来，她似乎后悔先前太孟浪了，亲切地握了握悠一的手。因为她觉得今晚对这位青年的斥责和惩戒已经做得很充分了——这样一来，俊辅倒给耍了，就是说只有他一个人没有洗澡。

俊辅和悠一各自上床，熄灯。

"刚才多谢了。"

黑暗之中，悠一打趣地说道。

俊辅满意地翻了个身，俄然之间，他的这把老骨头又唤回青年时代友谊的记忆以及高中学生住校生活的种种往事。当时，俊辅还写抒情诗呢! 除了写些抒情诗之外，当时的他没有犯过什么过失。

黑暗里传来老朽的声音，这声音自然带着咏叹的调子。

"阿悠，我已经没有报仇的力量了，只有靠你向那个女人报仇啦！"

黑暗中，传来一个充满朝气的声音：

"可她很快就凉了下来。"

"没关系，她看着你的一副眼神同她的冷淡正相反，这反而是个机会。你只要像孩子一样对她撒娇，说个明白，她一定比从前更迷恋着你。你就这样对她说：'那个糟老头儿介绍我和你相识，一旦咱俩好上了，他就像打翻了醋罐子，暗地里使坏，真拿他没办法。浴室事件不过是他发发醋意罢了。'试试看，这样一说，保管就通啦。"

"我就照这么说。"

悠一的声音很柔顺，俊辅感到，昨天久别重逢时的自高自大的悠一，又恢复到以前那个悠一了。他乘势又说：

"最近知道恭子的情况吗？"

"不知道。"

"懒鬼！你真叫我操心啊！恭子又有新的情人啦。不论见到谁，她都说什么阿悠不阿悠，早就忘了。听说她为了和那个男人在一起，眼下正要同丈夫分手哩。"

俊辅闭上嘴，等着对方的反应。效果是确实的，美青年的自尊心被深深刺伤了，正在流血。

然而，悠一其后低声说出的话，并非是一个热血青年发自内心的声音。

"也好嘛，只要她幸福就行。"

同时，这位忠于自己的青年也决不会忘记，他在鞋店遇见恭子时对自己立下的勇敢的誓言。

"好吧！我一定使这个女人陷入不幸！"

这位逆流而上的骑士后悔自己放松了为陷女人于不幸而献身的任务。他还有一种危惧，带有一半的盲目性，那就是因遭女人冷遇而早就厌恶女人的心理是否被对方识破？

俊辅听到悠一的语气十分严冷，他放心了。于是若无其事地说：

"不过依我看，她的那些表现，只是因为忘不掉你而感到焦灼不安罢了。我有几个充分可信的理由。你回到东京给恭子打个电话，我敢保证绝不会发生使你扫兴的事。"

悠一没有回答，但在俊辅看来，他回京后一定会给恭子挂电话的。

二人默然不语。悠一想睡觉，俊辅不知如何表达满心的快意，他又翻了个身。老骨头卡巴卡巴响，弹簧床也跟着咯吱咯吱摇动。暖气冷热适宜，这个世界再也不缺什么了。俊辅想到，自己有时心情险恶时打算"向悠一表明爱恋"的企图显得多么荒唐！他们两个之间再也不需要别的什么了，不是吗？

有人敲门。等到敲了两三下，俊辅大声问：

"谁呀?"

"镝木。"

"请进。"

俊辅和悠一扭亮枕畔的电灯。信孝穿着白衬衣和灰褐色裤子进来了。他多少故作快活地说道:

"打扰你们休息了,烟盒忘在这儿了。"

俊辅坐起来指示着房间里电灯的开关,信孝一手按亮了。没有什么装饰的饭店的客房,摆着两张床和床头柜、一张镜台、两三把椅子和桌子、台子、衣橱等,这些可谓抽象的结构被照得一片通明。信孝像魔术师一般脚步生风地斜斜穿过屋子,拿起桌上的玳瑁烟盒,打开盖子查看一下里头,又走到镜子前面,扒开下眼皮,看看有没有充血。

"对不起,告辞了,晚安。"

他说罢关上电灯,出去了。

"那个烟盒刚才是放在桌子上的吗?"

俊辅问。

"这个嘛,我倒没注意啊。"

悠一回答。

※

悠一从京都回来,每想起恭子,心里总是快快不快。这位年轻人按照俊辅的思路，满怀自信地打了电话。恭子不是这不合适就是那不合适，磨蹭了半天，悠一正要挂电话时她才慌忙约定了地点和时间。

临近考试了，悠一死啃经济学，较之去年的考试，不知怎的，总是钻不进去。这使他很惊奇。以前热衷于微积分时，头脑明晰，有一种陶醉的快乐，现在全失掉了。这个年轻人学会了一半亲身接触现实一半蔑视现实的本领，在俊辅的影响下，专门爱好在一切思想中寻找借口，在所有生活中搜求侵蚀生命的习惯的魔力。自打认识俊辅以来，悠一见到的成人世界的悲惨，使他感到很意外。男人们手里掌握着作为男人世界招牌的地位、名誉和金钱，三位一体，他们当然不愿丧失这些，但出乎意料的是，有时候又那么极端鄙视这些东西。俊辅就像一个异教徒脚踏基督一样，脚步轻盈、欢天喜地，甚至带着残忍，一边气喘吁吁，一边践踏自己的名声。悠一一开始对这番情景甚心疼。大人们为获得而苦恼，事实上，世界上百分之九十的成功是以青春为代价获得的。青春和成功古典的调和只保留于奥林匹克竞赛的世界，那实在是保留于巧妙的禁欲原理，亦即生理的禁欲和社会的禁欲这种原理之上。

约会那天，悠一晚了五分钟来到恭子等待的一家商店。恭子已经急不可耐地站在店前的马路上了。她一把拽住悠一的腕子，说了声"你真坏"。对于她这种世俗气的媚态，悠一不能不感到万般扫兴。

那天是个好天气，春寒料峭。大街上热闹而明净，水晶一样的空气砭人肌肤。悠一穿一件深蓝色的外套，里面一身学生制服，高耸的制服衣领和内衣衬领凸显在围巾之上。恭子和他肩并肩走着，她眼前的衣领附近，紧挨发际的洁白衬领的边缘，洋溢着早春的气息。她穿着浓绿的外套，纤纤细腰，竖领的内侧衬着深红的围巾，波浪起伏。接触脖颈的部分，沾上了一些和肤色一样的白粉，冷艳艳的樱桃小嘴楚楚动人。

这个轻佻的女子，对于悠一杳无音讯没说一句埋怨的话，这使他很不满足，就像本该骂他一顿的母亲却闷不作声一样。长期不见，好像上次约会以来没有丝毫中断的感觉，这就证明从一开始，恭子的热情就是按一定的安全轨道进行的。悠一对这一点很是恼火。然而，恭子这种女人表面上的轻松愉快，更加突出了她的韬晦和克己，而被这种表面的轻松愉快所欺骗的，实际上总是她本人。

他们走到路口，那里停着一辆"雷诺"，驾驶座上正在抽烟的男子，懒洋洋地从里面打开车门。悠一踌躇了一下，恭子催促他上车，自己坐在悠一身旁。她三言两语做了介绍：

"这是我表弟阿启，这是并木君。"

名叫"并木"的男子三十岁光景，他从驾驶座上扭过头来打招呼。悠一忽然被指派了扮演"表弟"的角色，此外还被随便改了名字，恭子这种随机应变并非第一次了。悠一凭直觉，知道这个"并木"就是恭子传说中的那位，但是处于这种立场，他心情十分愉快，差一点儿忘记了嫉妒。

悠一也不问到哪里去，恭子将腕子错开，用拎着手袋的一只手悄悄攥住悠一皮手套里的手指，凑近他的耳朵说道：

"还生气哪？今天我要到横滨买西服料子，回来时一块儿吃完饭再回家。你不要再生气了。我没有坐副驾驶座，你应该明白并木君心里很不痛快。我打算和并木君分手，我和你一块儿走，就是向他示威啊！"

"也是对我的示威吧？"

"讨厌鬼，该操心的倒是我呀。怎么样，秘书这个差事很忙吧？"

这种你一言我一语的卖弄风情没有详细记述的必要。到横滨顺京浜国道要跑三十分钟，一路上，恭子和悠一窃窃私语，并木没有和后面的两个人说上一句话。就是说，悠一扮演了一个扬扬自得的情敌的角色。

恭子今天的轻薄又一次妨碍了她，看起来像个不懂恋爱的女人。她净说一些不相干的话，关键的事情一句不提。她的这副轻薄的表现，其收获之一就是未能使悠一感到她今天到底有多大的幸福。世上往往把一个纯真女子没有意识到的隐秘，错误地当作圈套。对于恭子来说，她的轻浮就像得了伤寒病，只有在说胡话中才能听到一些真实。市井中的风骚女子里，多数人是因为不知羞耻才成为情场上的老手的，恭子说到底也不例外。在未见到悠一的一段时间里，恭子又退回到原来浮华轻佻的生活中去了。这种轻薄没有底，生活里毫无规律。朋友们对于日常的恭子总是抱着看笑话的态度，这已经成了习惯。但谁都不认为，恭子的轻浮和那种脚踩烙铁、辗转跳跃的轻浮相似。恭子什么也不想，她看小说也不一气读到底，看到三分之一，就跳过去读最后一页。她说起话来，总有些地方不忍卒听。她一坐下就翘起二郎腿，小腿肚不停地抖动着。她难得写一次信，墨水不是沾在手指上就是沾在衣服上。

恭子不懂得爱是一种什么滋味，所以她总是错把这种感觉当作无聊。见不到悠一那段日子，她惊讶地发现，自己怎么变得这般百无聊赖呢？就像墨水沾在衣服和手指上，无聊不择场合，始终黏缠着她。

过了鹤见，透过冷冻公司黄色仓库的间隙，望见大海。恭子像小孩子一般欢叫起来："看，大海！"临海铁路古旧的蒸汽机车，拖着货车厢打仓库中间穿过，遮挡了她观望大海的视线。就在她正要欢呼之际，两个男人谁也没有理睬她，只是用这种"黑色的沉默"扬起一道黑烟，悠然通过。早春的海港桅杆林立，天空的煤烟一派迷蒙。

眼下，自己被坐在同一辆雷诺车上的两个男人所爱恋，这种确信对于恭子来说是不可动摇的。其实，这难道不是她的幻想吗？

悠一只是像石头似的看待女人的热情，他的这一立场本身不具任何能量，既然不能给热爱自己的女人以幸福，那就把给予她们的不幸当作是一种关怀或精神的慰藉吧。他总是热衷于这种逆反的道理，结果不管对谁都抱着莫名的复仇的热情，即便对眼前的恭子，也感受不到一丁点儿道德的苛责。道德是什么东西？比如看到人家有钱，就向他家的窗户上扔石头，这种穷人的恶作剧就是不道德吗？所谓道德，就是借此为理由而加以普遍化，然后消灭理由进行某种创造的作用，难道不是如此吗？例如，如今孝顺父母是有道德的，但为消灭这个理由而努力就更是符合道德的了。

三人来到横滨南京街一角，在一家贩卖女服布料的小店前面停了车。这里可以买到便宜的进口货，恭子前来想买一件做春装的料子。她把挑中的面料一块块搭在肩头，对着镜子瞧看，然后走到并木和悠一面前，问他们合适不合适。两个青年好歹应付几句，当看到她搭着一块红色的面料走过来，他们逗她说："想必能招来牛啊！"

恭子试了二十块料子，没有一件是她中意的，终于没有买成。他们又到附近的万华楼，登上二楼的北京餐馆，三人提早吃了晚饭。三人闲聊之中，恭子叫悠一将面前的盘子递过去。

"阿悠，对不起，把那个拿过来。"

恭子脱口而出，悠一反射般地瞥一瞥并木的表情。

这位穿戴考究的青年扭动一下嘴角，浅黑的脸上浮现着大人气的冷笑。他看看恭子，又看看悠一，于是巧妙地转移话题，谈起大学时代，他曾经参加和悠一这所学校的足球对抗赛。对于恭子编造的谎言，他一开始就心知肚明，而且，他简单地饶恕了他们两个。恭子的紧张表情因而显得更加可笑。不仅如此，当她说"阿悠，对不起"这句话时，已经因失言而下意识地紧张起来，这就说明她是故意装作失言，而后又听之任之，她的这种认真的表演，几乎令人觉得好可怜。

"恭子一点儿也不可爱。"悠一想。于是，这青年一颗不爱女人的冷酷的心，正好受到了"她不可爱"这一事实的庇护，他自己非但不会爱她，还要陷她于不幸的这种心情也就顺理成章了。如今，在自己没有下手之前，这女人就已经尝到不幸，不能不使他感到几分遗憾。

他们到一家可以俯瞰大海全景的舞厅跳舞，然后三人坐上原来的坐席，沿着京浜国道驶往东京。恭子又冒出那句令人发腻的台词：

"今天不要再生气啦，我和并木只是一般的朋友。"

悠一一言不发，恭子还以为他不相信自己，心里一阵悲凉。

第十八章　观者的不幸

悠一考试结束了，日历上已是春天。开春的暴风卷起尘埃，大街包裹在一片灰黄的烟雾之中。这天，悠一奉前一日信孝之命，午后放学时顺便到镝木家走一趟。

到镝木家，要在悠一那所大学附近车站相邻的一站下车，所以对悠一来说是顺路。今天，鉴于丈夫的公司要开辟新事业，镝木夫人到一位"有交情"的外国要人的办公室领取批准书，回家后交给等着她的悠一，再让他送到丈夫的公司去。这份批件在夫人极尽柔情的"努力"之下，早就到手了，只是不知道取回来要花多少时间，所以悠一只得早些来镝木家候着。

到达时，夫人还在家里。约好下午三点钟，现在才刚一点钟。

镝木家是原伯爵府邸失火后保留下来的大管家的宅子。

堂上华族在东京大多没有古老风格的府第，镝木家的先考明治时代在电力事业上发了一笔大财，买下一位官僚的宅子定居下来，这只是个例外。战后，信孝为了支付资产税，将这座宅子处理了。他把相邻的大管家的房子收回，要管家出去租房子住，在转让给人的堂屋之间，设置了花墙影壁，一条弯弯曲曲通往马路的小道一端，开了一扇门。

堂屋里开着旅馆，不时受到弦歌之声的骚扰。过去，信孝放学之后，被家庭教师牵着手，沉甸甸的书包也交给他拿着，身轻如燕地钻进大门。现在，这座大门通过的是旅馆迎送出远门的艺伎的花车，又在大门口精致的迎宾台上请她们下车。信孝原在书房柱子上乱刻乱涂的痕迹早已被削掉了。他三十年前在院里石头下面藏匿的宝岛地图，那是在经木纸上用彩色铅笔画的，肯定早已腐烂了。

管家的房子一共七间，西洋风格的大门，楼上是一个八铺席大的西式房间，这里是信孝的书斋兼会客室。透过窗户可以看到堂屋后二楼上的配菜间，不久前改作客房了，正对信孝书斋的窗户都糊了纸。

一天，他听到拆毁配菜间改作客房的响声。每逢在二楼大厅举行宴会，这间黑黝黝的配菜间就非常热闹。泥金画的碗碟排列得整整齐齐，打扮得花枝招展的高级女侍们出出进进地忙碌着。拆毁配菜间的声响，意味着留在黑色板壁上众多次宴会热闹的影像消失了。这声音使人感到，沉淀在记忆中的一段往事，就像一颗根深蒂固的牙齿，血淋淋地被拔掉了。

信孝丝毫没有感伤的意思，他挪开椅子，脚跟跷在桌子上，心中暗暗为之加油："干吧，干吧！好好干吧！"那座宅第的一切给他青年时代带来了痛苦。那座道德的府邸，在他热爱男色的秘密上始终压着一块难以承受的巨石。他多次诅咒父母快快死去，巴不得这座宅子失火烧掉！但是，对于信孝来说，与其遭受空袭被焚毁，不如将先考正襟危坐的客厅，变成醉意朦胧的艺伎演唱流行歌曲的场所，更合乎他的心意。

……搬到大管家的宅子里，两口子将住房全部改建为西洋风格。壁龛里放了书架，拆去隔扇，拉上厚厚的丝绸帷幕。堂屋的西式家具都搬过来了，榻榻米上铺着地毯，上面排列着洛可可风格的椅子。因此，镝木家乍看起来，就像江户时代的领事馆，又好似洋人藏娇的香巢。

悠一到达的时候，夫人穿着西装裤，柠檬色的毛衣上披着玄色的坎肩儿，坐在楼下客厅的火炉旁边。染红的手指尖儿正在摆弄维也纳出品的扑克牌，"女王"为 D，"士兵"为 B。

女佣报告悠一来访，她的手指发麻，纸牌像粘上糨糊一般洗不开了。这时候，她不能站起来迎接悠一了。悠一进来时，她背向着他，青年转了一圈走到她的面前，她这才好容易鼓足勇气抬起头。于是，悠一极不情愿地同她那倦怠无力、像是遭到什么袭击的视线相遇。青年想问她一句"心情不好吗?"，话到嘴边又打住了。

"约好三点钟的呀，还有时间，吃饭了吗?"

听到夫人问他，悠一回答: "吃过了。"又是一阵沉默。风扑打着走廊上的玻璃窗，发出令人心烦的响声。从房内可以窥见屋檐上堆积的尘土，就连照在廊子上的阳光，也好像飞扬的尘埃。

"这样的天气真不愿意出门，回来还得洗头啊。"

夫人冷不丁地将手指插进悠一的头发里，说:

"哎呀，这么多灰尘，搽的发油太多了吧!"

她的口气带着几分责备，弄得悠一左右为难。她每当见到悠一就想立即从他身边逃开，她已经体会不到见面的喜悦了。是什么把悠一和自己隔开? 是什么妨碍悠一和自己结合在一起呢? 她实在想不通。是贞淑? 不能让人取笑。是夫人这边太纯洁? 还是别开玩笑为好。那么，是悠一那方面太纯洁? 可他已经有了妻子呀……思来想去，镝木夫人甚至借助女人的一切心术和手段，还是未能捕捉一点点事态残酷的真相。她爱恋悠一，锲而不舍，这不一定因为悠一漂亮，不是别的，正是因为他不爱夫人。

镝木夫人一周之间丢弃的男人，在精神和肉体两方面，或者至少有一方面是爱她的。这些形形色色的男人也都共同具有两方面可供抓取的"把柄"。然而，面对悠一这位抽象型的恋人，她已经无法找到那种熟悉的"把柄"，而只能暗中摸索了。她宛如一个水中捞月、追逐回声的人，以为抓住了，其实早已漂走；以为很远，其实很近。

细想想，也不是完全没有被悠一爱着的瞬间，每当这个时候，她心里就充满幸福，不过，她明白，自己所寻求的绝不是幸福。

洛阳饭店那天晚上的事，后来经悠一解释，她知道那是俊辅出于嫉妒而搞的鬼把戏。但是，她宁愿认为那是由俊辅指使、悠一合伙而炮制的荒唐的闹剧，这样反而更感到受用。害怕幸福的心只能喜爱凶兆。她每当同悠一相见，总巴望他的眼中浮现憎恶、轻蔑和鄙视的神情，然而，她每次看到的眼睛都是那样明亮无垢，这使她甚感绝望。

……风卷起尘土，吹进这座分布着岩石、苏铁和松树的奇特的小院子。玻璃窗又震动起来了。

夫人以热切的目光凝望着咯咯作响的玻璃窗户。

"天空一派昏黄。"悠一说。

"早春的风真厉害，什么都看不见啦。"

夫人提高嗓门说道。

女佣端来夫人专为悠一做的点心，悠一像孩子一般将这碗热乎乎的杨李布丁一口气吃光了，看到他那副天真的吃相，她的心情十分快慰。犹如捧在掌心里喂食的小鸟，用那洁净而坚硬的小嘴儿，一下一下亲昵地啄着她的手心，那份痒抓抓的快意，哪怕悠一吃的是她的大腿肉，她也心甘情愿！

"真好吃。"

悠一说。他懂得这种不加掩饰的天真对她的媚态很起作用。他撒娇地拉起夫人的两手，他只是为了感谢这份点心，想和她接一下吻。

夫人皱起眼角，一脸畏怯的神色，身子也不自然地颤抖起来。

"不，别这样，我会很痛苦的，不行。"

从前的夫人，要是像眼下这样玩儿戏般的颤抖，照她的脾气，会忍不住高声大笑。单单一个吻，就会有这么多感情的营养，或者说有这样可怕的毒素，而且是本能地加以回避，这番心情真是做梦都没有想到。这个品行不端的女子拼命拒绝对方应景式的接吻，那一脸的认真引起了悠一的注意。她的这位冷静的恋人，好比隔着玻璃，眼瞅着水槽里将要淹死的女人那副滑稽而苦闷的表情。

然而，悠一对于眼前这种清楚表明了自己力量的确证，倒不感到厌恶。他反而嫉妒她竟然会有这种令人陶醉的恐怖。这位那喀索斯对于镝木夫人很是不满，她未能像那位干练的丈夫一样，使他陶醉于自身的美丽之中。

"干吗这样对我？"悠一焦虑起来，"为何不让我任情陶醉？她难道永远将我抛到孤独的世界里去吗？"

……夫人把椅子挪开些坐着，闭上了眼睛。套着柠檬色毛衣的胸脯波浪起伏。玻璃窗的响动一直持续着，波及她那细纹密布的颧骨一带，悠一看她似乎一下子老了三四岁。

镝木夫人装出做梦的样子，使得这仅仅一小时的幽会白白流逝过去了。总得出点儿事，大地震？大爆炸？或者来一场前所未闻的灾祸，将他们两个碾成齑粉！再不然，夫人在这种痛苦的幽会之中，因苦于自己动弹不得，干脆化作一块巨石好了。

悠一忽然侧耳倾听着什么，那副全神贯注的表情正如倾听远方声响的小野兽。

"是什么？"

夫人问，悠一没有回答。

"你听见了什么？"

"不，似乎听到一点儿声音。"

"什么呀，你一无聊，就要耍这种手段。"

"瞎说，呀，真的听到了。是消防车的警笛声。这种天气，很容易着火。"

"可不……好像来到门口马路上了。不知是哪里失火啊！"

他俩望着空漠的天空，但只看到小院花墙对面，高耸着古老堂屋旅馆后院的二楼。

警笛声越响越近了，这种在风里紧急敲打着的声响，又被风席卷而去似的倏忽远逝，只剩下玻璃窗咯咯震动的声音。

夫人起身去换衣服。悠一百无聊赖地用火钳拨弄着只有一点儿火气的煤炉，那声音就像拨弄死人的骨头。煤块燃尽了，只留下一些坚硬的炭渣。

悠一打开玻璃窗，将脸伸进风里。

"这风真舒服呀!"他想。

"这样的风使人无暇思考。"

夫人出来了，她换下西裤，穿上裙子，站在光线暗淡的走廊上，只能看见鲜艳的口红。她看看让风吹拂着的悠一，没有说一句话。她把那里整理了一下，一手拿着薄大衣，对悠一简单地打了招呼，出门了。那样子就像和这位青年同居一年的女子，那种没有任何实质性的妻子做派，似乎硬是强加到悠一头上来了。他把夫人送到房门口，从外面大门到房门口有一条小路，中间还有一扇栅栏小门，左右是一人多高的花墙。花墙上落满了尘土，那绿色显得毫无生气。

镝木夫人踩在院子里的石板路上，那高跟鞋的脚步声在栅栏门旁停住了。悠一穿上拖鞋跟在后头，紧闭的栅栏门挡住他的去路。他以为夫人故意逗他，便用力推门，谁知夫人却不惜身上的那件柠檬色毛衣，直接将胸脯抵在栅栏门的竹格子上，全身支撑着。青年见她那副认真的表情里不怀好意，他放手了，问道：

"怎么啦?"

"好啦，就到这里吧。你再送我，我就不能出去了。"

她绕到一旁，站在花墙对面，眼睛一下全给花墙遮蔽了。她没有戴帽子，头发在风里飘扬，缠绕到花墙里修剪过的树叶上了。她举起那只戴着金色小蛇一般高级手表的细白的手臂，将头发从花墙里扯出来。

悠一隔着花墙站在夫人对面，他身材比夫人高，他把两只手臂轻轻搭在花墙上，埋下头看着夫人。因此，除了眉毛，他的脸孔也看不见了。风又扬起尘土越过小路。夫人的头发乱了，遮住她的面颊，悠一低着眉，避开了风。

"即使这样面对面短暂对视，好像也有什么东西在干扰我。"夫人想。风停了。两个人四目对视，镝木夫人不知道想从悠一的眼神里获得什么样的感动。她对自己的爱一无所知，她爱的是黑暗，清澄的黑暗……悠一还是悠一，他在那一瞬间微小的感动里，表露了自己一切的不可知，别人不断从他身上发现的要比他本人意识到的多得多，这一事实反过来又丰富了他自身的意识。他像一般人一样感到不安起来。

……镝木夫人终于笑了。这是为了分开两个人的笑声，是付出一番努力的笑声。

悠一感到，两小时后就会归来的离别，简直就像诀别一样排演了一遍。他想起中学时代的军训检阅和毕业典礼前的严格预演，学生代表手捧没有毕业证书的空空的漆盒，恭恭敬敬从校长席上一步步退下去的情景。

送走夫人，他又回到煤炉旁边，漫不经心地翻阅美国流行杂志。

夫人走后不久，信孝打来电话，悠一告诉他夫人外出了。信孝打电话时身边看来没有其他人，所以说话十分放肆，他娇声娇气地问："上回在银座和你一块儿逛街的年轻人，他是谁呀?"这个问题，要是当面向他提出，又怕悠一不加理睬，所以大凡这类男女情事，信孝总是通过电话询问。

悠一回答说：

"一般的朋友，他说要去买西服料子，我就跟他一道去了。"

"一般朋友能勾着小手指走路吗?"

"……没什么要紧事吧，电话，我挂了?"

"等等，阿悠，向你赔礼了。听到你的声音，我就忍不住了。我马上乘车回去见你，好吗? 你哪儿别去，就在家等着。"

"…………"

"喂，你怎么不回答呀?"

"哎，我等着，经理。"

半个小时后，信孝回来了。

他坐在车里，回想起这几个月悠一的表现，没有一点儿可挑剔的地方。他对一切豪奢和浮华都无动于衷，也绝不故作姿态，显得俗不可耐。他既一无所求，也一无所赐，因而看不出他对谁有感谢的意思。即使出入于公卿上流社会，凭着这位美青年良好的教养和毫不矜夸的品德，也会令人对他做出超过实际的评价。而且，悠一精神上是残酷的，这更进一步促使信孝对他抱有不切合实际的幻想。

他善于韬晦的本领，使得每日见面的夫人都抓不到一点儿把柄，信孝从自己的成功里品味着玩弄他人的喜悦，以至于失之慎重了。

……镝木信孝披着外套，快步来到悠一所在的夫人的绣闼。看见主人没有脱外套，女佣不知所措，茫然地站在他的背后。"你在这里，等着看什么呢?"主人意味深长地问。

"这外套……"女佣犯起了犹豫。信孝胡乱脱掉外套，扔给女佣，大声地下命令：

"到那边去吧! 有事我会叫你的。"

他捅了捅青年的胳臂肘，领他到帷幕后头接了吻。每当接触悠一圆活活的下嘴唇，他就陶醉得发狂起来。悠一制服的金属扣子，碰在信孝的领带别针上，发出锉牙一样的声响。

"上楼吧。"

信孝说着，挽着悠一的手臂，盯着他的面孔，笑了。

"好喜欢呀！"

五分钟之后，他俩走进楼上信孝的书斋，锁上房门。

镝木夫人提前回家了，可以说一点儿也不奇怪。她为了早些回到悠一身边，打算乘出租车去，不想很快叫到了一辆。到了对方办公室，事情办得也很顺利。碰巧，那位"有交情"的外国人有车，提出要送她回家。那车子真快，来到自家门前，她请那位外国人到家里坐坐，外国人推说有事，下次再见，就开车走了。

夫人忽然计上心来（本来这也并不稀罕），她走进院子，从走廊进入起居室。她想吓唬吓唬待在那里的悠一。

女佣出迎，告诉她伯爵和悠一正在楼上书斋里商谈要事。夫人很想看看一本正经热衷于公务的悠一到底是什么样子，她想尽量看看，他趁着自己不在场的时候，还会对哪些事情感兴趣。

这个女人的爱，总想抹去自己的参与，在没有自己的场合，描绘相爱的幻影。她希望能够透过墙缝看到：当她出现时的一瞬间那崩塌的幸福的幻影，能于她不在时依然保持正确而永恒的形象。

　　夫人悄悄登上楼梯，站在丈夫的书斋前边。一看，那本该插入锁孔里的锁舌，滑到外头来了。因而，门扉闪开一两寸间隙来。她紧靠着门，窥探室内的情景。

　　就这样，夫人自然看到了她所能看到的一切。

　　信孝和悠一下楼的时候，镝木夫人已经不在了。桌上放着一封信，用烟灰缸压着，以免被风刮走。烟灰缸里香烟沾着口红，几乎没有吸上几口就揉灭了。女佣告诉他们，夫人回来一会儿就出门去了。

　　两人等她回来，她一直未归，于是就到街上游玩去了。悠一下午十点左右才回家。

　　三天过去了，镝木夫人还没有回来。

第十九章　老伙伴

因为太难为情了，悠一一直没有到镝木家里探望，镝木三番五次来电话，一天晚上，他还是去了。

几天前，悠一和镝木信孝下楼来的时候，看到夫人不在，信孝没怎么往心里去。第二天，她还未回来，这才引起重视。看来不像是一般的外出。一定是躲起来了。而且，失踪的原因只有一个。

今晚上，悠一看见信孝简直变了一个人。他很憔悴，双颊出现了平时看不见的络腮胡子。过去红红的脸色，现在失去了光泽，皮肤松弛下来。

"还没回来吗？"——悠一坐在楼上书斋长椅子的扶手上，将香烟的一端在手背上顿了顿，随口问道。

"是啊……我们给她看到了。"

那副滑稽的庄重，很不合乎平时信孝的个性，悠一故意残酷地表示同感。

"我也这么想。"

"对吧？看来只能这样想了。"

实际上，那天完事后看到锁舌滑出在锁孔外面，悠一首先想到了这一点。极度的羞愧经过几天之后，就被一种解放感稀释了。其间，他渐渐认识到，自己没有理由同情夫人，也没有羞愧的理由。他热衷于这种英雄式的冷静。

正因为如此，信孝在悠一眼中显得很滑稽。他觉得，信孝正是为"被看见"这件事而苦恼、憔悴下去的。

"报警了没有？"

"那样不好。也不是没有一点儿线索。"

这时，悠一发现信孝的眼睛湿润了，吃了一惊。信孝还说道：

"……但愿她不要干傻事啊！……"

乍一看，这句不符合他性格的感伤的话，震动了悠一的心扉。他们奇妙的夫妻间的融合情感，通过这句话最为清晰地表现出来了。因为，在妻子对悠一的恋情里，信孝不能不感到有着众多的共鸣，他心里有可能展开亲密的想象。同样，他的一颗心也会由于妻子精神的不贞受到强烈的伤害。信孝既然意识到这位妻子爱上了丈夫所爱的人，那么他就戴上了两顶"绿帽子"。而且，他将为妻子的恋情越来越刺激自己的恋情而感到苦恼。悠一今天才亲眼看到他内心的伤痛。"镝木夫人对于镝木伯爵来说，竟然如此不可缺少。"悠一想。这事恐怕超出了这位青年理解的范围。然而，悠一一旦有了这个想法，他对信孝立即产生了一种无比亲切之情。

伯爵面对自己所爱的人，有没有看到他那优柔的眼神呢？

他低着头，极端衰弱，失去了自信，穿着考究睡衣的肥硕的身子堆在椅子里，两手支撑着深深埋着的双颊。上了年纪依然丰厚的头发用发油胶在一起，十分光亮，同那长满络腮胡子的脏污、松弛的皮肤形成对照。他没有看着青年，但悠一却盯着他那横着几道皱纹的颈项。突然，他想起最初那个晚上，在电车里见到的同类丑恶的面孔。

亲切的表情瞬息即逝，美青年又恢复了那种极其相应的残酷而冷峻的目光。这是打死一条蜥蜴时的纯洁少年的目光。"对于这个人我要比以前更加残酷，我必须这样！"他想。

伯爵已经忘掉眼前这位冷峻的情人的存在，一心想着失踪的、使他放心不下的伙伴，那位长年厮守在一起的"同谋"。他为此哭了。他和悠一一样，留给他们的是孤立的感觉。同一只竹筏子上的两个漂泊者，久久地沉默着。

悠一吹着口哨，信孝学着狗的动作，听到声音抬起头来。他得到的不是食物，而是青年嘲讽般的微笑。

悠一向桌上的杯子里倒了白兰地，他端着酒杯走向窗边，拉开窗帷。堂屋旅馆今夜举行盛大宴会，大厅里灯火通明，光芒四射，照耀在院子里的常绿树和辛夷花上。从那个角落里微微响起和这座住宅不大协调的丝竹之声。今晚的气候非常和暖，风息了，天空晴朗。悠一浑身感到说不出来的自由。这是一个在漂泊之旅的途中，身心愉快、扬眉吐气的游子的自由。他为这个自由举杯祝贺。

"无秩序万岁！"

※

夫人失踪，青年不为所动，他把这归结于自己太冷漠，其实这种看法并不准确，也许凭着一种直觉，他才避免了心中的不安。

镝木家和夫人娘家乌丸家都出身于公卿贵胄。十四世纪，镝木信伊据守北朝，乌丸忠亲据守南朝。信伊机诈权变，好耍小聪明；忠亲热情单纯，堂堂政治家风度。两家正好代表政治的阴阳两面。前者是王朝时代政治的忠实继承人，最坏意义上的艺术政治的信徒。亦即在那个和歌和政治相互交合的时代，艺术爱好者作品的一切缺陷、美学上的暧昧、效果主义、热情的算计、弱者的神秘主义、外表的蒙混和欺诈，以及道德的麻木等等，他把所有这一切都转移到政治领域里来了。镝木信孝不惮卑劣的精神，不畏怯懦的勇气，主要来自这种祖宗的赐予。

与此相反，乌丸忠亲急功近利的理想主义，使他一直苦于自我矛盾中。他深知，他那不能直视自我的热情，具有足以实现自己的力量。这种理想主义的政治学，欺骗了别人，更欺骗了他自己。最后，忠亲拔刀自刎了。

如今，信孝的姻亲，夫人的大伯母，一个年高德劭的女人，承继京都鹿谷一座古老的尼寺。这位老妇人的家族历史，则融合了镝木家和乌丸家两系相反的家风。小松家族世世代代出现过非政治的高僧、文学日记作家、博学多识的权威，就是说，不论对哪一个时代的新风俗，他们总是站在修正或批判的立场。但是，如今这个家族，自从这位老尼殁后，香火遂断。

镝木信孝断定夫人出奔的地点就是这里，不用说，失踪的第三天就立即给那边打电报。悠一那天晚上去的时候，还没有回电报。又过两三天，回电报了，上头说道：夫人没到这里来，但留意到了，一旦有何信息，马上打电报告知。这电文使人摸不着头脑。

这期间，悠一接到了一封镝木夫人的厚厚的书信，标着这座尼寺的地址。他掂了掂手中这封信的重量，这重量似乎悄声告诉他："我在这里还活着呢。"

信里的意思是：面对那种可怕的事实，使得夫人失去了生活的依靠。看到那种目不忍视的场面，她只感到羞耻和恐怖，不管谁看到了都会怒不可遏。她觉得她对人生已经完全没有介入的余地了。她习惯于洒脱的生活，她能轻松自如地度过生活里可怕的深渊。现在，她看到了这个深渊，脚步踟蹰，再也不轻松了。镝木夫人考虑到了自杀。

她寄身于花事尚早的京都郊外，一个人久久地散着步。早春的风吹过广大的竹林，她喜欢这里的景观。

"多么烦琐的茂密竹林啊，只知徒劳地生长。"她想，"这里多么安静！"

也许是这种不幸的性格最明显的表现，她觉得自己对死已经考虑得太多了。人每当有这种感觉的时候，就可免于一死。这是因为，自杀不论高尚还是低俗，都是属于思考本身的自杀行为，就是说，大凡自杀都是经过深思熟虑的。

决定不死，思想为之一变，她认为先前使她想死的原因，这回就是使她活下去的唯一的原因。现在，较之悠一的美，他的行为的丑恶更具有使夫人着迷的巨大魅力。结果，她终于平心静气地想通了。只有在那样的时刻，她才切实感到被看着的悠一和看着的自己方能分享同一种感情，亦即没有一点儿虚假和伪装的绝对的羞耻。

那种行为的丑恶是悠一的弱点吗？不是。不可想象，像镝木夫人这样的女人会喜欢软弱。那只能是悠一对她最富权威的、最彻底的挑战，看看她究竟会有何种感觉。这位夫人没有觉察，她起初所怀抱的情念，经过种种严峻的磨练，正在继续改变着形态。"我的爱已经没有一鳞片爪的温柔了。"她泛起了一种奇妙的反省。对于这种钢铁般的感受性，悠一越像一个怪物，她就越是增强对他的爱。

读到下一段，悠一露出讽刺的微笑。他想："多么纯真呀！她从前把我看得完美无缺，自己也装出一尘不染的样子；如今又要和我竞争谁更污浊来了。"

这种絮絮叨叨的卖淫般的独白，最能说明夫人的热情几乎出自母性。她也效仿悠一的罪行，悉数自己犯罪的经历。为了达到悠一那种恶行的高度，她也在千方百计积攒自己的恶行。她宛然像一个母亲，为了证明同这位青年有血缘关系以便庇护儿子，她主动为他顶罪，自行悔过。她不顾这种坦白会给青年的心理带来何种影响，这一点尤其代表了一个母性的利己主义思想。那么，她有没有觉悟，这种彻底的袒露只能使自己变得可憎而永远寻不到爱的途径了呢？我们每每看到这样一种绝望的冲动：一个恶婆婆在虐待媳妇的过程中，对于早已不爱自己的儿子更加展现出一副不值得爱的嘴脸。

镝木夫人战前只是一位普通的贵妇，虽说有些水性杨花，但要比世间传说的更加矜持。自从丈夫结识加吉，深入邪道以后，懈怠了一个丈夫应尽的职责，她感到夫妇关系越来越疏远了。战争将他们从倦怠中拯救出来，他们都为不生孩子这种先见之明而感到自豪。

与其默认妻子的不贞，不如加以纵容，丈夫的这一手自那以后越发露骨了。然而，经过两三次偶发的情色事件中，夫人并未找到什么欢乐，也未尝到任何新鲜的刺激。她把自己当成一个淡泊的人，这样一来，她觉得丈夫那种不必要的用心使她心烦。一方面，丈夫对她刨根问底，当他得知自己长年在妻子身上营造的麻木丝毫没有动摇之后，心里甚感高兴。没有比这种坚如磐石的麻木，更能证明她的贞节了。

那时候，她的身边已经围着一些浮浪子弟了，就像窑子里的窑姐儿，代表着各种类型的嫖客，形形色色，有中年绅士、貌似企业家的男子、做派像艺术家的男了、青年层（这个词儿真滑稽!），他们代表着战时一批醉生梦死、无所作为的人。

某年夏天，从志贺高原旅馆打来电报，原来她身边的一个青年应征入伍了。青年出发前夕，夫人答应了他的一个要求，而这个要求她从未答应过其他任何男人。因为并非为了爱。她知道，唯有在这个时候，那位青年并非需要某一个特定女人，而只需要任何一个普通的女人。她相信自己可以充当这样的女人。这是她和其他一般女子不同的地方。

那青年必须乘早班汽车出发，所以两人天蒙蒙亮就起身了。夫人为那个男子仔细打点行装，他看了十分感动，"从来没有见过夫人这种家庭主妇的样子。"青年想，"只睡了一个晚上，我就改变了她，什么叫'征服'？这就是啊!"

一大早走向战场的人的心情，不可过于认真对待。因为几分感伤和悲怆，看什么都觉得意味深长，这种自信，即便有些轻薄也未尝不可。处于此种状态的青年，可以获得超出中年男子的满足感。

女侍端着咖啡进来。青年送给女侍一张大票子作为酬谢，夫人皱起了眉头。

那男子说道：

"夫人，我忘了，能不能给我一张照片？"

"什么照片？"

"您的照片。"

"干什么用呢？"

"带到战场上去。"

夫人大笑起来，笑声不止。她一边笑，一边打开房门，拂晓的雾气团团涌入室内。

这个小士兵竖起睡衣的领子，打了一个喷嚏。

"好冷啊，请关上！"

笑声使他有几分嗔怒，他用命令的口气说。这回该夫人生气了，她说，开一下门你就感到冷，那怎么行呢？当兵可不能像你这么娇惯。她给他穿好西装，赶他到门口去。面对情绪急剧变坏的夫人，青年惊慌失措起来，哪还敢向她要照片，就连临行前的接吻也遭到了她的拒绝。

"哎，我，可以写信来吗？"

分别时，青年怕送行的人听见，附在夫人的耳畔问。她笑笑，默不作声。

——汽车包裹在雾气里了，夫人沿着朝露瀼瀼的小路走到小池塘的船坞旁边，一条腐朽的小船一半浸在水里。战时，在这个避暑的地方，竟然也有如此令人心情愉快的闲静之处。雾中的芦苇看起来像幽灵，圆圆的小池子变成一个小湖泊。晨光透过迷茫的雾气敏感地映在水面上，看起来犹如空中飘荡着的湖水的幻影。

"不爱他而委身于他。"夫人掠一掠鬓角依然温热的纷乱的头发，"对男人那般优待，对女人怎么就这么苛刻呢？为什么只准许娼妓知道这些呢？"——具有讽刺意味的是，她发现自己刚才对那位青年突然涌现憎恶和嘲笑，完全是因为他给了侍女过多小费引起的。"因为是白白奉送，所以才留下几分精神的残渣和虚荣心吧？"她又改变了想法，"假如他拿金钱买我的身体，我一定会更加高高兴兴投进他的怀抱。这正如前线阵地上的娼妇，全心全意为满足男人最后的需要做出奉献，这是充满信念的自由的心情！"

她听见耳边有微微的响声，一看，原来芦苇叶尖上停着众多夜间歇翅的蚊子，成群结队在她耳边飞来飞去。这高原上也有蚊子，她感到很奇怪。不过，这些青灰色的纤弱的蚊子，看来不会吮吸人血的。不久，成群的蚊子盘旋成圆柱形，悄悄飞升到雾气里了。夫人这才意识到自己白色的拖鞋有一半浸在水里了。

　　……这时，她站在湖畔，脑子里一直执拗地沉浸在战时生活的记忆中。如果把单纯的馈赠必须互相当成爱看待，那就只能认为是对馈赠这种纯粹行为不可避免的冒渎。每当重复这样的错误，总要品尝一次屈辱。战争就是被冒渎了的馈赠。战争是一场浩大的血淋淋的感伤。爱的滥用，亦即互相交心的滥用，对于这个吵吵嚷嚷的世间，她打心底里报以嘲笑。她不顾千人万眼，一身华丽的打扮，品行也越来越不检点。一天晚上，她竟然在帝国饭店的走廊上，和一个被注意的外国人接吻，被人看见了，受到宪兵队的盘问，名字上了报，一时闹得满城风雨。镝木家的信箱里，匿名信一直不断，大多是恐吓信，骂伯爵夫人是卖国贼，甚至有的信恳请夫人自决。

　　镝木伯爵的罪很轻，他一贯吊儿郎当，加吉因间谍嫌疑接受审查时，他受到的打击要比夫人受到盘问时大得多。不过，这次事件，他没有受到任何牵连。一听说要空袭，他立即带上夫人逃到轻井泽。在那里，他和一位父亲的崇拜者、长野管制区防卫司令长官搭上了关系，叫那人每月送来一次丰富的军饷。

　　战争结束时，伯爵梦想着不受任何限制的自由。道德的混乱就像早晨空气一样张口可得！他陶醉在无秩序之中。可是，这次经济的衰颓猛然从背后夺走了他的自由。

战争时期，信孝无缘无故被推上水产加工协同组合联合会会长的位置，他通过职务之便，成立了一家公司，利用当时还在皮革统制之外的海蛇皮制作手提包。这就是东洋海产股份有限公司。海蛇正式的名称叫鳢，属于喉鳔类，体形似鳗，无鳞，颜色黄褐，有横纹。这种怪鱼体长可达五尺，栖息于近海岩礁间，人一走进，就睁开懒洋洋的眼睛盯着看，同时猛然张开巨口，嘴里长着两排尖锐的牙齿。一天，他让公司的人陪着，去参观沿海那些栖息着许多海蛇的洞穴。他坐在水波飘摇的小船上看了很久，岩石洞里有一条海蛇，向伯爵蓦地张开大口，威吓般地抖动着身子。这条怪鱼令信孝十分满意。

战后，立即撤销了统制，东洋海产的事业走投无路，他改弦更张，转为重点从北海道贩运海带、鲱鱼以及三陆地方的鲍鱼等水产，从中提制中国料理的材料，卖给旅日华侨和对华走私商。一方面，为缴纳财产税，他不得已卖掉了镝木家的堂屋，东洋海产面临着资金周转不开的困境。

这时，有一个过去受父亲照顾的姓野崎的人，声称愿意出资表示报恩。只听说他是头山满手下的一个中国浪人，被信孝父亲留在了家里，那时候还是个朴实的少年。除此之外，他的出身和经历就不清楚了。有的说，他在中国革命时代，搜罗日本炮兵出身的浪人，投入革命军，干着打中一个目标就给一笔大钱的承包工作。有的说，革命后他从哈尔滨向上海走私鸦片，藏在两层底的提包里，交给伙计们去卖。

野崎自任经理，让信孝在会长的位子上远离公司业务，每月支给他十万日元工资。打这时起，东洋海产的实质变得模棱两可、暧昧不清了。信孝向野崎学会炒卖美元也是在这个时候。野崎通过占领军的关系为采暖公司和捆包公司签了一些订货合同，将佣金装进私人腰包，有时涂改订单价格，坐收渔利。东洋海产和信孝的名字，被他玩弄于股掌之中。

有一次，正当众多占领军家属回国之时，他为某捆包公司拉了一笔订单，遇到当事人某上校的反对而受挫，野崎打算依靠镝木夫妇的社交手腕解决问题。野崎邀请上校夫妇吃饭，他和镝木夫妇一起出面招待。上校夫人因偶染微恙未能出席。

野崎声称有私事到镝木家拜访，第二天就做夫人的工作。夫人说，等和丈夫商量以后再回他话。野崎不由一惊，心想这个无理的请求惹怒了她。然而，夫人却满含微笑。

"不必回话了，要是不行只说声'NO'就可以了。假如惹您生气，我向您赔罪，一笔勾销！"

"我虽说同丈夫商量，可我们家和别的家庭不一样，丈夫肯定会答应的。"

"哎?"

"好吧，交给我了。可要回报的哟。"——夫人很实际地带着轻蔑的口气说，"……回报嘛，要是我出马，合同签成了，你把获得的佣金二成分给我。"

野崎瞪大了眼睛，求助般地望着她，也许因为长期在外地混日子的缘故，他的东京话带着奇怪的调子，说道：

"行哪，没问题。"

——当晚，在信孝面前，夫人一本正经地讲述了白天商谈的情况。镝木眯着眼睛听着，然后倏忽扫了夫人一眼，嘴里嘀咕着什么。这种含含糊糊耍滑头的态度使夫人很恼火。信孝看到妻子发怒的面孔，这才打趣地说：

"是因为我未阻挡你，才生气的吧？"

"现在还说这种话！"

夫人知道信孝对这个计划决不会阻止，但要说她希望丈夫出面阻止并因此发怒，倒也不是。她气的是丈夫对这事太迟钝。

丈夫阻止不阻止都一样，她心里自有主张。只是在这个时候，她满怀着连自己都感到吃惊的谦虚心情，想证实一下：同这位名分上的丈夫没有分手的奇怪的情结；还有她内心里难以理解的精神的情结。每当在妻子面前，信孝就懒得动脑筋，这已经成了习惯，所以他没有留意到即使在这种时候，妻子也保持着高贵的表情。绝不相信悲惨，这才是高贵的特征。

镝木信孝害怕了，他看妻子像眼看就要爆炸的炸药，特地站起身走过去，将手搭在妻子的肩膀上说：

"对不起，照你喜欢的办吧，这就行了。"

自那以后，妻子开始蔑视他了。

两天后，夫人坐上上校的车子驶往箱根。合同签成了。

也许信孝无意之中上了圈套，抑或那种轻蔑感反而促使镝木夫人成了丈夫的同谋。两口子一直是联手行动，抓住那些做事不考虑后果的冤大头，巧设美人计。桧俊辅就是被害者之一。

同野崎的生意有关系的占领军中的一些要人，一个个成了镝木夫人的情夫。这些人常有变动，新来的很快也上了钩。野崎越发对夫人肃然起敬了。

夫人在信里写道：

……可是，自打我见到了你，我的世界为之一变。尽管我的筋肉里有随意肌，但我也有着和普通人一样的不随意肌。你是一座墙壁。对于外敌来说，就是万里长城。你是绝不会爱上我的情人。正因为这样，我才敬慕你，现在还是这样敬慕你。

这样一来，你也许会说，对于我还有一个万里长城。你指的是镝木，对吧？看到那件事，我才明白，过去和他之所以一直没有离婚就是那个原因。但他和你不一样，镝木不漂亮。

从我见到你以后，我断然停止，不再像个娼妓了。镝木和野崎，你一定会想象到，他们如何用欺瞒、哄骗，极力要动摇我的决心吧。但是直到前不久，我根本不听他们那一套，不也过来了？因为镝木有我在，野崎不愿发给镝木工资，镝木来恳求我，说这是最后一锤子买卖，我屈从了，就再做一次娼妓吧。说起我是个盲从家，你一定会取笑我吧？拿到获得的文件那一天，我又偶然看到了那个人。

我收拾一下仅有的一点儿宝石，来到京都。卖掉这些宝石解决生活问题，然后找一份正式的工作。所幸，大伯母答应我可以一直住在这里。

镝木没有我，当然他会失业的。他那种人，单靠西服缝纫学校的一点收入是活不下去的。

接连几个晚上，都在做你的梦，好想你呀！不过，也许当前还是不见你为好。

你读了这封信，我并不要求你要做些什么。我不会要你去爱镝木，也不会叫你舍弃镝木转而爱我。我只巴望你自由，你必须是自由的。我为何一心想把你据为己有呢？这就像要把蓝天据为己有一样。我只能说，我爱慕你。什么时候到京都，请一定来一趟鹿谷吧。这座庙紧挨着冷泉寺皇陵的北面。

——悠一看完了信。那种带有讽刺意味的微笑从他的嘴边消失了。出乎意料，他竟然被感动了。

下午三点回到家，就接到了这封信。读完之后，又把重要的地方重新看一遍。青年的面颊泛起了红晕，他的手不由自主地颤抖起来。

青年总是最先为自己的纯朴所感动（这实在是不幸）。自己的感动毫无做作之处，他为此更加感动了。一颗心就像大病初愈的病人一样欢快地跳动着。"我很纯朴！"

他把美丽的涨红的双颊真诚地贴在信纸上，他简直要发狂了，神魂颠倒，如醉如痴。他发觉自己内部尚未苏醒的情感的幼芽开始萌动了。就像一个哲学家，写完一页文字后，先悠悠然抽上一支香烟再说，他故意让自己的情感慢慢苏醒。

桌子上放着父亲的遗物，青铜狮子相抱的座钟。他倾听着自己的心跳和秒针互相应和的声响。不幸的习惯使他养成一有什么感动就立即看看座钟的毛病。他担心这种毛病要持续多久，不过任何快乐不到五分钟就消泯了，这反而使他安下心来。

一种恐惧感使他闭上了眼睛。于是，镝木夫人的面孔浮现出来。这实在是一幅清晰的素描画，没有一条暧昧的线。眼睛、鼻子、嘴唇，不论哪一个部分都能唤起他鲜明的回忆。在蜜月旅行的火车上，看到眼前的康子，他也未曾有过素描画一般的联想，不是吗？鲜明的回想，主要来自欲望唤起的力量。他脑子里的夫人的容颜美丽无双，他感到自己平生从未看到过如此姣好的女子。

他睁开眼睛，院子里夕阳照耀着盛开的茶花树，重瓣的花朵一片灿烂。他十分沉着地要让有意推迟的情感获得一个名分。光这样还不满足，他不由脱口而出，嘀咕道："我爱她，这是真的。"

有些感情一旦说出口来立即变成谎言，痛苦的经历已经使悠一养成了这个习惯。他打算让自己崭新的感情接受一场辛辣的考验。

"我爱她，已经不再是假。我的力量已经无法否认我的感情，因为我爱女人！"

他不想对自己的感情细加分析了。他毫不经意地将想象和欲望相混淆，使追忆和希望相融合，他感到欣喜若狂。他要把那些分析癖、意识、固定观念、宿命、谛念等乌七八糟的东西，一概骂倒，通通埋葬！众所周知，通常我们把这些称作现代病的各类症状。

悠一在这种无可名状的感情的风暴中，蓦然想起俊辅的名字来，这难道是偶然的吗？

"是啊，早就该见见桧先生了。对他敞开心怀，听听我恋爱的喜悦，再没有比那老爷子更合适的人了。为什么呢？向他来个唐突的坦白，显示一下喜悦的心情，同时也是对老爷子阴谋诡计的严厉的报复。"

他急忙到走廊上打电话，途中碰到从厨房出来的康子。

"干吗这样着急呀？好像有什么喜事似的。"——康子说。

"你懂什么？"

悠一喜不自胜，语调里带着平时从未有过的冷酷。悠一爱夫人，不爱康子，他认为，没有比这种感情更自然、更光明正大的了。

俊辅在家，他们相约于罗登见面。

※

悠一两手插在外套口袋里，他像一个潜藏的流氓犯，踢着石子，踏着脚步等电车。一些不守规矩的自行车打他旁边擦身而过，他以欢快而尖锐的口哨声回报他们。

都电落后于时代的迟缓和摇动，很合乎爱幻想的乘客的心意。悠一和往常一样靠着窗户。他望着窗外早春时节渐渐昏暗的街道，沉浸在梦幻之中。

他觉得自己的想象就像飞速旋转的陀螺一样，为了不倒下就得继续旋转下去。一旦松缓下来能否再加一把力呢？最初使之旋转的力量一旦耗尽，不就完了吗？原来使自己高兴的原因只有一条，这使他感到不安。

"现在看来，我肯定打一开始就爱上镝木夫人了。"他想，"要是这样，那么在洛阳饭店为什么老躲着她呢?"——这种反思里有着令他惶悚不安的因素。青年立即为这种恐惧和畏怯而深感自责。他在洛阳饭店处处避开夫人，全是因为自己胆小造成的。

罗登里还不见俊辅到来。

悠一从来没有这般焦急地等待过老作家。他的手好几次触到口袋里的信，摸着这信就会起到护身符的作用。他感到自己一直精神抖擞地等着俊辅的到来。

抑或是等得太焦躁了吧，他看到今晚俊辅推开罗登的大门走进来，多少带着威风凛凛的样子。他穿着一件短袖外套，里面是和服。这身打扮同他最近喜欢的时髦很不一样。俊辅先和每个桌子上的少年亲切打招呼，然后才来到悠一身旁的椅子上坐下。悠一感到十分惊讶，看来最近一个时期，这店里的少年都受到过俊辅的款待。

"啊，好久不见啦!"

俊辅兴高采烈伸出手来握手，悠一有些支支吾吾。于是，俊辅若无其事地问道:

"听说镝木夫人出走了?"

"您知道啦?"

"镝木有些惊慌失措，到我那里找我商量怎么办，他把我当成算命先生了。"

"镝木先生他……"——悠一欲言又止，狡黠地笑了笑。他像一个恶作剧的少年，背叛自己心中的热望，展现了一副清净而诡秘的微笑。

"……说是什么原因了没有？"

"他好像一切都瞒着我，所以没说。不过，大致可能因为他和你亲昵的场面，被夫人看到了。"

"猜得真准啊！"——悠一吃惊地说。

"一切都不出我的预想。"——老作家心满意足，他一个劲儿地咳嗽不止，真是有些扫兴。于是，悠一就给他揉揉背，百般呵护。

咳嗽止住了，俊辅满脸通红，眼睛润湿，他又向悠一问道：

"还有呢？……到底怎么回事？"

青年掏出那封厚厚的信，俊辅架起眼镜，迅速数了数信纸的页数。"十五张！"他愤怒地说。接着，他重新坐正，读起信来，里面的和服发出沙啦沙啦的摩擦声。

虽说是夫人的信，但对于悠一来说，犹如老师当面读着他的考卷答案一样。他变得有些灰心丧气、疑神疑鬼。他想赶快熬过这段刑罚的时间。所幸，读惯了原稿的俊辅，阅读的速度不比年轻人差。但是，凡是他自己动情阅读过的地方，俊辅都是毫无表情地滑过去了。悠一对自己该不该那般激动产生了怀疑，他为此十分不安。

"好信哪!"——俊辅摘掉眼镜，一边在手里玩着，一边说，"女人确实没有什么才干，但有时候会使出另一手来，这就是很好的证据。就是说，她们凭执着。"

"我想听先生说的，不是评论。"

"我这不叫评论。对于这种漂亮的做法不需要评论。比如说，你对漂亮的秃头、漂亮的盲肠炎、漂亮的练马产萝卜，能加以评论吗?"

"但我很受感动。"青年哀告似的申诉着。

"感动? 这倒让人惊讶。写一张贺年片，也想求得对方的感动。要是不在意，有什么东西感动了你，那么这样的信就是最低级的形式。"

"……不对。我明白了。我明白我是爱镝木夫人的。"

听到这话，俊辅大笑起来，他的笑声使店里的人都转过头来。阵阵笑声一次次涌上喉咙口，喝了口水，呛住了，接着还是大笑不止。这笑声越来越像黏胶粘在了身上，揭也揭不掉。

第二十章　妻祸即夫祸

俊辅的狂笑里既没有嘲骂，也不含爽朗，更没有一丁点儿感动的意思。这是彻头彻尾的大笑，好比是体育比赛或器械体操一般的笑。眼下，这可以说是老作家能够表现的唯一的行为。和咳嗽的发作或神经痛不同，至少这狂笑不是被强迫而为之的。

悠一听着俊辅的狂笑，他也许没有遭受嘲弄的感觉，但对桧俊辅来说，这种抑制不住的笑声，使他切身感到他和这个世界是连成一体的。

笑杀一切，一笑置之，由此，世界才会出现在他的面前。他的拿手好戏——嫉妒和憎恶，即使可以在悠一身上借尸还魂，但也只是促进作品创作的动力。他的笑声具有这样的力量：使得他的存在和这个世界多少有些关联，使得他的眼睛能够瞥见地球背面的蓝天。

以前，俊辅到沓挂旅行，曾经遇上浅间山喷火。深夜，旅馆的窗玻璃纤细地震颤起来，工作劳累的他从浅浅的睡眠中惊醒了。每半分钟就有一次小爆发。他起来眺望火山口，听不见太大的声音，但山顶传来微微的轰鸣，紧接着，腾起红红的火粉，俊辅感觉就像翻滚的海浪。飞上天空的火粉轻柔地散开来，有一半重新沉落在火山口里，另一半变成暗红色的烟雾，在空中飘荡。看上去，周围宛如升起一片灿烂的晚霞。

永无止境的火山的爆笑只在远方微微轰鸣。但是，俊辅心里不时泛起的感情，好比是火山哄笑中的一种隐喻。

打从屈辱的青年时代起，他好几次激起过这种情绪。就像单身旅行途中，半夜里独自跑下微明的山岭，他心里泛起的情绪，正是对这个世界的怜悯之情。那时，他把自己当作艺术家，认为这样的情绪是为"精神"所容许的一种额外收益，他相信精神自有难于预测的高度和戏剧性的休憩，犹如呼吸清新的空气一样，他尽情品尝了这种情绪的馨香。就像登山者惊叹自己的影像变成巨人的影像一样，他确确实实为精神所容许的巨大情绪所震动。

这种情绪叫什么？俊辅没有加以命名，只是一味笑着。他的笑声的确缺少敬意，甚至也缺少对他自身的敬意。

而且，当通过笑声同世界发生关联时，由这种怜悯产生的共同意识，使他的心越发接近可以称作人类之爱的虚假情爱的极致。

——俊辅终于笑完了，他从怀里掏出手帕擦眼泪。衰老的下眼睑沾满泪水，像苔藓一样叠起了皱纹。

"什么感动！什么爱！"他激情满怀，"这些究竟是些什么玩意儿呢？感动这东西，就像一个漂亮的媳妇，弄不好就出岔子。所以，这玩意儿总是勾引那些下作的男人的心。

"你别生气，阿悠。我不是说你就是下作的男人。你现在正处于向往感动的状态之中。你的纯洁无垢的心时时渴望感动，这是一种单纯的疾病。你就像一个长大了的少年为爱而爱一样，只不过是为感动而感动罢了。固定观念治好了，你的感动自然也就烟消云散了。你也很清楚，这世界除了肉感没有其他的感动。任何思想和观念，没有肉感就无法感动人。人明明为思想的耻部所感动，却偏要像一个装腔作势的绅士，硬说是为思想的帽子所感动。不如干脆丢掉'感动'这个暧昧的词儿为好。

"好像故意使坏似的，那就分析一下你说的话吧。你先是说你很感动，接着又说你是爱镝木夫人的。你为何要把这两者硬凑在一起呢？其实你心里很明白，不带肉感的感动是没有的。所以，你才急忙加上'爱'这个附言。于是，你就用爱代表了肉感。这一点，你不否认吧？镝木夫人到了京都，关于肉感问题可以放心了。于是，你开始原谅了你自己对她的爱，对吗？"

悠一不再像从前那样轻易屈服于这样的唠叨了。他的眼睛含着深沉的忧郁，仔细凝视着俊辅情绪的动态，学会了将他的每句话一一剥开来，认真加以品味的本领。

"说了半天，不知为什么，"青年开口了，"先生谈到肉感时，在我听起来比世人谈到理性还要冷酷。我读信时的感动，远比您说的肉感更使我热血沸腾。这个世界，难道真的除了肉感，其他的感动都是谎言吗？要是这样的话，肉感不也是谎言吗？难道一个人对某种人事的态度，缺乏欲望才算真实，瞬间的充实就是虚幻吗？这个，我怎么也想不通。把自己打扮成叫花子，张着口袋求人施舍，人家给一点，马上藏起来，永无餍足，我讨厌这样的生活方式。我时时想挺身而出，不管怎样虚假的思想，不管多么带有盲目性，我都不在乎。高中时代，我经常参加跳高、跳水比赛，向空中一跃而起，那才真叫痛快啊！我想，那一瞬一秒，我可是停留在天上了啊！运动场上绿草如茵，游泳池里碧波荡漾，这些设施一直陪伴在我身旁。如今，我的周围没有一点绿色。然而，哪怕是为了虚假的思想，也没有关系。例如，一个欺骗自己应募加入志愿军、立下赫赫战功的人，他的行为不会因为战功而改变。"

"哎呀呀，你也真够享受的啊！你过去不相信自己会有什么感动，你为此而感到痛苦非常。因此，我教你如何体味无感动的幸福。现在你又想回到不幸吗？和你的相貌一样，你的不幸不是已经完美无缺了吗？过去我从未对你如此露骨地说过，其实你应该明白，你之所以能使众多女人和男人陆续陷入不幸，并非只靠你的美貌，而是仰仗你自身不幸的天分所产生的无敌的力量！"

"说得对。"——青年眼里的阴郁更加深沉了，"先生您终于这样说了。先生的教训因而也完全变得更寻常了。您是教育我只能盯着自己的不幸而活着，没有逃脱不幸的路子可走。不过，先生从前真的从未感动过吗？"

"你是指肉感以外的感动喽？"

接着，青年又半开玩笑地问道：

"那么……去年夏天在海边初次见面时也没有吗？"

俊辅愕然。

他想起夏天酷烈的阳光，青碧的海水，一道波纹，扑打耳朵的海风……是如何地感动了他，使他想起希腊式的幻影，想起了伯罗奔尼撒派青铜像的幻影。

那其中，果真没有一点儿肉感或肉感的预兆吗？

打那时候起，一生同思想无缘而活着的俊辅开始怀有思想了，那思想之中果真不含肉感吗？过去老作家不断的怀疑正是与此有关系。悠一的话触到了俊辅的痛处。

罗登的音乐唱片这时中断了。店面萧条，老板不知到哪里去了。来来往往的汽车警笛声在店堂里回荡，令人心烦。街上亮起了霓虹灯，一个平庸的夜晚开始了。

俊辅无意之间想起自己写的小说里的一个场面：

> 他站住，望着那棵杉树。树干很高，树龄也老了。阴霾的天空，一角被撕开了，落下一道瀑布般的亮光，照耀着杉树。然而，这光亮无论怎样都无法进入杉树的内部，只能无可奈何地穿过杉树周围，散落在布满苔藓的土地上……这棵拒绝光亮、参天生长的杉树的意志，使他产生了异样的感慨。黯然无色的生命的意志，泰然而立，似乎带着传达给上天的使命。

他又联想到刚才读过的镝木夫人信里的一段话：

> 你是一座墙壁。对于外敌来说，就是万里长城。你是绝不会爱上我的情人。正因为这样，我才敬慕你，现在还是这样敬慕你。

……俊辅从悠一轻轻张开的嘴唇里，看到了长城一般排列整齐的牙齿。

"我不是从这位美青年身上感受到肉感了吗?"想到这里，他有些悚然，"否则，心里就不会有这么多锥心的感动。我似乎也不知不觉抱有欲望了。这是不该有的啊! 我爱上了这位青年的肉体哩!"

老人微微摇摇头。毋庸置疑,他的思想里孕育着肉感。这思想开始获得了力量。俊辅忘记了死人之身,他也在爱着了。

俊辅的心蓦地变得谦虚了。他的目光不再带有傲岸的神色,缩一缩外套,仿佛收束一下羽翅。他再次凝神眺望悠一那双茫然无所顾的爽利的眼眉,青春就在那里发散着芬芳。

"我要是怀着肉感爱上了这位青年,"——他想,"到这般年纪还会有这个不该有的发现,那么,悠一怀着肉感爱上镝木夫人又有什么奇怪呢?"

"可也是啊,说不定你真的爱上了镝木夫人。听你的口气,我也有这样的看法。"

俊辅连自己都弄不明白,他为何要怀着极大的痛苦说出这番话来。这等于从他身上扒下一层皮。他很嫉妒。

俊辅是教育家,如今稍稍坦诚了,所以他才这么说。青年们的导师熟知他们的年轻,说同样的话,要考虑相反的效果。悠一果然有了逆转,变得纯朴了,他现在反而有勇气,不借助他人,也能正视自己的内心了。

"不,没有这回事,我仍然不可能爱上镝木夫人。是的,我也许对夫人所爱的第二个我——这个世界上独一无二的美青年抱有热恋之情吧。那封信确实有一种魔力,不论谁,只要接到这封信,很难想象这信是寄给自己的。我绝不是那喀索斯。"他傲慢地辩解着，"假如我是个狂妄的人，那么就会把信中的对象和自己等同起来。可我并不狂妄，所以我只喜欢'阿悠'。"

这种反省的结果，使悠一对俊辅有了几分斑驳的亲切感。因为在这一瞬间，俊辅和悠一都爱着同一个人。"你喜欢我，我也喜欢我。我们相好吧！"——这是利己主义者爱情的公理，同时也是相亲相爱唯一的事例。

"不，没有这么回事。我明白了，我根本不会爱上镝木夫人。"

悠一这么一说，俊辅脸上溢满了喜悦之色。

恋情这个东西，有很长的潜伏期，这一点颇像伤寒病。潜伏期的种种不适，在发病之后，才会清楚地表现出征兆来。其结果，发病者能体会到，全世界的问题，无不可用伤寒病的病因加以解释。战争爆发了。他一边喘息一边说：这是伤寒病。哲学家为解决世界之苦而伤脑筋，他一边发高烧，一边说：这是伤寒病。

桧俊辅一旦意识到自己喜欢上悠一，他发现，所有一切抒情式的嗟叹都找到了共同的根源：一次次锥心的嫉妒；天天盼着悠一来电话过日子；那种不可思议的受挫的伤痛；因悠一久无音讯、下决心到京都旅行的悲哀；还有那京都之旅的兴奋，等等。然而，这种发现是很不吉利的，如果认为这就是恋情，那么对照俊辅一生的经历便知：挫折必至，希望全无。必须等待时机，能忍则忍 —— 这位毫无自信的老人告诫自己。

从禁锢自己的固定观念中解脱出来，悠一又找回俊辅这个可以随意吐露心事的对象。他稍稍做了良心上的悔过，说：

"刚才，先生似乎知道了我和镝木先生的事，我好生奇怪。我本来不打算告诉先生的。那么您是从什么时候，通过何种方式知道这些的呢？"

"在京都的饭店里，镝木去找烟盒的时候。"

"那时候就……"

"好了好了，再问下去也没多大意思，还是考虑接到这封信应该怎么对付她吧。不管你举出多少理由加以辩解，你都必须想到，那个女人之所以没有自杀，是因为她对你缺乏敬意。她这个罪孽要受到报复。你呀，绝不能给她回信，而且要站在第三者立场，劝他们夫妻言归于好。"

"镝木先生呢？"

"把这信给他看。"俊辅想尽量直截了当一些，他很不高兴地添了一句，"还要向他明确表示绝交。伯爵失望了，他无路可走，就会去京都。这样一来，镝木夫人的痛苦也就圆满完成了。"

"我也正这么想来着。"青年受到怂恿，鼓足了作恶的勇气，他快活地说道，"可是有个问题，镝木先生手头拮据，我要是放置不管……"

"这种事也要你来管？"——看到悠一言听计从，俊辅暗暗高兴起来，他加重语气说，"假若你靠着镝木的金钱才有了自由，那是另一回事。否则，管他有钱没钱，和你什么关系？不论如何，从这个月起你也领不到工资了。"

"上个月工资，最近才好容易拿到。"

"你瞧，就这样，你还喜欢镝木？"

"笑话！"悠一的矜持受到伤害，他几乎叫起来，"我只是委身于他罢了。"

这种心理上不明不白的回答，突然使得俊辅心情有些沉重。他想，赠给这位青年五十万日元，并由此使他变得柔顺起来。有了这种经济上的关系，悠一说不定也会出乎意料轻易委身于自己吧？他为此而感到恐惧。再说，悠一的性格也是个谜。

不仅如此，俊辅重新考虑一下刚才的计划以及悠一对这个计划的共鸣，也使他感到不安。因为他在这个计划里留下了一手，俊辅一开始就想通过这个计划恣意妄为……"我就像一个醋意大发的妒妇一样欲罢不能。"——现在，他很爱做这种令人甚感不快的反省。

……这时，罗登进来一个衣着时髦的绅士。

年龄五十光景，无须，戴着金丝眼镜，蒜头鼻子，旁边有一颗小黑痣。长着一张德国人的四方脸，气派而又傲慢。他紧缩着下巴颏儿，目光非常冷峻，鼻子下面的沟线很明显，更加给人一种凛凛然难于接近的印象。他的整个脸型天生地不向下俯视，脸上有着远近透视法，顽健的前额构成巍峨的背景。唯一的缺陷是，右半个脸有轻微的面神经麻痹。他站住了扫视了一下店内，眼睑下面一阵闪电般的痉挛。过了这一瞬间，整个脸孔又恢复了常态，宛如刹那之间有什么东西从天空掠过。

他的目光和俊辅的目光碰到了一起，这时，猝然闪过一丝困惑的云翳。看来无法躲过了，他亲切地微笑着，说道："啊，是先生。"他表面上的好人形象，是专门做给圈内人看的。

俊辅指了指自己身边的椅子，他坐下了。那人一眼看到面前的悠一，虽然和俊辅说着话，可眼睛却始终不离开悠一。他的面神经麻痹，每隔几十秒就发作一次，给了悠一不少震惊。俊辅感觉到这一点，于是介绍说：

"这位是河田先生，河田汽车公司经理，我的老朋友。这是我的外甥南悠一。"

河田弥一郎，九州萨摩人，最初振兴日本国产汽车事业的老河田弥一郎的亲生儿子。他是个不肖之子，立志当小说家，当时俊辅在K大学讲授法国文学，河田进入该大学预科学习。俊辅读过他的习作原稿，看不出有什么才能，他本人也感到绝望。父亲乘机送他到美国普林斯顿大学专攻经济学，毕业后又送到德国，学习汽车制造业。回来后，弥一郎全变了，他成了一位实干家。战后，他一直没有发迹，父亲被解职后，他当上经理。父亲死后，他发挥出超越其父的才能。由于禁止制造大型轿车，他立即转而制造小型轿车，并以亚洲各国为主搞出口贸易。他在横须贺设立一家子公司，一手承包吉普车的修理业务，获得了莫大利益。自从就任经理以来，通过一件偶然的事，使他同俊辅重温旧谊。俊辅盛大的还历祝寿宴会，就是河田张罗操办的。

罗登的奇遇只是无言的告白，所以谁也不涉及那个不言而喻的话题。河田请俊辅吃饭，说定了，他就掏出笔记本，把眼镜推上额头，从每天的安排中寻找空闲时间，就像在一部大字典里搜索自己做了记号的一页，而这一页又偏偏被他忘记。

他好不容易找到了。

"下周星期五六点，只有这时候有空。这天已经决定召开的会顺延。这个时间可以吗？"

街角上停着一辆轿车，这种繁忙的人却还有闲空到罗登来。俊辅答应下来了。河田出乎意料又附加了一项要求。

"今井町'黑羽'的鹰匠料理怎么样？令甥当然也一道来吧，时间方便吗？"

"唉。"悠一漠然地回答。

"那我就订三个人一桌的吧。回头再打电话，可不要忘记了。"——接着，他匆忙看了看表，"好，我告辞啦，没能和先生好好聊聊天，真遗憾，改天再见吧。"

这位阔佬十分悠然地出去了，给他们两人留下了瞬间即逝的印象。

俊辅闷闷不乐，没有作声，只觉得刹那间眼前像受了一场侮辱，他没等悠一问起，就讲了一通河田的经历，把大衣弄得窸窣响，站了起来。

"先生要去哪里？"

俊辅想单独待一会儿，一小时之后，他还要去参加一个充满陈腐气的翰林院同僚的午餐会。

"有个聚会，我要参加。下周星期五五点前你到我家来，河田会开车顺路来接我们的。"

悠一看着俊辅从那件复杂的外套里伸出手来和他相握。那堆积着厚重的黑呢子的袖口，露出来一只布满青筋的衰老的手，仿佛满含羞愧之色，假如悠一故意使点儿坏，他可以对这只可怜兮兮的奴隶般卑屈的手视而不见。不过，他还是握住了这只手。老人的手微微战栗着。

"好吧，再见。"

"今天太感谢您了。"

"我吗？……对我还客气什么？"

——俊辅回去之后，青年打电话问候镝木信孝的近况。

"什么？她来信啦？"——对方提高嗓门问道，"不，你不要来我家，我去找你。还没吃晚饭吧？"——他说出一家饭馆的名字。

※

等着上菜的时候，俊辅贪婪地读着妻子的信，汤来了，他还没有看完。等他读完信，凉透了的汤碗底里，沉淀着模糊不清的通心面的碎片。

信孝没有看悠一的脸，他喝汤时眼睛看着别处。这个可怜的处境困窘的人，像只无头苍蝇到处求同情，又找不到对他寄予同情的对象，说不定平素的快乐就要破灭，就像一勺汤泼到了膝盖上，弄得鸡飞蛋打。悠一带着好奇心想看他的笑话，可是他到底没有把那汤碗打翻。

"真可怜……"信孝放下汤匙，自言自语，"……可怜啊……没有比她更可怜的女人啦！"

信孝对感情的过度夸张，哪怕每一个微小的细节都触动了悠一的心思。怎么说呢，从悠一对镝木夫人一种道德上的关心来看，这也是很自然的。

信孝一次次重复着，"可怜的女人……可怜的女人……"——他试图亮出妻子来，绕着弯子为自己招来同情。他看到悠一一直装作若无其事的样子，实在忍不下去了。

"都是我不好，不怪别人。"

"是吗？"

"阿悠，你还是人吗？你对我这么冷酷，你连我的无辜的妻子都……"

"这可不是我的错啊！"

伯爵把平目鱼的鱼刺仔细堆在盘子一边，沉默了。不一会儿，他哭诉起来：

"……这倒也是，我一切都完啦！"

这时，悠一再也看不下去了。这位老练的中年男色家缺乏率直，显得十分愚蠢。他现在所表演的丑态比起率直的丑态还要丑十多倍。他努力想把丑态打扮得看起来很崇高。

悠一看看周围桌子上热闹的情景。一对装模作样的美国青年男女，面对面在吃饭。他们不太说话，也不笑。女的低声打着喷嚏，赶快拿起餐巾捂住嘴，道了声"Excuse me"（对不起）。还有一群看来是刚刚做完法事回来的日本人亲友，围着一张大圆桌，他们互相谈论着故人的坏话，放声大笑。那位身材肥胖的寡妇，穿灰蓝色丧服，满手戴着戒指，年龄约在五十上下，她的声音最刺耳。

"丈夫给我买了钻戒，一共七枚。我偷偷卖了四枚，换成玻璃的。战争期间开展募捐运动时，我撒谎说那四枚叫我捐掉啦！所以呀，就剩下这三枚真货啦！（她张开两手，让大家看手背。)我丈夫还夸我，说我很有心眼儿，没有全部登记上报，真了不得！"

"哈哈，你丈夫全被你给蒙在鼓里啦！"

……只有悠一和信孝这张桌子显得十分冷清，仿佛成了他们两个人的孤立的小岛。花瓶、刀叉和汤匙等金属制品，发出惨淡的寒光。悠一怀疑自己对于信孝的憎恶，不单单因为都是同类。

"帮我跑一趟京都吧？"

信孝突然说道。

"干什么？"

"还问这个，只有你才能把她领回来嘛！"

"您想利用我？"

"什么利用？"——蒲柏故作姿态的嘴唇露出了苦笑，"干吗给我来这一套呀，阿悠。"

"这不行。我就是去，夫人也绝不会再回到东京来。"

"你怎么能说得这样肯定？"

"因为我最了解夫人这个人。"

"这倒叫我吃惊，我们可是二十年的夫妻啦。"

"我和夫人交往虽然只有半年，可我自信我比会长更熟悉夫人的为人。"

"你想对我扮演情敌的角色吗？"

"嗯，也许是。"

"没想到，你……"

"放心，我讨厌女人。不过会长，到这会儿，你还想摆出是她丈夫的架势吗?"

"阿悠!"——他发出令人可厌的撒娇一般的叫声，"别争了，我求你啦!"

接着，两人默默吃完了饭。悠一多少打错了主意，就像一个用呵斥鼓励病人的外科医生，他抱着一副好心肠，在决定分手之前，想使对方断念，以便减轻他一些苦恼，用这种冷淡的态度一定能赢得相反的效果。谁知不然，要想这样，就必须对信孝撒娇妥协，百般逢迎。蒲柏所爱的是悠一精神的残酷，越是让他看到这一点，越是能刺激他愉快的想象力，使得他一往情深，不可自拔。

走出饭馆，信孝悄悄挽起悠一的胳膊，这虽然显得有些轻佻，但悠一也只得随他了。这时，一对青年情侣手拉手交肩而过，学生打扮的男子，对着女伴的耳朵低声说:

"看，一定是同性恋。"

"呀，好恶心!"

悠一的面颊泛起羞愧和愤怒的红潮，他甩开信孝的膀子，将两手插入大衣口袋。信孝也不感到意外，他已经习惯这类动作了。

"这帮家伙! 这帮浑蛋!"——美青年咬牙切齿，"住进三百五十日元的旅馆，公开地鬼混私通吧，浑蛋! 弄得好去营造个老鼠窝一样的爱巢吧，浑蛋！睡眼蒙眬多多生些孩子吧，浑蛋！星期天带孩子去逛大甩卖的百货店吧，浑蛋！一辈子去搞一两次廉价的偷情求欢吧，浑蛋！直到死都去贩卖健全的家庭、健全的道德、良知和自我满足吧，浑蛋！"

然而，胜利总在凡庸一边。悠一知道，他自己满腔的轻蔑，敌不过他们自然的轻蔑。

镝木信孝为了祝贺妻子还活着，他邀请悠一去夜总会喝一杯。看看还早，两人就到电影院里消磨时间。

电影是美国的西部片。黄褐色的秃山之间，一个骑马的汉子被一群骑马的恶人追赶，主人公通过近道达到山顶。他从岩石缝里狙击敌人。被击中的恶人从山坡上滚落下去。对面，仙人掌林立的天空，闪耀着悲剧的云……两个人沉默着，微微张着嘴，全神贯注盯着眼前毫无疑惑的行为世界。

出了影院，春天晚间十点以后的大街寒意袭人。信孝叫住一辆出租车，要司机开到日本桥。今晚，日本桥著名文具店地下室里，举行夜总会挂牌开业祝贺酒会，这家夜总会将营业到凌晨四点。

经理穿着晚礼服，站在接待室迎接客人，和他们交谈。到那里之后，悠一才发现，信孝原来同经理很熟，今夜是应邀来畅饮一番的。今晚的酒会不必花钱。

这是所谓名士的大集合。信孝散发的东洋海产的名片使悠一有些提心吊胆。有画家，有文人。他想，俊辅的那个会莫非就在这里吗？当然，这里是看不到他的。音乐一直喧闹着，许多人跳起舞来。为开店招徕的女子，身穿崭新的服装，跃跃欲试。山乡旅店风格的室内装饰，和她们身上的晚礼服显得很不协调。

"干脆喝个通宵吧。"和悠一一起跳舞的美女说，"听说你是那个人的秘书？管他呢，什么会长呀，一副傲慢的样子。住到我那儿，一觉睡到中午，给你煎个荷包蛋。你是阔少，来个炒鸡蛋，好吗？"

"我喜欢吃肉蛋卷呢。"

"肉蛋卷？哦，你好可爱啊。"

醉意蒙胧的女子，向悠一接了个吻。

回到坐席，信孝准备了两杯杜松子酒，他说道：

"来，干杯！"

"为什么？"

"为镝木夫人的健康，怎么样？"

这种意味深长的干杯引起女人们的好奇与猜测。悠一盯着杯子里随碎冰一起漂浮的柠檬，切成的圆圆的薄片儿上，似乎缠络着一根女人的头发。他闭上眼一口喝干了，他把那当作镝木夫人的头发。

镝木信孝和悠一从那里出来是深夜一点。信孝想叫出租车，悠一没有理睬，大踏步走了。"不要使小性儿嘛。"爱他的人想。他知道，这个人到头来总要和他一起上床的，否则也不会跟他一起到这儿来。妻子不在，带那小子到家里睡，不是万无一失吗？

悠一头也不回，快步直奔日本桥岔路口，信孝紧追不舍，痛苦地喘息着。

"到哪儿去？"

"回家。"

"不要太任性嘛。"

"我有家庭。"

身边开来一辆车子，信孝拦住，打开车门，拉悠一的胳膊。论力气，青年比他强，悠一甩开他，远远地说："你一个人回去好了。"两个人互相对峙着，信孝死心了，冲着嘀嘀咕咕的司机的鼻尖儿，关上了车门。

"那么就边走边聊吧，走段路可以醒醒酒。"

"我也有话要说。"

爱他的人心中忐忑不安起来。两个人沿着夜间无人的马路，脚步响亮地走了一阵子。

电车道上夹杂着来往飞驰而过的汽车。进入一条后街，充满这里的是夜阑都市中心令人窒息的寂静。两人无意中走到 N 银行的背后，这一带，一排排圆球形的街灯光明耀眼，高高耸立的银行大楼，投射着颀长硕大的暗影，轮廓清晰。

除了值夜班的之外，住在城里的人都走了，剩下的只有井然有序堆积起来的石头。所有的窗户都锁着铁栅栏，暗淡无光。阴霾的夜空，远雷殷殷，电光闪闪，微微照亮了毗邻银行大楼的一列圆柱。

"你要说什么？"

"想同你分手。"

信孝没有回答，好大一会儿，只有脚步声震动着宽阔的路面。

"干吗要这样急？"

"到时候啦。"

"是你一时想起来的？"

"是从客观考虑的。"

"客观"这个词儿有些孩子气，把信孝逗笑了。

"我可不想分手。"

"随你的便，我不会再见你。"

"……我说，阿悠，自从和你认识，我这个情场老手一次也没有再敢去偷腥。我只为你而活着，寒夜里你胸前出现的荨麻疹，你的声音，你在 gay party 黎明时分的睡姿，你的发香，所有这些一旦化为乌有……"

"你干脆去买一瓶相同牌子的发油，天天闻一下不就得啦！"

他在心里嘀咕着，信孝用肩膀抵住他的肩膀，悠一感到很厌烦。

抬眼一看，他们面前有一条河。几只系在一起的小船，不断传来沉闷的声响。对面桥上，汽车的头灯交相辉映，投下巨大的暗影。

两个人又转回头走着，信孝十分兴奋，喋喋不休。他的脚绊着了什么东西，发出轻微的响声，原来是百货店春季大甩卖时装饰的一枝假樱花，纸制的花瓣沙沙作响。

"你真想分手？是真心？阿悠，我们的友情难道真的了结了吗？"

"什么友情？奇怪。友情有必要一起上床吗？今后要是只做朋友，还可以相处下去。"

"…………"

"看，这样你不行吧？"

"……阿悠，求你啦，可不要把我一个人丢下不管啊……"——他们走进黑暗的后街，"……不管怎样，都依着你好啦。要我干什么都成。在这里你叫我亲吻你的皮鞋，我也干。"

"不要做戏啦！"

"不是做戏，是真的，不是玩笑。"

看来，只有在这种大型戏剧里，信孝这个人才会吐露真心。他来到拉上铁栅栏的点心铺前面，跪在马路上，抱起悠一的脚，在他鞋子上亲吻起来，鞋油的气味使他恍惚欲醉了。他又吻了他沾满一层薄薄灰土的脚趾，然后解开外套纽扣，想吻一吻青年的裤子。蒲柏将手箍住悠一的小腿，悠一弯下腰用力掰开那双手。

一种恐怖攫住了青年，他跑了起来。信孝再也不追他了。

他站起来，掸掸灰土，掏出白手绢擦拭嘴唇。手绢上蹭满了鞋油的墨迹。信孝又回到了平时的信孝。他照例像上了发条似的，一步一停地迈开了四方步。

悠一在大街的一角叫住一辆出租车，他的身影显得很小。车子开走了，镝木伯爵想一个人走到天亮。他在心里没有呼唤悠一的名字，而是呼唤着夫人的名字，只有她才是他的伙伴。她既然是他恶行的伙伴，也就是他灾祸、绝望和悲叹的伙伴。他决定一个人去京都。

第二十一章 年老的中太

这时节，真正的春天到来了，雨水很多，但晴天的时候很和暖。有一天突然很冷，下了一个多小时的微雪。

河田在鹰匠町宴请俊辅和悠一的日子临近了，俊辅一天比一天烦恼起来，桧家的女佣和书童都不知如何是好，连那位临时叫来准备夜宴的自己的崇拜者厨师，也摸不着头脑。往常，客人走了之后，俊辅总要不忘亲切地夸奖几句，说他菜做得好吃，和他喝上几杯，算是犒劳，可这阵子，却一句话也没有，一个人径自回到楼上的书斋里去。

镝木来了。他去京都前来打个招呼，顺便托他把一份礼物交给悠一。俊辅敷衍了几句，将他打发走了。

俊辅给河田打电话，再三想拒绝他，可是不行。为何不行，俊辅自己也不知道。

"我只是委身于他。"

悠一这句话一直追逼着俊辅。

头天晚上，俊辅彻夜写作。深夜，身子疲倦了，在书斋一角的小床上躺下来。他蜷曲着衰老的双膝想睡一下，突然一阵剧痛袭来。近来，因为右膝的神经痛频繁发作，他要吃药才行。镇痛药 Pavinal，就是粉末状的吗啡。他喝了床头柜上水壶的水，冲服下去。疼痛止住了，眼睛清醒，再也不能入睡了。

他起来，又坐到了桌边。一度熄灭的煤气炉再次点上火。桌子是奇怪的家具，小说家一旦伏案，便被神奇的臂膀所占有和控制，再也不容易脱身。

最近，俊辅像鲜花重放一般多少恢复了一些创作的灵感。他写了两三篇充满鬼气灵雾的短篇小说。这些都是《太平记》[1] 时代的再现，诸如枭首、火烧寺院、般若院的童子神托，以及大德志贺寺上人对京极御息所的爱情等，都是模仿阿拉伯艺术中的人物故事写作的。他有一篇长篇随笔，题目是《春日断想》，回到古代神乐歌的世界，叙述一个男子将总角[2]让给别人，因而愁肠百结的故事，类似古代希腊

1　军记物语（征战故事），作者不确，以小岛法师一说最为有力。反映北条高时失政、建武中兴等南北朝时代互相征讨的纷乱历史。
2　古代少年的一种发型，后指代少年。

"爱奥尼亚的忧愁"。这部作品就像恩培多克勒[1]的《灾祸牧场》，受到反现实社会舆论的支持。

……俊辅放下笔，他被一种不快的妄想所威胁。"我为何要袖手旁观？为何……"老作家想，"我到了这把年纪还要卑屈地扮演一名'中太'吗？为何不打个电话拒绝他呢？再说，当时悠一曾答应自己要这样对待他。不仅如此，现在镝木和悠一已经分手了……结果，悠一不属于任何人，这对我来说很可怕……这样一来，我该怎么办？不，我不行，我绝对不行。照照镜子更觉得自己不行……再说……作品绝不属于作者自己。"

远近传来鸡鸣，声音很尖厉，群鸡口里的红色，仿佛从拂晓之中渐次显现了。各处的狗狂吠起来。鸡鸣狗吠之声，听起来犹如一拨拨被捕的强盗，一边啃咬屈辱的绳结，一边呼唤自己的伙伴。

俊辅在连接窗户的长椅上坐下来抽烟，收集的古瓷和美丽的陶俑，冷冷然围绕着黎明前的窗户。他看看院子里漆黑的树木和绛紫的天空。他又俯视着草坪，发现草地中央横斜放着一把藤躺椅，女佣忘记收了。曙光便从这古藤的黄褐色的矩形上产生了。老作家很疲惫，晨霭里次第明亮的院子

---

1 Empedocles（约前493—前433），古希腊哲学家，提出"四根说"，他认为物质的根源来自水、火、土、气。

中的躺椅正在嘲笑他，那浮泛于远方的休息，对于他犹如强使自己长久延缓的死亡。香烟快要燃尽了，他冒着寒气，打开窗户，将烟头投向草地。烟头没有落到藤椅上，落在低矮的杉树上，被叶子搪住了。一星火粒放射出橙黄的光焰，倏忽即逝。他到楼下的卧室睡觉去了。

傍晚，悠一很早来到俊辅家，立即听说镝木信孝几天前曾经来过这里。

信孝出售老家的堂屋作为旅馆的分馆，他签好合同就急匆匆赶往京都去了。使得悠一有些泄气的是，他没有向自己多说些什么，只是借口公司不景气，想到京都营林署找工作。俊辅把信孝的礼物交给了他，原来是青年成为信孝的人那天早晨，他从加吉那里赢得的猫眼石戒指。

"好啦。"俊辅站起身子，他睡眠不足，语调带着做作的快活劲儿，"今晚我是你的陪客，主宾不是我，实际上是你，这从河田的眼神里可以看出来。不过，上回我还是挺高兴的，我们的关系明显遭到人家的怀疑啦。"

"就请这么办吧。"

"我觉得我就是木偶，你是操纵者。"

"镝木夫妇不正照您所说的，很好地解决了吗？"

"这可是偶然的恩宠啊。"

——河田的车子来接他们了。两人在"黑羽"的一间屋子里等着，不一会儿，河田进来了。

河田坐在坐垫上，显得毫无拘束，上次那种生硬的表现完全不见了。我们每当出现于不同职业的人的面前，总想装出十分放松的样子。俊辅虽说是河田过去的恩师，但河田青年时代对文学的兴趣早就消失了，代之而来的是，他在俊辅面前过分地表现了实业家的粗俗。而且，他依据过去自己学到的关于法国古典文学的知识，故意东拉西扯编造了关于拉辛的《费德尔》和《勃里塔尼克斯》里的故事，等待俊辅的裁定。

他提起在巴黎国家歌剧院看过《费德尔》，他说较之法国古典戏剧中优雅的伊波利特[1]，他更追怀接近希腊古代传说中厌女的希波吕托斯[2]那种青年一代清纯的美丽。这絮絮叨叨的冗长的自我表露，是想叫人看到，他并不抱有什么所谓"文学上的羞愧感"。最后，他向悠一表示，趁着年轻时候务必到外国走走。谁可以使他这样呢？河田不住地称悠一为"令甥"，他是利用上回从俊辅那里获得的承诺。

这里的菜是吃烤肉，每人面前的炭火盆上，横着一块铁板，客人们脖子以下围着长长的围裙，亲自动手。俊辅喝雉子酒，醉得脸色通红，把那奇妙的围裙系在脖子上，看

1　伊波利特是拉辛《费德尔》剧中为继母费德尔所深深爱恋的美青年。

2　Hippolytus，希腊神话中的人物。

上去一副难以形容的怪模样。他对比着瞧了瞧悠一和河田的脸，明知道是这种场面，却一口答应要同悠一一起来，真不知自己是怎么想的。在醍醐寺观看绘卷的时候，他把自己看作那位年迈的高僧，心里很是难过，他想，倒不如选择媒人中太这个角色更好呢。"美好的东西总是使我怯懦。"俊辅想，"不仅如此，有时还使我卑劣，这到底是为什么？美好令人高尚，难道是一种迷信吗？"

河田问到悠一的工作，悠一半开玩笑地回答说，要是拴在妻子娘家里，一辈子也甭想出头。

"你都有夫人啦？"

河田悲痛地叫道。

"没关系，河田君。"——老作家随口搭话说，"没关系，这青年就是伊波利特。"这种有点儿胡闹的双关语，河田一听就明白了。

"那很好，伊波利特，真是太好啦。对于你的工作，我可以帮忙，尽管我能力有限。"

大家愉快地吃着饭，连俊辅也兴奋非常。奇怪的是，他看到河田瞧着悠一的眼睛里被欲望所浸润，自己心里暗暗自得起来。

河田避开女侍们，他想说说一直没有对任何人公开过的过去，今天面对俊辅，他在寻找时机。事情是这样的：他过去一直独身，是因为怀有不平凡的抱负。为此，他不得不在柏林演了一出大戏。临近回国，他故意在一个下贱的娼妓身上使钱，强忍着和她同居。他写信给父母，请求允许他们结婚。老一代河田弥一郎趁着买卖上的事，去德国了解儿子的女人。他见到这个女子，大吃一惊。

儿子发誓说，不答应他们在一起就去死，随即从上衣口袋掏出手枪亮了亮。女人嘛，本来就是如此，老弥一郎是个办事机敏的人，他塞给这位德国纯情的"泥中莲花"一笔钱，使她断念，拉起儿子的手，一同登上"秩父"号轮船回日本。儿子到甲板上散步，劳苦的父亲形影不离，他的眼睛老是盯着儿子的裤腰带，以便儿子跳海时他一把抓住那里。

回日本后，不管什么样的亲事，儿子一概不理不睬。他忘不掉德国女子克鲁奈丽娅，桌上一直放着克鲁奈丽娅的照片。他事业上成为一名德国式的冷酷的实干家，生活上又装作是德国式的纯粹的梦想家。他一直保持独身，继续装扮下去。

河田对于自己看不起的东西，偏要装作从中尝尽了快乐。浪漫主义和梦想癖，是他在德国发现的最愚蠢的事物之一，就像游客一时兴起购买东西，他深谋远虑，购买了舞会用的劣质纸帽子和口罩。诺瓦利斯[1]式的感情的贞洁，

---

1 Novalis（1772—1801），德国早期浪漫派诗人，诗作有《夜颂》《宗教歌》等。

内心世界的优越性，从反叛中产生的实际生活的干燥无味、非人的毅力，这类东西他都能运用自如，而又决不必担心沾染到身上。他靠这种思想而活着，一直到年龄不再适合这些东西为止。也许河田的面部神经痛就是因不断背叛内心而产生的。每当提起结婚，他就装出一副悲伤的表情，谁都不会怀疑，这时候他的眼神正在追寻克鲁奈丽娅的幻影。

"我看着这里哪，正好在木檀上。"河田用拿杯子的手指了指，"怎么样？我的眼睛看起来正在追寻着什么吧？"

"眼镜反光，很遗憾，看不见关键的眼睛。"

他终于摘掉眼镜，向上翻着眼珠给他们看，俊辅和悠一大笑起来。

至于克鲁奈丽娅，他有着双重的记忆。河田为了扮演回忆中的角色而欺骗了克鲁奈丽娅，然后又亲自变成回忆者欺骗别人。他为了制造一个关于自身的传说，必须要有克鲁奈丽娅这个人物。一个没有爱的女人，这个观念在他心里投下了一种幻影，为了终生与此相伴，总得找个理由才行。她成了他可能出现的多样化人生的总代表，成了促使他逐渐超越现实生活的叛逆力量的化身。如今，河田本人也不认为她是个丑陋、卑贱的女人，他只得把她想象成一个倾国美女。父亲一死，他想起克鲁奈丽娅那张低级下流的照片，立即找出来烧掉了。

……这个故事很使悠一感动。如果说"感动"这个词儿不好，那就改成陶醉。克鲁奈丽娅确实存在！若要再加些注解，这青年想起了镝木夫人，她因缺席而成为一个绝世美人。

……九点了。

河田弥一郎扯掉围裙，动作麻利地看了下手表。俊辅微微战栗着。

不要认为这位老作家是面对俗物而感到卑屈，正如前面所述，他觉得自己那种深沉的无力感源自悠一。

"好啦，"河田说，"今晚我去镰仓住一夜，已在鸿风园订了房间。"

"是吗?"俊辅应了一声，沉默了。

悠一感到，对方已经出牌了。求女人时那种曲折迂回、大献殷勤的做法，改成了男人就得采取不同的手段了。男士之间不存在异性爱中曲折和伪善的快乐，假若河田需要，今晚就能追求悠一的肉体，可以说这是最符合礼仪的做法。对于他这个那喀索斯来说，面前站着的毫无诱惑力的中年人和老人，全然忘记了社会职守，一味拘泥于他自身，一点儿也不看重他的精神，而只把他的肉体看作至高无上。这种场合，同女人感到的官能的震颤迥然各异，这是从自身独立出去的肉体，受到第二肉体的赞叹；精神一边蹂躏第一肉体，并使之崩溃，一边抓住赞叹的肉体，渐次保持着平衡，由此寻求一种世间罕见的快乐。

"我这人说话直爽，要是冒犯了，还请原谅，悠一君不是您真的外甥吧？"

"真的？当然不是真的外甥了。但是，有真正的朋友就不能有真正的外甥吗？"——这才是作家俊辅诚实的回答。

"还有个问题，先生和悠一君是一般朋友，还是……"

"你想问是不是情人，对吧？你看，我早已不是恋爱的年龄喽!"

他俩几乎同时伸手抓住叠好的围裙，茫然地抽着烟，一眼瞥见盘腿而坐的青年秀美的睫毛。悠一那副姿态无意中具有着僵薄少年的英俊之气。

"听这么一说我就放心了。"——河田说道，他故意不看悠一。就像用铅笔给自己的话下面狠狠地画下一条黑黑的粗线，他的面颊闪过一道痉挛。

"好吧，那就开诚布公地直说了吧，今天承蒙两位多方教诲，心情实在愉快。今后至少每月聚会一次，还是我们三个一起说说知心话儿。我再找找，看其他有没有更合适的地方。在罗登碰见的尽是些话不投机的人，一直得不到亲密交谈的机会。柏林这类酒吧都是一流贵族、实业家、诗人、小说家和演员聚会的场所。"——这种排序只有他才会这样。这种无意识的排列之中，充分表露了他本人笃信的那种单独表演的德国式的市民教养。

　　饭馆门前是不很宽阔的斜坡，黑暗里停着两辆汽车，一辆是河田的凯迪拉克62[1]，一辆是包租的高级轿车。

　　夜风寒凉，天空阴沉。这一带多是战争废墟上建起的住宅，坍塌的石墙的一角塞上一块洋铁皮，紧连着十分崭新的板壁，街灯朦胧地照射在白木板上，显得鲜明而又妖艳。

　　俊辅一个人戴手套费了好长时间，这位老人表情严肃地把手嵌进那双皮革手套，当着他的面，河田光着手悄悄抚弄着悠一的手指。他们三个，总得有一人孤独地留在一辆车上。河田打着招呼，很自然地把手搭在悠一的肩膀上，引他到自己的车上去。俊辅不想追他，只是等在那里。但是，悠一被河田催促着，一只脚已经踩上了凯迪拉克的踏板。他回过头来快活地喊道：

　　"先生，我跟河田先生去啦，对不起，请给我妻子打个电话说一声。"

　　"就说今晚住在先生家里啦。"河田说。

　　送行的老板娘喊着："诸位辛苦啦！"

　　于是，俊辅独自一人成了那辆包租轿车的乘客。

　　这几乎是数秒中发生的事，谁都清楚发展到这一步是必然的结果，可是一旦发生，又给人一个突发事件的印象。

1　Cadillac，美国 GM（通用汽车公司）制造的高级轿车。

悠一想些什么呢？他以怎样的心情听从河田的呢？俊辅对这些一无所知。说不定悠一只是像个孩子，只巴望到镰仓兜个风罢了。可有一件事很明确，他又被人夺走了。

车子穿过旧城区凋敝的商业街，眼角里感受着一排排铃兰电灯的光亮。老作家炽烈地想着美青年，头脑在美的世界里低迷徘徊。他一往情深，因而丧失行为，一切都回归于精神，一切都还原为单纯的影像、单纯的比喻了。他本身就是精神性的，亦即肉体的比喻。什么时候才能从这种比喻中站起来呢？要不然就甘于这种宿命，在这个世界上始终贯彻一种信念：以死为活。

……尽管如此，这位年老的"中太"，心里还是充满了苦恼。

第二十二章　诱惑者

俊辅一回到家就马上给悠一写信。往日用法语记日记的劲头又来了，写信的笔端滴沥着诅咒，迸发出憎恶。本来，这种憎恶并非针对美青年，俊辅将眼前的愤怒转嫁到对女阴无尽的怨恨之上。

这时，他有些冷静了，心想，这种冗长的任凭感情写的信缺乏说服力。这种信不是情书，而是指令。重新写就，装进信封，把涂着胶水的三角封口，放在濡湿的嘴唇上一滑溜，坚硬的西洋纸将嘴唇划破了。俊辅站在穿衣镜前边，用手帕按住嘴唇，嘀咕着：

"悠一肯定会照我的吩咐办的，他肯定会按信上写的办理。对这一点我有自知之明。因为这封信的指令没有干涉他的欲望。他的'无欲'部分操纵在我手里。"

他在深夜的房间里转悠着。一瞬间，他停下来，想象着悠一在镰仓旅馆里会是什么样子呢？他实在受不了，闭上眼睛，蹲踞在三面镜前，在他目无所见的镜子里，映出了悠一裸露的幻影：他仰面躺在洁白的床单上，挪开枕头，将那秀美而沉重的头颅抵在榻榻米上。他的微微仰起的咽喉部分泛出朦胧的白色，多半是月光照耀的缘故……老作家抬起充满血丝的眼看看镜子，恩底弥翁的睡姿消泯了。

※

悠一的春假结束了。学生生活的最后一年开始了，按照旧学制，他们这一级还有最后一学年。

学校池塘周围是苍郁的森林，外侧的运动场面对起伏的长满青草的山丘。草色浅绿，晴天里风也很冷，中午开饭的时候，远近的青草上时常可以看到一堆堆学生。这个时节，可以在外头打开饭盒吃饭了。

他们有的吊儿郎当，随心所欲地躺着；有的盘腿坐着，拔下纤细的青草放在嘴里，一面咬着淡绿的草芯儿，一面眺望操场上奋力拼博的运动员。

"啊，快点儿回来，快些赶过我。我难过得要死。快点儿，快点儿呀！"……运动员又跳回到影子上了，脚后跟和影子结为一体。丽日当空，万里无云。

悠一独自一人穿着西服，从草地上坐起来，他让文学系一个热心研究希腊语的学生回答问题，又叫他讲述一下欧里庇得斯《希波吕托斯》的情节。

"希波吕托斯悲惨地死去了。他坚信自己的童贞清净无瑕，自己无罪无辜，然而还是死于咒术。希波吕托斯的野心很小，他所希望的无论谁都能使之实现。"

这位戴眼镜的好表现自己的青年，用希腊语背诵希波吕托斯的台词，悠一问他什么意思，他翻译给他听：

"我要用竞赛战胜希腊人，夺取冠军。然而，我也想在市场里只当第二名。我打算和善良的朋友永远生活在幸福之中，因为那里有真正的幸福。还有，没有危险，给了我优于王位的喜悦……"

他的希望无论谁都能使之实现吗？那可不一定，悠一认为。但他也不想深究。要是俊辅，或许还要进一步想下去。至少对于希波吕托斯来说，这极小的愿望也不能得到实现。因此，他的希望，只是纯洁的人们欲望的象征，成为一种光怪陆离的东西。

悠一想起俊辅的来信。这封信很有魅力。即使是伪装的行动，这指令总归是行动的指令。不仅如此（这是以对俊辅的信赖为前提的），这行动里附带着完善的、颇具讽刺意味的、冒渎的安全保证。至少使得一切计划不显得那么无聊。

"可不是吗，我想起来了。"年轻人自言自语，"有一次，我曾对先生说：'不论怎样虚假的思想，不论什么盲目的行动，我都可以为此挺身而出。'他抑或想到这句话才制订出这样的计划吧？桧先生也爱搞点儿鬼名堂啊！"——他微笑了。这时，一些左翼学生成群结队从青草山丘下走过，实质上，他们和悠一一样，也受到了同一种冲动的影响。

一点钟。钟楼上的时钟响了。学生们站起身子，互相拍打着制服背后的尘土和枯草。悠一的西装背后，也同样沾上了薄薄一层春天的灰尘、细草杆儿和揪掉的草叶，同学们都帮他掸掉了。他穿着这套做工精致的西装丝毫也不在乎，大家对这一点更加感动。

同学们回教室了。悠一等着会见恭子，他告别了大家，一个人独自朝学校大门口走去。

……从都电下来四五个学生，美青年从中发现身穿学生制服的加吉，吃了一惊。为此，他放过了即将登上的电车。

他们互相握手。悠一好半天凝神注视着加吉脸孔的中央。在旁观者的眼里，他俩就是十分要好的同窗学友。正午明丽的太阳底下，加吉的年龄至少隐瞒了二十岁。

看到悠一如此惊讶，加吉大笑起来。他招呼这个青年来到林荫道下面贴满五花八门政治传单的大学围墙旁边，简要介绍了自己化装的原因。他的慧眼能一下子看出这个种族的年轻人，反而又对这种不成熟的冒险感到腻味。尽管同样是诱惑，他只想骗骗对方，在同龄同学的假象之下，使得对方安下心来，互相保留着情投意合的好印象。因而，加吉刻意打扮成一个假学生，特地从大矶跑到年轻人的胜地渔色来了。

悠一高声赞扬他的年轻，加吉感到扬扬自得，他责怪悠一为何不到大矶去玩。他一手撑在街道树上，两只脚优雅地交叉着，一副漫不经心的眼神。这个不老的青年，用手指敲了敲墙上的传单咕叽了一句：和二十年前一个样。

电车来了，悠一告别加吉，上了电车。

※

恭子和悠一会合的地方，是位于皇宫公园内的国际网球俱乐部大楼。恭子打了一个上午网球。换衣服。吃饭。和球友们聊天。他们回去之后，恭子一个人留在阳台的椅子上等着。

汗气里混合着 Black Satin 香水的香味，运动后甘美的慵懒，在正午风停了的干燥的空气里，在她那红润的面颊周围，轻轻地、小心翼翼地弥散着。是否搽得太多了？她想。她从蓝手袋里掏出小镜子，看了一下。镜子是照不出香水的香味的。然而她感到满足，收起了镜子。

她的外套不是浅色的春装，她讲究打扮，来时穿的一身海蓝色风衣，眼下正铺展在白漆椅子上了。这个心性浮荡的女人柔软的后背，靠在粗劣的木框上。手袋和鞋子也是海蓝色，衣服和手套却是她一直喜爱的桃红。

穗高恭子现在可以说一点儿也不爱悠一了。她那一颗浮薄的心要比一颗坚实的心更具弹性。她的轻佻的感情里含有任何贞洁所不及的优美。一度因受自我欺骗而在心灵深处产生的真诚的冲动，突然燃起又突然抹消，连她自己都没有觉察就瞬息而逝了。决不看守自己的心，这就是恭子加给自己的唯一义务，一个不可缺少的易于遵守的义务。

"一个半月没有见面了。"她想，"就像昨天一样。这期间一次也未曾想到过他。"

……一个半月。恭子是怎么生活的呢？无数场舞会。无数场电影。打网球。无数次购物。陪丈夫一起出席外务省的各种酒会。去美容院。兜风。和大伙一起谈论众多关于恋爱、偷情的故事。从家务事中发现的无数感怀和无数激动……

例如，楼梯平台墙壁上的风景油画，在一个半月之内，移到大门口墙上，再移到客厅，最后又挂回到原来的平台墙壁上。整理厨房发现五十三个空罐子，卖给废品店，添上一点零钱，买了一盏橘皮酒罐改制的台灯，看看不满意转手送给朋友了，人家回赠了一罐君度酒。对了，还有饲养的一只牧羊狗，染上犬瘟热，上了脑子，死了。死的时候口吐白沫，四肢哆嗦，面带微笑，无言而逝。恭子哭了三个小时，第二天早晨就忘了。

她的生活充满了无数璀璨的小零碎。她染上了收集别针的怪癖。少女时代，她把大小各种别针塞满了绘有泥金画的手提箱。贫困唤起了她对生活的热情，几乎与此相同的热情又推动了恭子的生活。如果这也可以称作认真的生活，那么其中也包含与轻浮毫不矛盾的认真。不知窘迫的认真的生活，抑或更难寻到出路。

就像一只蝴蝶飞进屋子，又一时找不到窗户，疯狂地打着旋儿，恭子在自己的生活里也在急急地飞旋着。偶然闯入的屋子就当作是自己的屋子，即便愚蠢的蝴蝶，也不会如此妄想。于是，疲惫不堪的蝴蝶撞上一幅绘有森林的风景画，昏过去了。

……就这样，恭子时时陷入昏迷状态，有时又恍惚睁开眼来泰然自若，对此没有一个人给予正视。丈夫只是想："又来啦。"朋友和堂姊妹们只是想："老是泡在没完没了的半日情里。"

……俱乐部的电话响了。大门传达室问，有一位姓南的客人，可不可以让他进来。过一会儿，恭子看到大石墙外松树荫里走来的悠一的身影。

她怀着适度的自尊，有意约定在这个拐弯抹角的地方见面，看到这位青年没有迟到，感到心满意足，找到了原谅悠一不讲情面的借口。然而，她不肯离开椅子，用涂着鲜艳指甲油的五指打着眼罩，微笑着对他点点头。

"你怎么了？几天不见就变成这样儿啦。"

她这样说，一半是为了借此正面看着悠一的脸。

"怎么变了？"

"这个嘛，变得有些像猛兽呢。"

悠一听了大笑起来，恭子从那笑着的嘴里看到食肉兽的白牙。从前，她觉得悠一有些难于理解，很老实，似乎缺乏一种信心。可是如今，她看他从松荫里径直走到太阳光下，头发一片金黄，在她前面二十步远的地方站住了，望着这边。他像弹簧似的储满了柔软的活力，青春的眼睛闪耀着疑惑的神色，看上去就像一头孤独的狮子。

他给人一种生龙活虎的印象，仿佛突然苏醒过来，打飒爽的风中飘然而至，那俊美的眼睛从正面盯着恭子，没有一丝畏葸。那视线无比优柔，是那般坦率、简练，传递着他的欲望。

"几天不见，大有改观。"恭子想，"肯定是镝木夫人调教的。眼下，和夫人一翻脸，他辞掉她丈夫秘书这个差事，夫人跑到京都去了。这下子，收获全到我这里来啦！"

隔着一道护城河，听不见汽车的鸣笛，只有网球不断打在球拍上弹起的响声、娇声娇气的喊叫以及短粗的喘息和谈笑。这些声音也都飘散到大气里，夹杂着粉尘，化为倦息和模糊的音响，时而震荡着耳鼓。

"今天阿悠有空儿吗？"

"唉，一整天都没事。"

"……你找我，有事吗？"

"没别的，只是想你。"

"倒挺会说话的。"

二人商量了一个寻常的计划，看电影、吃饭、跳舞。这之前，先散散步，绕上一个大圈儿。他们决定从平河门出皇城，通过旧二丸骑马俱乐部旁边，渡过马厩后面一座桥，登上图书馆所在的旧三丸，再回到平河门。

迈开脚步，微风拂拂，恭子觉得面庞有些热乎乎的，她一时担心病了。实际上，已经到春天了。身边闪现着悠一英俊的面影，恭子心里感到十分自豪。他的胳膊肘儿时时轻轻碰着恭子的臂膀。对方的美丽是最直接、最客观的根据，说明他们也应该是天生的一对儿。恭子喜欢漂亮的青年，因而，她感到自己的美丽有了最安全的保证。她那优雅的束腰式海蓝风衣，不解开纽扣，每向前走一步，中间缝儿也会闪现出一线桃红的衣服，宛如朱砂的矿脉，鲜明耀眼。

骑马俱乐部办事处和厩舍之间有一片干燥的平坦的广场。一角里微微卷起尘埃，眼看着像断了腰似的消散了。他们被这幻影般的小小旋风吸引了，想从中间穿过去，这时正好遇到一群人，举着小旗斜着奔广场走来。他们都是乡下老人，那场大战的遗族，是受招待前来参观皇宫的。

这是一支脚步迟缓的队伍，许多人趿拉着木屐，穿着粗糙的外褂，戴着破旧的礼帽。佝偻着腰的老太太向前探着头，团在胸前的手巾眼看着要掉下来。虽说已是春天，有的领口奓拉着丝棉袋儿，那劣质丝绸的光泽，反衬出被阳光晒黑的脖子上的皱纹。听到的只是木屐擦过地面的单调的响声，还有随着步子互相碰撞的假牙声。由于疲劳和怀着虔敬的喜悦，这些巡礼者几乎都不说一句话。

就要和他们交肩而过了，这使悠一和恭子甚感困惑。老年人的队伍一起看着他们两个。本来低头走着的人，也觉察到了什么，抬眼一看到他俩，目光再也不肯离开。

毫无责难之色，而且，再也没有比他们这些目光更露骨的了。皱纹、眼屎、泪水和白斑，还有那黑石子般众多的眼珠，从脏污的血管中狡猾地凝望着这边……悠一不自觉地加快了脚步，恭子倒显得十分安然。恭子人很单纯，她也不想正确判断现实。事实是，他们只是惊讶于恭子的美丽罢了。

朝拜者的行列转向宫内厅方向，缓缓流动而去。

……穿过厩舍旁边，走进树影浓密的林荫道。两人手挽着手。眼前是缓缓的斜坡，坡上有一座土桥，城墙围绕在斜坡周围，接近坡顶的松林中央有一颗樱花树，樱花已经开了七分。

一驾宫廷用马车从斜坡上跑下来，打他们两人身边飞驰而过。马鬃在风中纷披着，十六瓣金色菊花的皇家徽纹明晃晃地从他们眼底下擦过。两人登上斜坡，从旧三丸高台望石墙方向，这才看到大街上的景观。

都市如此新鲜地映入眼帘！平滑而光亮的马路呈现出热烈的生活景象！护城河对面的锦町，午后的河岸上人们忙忙碌碌。气象台众多的风向标旋转着，多么可爱的拼博精神啊！它们倾听从空洞里穿过的众多风的吟哦，向所有的风呈现着媚态，一个劲儿不停地旋转！

两人走出平河门，还感到意犹未尽，随后又到护城河边的人行道上转了一会儿。由此，恭子在这个下午悠闲的散步中，在汽车的喇叭和卡车的轰鸣中，切实品尝了现实生活的滋味。

……对于眼下的悠一来说，有个奇妙的词儿，那就是"实感"。从他现在的身上，可以看出，他有确信转化为自己所希望的人。这种实感，也可以说这种实质上的赋予，对于恭子尤其重要。因为以前在她看来，这位美青年的形象，似乎是由官能性的断片组合而成的。例如，那俊敏的眼眉，沉郁的目光，优雅的鼻梁，性感的嘴唇，总是令恭子赏心悦目。然而，在这些片段的罗列中，给人一种缺乏主题之感。

"怎么看，你都不像是已经成家的人啊。"

恭子睁着天真而惊讶的眼睛突然说。

"这是为什么呢？我自己也觉得是一个人呢。"

这个带着几分狂态的回答，使得两个人对望着笑了。

恭子没有问起镝木夫人，悠一也未提及和并木一起到横滨去的事。如此的礼让，进一步融合了两人的感情，恭子暗想，就像自己被并木舍弃了一样，悠一也被镝木夫人给甩了吧？这番心情更加深了她对这位青年的亲密感。

但是，再重复一遍，恭子可以说一点儿也不爱悠一了，这种约会只是给了她万般快乐和欢愉罢了。她漂流无定，犹如随风飞扬的植物的种子。如今，她那颗轻浮的心长出了白色的冠毛，随风荡漾。诱惑者未必寻求自己所爱的女人。不知精神的重负，只立足于自己的内心，越是现实，就越是激发她的梦想，这样一个女人，除了成为诱惑者的诱饵之外，别无他用。

在这一点上，镝木夫人和恭子相反，恭子不管怎样不合理都不当回事，对一切反常现象视而不见，她时刻不忘，确信自己正被对方爱着。悠一曲意逢迎，风情万种，他对别的女子目不斜视，而对恭子一人却一花独览，永无餍足。恭子当然心领神会，幸福非常。

他们二人吃晚饭的地方是数寄屋桥近旁的 M 俱乐部。

先前靠豪赌弄到手的这座俱乐部，聚集着殖民地崩溃后的美国人和犹太人。这伙人在世界大战时期在占领地以及朝鲜战争中大发横财，他们粗劣的西装底下，散发着亚洲各国许多海港奇异的气味，他们的两臂和胸膛雕着玫瑰花、铁锚、裸妇、心脏、黑豹和大写第一个字母等形形色色的刺青。他们那乍看起来优柔的眼神深处，闪耀着走私鸦片的记忆，残留着某地海港人声嘈杂中晃动着的桅杆的风景。釜山、木浦、大连、天津、青岛、上海、基隆、厦门、香港、澳门、河内、海防、马尼拉、新加坡……

回到本国之后，他们的经历中依然保留"东洋"这一行奇怪的黑色污迹，他们是一些伸手到神秘的泥沙里淘金的人，他们一生都摆脱不掉卑小的丑恶而光荣的臭气。

这家夜总会的装饰一切都是中国风格，恭子后悔没有穿旗袍来。日本客人，只有几个跟外国人来的新桥的艺伎，其余都是西方人。双人桌上摆着绘有绿色小龙的毛玻璃圆筒，里面点着三寸红烛，火焰在喧骚的环境中保持着奇妙的宁静。

两个人又吃，又喝，又跳。他们都很年轻，恭子陶醉于青春的相知之中，早把丈夫给忘了。即使没有什么特殊的理由，对于她来说，忘记丈夫一点也不费力，只要闭上眼睛想忘掉，哪怕当着丈夫的面，她也能够做到，就像随意将腕子翻转过来给人看的杂耍师。

悠一如此积极主动、欢欣鼓舞地表达爱意，却是头一回。她第一次看到他雄心勃勃向自己进逼。恭子就是这样，悠一这种架势反而使她热情大减。不过，如今的恭子，她认为自己的这种漂泊状态，已经获得对方忠实的回应。"我一旦不再爱他，就一定能使对方狂热起来。"——恭子想，她丝毫不感到厌恶。

恭子喝的胭脂红黑刺李金酒，给她的舞步增添几分醺醺欲醉的润滑，她依偎着青年，自己的身体轻如羽毛，仿佛脚步已不是在地板上跳动。楼下的舞厅，三面围着餐桌，黑暗里面向着乐队的舞台，舞台上低垂着红色的帷幕。乐师们演奏流行歌曲 *Slow Poke*，演奏《蓝色探戈》[1] 和电影《禁忌》[2] 的插曲。曾经在舞蹈比赛中获得三等奖的悠一大显身手，他的胸脯真切而诚实地抵在恭子小巧而柔软的人工胸脯上……恭子越过年轻人的肩头，看到餐桌上一些黯淡的面孔和描出一圈光亮的金发。每张桌上烛火摇曳，映现着毛玻璃上那条绿、黄、蓝色的小龙。

"那一次，你的旗袍上绣着一条大龙呢。"——悠一一边

---

1 *Blue Tango*，美国作曲家莱罗尔·安德森(Leroy Anderson，1908—1975)1951 年创作的轻音乐作品。

2 *Tabu*，美国电影，描写毛利族青年男子的未婚妻，不幸被巫师宣布为"禁忌者"，丈夫舍命相救，决心与妻子终生厮守的故事。此片曾获 1931 年奥斯卡最佳摄影奖。

跳舞，一边说道。

这种暗合，只能来自结为一体的亲密感情之中。恭子想守住这个小秘密，她刚才也在想着龙的事，但没有公开表白。她回答说：

"白色缎子花纹绣着龙，你倒记得很清楚。当时，还记得吗，连连跳了五支曲子？"

"嗯……我呀，很喜欢你微笑的表情。从那之后，看到女人的笑，比起你来，真叫人失望。"

这句奉承话深深触动了恭子的心弦。她想起少女时代，自己笑时总是露着牙龈，受到了心直口快的堂姐妹猛烈的批评。打那以后，她对着镜子苦练十多年，笑时再也不露牙龈了。不管多么无意识的笑，牙龈倒也挺自觉，总是不忘将自己掩藏起来。如今，恭子的笑颜如微波荡漾，她对自己的笑容充满自信。

受到夸奖的女人，精神上几乎感到有卖淫般的义务。于是，一副绅士派头的悠一，没有忘记学习外国人的轻松做法，倏忽用微笑的嘴唇亲了亲女人的芳唇。

恭子轻佻而绝不放荡，跳舞和洋酒，这种殖民地风格的俱乐部的影响，不足以使恭子罗曼蒂克起来。她只是温存有余，感情脆弱，过于富有同情心罢了。

她打心眼儿里认为，世界上所有的男人都是可怜的存在。这是她宗教式的偏见。她从悠一身上唯一的发现，是他的"寻常的青春"。美，本来是距离独创最为遥远的东西，既然如此，那么，这位美青年哪里会有独创的东西呢？……恭子为苦闷的怜悯而战栗，男人心中的孤独，男人心中的动物性饥渴，还有使得所有男人陷入悲剧的欲望的约束感，她对这一切，多多少少总想洒上几滴红十字式的博爱的眼泪。

然而，这种夸大的情感，一旦回到坐席就沉静多了。两人没说多少话，百无聊赖的悠一想找借口摸摸恭子的胳膊，他盯着她那新款的手表，想要过来看看。表盘很小，光线暗淡，即使凑近眼睛，也看不清上面的文字。恭子干脆摘下来递给他。悠一讲述了瑞士各家手表制造公司的情形，他的博识令人吃惊。恭子问现在几点了，他把两只表对照了一下，告诉她，自己的表十点差十分，她的表十点差一刻。悠一把表还给了她。离看表演的时间，还得等两个多小时。

"到别的地方转转吧。"

"好的。"——她看了一下表。今晚丈夫打麻将要到半夜才能回家，只要赶在这之前回去就行。

恭子站起身，她有些轻飘飘的，看来醉了。悠一一手将她扶住。恭子感觉似乎走在深深的沙地上。

在汽车里，恭子的情绪特别放松，她把嘴唇凑近悠一的嘴唇，青年接应着她，他的嘴唇快活而又热烈。

他抱着她的脸，窗外高耸的广告牌上的红、黄、绿的电灯光在她眼角边流转。这迅疾的流光之中闪现着不动的光点，年轻人注意到是眼泪！这时候，她自己也开始感觉到鬓角上一丝冰凉。悠一把嘴唇凑到那里，他在吮吸女人的泪水！恭子在没有灯光的幽暗的车厢里，微微露出洁白光亮的牙齿，用一种听不清楚的声音连连呼唤悠一的名字。这时，她闭上眼睛，微微翕动的嘴唇，焦急地等待着那股热烈的力量，再一次迅猛地填塞过来。于是，那股力量忠实地填塞过来了。然而，这第二次接吻，却有着已充分了解的优柔，似乎有些违背了恭子的期望，给了她"回返自我"的余裕。女人直起腰来，她轻轻挣脱了悠一的臂膀。

恭子浅浅靠在车椅上，翻转身来，一只手举着手镜照照脸孔。她眼睛微带潮红，头发稍稍有些散乱。

她一边整理面容一边说道：

"这样下去，不知会有怎样的结果。算了吧，不要再干这种事啦。"

她朝转动着的硬邦邦颈项的中年司机暗暗瞅了一眼。这颗贞洁的寻常心，看到了背向驾驶席古旧蓝西服的世间的姿影。

在筑地外国人经营的夜总会里，恭子不住叨咕着"赶快回家"这句口头禅。这里和先前中国风格的俱乐部不同，诸事皆为美国式的摩登模样。恭子嘴上说要回去，可还是大喝起来。

她漫无边际地思索着，想到哪里就忘记哪里。她高兴地跳起舞来，仿佛脚下穿了滑冰鞋一般。恭子在悠一的怀抱里痛苦地喘息，她酒醉之后急速的心跳，传遍了悠一的胸膛。

她看着正在跳舞的美国人夫妇和士兵，又迅速转过脸凝望着悠一。她问他自己是否醉了，他告诉她没有醉，于是放心了。她想，这样可以步行走回赤坂的家中。

她回到座位，打算好好冷静一下。于是，一种莫名的恐惧袭上心头。她对悠一没有突然跑来紧紧抱住她而感到不满。她眼见着一种逃逸某种羁绊的黯淡的欣喜，打自己的心里渐渐升起。

她不爱这位美青年的固执的心理又抬头了。然而，她对他又是如此深深地感到受用，这种心态在面对别的男人时从未有过。西部音乐雄浑的鼓点儿，给了她近乎昏厥的快活的虚脱之感。

这种几乎属于自然的容纳的感情，使她的心接近一种普通的状态。这是原野接受夕阳的那种感情；这是一切丰草茂树拖曳着顾长的影子、洼地和丘陵涵泳于各自的影像里、恍惚包容于薄暮之中的感情。恭子成了这种感情的化身。她切实感到，他那朦胧晃动于背光中的年轻而勇健的头颅，完全能够涵蕴于自己身上海潮般扩展开来的影像里。她的内心向外溢出，她用内心直接触及外部，酩酊之中袭来一阵战栗。

但是，她相信自己今晚还得回到丈夫身边去。

"这就是生活啊！"她在心里轻轻喊叫了一声。

"这就是生活！多么刺激和快意，多么极端的冒险！这是一场想象的满足！今晚在丈夫的热吻里去回味这位青年的嘴唇，又是多么安全，那是无可比拟的不贞的快乐啊！我可以到此为止。这就够了，其余随它去吧，激流勇退……"

恭子喊住穿着带有一排金纽扣绯红制服的侍者，问他几点有演出，侍者回答半夜零点开始。

"到这里也看不到节目，十一点半必须赶回去，还剩四十分钟。"

她又催促悠一跳舞。音乐声止，两人回到座位上。美国司仪用长满金毛和戴着绿宝石戒指的手，紧紧握住话筒杆子，用英语说了一通，外国客人笑着鼓掌。

乐队奏起快节拍的伦巴舞曲。灯熄了，弧光灯照亮了舞台的通路，于是，跳伦巴的男女舞伴，猫一般从门缝里一个个滑出了身子。

他们身着宽松的绸缎衣服，四周翻动着巨大的襞褶，缀满了无数闪亮的小圆珠，绿的，金色的，橙黄的，光耀夺目。男女包裹在绸缎里的闪光的腰肢，像草里奔跑的蜥蜴，打眼前一晃而过。互相靠近，又忽然离开。

恭子两肘支撑在桌布上，涂着指甲油的指头儿，尖尖地抵在跳动的脑门上，看人跳舞。指甲的刺疼，像薄荷一样令人快意。

她不经意地看看手表。

"该回去啦。"——她回过神来，把表贴在耳朵上，"怎么回事呀？提前一小时开演啦。"

她一阵不安，低头看了看搭在桌面上的悠一左腕上的表。

"好奇怪，一样的时间。"

恭子又在观看舞蹈。她盯着男演员嘲笑的嘴角，她发觉自己正在拼命想着什么。然而，音乐和脚步搅扰着她。她什么也不想，站起身子。她踉跄地抓住桌子走着，悠一也跟了上去。恭子叫住一个侍者，问道：

"现在几点？"

"零点过十分了。"

恭子立即转向悠一。

"你把表调慢了？"

悠一嘴边浮现出调皮的微笑。

"嗯。"

恭子没有生气。

"现在还不晚，回去吧。"

青年的表情有些认真起来。

"非回去不行？"

"唉，该回去了。"

来到衣帽间，恭子说：

"啊，我今天实在太累啦，打网球，散步，跳舞。"

她将头发向上一掀，叫悠一给她穿好外套，然后又轻轻将头发甩开，和衣服相同颜色的玛瑙耳坠剧烈地摆动着。

恭子一本正经起来，她和悠一一起登上车，自己随口报出了赤坂的自家街道名称。车子行进之中，她联想起站在俱乐部门前，面对外国人撒网拉客的街头野鸡的姿影，她一直想个没完。

"像什么呀，那讨人厌的绿色西装，那染成金黄色的头发，那矮矮的鼻子。不过，正经的女人不会那样美滋滋地抽香烟的。那香烟看来很香吧！"

车子接近赤坂。"从这儿向左拐，对，一直朝前走。"她指示着。

此时，一直沉默的悠一突然抱住她，把头伸到她的脖颈上亲了一下。恭子闻到了以前梦寐以求的那种发油的香味。

"这时候，能抽上一支烟有多好。"她想，"那姿态肯定很潇洒。"

恭子睁开眼，她看看窗外的灯光，看看阴沉的夜空。突然，她心中一阵空虚，感到异常地苍白无力。今天平平淡淡地过去了。看来，那也许是一种马马虎虎、断断续续的纤弱的想象力，留下了慵懒和浮躁的记忆；日常生活也残留着令人毛骨悚然的奇妙影像……她的指尖儿，触到了青年新剃的颈项，那粗刺刺的感应和温热的肌肤，犹如深夜道路上燃烧的篝火，光耀夺目。

恭子闭上眼睛。车子的颠簸使她想到，这是一条老是走不到头的坑坑洼洼的道路。

于是又睁开眼来，在悠一的耳朵边无比温柔地低声说：

"哎，算了吧，家早晃过去啦。"

青年的眼里闪现出欢喜的光芒，他随即吩咐司机"开到柳桥"。恭子听到车轮急转弯时刺耳的声响，也可以说这是一种悔恨和快活的声响。

恭子决心摆脱拘谨之后，浑身感到疲劳不堪。倦怠和醉意共同来袭，要想坚持不睡，需要付出很大努力。她枕在青年肩膀上，她需要使自己更加可爱起来，想象着自己就是一只合上眼睛的依人小鸟，她也学着合上了眼睛。

来到吉祥院的大门口，她问：

"你怎么知道这个地方？"

说罢，她两腿发软，女侍领着他们进去，在走廊上，她把脸埋在悠一的背后。这是一条曲曲折折的长廊，意想不到的角落里突然耸立着一段楼梯。他们登上楼梯，脚底下彻骨的寒冷一直袭上脑门。她几乎站不住了，巴望早点儿走进屋子立即瘫倒下去。

到了房间，悠一说道：

"这里可以望见隅田川哩，对过那座建筑是啤酒公司的仓库。"

恭子没有看河上的风景，她只想着一切都能早一点结束。

※

……穗高恭子从黑暗中醒来。

什么也看不见。窗户搪上了挡雨板，不漏一丝光亮。一股冷气流进来，裸露的胸膛感到阵阵寒凉。她摸索着合上浆得很挺的浴衣的领子，她伸手一摸，浴衣里面什么也没穿。她记不清什么时候把衣服全脱光的，也记不清什么时候穿上这硬邦邦的浴衣的。对了，这间屋子是在那间可以望见河面风景的屋子的隔壁。悠一先到了这里，一定是自己脱光衣服的，当时悠一坐在隔扇的外头。不久，隔壁屋子里的灯全熄灭了，悠一又从黑暗的屋子走进更黑暗的屋子。恭子一味固执地闭着眼睛，于是，一切都出色地开始了，又在梦幻里结束了。简直可以说是珠联璧合，曲尽其妙。

屋子里没有灯，再说，悠一的面影依然留在恭子的思念之中，所以，眼下的她还没有勇气触摸一下现实里的悠一。他的影像是快乐的化身，那里面融合着青春和巧智、年轻和练达、欢爱和侮蔑以及对神明的虔敬和亵渎，奇妙无比。现在，恭子没有一丝悔恨和内疚，即便酒醒了也不会妨碍这种明净的喜悦……终于，她用手去摸索悠一的手。

她触到了那只手。那手冰冷，骨节外露，像树皮一般干燥。静脉屈张隆起，微微战栗着。恭子悚然地离开了那只手。

这时，他猝然在黑暗里咳嗽起来，久久的沉滞的干咳。拖着浑浊的尾音痛苦地延续着。死一般的咳嗽。

恭子触到那只冰冷而干枯的手臂，差点儿惊叫起来，仿佛感到和骷髅睡在一起。

她坐起身，摸索着枕头旁的台灯，手指空空划过冰凉的铺席。那盏方形灯在距离枕头好远的一个角落里。她扭亮了灯，发现自己空下的枕头旁边躺着一个老人！

俊辅的咳嗽拖着长长的尾音已经停止了。他抬起昏花的眼睛，说：

"熄掉吧，太晃眼啦。"

——说罢，又闭上眼睛，把头转向暗处。

恭子不知到底是怎么回事，她站起身跨过老人的枕头，在乱糟糟的箱子里找衣服。老人一直装作睡着了，狡猾地沉默着，直到女人换上了礼服。

看到她要走了，这才开口：

"回家吗？"

女人默默想走出去。

"等一等。"

俊辅坐起来，披上棉袍，挡住了女人。恭子还是默默不语，她执意要走。

"等一等。现在回去又能怎样呢？"

"我要回去。你再拦，我要喊人了。"

"那就喊吧，谅你没这个胆子。"

恭子颤抖着声音问道：

"阿悠在哪儿？"

"他早回家了，现在正呼呼睡在老婆身边呢。"

"你干吗要这样？我干了什么事得罪你了？你安的什么心？我哪点儿招你恨了？"

俊辅没有理睬，他打开面向河流的房间里的电灯。恭子坐在明晃晃的灯光里。

"你一点儿都不能怪悠一。"

"可我什么也不知道啊。"

恭子俯伏着身子哭出声来，俊辅任她哭着。一切都不言自明，俊辅心里很清楚，恭子事实上不值得受这般侮辱。

等女人稍微平静下来，老作家说道：

"我很早就喜欢上了你，可那时候，你老是拒绝我，耻笑我。你也知道，要是用寻常办法，不可能像今天这样如愿以偿。"

"阿悠他怎么啦？"

"他还是用他独有的方式想着你。"

"你们串通一气。"

"哪里，主意是我出的，悠一君只是帮衬。"

"啊，丑恶……"

"什么丑恶？你希望美，也得到了美；我希望美，也得到了美。仅此而已，不是吗？我们完全是同一种资格。你说丑恶，那是自相矛盾。"

"等着吧，我不是死就是去控告你！"

"很好啊，你能说出这样的话来，说明这一夜大有进步。不过，还应该更坦率些。你所说的耻辱也好，丑恶也好，都是假象，总之我们俩都看到了美好的东西，像彩虹一般。我们互相看到的是一种真实。"

"为什么阿悠不在这儿？"

"悠一君不在这儿。他刚才还在，眼下不在。一切都不奇怪，我们只是被留在这里的。"

恭子战栗着，这样的处境超出她的理解之外。俊辅若无其事地继续说：

"事情完了，我们被留在这里了。就算悠一和你睡在一起，结果还不是大同小异吗？"

"你们这些卑劣的人，我生来第一次遇到你们这号人！"

"看你都说些什么呀？悠一君是无辜的。今天咱们三个都是按照自己的愿望行动，悠一君他用他的那套办法爱你，你用你的办法爱他，我用我的办法爱你。每个人都是按自己的方式爱其所爱，仅此而已。不是吗?"

"阿悠他心里想些什么呢? 他是个怪物呀!"

"你也是怪物，因为你爱怪物。可是，悠一君没有一丝一毫的恶意。"

"没有恶意的人，怎么能干出这种可怕的事情来呢?"

"因为他很清楚，你遭遇这样的事情是无罪的。一个没有恶意的男人和一个无罪的女人之间 —— 他俩互相谁也不欠谁的 —— 假如说有什么联系的话，那只能决定于外来的恶意和外来的罪愆。自古以来的故事都是这样开始的。你知道的，我是小说家。"——他觉得实在好笑，他独自笑着，立即又忍住了，"悠一君和我没有串通一气，那只是你的幻觉。我们没有任何关系。悠一君和我……对了。"——他终于微笑了，"我们只是朋友，要恨就恨我好啦。"

"不过……"——恭子哭了，谦恭地扭转过身子，"我，现在哪里还顾得上恨，只是感到可怕。"

……附近的铁桥上正在通过一列火车，汽笛声震荡着夜空。单调的响声持续了好半天，不久，过了铁桥，那声音向远方扩散，消失了。

实际上，如实看到"丑恶"的不是恭子，而是俊辅。即使在那一瞬间里，女人快活的呻吟也没有使他忘记自己的丑恶。

桧俊辅反复体验了这种可怕的瞬间，一个没有爱的人强暴了一个有爱的人。女人是可以征服的，这只是小说制造的迷信。女人绝不会被征服，绝不会！就像男人对女人由崇敬而敢于凌辱一样，作为侮辱的最有力证据，有时女人也会委身于男人。镝木夫人不用说，在三个妻子中，也从来没有一个人被他征服过。至于麻木地陶醉于悠一这个幻影中的恭子，更是如此。要说原因，只有一个，俊辅自己十分明白，他决不会被爱。

这类私通颇为奇怪。俊辅让恭子痛苦，而且眼下又给她以巨大的压力。然而，这毕竟不过是一个没有爱的人故作姿态罢了。他的行为从一开始就充满绝望，没有一点儿温柔，没有世上所说的那种"人情味儿"。

恭子闷声不语。她端坐着，不再说话。这个轻浮的女子，从来没有像现在这样长久地沉默过。她一旦学会沉默，接着而来的就是她自然的表情。俊辅也闭上了嘴。看来，他们都下了决心，天亮之前绝不说一句话。等天一亮，她就可以用手袋里的小玩意儿化化妆，回到丈夫家里了……可是，河面上老是看不到那白白的雾气，两人都在疑惑，这个夜晚究竟绵延到几时？

第二十三章　日渐成熟

年轻的丈夫不知在干些什么，继续过着慌慌张张的生活，说他上学去了，可到半夜才回家，说他待在家里了，他又突然出去了。正如母亲所说，他过的是所谓"无赖汉"的日子。其间，康子的生活现在实在平平静静，甚至可以说是幸福的。这种安然的心态是有缘由的，她只对自己的内部感兴趣。

春去春来，她都不关心，外部对她不起任何作用。她只感到体内有一双小脚丫儿不住踢踏着。她不断陶醉于这种孕育可爱的暴力的感觉里，自行开始，又自行结束。可以说，"外部"包容在她体内，她将世界抱在自己的怀里，外部的世界只剩一个空壳罢了！

小小的光洁的脚骨，布满皱褶的清净而光亮的足底，从深夜里伸出来踢蹬着黑暗，每当她想象着这样的情景，觉得自己的存在就是那温热的、充满养分的、鲜血模糊的、黝黑的肉块。这是一种被腐蚀的感觉，是从内部受到深刻侵犯的感觉，是受到最为沉重的强奸的感觉，疾病的感觉，死亡的感觉……任何不伦的欲望和肉感的恣意，在这里都能得到体面的宽宥。康子不时发出明朗的笑声，有时又闷不作声，露出来自远方般的独自的微笑。这是略似盲人的微笑，这是唯有自己才能侧耳细听远方声响的人的微笑。

有一天，腹中的孩子没有动弹，她担心得不得了，难道死了？平时事无巨细都要找婆婆商量，这回她把这个幼稚的担心对婆婆说了，惹得这位性情乐观的婆婆好不欢喜。

"悠一呀，也是个感情不外露的孩子。"她亲切地安慰着媳妇，"要生小孩子了嘛，那份儿高兴呀、不安呀都搅混在一块儿啦，这才一家一家连着喝哪。"

"不，"媳妇颇有几分自信。对于这个自我满足的灵魂来说，安慰已经是多余的了，"……不知道是生男孩儿还是生女孩儿，这个最叫人心焦啊。看样子肯定是个男孩子了，我想他会和阿悠一模一样的。可万一生个像我这样的女孩子怎么是好啊？"

"哎呀，我倒巴望是个女孩儿，男孩子可叫我受够喽。没有比男孩子更难养活的啦！"

婆媳两个关系十分融洽，康子挺着大肚子，每有自己不便外出的时候，婆婆总是欣然替她去张罗一番。这位生着肾病的老人带着女佣阿清亲自抛头露面，怎能不叫对方瞪大了眼睛瞧着。

一天，康子独守家中，她想到院子里活动活动，于是来到后门花坛旁边，这个面积一百坪的花坛，平时主要靠阿清精心打理。她拿起花剪，想剪几枝鲜花插在客厅里。

花坛周圈儿的杜鹃花开得正旺，还有各种应时的花儿。有蝴蝶花、香豌豆、金莲花、矢车菊和金鱼草，满眼都是极易引人动情的花朵。她想，剪哪些好呢？说实在的，她对这些鲜花也不是太感兴趣。要选花，一是选得如意；二是可以立即到手，此外还要相当美丽……她站着，白白"嘎嗒"着剪刀，空空咬合着的剪刀口儿，因为生锈，使她的手指感到一种轻微的阻力。

她心里突然想到了悠一，于是她对自己的母性之爱泛起了疑惑。如今，封闭于她体内、蛮横无理、乱踢乱撞的这个可爱的小东西，有朝一日从肚子里滑出来，那不就是悠一吗？她担心看到婴孩儿会感到失望，要是那样，还不如长年累月一直怀着大肚子更好些。

无意之中，康子剪下手边一棵淡紫色的矢车菊的茎，手里攥着一指长的茎连着的一朵花。为何要剪得这么短呢？她想。

清纯的心！清纯的心！康子感到这句话是多么空洞，多么虚假！她痛切地感到自己已经是成年人了，近似复仇之心的清纯究竟是什么？她每当以自己这块"清纯的招牌"仰视丈夫的眼睛时，总是期待着丈夫那种羞涩而忸怩的表情，这不就是自我的快乐所在吗？然而，她从丈夫那里未能获得任何一种快乐，为此，只好藏起自己清纯的心，她把这个看成是自己的"爱"。

但是，那静谧的发际，美丽的眼睛，那汇聚着精巧线条的鼻梁和纤细的嘴角儿，由于轻度的贫血而显得高洁的肤色，下半身遮体的定做的宽大的衣服，还有那古典式的襞褶，所有这些都配合得天衣无缝。嘴唇被风吹干了，她用舌头不断地润泽着，为此，她的嘴唇显得妖艳无比。

放学归来，悠一打后门回家，他时常从花坛的栅栏门进来。门一打开来就会响起急剧的门铃声。悠一不等门铃响，便一手摁住栅栏门，身子悄悄滑进了院子。他躲在一排米槠树荫里，瞅着妻子的身影。一种天真的恶作剧的心理，促使他这样做。

"从这儿看去，我很爱妻子。距离使我自由，站在伸手莫及的距离时，或者我只看着康子时，她是多么漂亮啊！那衣裳的襞褶，那头发，那眼神，一切都是那样清净！要是能一直保持这样的距离该多好！"

可是这时候，康子发现米槠树荫里一棵树干背后，露出了茶褐色的皮包。她呼叫悠一的名字，仿佛一个溺水的人呼喊救命一般。他走出树荫，她快步奔了过去，裙裾挂在花

372

坛低矮的细竹护拦上了。康子在光溜溜的地面上摔倒了。

此时一种恐怖感袭上悠一心头，他闭上了眼睛，随后又立即跑过去搀起了妻子。只是裙子上沾了些红土，没有一点儿擦伤。

康子急促地喘着气。

"不要紧吧?"悠一焦急地问。话一出口，他就感到，刚才康子跌倒后自己的恐怖是出于某种希望，心里不由一惊。

这么一问，康子这才开始害怕起来，刚才自己被扶起之前，她的心一直记挂着悠一，没有顾及到孩子的事。

悠一让康子躺在床上，给医生打电话。不久，母亲和阿清回家了，她看到医生也没觉得意外，一边听着悠一的叙述，一边提起她自己怀孕时，从二三层楼梯上滑落下来，一点儿没事。悠一问母亲，真的一点儿都不在乎吗?母亲眯细着眼睛说，你的担心也不是没有道理。悠一觉得自己可怕的希望被识破了，他感到手足无措。

"这女人的身子骨呀，"母亲带着一副给学生上课的口气，"看起来经不住摔打，可结实着哪!跌上一跤，肚里的孩子就像滑滑梯一样快活。倒是男人不争气，谁会料到你父亲那么脆弱，一下了就死啦!"

医生说，关系不大，还要注意观察。医生走后，悠一没有离开妻子一步。河田来电话，他叫人回绝说不在家。康子眼里溢满感激的神色，因而，青年不能不感到由于自己的认真所获得的满足。

第二天，胎儿又在母腹里用坚强的小脚丫儿自豪地踢腾起来了，一家人彻底放下心来。康子坚信，这骄矜而有力的一双脚腿，肯定是个男孩无疑。

这种真正的喜悦再也掩盖不住了，他给河田讲了这事。这个刚有几分年纪的实业家听了之后，那副傲岸的面孔明显流露出了嫉妒的表情。

第二十四章　对话

两个月过去了，梅雨季节。俊辅到镰仓赴约，他在东京站横须贺线月台上车时，看见了两手插在风衣口袋里、一脸困惑的悠一。

悠一面前有两个衣着入时的少年。穿蓝衬衫的挽着悠一的手；穿胭脂红衬衫的卷着袖子，交叉着胳膊，面对着悠一。俊辅绕到悠一背后，从柱子后头倾听三个人对话。

"阿悠，你要是不同这小子一刀两断，那就干脆把我杀了！"

"又是老一套，算了吧！"蓝衬衫少年插了一句，"我和阿悠是割也割不断的关系，你算老几？在悠一眼里，你只不过是随捏随吃的小点心，瞧你那张脸，就像又甜又贱的小圆饼儿！"

"等着吧，看我把你杀了！"

悠一将手从蓝衬衫少年手里抽回来，用一副年长者的沉着的声音，说道：

"算了，算了。你们听我慢慢说，在这种场合，太不像话啦！"——他转向蓝衬衫，接着说，"你也太像个管家婆啦！"

蓝衬衫少年突然露出孤独而又凶暴的神情。

"喂，劳驾，到外边来！"

胭脂红衬衫少年露出满口美丽的白牙，嘲讽似的说：

"浑蛋，这里不就是外边吗？大家都戴着帽子穿着鞋走路啊！"

看到那场面非比寻常，老作家特意又绕回去，从正面走近悠一。两个人的眼睛很自然地碰到一起，悠一得救般地露出微笑，同他打招呼。好久没有看到如此充满友爱的动人的微笑了。俊辅穿着笔挺的花呢西服，胸前的口袋里插着漂亮的棕色格子手帕。这位老绅士和悠一一番毕恭毕敬的戏剧性寒暄，使得两个少年只得呆呆地看着他们。一个眼睛里满含媚态，同悠一道了声"再见"；另一个默默转过去身子。两人消失了。横须贺线淡黄色的列车紧挨着站台轰隆隆开过来了。

"你有危险的朋友，是吧？"

俊辅一边走向电车一边问道。

"这不，先生不也和我搭上关系了吗？"

悠一应付道。

"他好像说什么要杀要剐的……"

"您都听到了？那是那小子的口头禅。胆小鬼，打不起架来。别看他们吵得很凶，其实关系不错啊。"

"关系？"

"我不在的时候，他们都睡到一块儿啦。"

……电车开动了，他们面对面坐在二等车坐席上，互相都不问到哪里下车，只是默默望着窗外。细雨飘零的沿线风景触动了悠一的心。

穿过湿漉漉的景色萧索的灰色楼群街道，代之而来的是工业街阴霾而昏黑的风景。湿地和荒芜的狭窄草地的对过，有一家镶满玻璃的工厂，坏了几块玻璃，煤烟熏染得黑漆漆的屋里，大白天也亮着许多裸露的电灯泡，点点可见……电车有时经过高台上古老的木造小学校，U字形校舍空荡荡的窗户面向着这边。雨湿的校园里看不见一个学生，只有油漆斑驳的肋木架伫立着……接着是连续不断的广告牌，什么宝烧酒、狮子牌牙膏、合成树脂、森永奶糖……

热了，青年脱掉风衣。他新做的西装、衬衫、领带、领带夹、手帕和手表等，极尽豪奢，同不太起眼的色彩保持调和。还有，从口袋掏出来的登喜路新款打火机、香烟盒，也足以令人侧目而视。俊辅想，他里里外外都是"河田趣味"。

"同河田君在哪里见面?"老作家嘲讽地问。正在点烟的青年，移开打火机的火焰，正面看着老作家。小小的蓝色火焰好像不是点着的，而是好容易坠在半空里的。

"您怎么知道的?"

"我是小说家啊。"

"真叫人吃惊。在镰仓鸿风园等着。"

"是吗? 我的约会也在镰仓。"

两人暂时沉默了。悠一感到窗外黑暗的视野里，闪过一道鲜亮的朱红色，定睛一看，原来那是列车正在通过重新涂漆的大桥的钢梁。

俊辅突然问道:

"你怎么了? 爱上河田了?"

美青年耸耸肩说:

"别开玩笑啦。"

"你为什么要去会不爱的人呢?"

"不是先生劝我结婚的吗? 和一个我所不爱的女人。"

"但是女人和男人不一样。"

"不，完全一样。都是一方赛烈火，一方似冰块。"

"鸿风园……好阔气的宾馆。不过……"

"不过什么?"

"你知道吗？那里是过去实业家包租新桥、赤坂的艺伎的旅馆。"

美青年像被刺伤了，沉默不语。

俊辅对下列这些现象一概闹不明白：这青年平时的生活竟然如此无聊难耐；要使这位那喀索斯不感到无聊，这世上只有镜子；如果镜子是牢狱，就可能将这位美貌的犯人终生幽闭起来；年长的河田至少学会了化身为镜子的本领……

悠一开口了。

"自从上次以来，一直没有见面。恭子怎么样了？从电话里得知，事情干得很漂亮……嘻嘻。"——他笑了，他没有注意到，这种微笑是模仿俊辅的，"全都给干净、利落地收拾啦！康子、镝木夫人、恭子……我一直都是忠实于先生的啊！"

"你既然这么忠实，为何叫人撒谎说你不在家呢？"——俊辅不由狠狠将了对方一军，这种毫不经意的托词已经做得很充分了，"最近两个月，我的电话你只接过两三次。我要和你见面，你总是含糊其词。"

"我想，您有事会写信的呀。"

"我很少写信。"

……列车擦过两三个车站，雨棚外侧湿漉漉的月台上，孤独地站立着站名牌。雨棚里面的月台幽暗而混杂，众多的空漠的面孔，众多的雨伞……线路上身穿濡湿的蓝色作业服的工人，抬眼望着列车的窗户。那无目的的眺望使他们两人更增添一层沉默。

接着，悠一想摆脱开来，他又重复问道：

"恭子怎么样了？"

"恭子吗？怎么说呢，我可一点儿都没有捞到我所希望的东西……黑暗中，我和你掉了个个儿进入那个女人的卧室之后，喝得烂醉的女人闭着眼睛直喊我'阿悠'，这时候我心中春情发动，短时间内，确实借助了你青春的形象……仅此而已。恭子醒来，直到早晨一句话也没说。自那以后，她芳踪杳然。依我看，那个女人因这件事从此身败名裂了。说可怜倒也真可怜，她本来没做什么坏事，不该使她这般倒运啊！"

悠一并没有受到良心的责备，因为他的行动动机和目的不会使他产生悔恨。他回忆中的行为是明朗的，既不是复仇，也不带欲望，没有一鳞片爪的恶意。这种行为仅仅控制着不会反复的一定的时间，由纯粹的一点走向另一点。

也许只有在那个时候，悠一将俊辅作品的作用发挥到了极致，免除了一切伦理的因素。恭子绝非遭到了算计。那个闭着眼睛躺在恭子身边的年老的男人，和白天伴随在她旁边的俊俏小伙子，本是同一个人。

对于自己创造的作品惹来的幻影和蛊惑，作者当然是没有责任的。悠一代表作品的外表、形态、梦境，以及对令她陶醉的酒不为所动的冷淡；俊辅代表作品的内部、阴郁的计谋、无形的欲望，还有制造行为官能的满足。从事同一种作业的同一个人，只是在女人眼里映现出两个不同的人物罢了。

"那种回忆的完美和灵妙实在无可类比。"青年若有所思地将视线转向细雨溟蒙的窗外，"我几乎无限远离了行为的意义，并且接近行为最纯粹的形式。我不为所动，而且穷追猎物。我不希望得到对象，而对象却转换成我所希望的形状。我没有射击，而可怜的猎物却中了我的枪弹而倒毙……就这样，那时从白天到夜晚，我心地晴朗明净，摆脱了过去那种给我痛苦、令我作伪的伦理的义务。我只管热衷一种纯粹的欲望好了：今宵要把女人搬到睡床上去。"

"……但是，这种回忆，在我却是丑恶的。"俊辅想，"在那一瞬间，我对和悠一的外部美相对称的我的内在美竟然也不相信了！苏格拉底在夏天某个早晨，横躺在伊利索斯河畔法国梧桐树荫里，和美少年斐德若谈话，直到暑气消散。后来，他向土地诸神祈祷的语言，我认为是地上最重要的教训：'我的牧神以及这土地上至高至圣的诸神啊，请让我内部变得更美，请令我显现于外部的美和我内在的美融合在一起吧！……'

"希腊人具有罕见的才能，他们从造型的角度看待内在的美，犹如大理石雕像一般。精神被后代任意毒害，被不具官能之爱所崇拜，被不具官能的侮辱所亵渎！年轻美丽的阿尔西比亚德，对苏格拉底的内在产生官能的爱恋，他为了激发这位西雷诺斯一般的丑男的情欲，获得他的爱，挨近他的身边，两人共同裹在一件斗篷中睡觉。这位阿尔西比亚德美丽的语言，当我在《会饮篇》[1]里读到的时候，着实吓了一跳。

"'……我若不委身于您这般的人儿，我就没脸面对贤人们，这要比委身于您而受到无知大众的耻笑更加令我难过，令我难过。'……"

他抬起眼睛，悠一没有看他的眼睛。年轻人热心地望着极为细小而无意义的东西。沿线一家小户人家，主妇蹲在梅雨时节湿漉漉的院子里，一个劲儿扇炉子。洁白的团扇不住地晃动，可以时时窥见小小的火红的炉口……生活是什么？这多半是个无须说明的谜，悠一想。

"镝木夫人有信来吗？"

俊辅又唐突地问。

"每周一回，写得老长老长的。"——悠一淡然一笑，"而且，每次都是把两口子的信装在同一个信封里。丈夫一张，最多两张。两人坦率得怕人，都说爱着我。最近夫人信里有

1　*The Symposium*，柏拉图的对话式作品。

这么一行字：'对你的思念使我们夫妻情投意合。'"

"竟然有这样奇怪的夫妇。"

"夫妻都是奇怪的。"

悠一孩子似的加了注解。

"镝木君在营林署干得很好，他还真能受得住哩。"

"据说夫人开始贩卖汽车了。看来都有事情做了。"

"是啊，那个女人会干得很好的……哎，对了，康子快要生产了吧？"

"嗯。"

"你就要做父亲了，这也很奇怪啊。"

悠一没有笑。他看着连接运河的船运公司关闭的仓库，看着雨水淋湿的栈桥和系着两三艘新木船的颜色。标有白色号码的锈迹斑斑的仓库门板，排列在纹丝不动的河水岸边，浮现着漠然的期待的表情。仓库忧郁的影像投映在沉滞的水里。影像被搅乱了，远处的海域莫非有什么东西向这里涌来？

"你害怕了吗？"

这揶揄的口气，直接触动了悠一的自尊心。

"我不害怕。"

"你是很害怕。"

"我有什么好怕的呢？"

"你怕得很啊。要是不怕，你可以守着康子生产，可以确认一下你究竟怕些什么……然而你做不到呀。谁都知道你是爱妻家。"

"先生打算向我说些什么呢？"

"一年前，你照我的话结了婚，那时你一度克服了的恐怖，如今你必须去采摘这种恐怖结下的果实……你信守着结婚时立下的那个誓言，那个自我欺骗的誓言。你说要真正使康子受苦，而唯独不使自己受苦。你始终从旁感到了康子的痛苦，作为旁观者的你也感到痛苦。你把这两者混淆在一起，错误地把这当作夫妇的爱情。不是吗？"

"您什么都清楚，怎么就把我找您商量流产的事儿给忘了？"

"怎么会忘呢？我是坚决反对的。"

"是的……我遵照您的吩咐做了。"

电车到达大船。他们看到车站对面山谷之间那座俯首观音像，脖颈高耸于烟霭萦绕的绿树林里，顶戴着灰色的天空。车站上气氛寂寥。

开车后不久，俊辅想到距镰仓中间只隔一站了，该说的话都要在这一段时间里说完，于是他加快了速度。

"你不想亲眼确认一下自己是无罪的吗？你的不安、恐怖和一些痛苦都是没有任何缘由的，对此，难道你也不打算亲自证实一下吗？……看来你是做不到的。假如你能够做到，你就能开始新的生活。不过，恐怕很难。"

青年反抗似的冷笑了一声。"新的生活！"说着，他用手仔细地提了提熨得很平的裤线，重新架起腿来。

"您说'亲眼确认'，怎么个做法？"

"康子生产时，你守在她跟前。"

"什么呀，真是荒唐！"

"你做不到。"

俊辅击中了美青年的要害之点——厌恶，像看着中箭的猎物般凝视着他。好大一阵子，青年的嘴角泛起了嘲讽、困惑和不快的苦笑。

在夫妻关系上，别人把快乐当作羞耻，而悠一却把厌恶当作羞耻，俊辅透过这一点观察悠一，发现康子是个丝毫没有得到爱的人，他非常高兴。但是，悠一必须直接面对这种厌恶。他的生活一方面不敢正视厌恶，一方面又沉溺于厌恶之中。直到今天，他是装得多么津津有味地吞噬着他所厌恶的一切啊——康子，镝木伯爵，镝木夫人，恭子，河田。

俊辅又在劝进"厌恶"这道美味的菜肴，他的充满教训的亲切的口气里，隐藏着永远无法实现的挚爱之情。该结束的必须快些结束，该开始的必须重新开始。

……这样，说不定悠一从厌恶之中解脱出来。俊辅也……

"我只想做我喜欢的事，那件事我不能听您的。"

"可以……这样也好。"

电车快到镰仓了，悠一一下车就要到河田那儿去。一股痛切的感情袭上俊辅心头。可在口头上故意加以掩饰，淡漠地嘀咕了一句：

"不过……你很难做到。"

第二十五章　转变

俊辅当时的这句话一直萦绕在悠一心头，越想忘掉越是忘不掉，实实在在遮挡在他的眼前。

梅雨天一直晴不起来，康子的生产也推迟了，比预产期晚了四天。不仅如此，康子怀孕期间一直很好，临近产期，反而出现了一些令人担心的征兆。

血压超过一百五十，脚也出现轻度的浮肿。高血压和浮肿往往是妊娠中毒症的前期症状。六月三十日下午，出现第一次阵痛。七月一日深夜，每隔一刻钟袭来一阵疼痛，血压高达一百九十，她还主诉有剧烈的头疼，医生担心会是子痫的征兆。

常去就医的那位妇科主任，几天前让康子住进自己的大学医院，阵痛发生两天了，不见分娩的迹象。究其原因，发现康子的耻骨角度比一般人小，于是经过妇科主任会诊，决定使用产钳分娩法。

七月二日，这是梅雨时节偶然一见的盛夏天气。一大早，康子娘家的母亲开车来接悠一，因为悠一早就说过，康子分娩那天他要守在医院里。亲家母互相客气地问候着，悠一的母亲说，自己也想跟他去，可拖着个病身子怕添麻烦，就不打算去了。康子的母亲是个健康、富态的中年妇女，上车之后，凭着日常那个脾气，她狠狠数落了悠一一番。

"听康子说，你是个理想的丈夫，可是我呀，倒也是个眼光很高的人哩。我要是还年轻，不管你成家没成家，我都不会放着你不管。我主动找上门来一定使你怪难为情吧？我只有一个请求，那就是好好瞒住康子。不会搞欺骗的人，不可能有真正的爱情。我绝对守口如瓶，你有什么真心话，只管对我讲好了。近来有些什么开心的事吗？"

"不行，绝不上她的当！"

对于这个躺着晒太阳的牛一般的女人，要是说出"真心话"来，她会产生何种反应呢？悠一心里浮现出一种危险的想象。这时，夫人的手指伸到他眼前，急急触摸他垂到前额上的头发，使得青年大吃一惊。

"哎呀，我还以为是白发呢，原来是头发闪光呀。"

"真的？"

"所以我也吓一跳。"

悠一看了一眼外面灼热闪耀的光景。上午，在这条街道的一个角落，康子正在受着阵痛的煎熬。悠一感到这种剧烈的疼痛历历如在眼前，他的手能够掂量出这种痛苦的分量。

"不要紧吧?"女婿问。看到他如此不安，康子的母亲轻蔑地回答:"不要紧。"这些全然关系到女人的事情，她抱着乐观的自信，因为她心里明白，只有这样才能使这位年轻的没有经验的丈夫放下心来。

车子在十字路口停下来，这时听到了警笛声。一看，煤烟熏黑的灰色的街道上，径直驶来了童话般色彩鲜亮的火红的消防车，车体几乎跳跃着前进，车轮轻轻擦着地面，眼看着要飘起来，周围响起阵阵轰鸣。

消防车越过悠一和康子母亲的车子，有两个人从飞驰的车尾后窗探出身子，寻找失火的地点。看不见哪里着火。

"混账，偏偏这个时候失火。"

康子母亲说。这种大白天，即使身边着火，也肯定见不到火焰。不过话虽如此，看样子确实是哪里失火了。

……悠一进了病房，为痛苦中的康子擦去额上的汗水，眼看就要分娩了，他赶在这之前来到医院，连自己都觉得奇怪。一定有一种近似冒险的快乐在诱惑他吧? 他不管在哪里，都无法逃脱对痛苦中的康子的思念，所以，对她的痛苦的一种切身感受促使这个青年奔向妻子身边。平素不愿回家的悠一，就像回到"自己家里"似的来到妻子的枕畔。

病房里很热，通向阳台的门敞开着，白色的窗帘遮挡着阳光，有时候窗帘只是微微被风鼓起来一下。直到昨天还在下雨，刮冷风呢，所以没有提前准备电扇。母亲一走进病房就感到了，立即出去打电话叫家里送电扇来。护士有事不在，只有悠一和康子两人。年轻的丈夫为她擦拭汗水，康子深深吐了口气，睁开眼来，她的汗手本来紧握着悠一的手，这时稍稍松开了。

"又稍微轻松些了，现在不疼啦，要尽量保持下去。"

她这才想起来，打量了一下周围——"怎么这么热啊！"

悠一看到康子轻松了，他很害怕。她不疼的时候，表情里总是闪现着悠一甚感可怖的日常生活的鳞片。年轻的妻子叫丈夫拿来手镜，给她梳理一下痛苦时纷乱的头发。没有化妆的苍白的脸庞稍微有些浮肿，其中有几分她自己不能理解痛苦的崇高性的丑陋。

"很脏呀，真是对不起。"她用只有病人才有的自然而可爱的神情说，"我会很快又变得漂亮的呀。"

悠一抬头望着那张经受痛苦折磨的孩子似的面孔，他不知怎么对她说明才好。正因为这种丑陋和痛苦，使他如此亲近妻子，沉浸于人的感情之中。他爱她这种表情，处在自然与和平之中的妻子，反而使他疏离人的感情，一味留恋着他自己没有爱的灵魂。这些又如何能对她讲明白呢？然而，悠一的谬误在于他顽固地不相信，眼下自己的温柔之中，也包含世上寻常丈夫的体贴之情。

母亲和护士一起进来了。悠一把妻子交给两个女人，自己到阳台上去了。三楼的阳台可以俯瞰院子，隔着院子可以看到许多病房的窗户，以及楼梯口的大玻璃窗。他看到白衣护士从楼梯下来。透过玻璃，可以看到楼梯大胆倾斜着的平行线。上午的阳光从相反的角度照进去，斜斜切断了那些平行线。

悠一在剧烈的光线里闻到了消毒药水的气味，他想起俊辅的话："你不想亲眼证实一下你是无罪的吗？""……那个老人的话里总是含有迷惑人的毒素……他叫我看着自己确实厌恶的对象生下自己的孩子来。他看穿了我会这样做的。他那残酷而甘美的劝诱里，充满了扬扬得意的自信。"

他的手扶在铁栏杆上，被太阳晒得温热的生铁给他一种感触，悠一忽然想起蜜月旅行时，他拽下领带，抽打旅馆阳台铁栏杆的情景。

悠一的心里产生一种无可名状的冲动。俊辅在他心目中构筑的鲜明的痛苦以及由此唤起的厌恶的回忆，缠绕在青年心头。对此加以反抗，或者进行复仇，或者委身于它，几乎都是同义语。在认定厌恶的根源这种热情里存在一种欲望，很难分清是寻求快乐源泉的肉欲，还是受官能支配的探究欲。想到这里，悠一心里一阵战栗。

康子病房的门打开了。

身穿白衣的妇科主任带着两个护士推着移动床进入病房。这时，康子又受到了阵痛的袭击。年轻的丈夫跑过来握住她的手，她大声呼唤着他，仿佛呼叫远方的人。

妇科主任莞尔微笑着说：

"再忍耐一下，再忍耐一下。"

她那一头优美的白发，一看就知道是个可以信赖的人。对于这位满头白发、德高望重、光明正大的国手的一番好心，悠一也是抱有敌意。对于妊娠、对于多少有些不寻常的困难的分娩，还有对于即将出生的孩子等的一切担心、一切关怀，都从他身上消失了。他所想的只是看一看那个罢了。

痛苦的康子被搬上移动床，紧闭着眼睛。额头渗出好多汗水。她那纤弱的手，再度无目的地摸索着悠一的手，青年握住了，俯下身子，她那失血的嘴唇凑向悠一的耳畔。

"跟着我，你不在我身边，我就没有勇气生孩子。"

还有比这更赤裸裸、更使人动心的自白吗？悠一受到一种奇特的想象的冲击，妻子果真看穿他内心的冲动，打算拉他一把吗？这瞬间的激动无可比拟。他很珍爱妻子这种无私的信赖，别人也明显看到这个丈夫的脸上，浮现出过于激动的表情。他抬眼望了望妇科主任。

"什么事？"

博士问道。

"妻子叫我一直跟着她。"

博士捅了捅这个纯情的没有经验的丈夫的胳膊肘，在他耳边郑重地低声说道：

"偶尔也有一些年轻妻子这样要求，不必当真。要是这样，你和你夫人都会后悔的。"

"不过，妻子说，要是我不在……"

"你疼爱你夫人这我明白，马上要做妈妈了，这对孕妇就是莫大的鼓舞。你在场，一个大老爷们待在旁边，不像话呀。首先，你有这份心思，肯定会后悔的。"

"我决不后悔。"

"不过，不管哪个做丈夫的都要逃掉的，我还没见过你这样的人。"

"大夫，求您了。"

那种演戏的本能，此时使得悠一扮作一个年轻的死心眼儿的好丈夫，他只顾担心妻子的安危，谁的劝说也不听。博士轻轻点点头。他们两人的对话被康子母亲听到了，吓了一大跳。"莫不是说梦话吧？我要进去陪伴的。"她说。

"算了吧，一定会后悔的。再说，把我一个人撂在休息室，也太过分啦！"

康子不放开悠一的手。他感到那只手徒然被强有力地拉了过去，原来两个护士开始推移动床了，病房管理人打开房门，正要把她们引到走廊上。

　　一群人围着移动床乘电梯到了四楼，在冰冷的闪光的走廊上徐徐滑动。车轮越过走廊地面上的接缝，康子闭着眼睛，随着微微的震动，她那白皙而柔软的下巴颏儿毫无抵抗地点了点。

　　产房的门左右敞开，将康子母亲一人留在外头，紧接着又关上了。关门之前，母亲说道：

　　"真的，悠一，你会后悔的呀。半道上要是害怕，就马上出来吧，不要紧的，我坐在走廊的椅子上等你。"

　　悠一答应一声笑了，那笑脸就像自动走向危难的人，显得很滑稽。这个好心眼儿的青年，自己确实感到了一种恐怖。

　　移动床靠近产床一边，康子的身体被搬了上去。产床两侧竖立着两根柱子，护士迅速将柱子之间低矮的帘子拉上了。产妇胸前这道帘子遮蔽了康子的视线，使她看不见器械和手术刀残酷的寒光。

　　悠一一直握住康子的手，站在她的枕畔。于是，他看到了康子的上半身，同时也看到了隔着低矮的布帘康子自己看不到的下半身。

　　窗户朝南开着，风轻轻吹了进来。这位脱掉上衣，只穿一件衬衫的年轻丈夫，领带被风吹到肩头上。他干脆把领带的一端插进衬衫前胸的口袋里了。看那动作，就像一个埋头事务的大忙人一般敏捷。话虽如此，但悠一所能干的，也只是紧紧攥住妻子汗淋淋的手心罢了。痛苦的肉体和没有痛苦、只是观看着的肉体之间，存在着一段任何行为都无法填补的距离。

"再忍耐一下，马上就好。"

护士长在康子的耳边说。康子一味紧闭着眼睛，悠一发现妻子不再看他，感到很是自由。

妇科主任洗了手，卷起白衣的袖子，带领两个助手进来了。博士不再看悠一一眼，他用手指向护士长打了招呼，两个护士将康子躺着的产床下半部分拆掉，在上半部分下端装上两个牛角形的向空中翘起来的奇怪的器具，康子的两只脚伸进去叉开，被固定下来。

胸前低矮的帷帘是为了不使产妇看到自己的下半身，那里已经作为一种物质、一个客体，变得惨不忍睹了。但是，另一方面，康子上半身的痛苦纯粹是一种精神的痛苦，和已经变成客体的下半身那种无所凭依的痛苦毫无关系。握着悠一手的那只手的力量，不再是一个女人的力量，而是康子为了摆脱自身的存在而付出的一种旺盛的痛苦和倨傲的力量。

康子呻吟着。风不时停下来，燥热的室内，呻吟声犹如众多苍蝇的羽音在空气里飘荡。她突然想翻身，未能成功，身子落在硬邦邦的产床上了。她闭着眼，把头迅速向左右转动。悠一想起来了。去年秋天，他和一面之识的学生，大白天在高树町的一家旅馆睡了一觉。蒙眬之中听到了消防车的警报声。当时悠一想到：

"……既然我要使自己的罪愆变得更加纯粹而绝不会被烈火烧焦，那么我的无辜就必须首先钻进烈火，不是吗？我对康子而言是完全无辜的……我不是曾经为了康子而希望脱胎换骨吗？现在呢？"

他转向窗外的风景，歇息眼睛。夏日的阳光烈火一般照射着省线电车线路对面广大的园林。椭圆形的运动场，看上去像闪光的游泳池。那里没有一个人影。

康子的手再次用力拉着美青年的手，那手上的力量仿佛要唤起他的注意。于是，他不得不看护士交到博士手里的手术刀，闪耀着锋锐的光亮。这时，康子的下半身犹如呕吐的嘴巴一样蠕动起来，上面罩上一块帆布似的厚布，导尿管引出来的尿，混合着涂满红药水的水滴，顺着厚布流淌下来。

罩在涂满红药水裂口的帆布，发出哗哗流动的声响。开始局部麻醉注射，手术刀和产钳进一步扩大裂口，那里的血溅到帆布上流下来。这时，康子鲜红而错杂的内部，映入这位没有一点儿残忍之心的年轻丈夫的眼帘。悠一一直将妻子的肉体当作无缘的瓷器一般看待，如今看到那里皮肤剥离，露出了内部，感到十分惊讶，他已经不能再当作一种物质对待了。

"看下去，无论如何，得坚持看下去。"他一边觉得恶心，一边在心里嘀咕，"那无数闪光的红宝石般湿漉漉的组织，因皮下出血而浸染的柔软的东西，弯弯曲曲的东西……外科医生对这些已经司空见惯了。我也不是不能做一名外科医生。妻子的肉体对于我的欲望来说，既然只能是一件瓷器，那么同一肉体的内部，也同样不可能属于别的什么东西。"

他感觉的真实立即背叛了如此的强辩，妻子被翻转的肉体的恐怖部分，事实上超过了瓷器。他的人性的关心超过了对妻子痛苦的共鸣，显得更加深刻。他面对无言的鲜红的肉，看着湿淋淋的断面，他的视线仿佛被那里武断地强制着一般。痛苦超不出肉体的范围。青年认为，这就是孤独。然而，这种显露出来的鲜红的肉不是孤独。这肉连接着悠一体内确实存在的肉，即便在漠然旁观者的眼里，也会立即得到传播。

悠一发现更加清洁的银光耀眼的残忍的器具，又被博士攥在手中了。这是一把像是拆掉支点的大剪刀形的器具，在刀刃部分弯曲成一双大汤勺形状，一只先深深插入康子的体内，另一只交叉着插进去。然后安上支点，成了一把钳子。

年轻的丈夫如实感到，这种器具粗暴地闯入自己所触摸着的妻子肉体遥远的一端，为了抓住什么东西，这只金属的手开始摆动起来。妻子紧咬下唇，他看到了她雪白的门齿。他觉察到，即使在这痛苦的时刻，那种世上至亲至爱的信赖的表情，未曾在妻子脸上消泯，但他没有吻她一下。这位青年缺乏一种自信，就连这般亲密的接吻，都不会因为冲动而自然产生。

钳子在血肉泥泞之中找到了胎儿柔嫩的头颅，立即夹住。两个护士一左一右按住康子苍白的腹部。

悠一一门心思相信自己是无辜的，或者说念念不忘更准确。

这时，悠一看看痛苦至极的妻子的脸，又看看曾经被他当作万恶之源的那个部分，正如火一般鲜红，他的心改变了。悠一那为所有男女赞叹、仿佛只为供人观赏而存在的美貌，开始恢复本身的机能，眼下只为观看而存在了。那喀索斯忘记了自己的脸孔。他的眼睛向着镜子以外的对象。他曾经直视过酷烈的丑恶，这和观察他自身是一样的。

以往悠一存在的意识，无一不是"被人观看"。他感到自己存在，就是因为他感到被人所观看。即使不为人所观看，自己也确实存在着，这种全新的存在意识使得这个年轻人陶醉了。就是说他自身也在观看。

多么透明而轻快的存在的本体！对于忘记自己面孔的那喀索斯来说，他甚至认为那张面孔是不存在的。妻子那张因痛苦而忘我的脸孔，但凡能睁开眼睛看看丈夫，那么她一定会很容易发现和自己同一世界的人的表情。

悠一松开了妻子的手。他的双手触摸着自己汗津津的额头，犹如触摸一个新的自己。他掏出手帕擦汗。这时，他看到妻子的手依然保持着握住自己的手的手型，悠一即刻将自己的手伸进那个像铸造成的手型里，反握着。

……羊水滴下来了。闭着眼睛的婴儿露出了头颅。康子下半身周围的作业，就像抵抗暴风雨的船员的作业，类似齐心合力的体力劳动。这全凭一种力量，是用人力拖出一个生命来。悠一通过妇科主任白衣的襞褶，看到了肌肉不停的运动。

婴儿从桎梏里滑落出来，这是一个灰白的泛着微微紫色的半死的肉块，听不出任何动静。不久，这个肉块呱呱啼哭起来，随着哭声渐渐泛红了。

切断脐带，护士抱起婴儿，送给康子看。

"是小姐呀。"

康子似乎没听清楚。

"是个女孩子。"

这样一说，她轻轻点点头。

在这之前，她一直默默睁着眼，她的眼睛既不看丈夫，也不看拉出来的婴儿，看上去也没有浮现出笑意。这种无动于衷的表情正是动物的表情，而人不大会露出这副表情来的。与此相比，人的任何喜怒哀乐的表情，都只不过像一副假面具。悠一心中的"男人"作如是想。

第二十六章　一醉醒来是夏天

生下的孩子取名"溪子"，全家无限欢乐。尽管如此，和康子的愿望不一样，生下的是个女儿。产后住院一星期，康子还是心满意足的，不过时时迷恋于一个难解的谜之中：为何是个女孩子，而不是个男孩子呢？"难道希望生个男孩儿也错了吗？"她想，"抓到一个酷似丈夫的漂亮儿子，大大高兴一场，难道从一开始就是错误的空想吗？"现在虽说还看不出来，但婴儿的长相，比起母亲来，似乎更像父亲。溪子每天都要量体重，秤就在产妇睡床的旁边。溪子体重天天增加，产后身体状况良好的康子亲自把这些画成了图表。起初，康子看到自己生下的婴孩还未成人形，觉得怪可怕的，但经过第一次喂奶时刺激的疼痛，以及紧接而来的几乎是不道德的快感，再看看这个奇妙的显得有些不高兴的分身，她不得不打心眼儿里感到疼爱。还有，周围的亲戚，前来探望的人们，都把这个还未成人的存在硬看作是一个人，用她听不懂的语言逗弄她。

康子两三天前一直尝到的那种可怖的肉体上的痛苦，同悠一给她的那种长期的精神上的痛苦，两相比较，前者一旦过去就是平和，而后者却绵远久长，迟迟不得治愈，然而她却由此看到了希望。

最早觉察悠一转变的不是康子，而是悠一的母亲。这个直率的不加伪饰的灵魂，凭着天生的单纯性子，第一个看到了儿子的变化。她一听到平安生产，就留下阿清看家，叫一辆车子，一个人跑到医院来。一打开病房的门，守在康子床边的悠一，立即跑过去抱住了母亲。

"好危险，我差点倒了！"——她一边挣扎，一边用小小拳头捶打悠一的胸膛。

"别忘了，我可是个病人啊。哎呀，你的眼睛很红，怎么，哭啦？"

"太紧张，太累啦。她生产时，我也跟在身边呢。"

"跟在身边？"

"可不嘛！"康子母亲说，"怎么阻止，悠一君都不听。康子也紧紧攥住悠一君的手不肯放。"

悠一的母亲看看卧床的康子，康子虚弱地笑了，看不出有什么脸红。母亲扫视了一圈儿，最后又看看儿子。那目光仿佛说：

"好奇怪的孩子，看到那种可怕的场面，你感到自己和康子是真正的夫妻，这才显露出分享那份愉快秘密的表情来。"

对于母亲的这种直觉，悠一觉得比什么都可怕。可同样的情况，在康子看来一点儿也不觉得可怕。她在痛苦过去之后，想到自己让悠一站在身边看自己生产，丝毫不觉得难为情，对这一点连自己都感到惊讶。康子也许朦胧地意识到了，只有这样，才能使悠一切实体验她自身的痛苦。

进入七月后，除了几个科目要补课之外，悠一可以说已经开始放暑假了。但是，他白天大多待在医院里，晚上照例到什么地方游玩。不去会见河田的晚上，他仍旧恶习难改，就去俊辅所说的"危险的朋友"那里寻欢作乐。

除罗登之外其他几个圈内的酒吧，悠一也是一位常客。一家酒吧的客人九成是外国人。其中，甚至有男扮女装的现役宪兵。他围着妇女的披肩，走起路来，对每位顾客都呈现出一副媚态。

在艾丽兹酒吧，几个男娼向悠一打招呼，他对他们回了礼，不由自笑起来。"这些就是危险的朋友吗？我就是和这帮子爱吃醋的软骨头交往啊！"

梅雨时节的雨，打从溪子出生的第二天又下起来了。一家酒吧位于后街一片泥泞的深处，客人大多喝得烂醉，裤子上溅满了泥水出出进进。有时候，雨水淹没门口的地面，靠在粗劣墙壁边的几把雨伞的水滴，又不断增长着水势。

美青年默默看着面前简单的菜肴，还有灌满普通酒水的酒壶和酒杯。酒杯里的酒满得几乎溢出来，荡漾着一圈儿透明的浅黄色。悠一眼看着这只酒杯，这是任何幻影都无法介入的一只酒杯。然而，也仅仅是一只酒杯，而不是任何其他东西。

他泛起了一种奇思怪想，他觉得以前从未见到过这种东西。过去，同样一只酒杯，和悠一所描绘的幻影，以及悠一心目中产生的一切影像保持着距离，看上去犹如伴随所有影像的附属体而存在，但现在，杯子离得更加遥远，仅仅作为一个物象而存在。

逼仄的店面里有四五个客人。如今，不管再到圈内哪家酒吧来，悠一不经受些冒险是不肯回家的。年长者甜言蜜语地接近他，年少者对着他眉目含情。今晚上，悠一身边就有一个和他同年岁的快活的青年，不断向他劝酒。他深爱悠一，这从那不时盯着悠一侧影的目光里看得出来。

青年的眼神很美，笑起来很清纯。这些又算什么呢？他渴望爱，这并非是缺乏自知之明的妄想。为了宣扬自己的身价，他不厌其烦地讲述众多男人追求他的故事。虽说有些令人生厌，但这种自我介绍带有 gay 的癖性，如此程度，不足追究。他穿戴入时，身段也很好，指甲修剪整齐，胸间露出一线雪白的内衣，清清爽爽……然而，这又算得了什么？

悠一黯淡的目光，转向墙上张贴着的拳击选手的照片。失去光辉的恶行较之失去光辉的美德，要无聊数百倍。抑或恶行之所以被称作罪恶的理由，就在于不容许自我满足的偷安这种反复引起的无聊之中。恶魔之所以无聊，不外乎对恶行要求永恒的独创性倒了胃口。悠一知道全部过程，假如他对青年显示出会意的微笑，那么两个人就可以放下心来喝到深夜。他们俩一旦店里打烊，就将离开那里，装作酩酊大醉的样子，站在旅馆门前。在日本，两个男人共居一室并不奇怪。两人锁在楼上的一间屋子里，就近倾听着深夜货运列车的汽笛声。长久的接吻代替问候，脱衣，熄灯，有广告灯照亮毛玻璃窗，老朽的双人弹簧床发出声声哀鸣，拥抱和急促的接吻，消汗之后两个冰凉的裸体最初的磨合，发油和肉香，充满无限焦躁的相同肉体满意的摸索，背叛男人虚荣心的低声叫喊，被发油濡湿的手……还有，可怜兮兮的假意的满足，淋漓汗水的蒸发，枕畔供摸索的香烟和火柴，两双微微闪光的湿润的白眼，大河决堤般漫无边际的长谈，然后，暂时失去欲望的两个男人，孩子似的玩耍起来，深夜里扳腕子，模仿摔跤，此外还有各种愚蠢无聊的举动……

"即使和那青年一起外出，"悠一盯着酒杯思量着，"也不会有什么新鲜玩意儿，依然不能满足自己关于独创性的要求。男人之间的爱为何这样变幻无常？不过，事情过后，最终回到单纯而清净的友谊之上，这种状态不正是男色的本质所决定的吗？情欲燃尽，相互还原为单一的同性个体。这种孤独的状态，不正是男人被赋予的那些情欲所制造的吗？这个种族因为皆是男人而互相爱恋，但实际上，不正因为这种相爱，才残酷地发现彼此都是男人吗？相爱之前这些人的意识里有一种暧昧的东西，这种欲望之中，与其说是肉欲，不如说有一种更接近于形而上学的欲求。这究竟是什么呢？"

总之，他随处看到的是一种厌离之心。西鹤男色故事中的恋人们，最后的结局只有出家或殉情。

"要回去了吗？"

看到悠一要结账，青年问道。

"嗯。"

"从神田车站走吗？"

"是神田车站。"

"好，我和你一道去车站吧。"

两人走出泥泞的场地，穿过铁桥下面杂沓的饮食街，慢慢向车站走去。晚上十点，横街上十分热闹。

一时停的雨又下起来了。酷热郁闷。悠一穿着白开领短衫，青年穿蓝开领短衫，提着文件包。道路狭窄，两人共撑一把伞。青年说想吃冷饮，悠一表示赞成，于是一起走进站前一家小咖啡馆。

青年说话的口气很快活。他谈到自己的父母、可爱的妹妹，说家里是做生意的，在东中野开设一家很大的鞋店。他又提起父亲对自己寄予多么大的期望，他本人也有些少量的存款……悠一瞧着青年那张相当英俊的庶民的面孔，听他讲述着。这样的青年，正是为着凡庸的幸福而生存着。若是要支撑这类的幸福，他所具备的条件几乎完美无缺，除去那无人知晓的、极其无辜的、秘密的缺点！这瑕疵瓦解了他的一切，嘲讽般地给这张凡庸的青春的面孔罩上一种形而上学的阴翳。尽管他自己尚未意识到，这种阴翳说明他已经被高级的思想上的苦恼折磨得筋疲力尽了。假如他没有这样的瑕疵，那么他肯定会成为这样一个男人：到二十岁有了第一个女人之后，就会像四十岁的人那般自我满足起来，并且，一直到死都会不停地回味着这种满足。

电扇在两人头顶上磨磨蹭蹭地旋转着。冰咖啡里的冰块早已融化了。悠一的香烟吸光了，又向青年要了一支，他想，要是两人相爱而一起生活，又会是什么结局呢？他想着想着，觉得很好笑。两个男人，既不会大扫除，又不会干家务，除了相爱，就是整天过着吞云吐雾的生活……烟灰缸立即填满了……

青年打了个哈欠，张着幽暗而光滑的大嘴巴，嘴里排列着整齐的牙齿。

"对不起……不是因为无聊……说真的，我一直想早一点从这个圈子里摆脱出来（悠一认为，这不意味着不再热衷于 gay，而是想早些和选定的对象进入巩固的生活。）……我呀，有一种护身符，给你看看吧。"

他本以为自己还穿着上装来的呢，随手去摸胸前的口袋，忽然想起来，说是不穿上装时都是装在包里提着走的。那包就放在青年的膝头旁边，一侧的皮革已经有些起毛、变形了。性急的青年慌忙拉开小锁，包一下倒了，里面的东西一个个稀里哗啦掉在地板上。青年连忙弯腰去拾，悠一没有帮他，在明晃晃的荧光灯下，清清楚楚地看到了青年捡起来的那些东西。有化妆水，有发油，有梳子，有香水。另外还有一个雪花膏瓶子……想到要在外面过夜，随身带的都是些早晨梳洗的用具。

一个男人，又不是什么演员，包里装着化妆品走来走去，真是难以形容地悲惨和丑恶。那青年毫不在乎他给悠一留下的这个印象，他把香水瓶子高高举起来，对着灯光照照看有没有破，脏污的瓶子里只剩下三分之一的香水了，悠一对他的这种表现更是难以忍耐。

青年把掉的东西全部拾掇完了，疑惑不解地看了看不肯帮他的悠一。他似乎又想起刚才为何要打开提包来，青年因为长久低着头，面孔红到了耳根，这时他又再次低下头，从包内盛小物件的口袋里，掏出一个小小的黄色的东西，尖端上穿着红丝线，他拿到悠一眼前摇晃着。

接过来一看，原来是一只用黄丝线编织的缀着红带子的小草鞋。

"这就是护身符吗？"

"嗯，向人要的。"

悠一毫无顾忌地看看手表，说该回家了。他们出了店，来到神田车站售票口买了车票。青年到东中野，悠一到S站，两人乘同一条线路的电车。快要到达S车站了，悠一准备下车。那青年心想，悠一这样做是为了掩饰两人去同一地点的尴尬，青年觉得十分狼狈。他紧紧攥住悠一的手不放，悠一这时想起痛苦中的妻子的手，厌恶地甩开了。那青年伤了自尊，但还是把悠一的不礼貌当作开玩笑，他勉强笑了笑。

"非在这里下车不行吗？"

"是的。"

"那好，我也跟你一起走。"

他和悠一一同从夜深人静的S站下了车，"我也跟你一起走。"青年执拗地说道，他故意显得醺醺欲醉的样子。悠一生气了，突然想起他应该去的一个地方。

"和我分手要到哪儿？"

"你不知道吗？"悠一冷冷地说，"我可是有老婆的！"

"什么？"——青年面色苍白，呆然而立，"这么说，你一直在捉弄我！"

他停住脚步哭起来。一看到这个喜剧性的结果，悠一火速逃离现场，登上台阶，也未觉得有人追过来。走出站，在雨里跑着，一所寂静的医院出现在他面前。

"我就是要到这里来的。"他一个劲儿想，"一看到那家伙包里掉在地板上的东西，我突然就想跑到这里来啊！"

按道理，是应该回一趟家看看倚门而望的母亲了。他不能在医院过夜，但不路过医院看看，他就睡不好觉。

大门值班人员还没有睡，在下象棋。那只昏黄的电灯老远都能看到。传达室窗口守着一张黑暗的脸孔，幸好都还记得悠一的模样，对这位亲自看着妻子生产的丈夫有着好感。悠一找了个文不对题的借口，说有件重要东西忘在病房里了。值班人员说，大概睡下了吧，但这位年轻模范丈夫的表情打动了他。悠一登上了灯火暗淡的三楼，他的脚步声踏在深夜的楼梯上，十分响亮。

康子没有睡着，蒙眬中听到卷着纱布的门轴似乎在旋动，一种恐怖蓦然袭来，她折身而起，打开台灯。她看到站在灯光之外的人影是丈夫，未曾等到放下心来，首先是胸中涌起一股难言的激动欢喜之情。悠一穿着开领衬衫的洁白而宽大的胸脯，逐渐靠近康子的面前。

小两口三言两语随便说了几句，对于丈夫为何三更半夜跑来医院，康子凭借她天生的聪敏，没有打算追问。年轻的丈夫将台灯转向溪子睡的婴儿床，孩子半透明的洁净的小小鼻孔，煞有介事地轻轻呼噜着。悠一迷醉于自己凡庸的感情里，这种感情过去一直在他心里沉睡，如今终于找到足以承受这种感情的如此安全可靠的对象，以至于令他陶然其中了。他温存地告别了妻子，今夜，他有充分理由可以美美地睡一觉了。

※

康子出院回家的第二天，悠一刚起床，阿清就来赔不是，说悠一经常打领带照的挂镜，她扫除时不小心打碎了。这件芝麻大的离奇事引得他笑起来。这也许标志着美青年从镜子传奇般的魔力中解放出来了。去年在K镇旅馆，他中了俊辅赞美的毒计，打那时起，他就和诡秘的镜子结下不解之缘。悠一想到了那面使他养成这一癖好的漆黑的小巧的梳妆台。从前的悠一，遵从男子一般的习惯，自觉地禁止认为自己美。今天早晨，打碎镜子之后，他还会再次回到这种禁忌之中吗？

某日晚上，加吉家里为一个回国的外国人举行饯别会。有人传话来，说悠一也受到邀请。悠一的出席，是这天晚宴上的重头戏，他的到来是在众多客人面前为加吉长脸。悠一深知这一点，犹豫半天，他终于还是答应了。

一切都和去年圣诞节的gay party一样。受到邀请的青年们集中在罗登待命。他们都穿着夏威夷衬衫，事实上这种衬衫对他们非常合适。和去年相同，阿英和绿洲阿君是一伙，外国客人一律都是生面孔，这些陌生的客人看上去很新鲜。这边也有新人，阿健是，阿胜也是。前者是浅草大鳗鱼店老板的儿子，后者是银行分行行长的儿子，是一个出了名的规矩人。

为了消解雨天到来之前的燥热，大伙儿面前摆着冷饮，一面随便闲聊，一面等着迎接外国客人车子的到来。阿君讲了一件有趣的事，新宿过去一家大水果店的老板，拆除战后的老店铺，打算盖两层楼的建筑，他作为经理参加奠基典礼。这位老板一本正经地捧着杨桐树枝，年轻的美男子专务董事也跟着他捧着杨桐树枝。这个仪式在不知底里的别人眼里，显得十分平常，实际上，他们是在众目睽睽之下举行"秘密婚礼"。过去，两人长期以来是情人关系，一个月前，经理办完离婚之后的未了事项，从奠基典礼那天晚上就开始进入同居生活了。

青年人穿着五颜六色的漂亮的夏威夷衫，在这家常来常往的店里，自由自在地坐在椅子上。每个人的脖颈都剃得溜光，散放着浓烈的发油气味，皮鞋也都像刚买来似的擦得很干净。有人将胳膊肘儿支在台灯座上，嘴里哼着流行的爵士乐，把留着一道缝隙的旧皮革杯子，反过来打开，里面有两三个黑底里刻着红绿小点儿的骰子，他带着一副大人般的倦怠的神色，玩着那几个骰子。

他们的未来应该刮目相看！为孤独的冲动所左右，或者被无辜的诱惑所欺骗，步入这个世界的少年们，他们中少数人抽到了幸运签，走上顺当的道路，出乎意料地到外国留学；剩下的大多数人不久就会得到浪费青春的报应，抽中不幸的签子，及早迅速老丑下去。他们青春的面颜，已经留下了充满好奇心的耽于酒色和接连不断的刺激的欲望，留下了不为一扫而过的目光所注意的荒废的痕迹。十七岁就喝惯了杜松子酒，身上散发着从外国人那里得到的香烟味儿，那种放荡依然维持着不知恐怖的天真的假面，甚至绝不留下悔恨的种子。大人们送的额外的零用钱，秘密的用途，不劳而获的消费欲望，装饰自己的本能的觉醒……所有这些快活的堕落都不留影像，不论何种形态，青春完全可以自我满足，他们永远逃不脱肉体的纯洁。为什么呢？因为通常失掉纯洁就会意味着一种完成，他们不具有完成感的青春，使得他们不想失去任何一件东西。

"不争气的阿君。"阿胜说。

"二赖子阿胜。"阿君说。

"铁公鸡阿英。"阿健说。

"浑蛋！"阿英骂道。

这种粗俗的口水仗，正像关在玻璃房子里的小狗，你咬我一口，我咬你一口。

天气燠热，电风扇送来的是湿热的气流。大家对今天夜里的远行开始感到厌倦了，这时，外国人开车来接他们了。这是两辆围着布幌子的大棚车，一下子又激起了大伙的兴趣。车子开到大矶要花两个小时，一路上，他们沐浴着含有雨气的夜风，笑语声喧。

※

"阿悠，你来得正好。"

加吉满怀天真的友情，快活地拥抱着悠一。加吉穿的夏威夷衬衫上，画着帆船、鲨鱼、椰了和大海的景色，这个比起女人还要敏感的主儿，陪着悠一一走进海风吹拂的大厅，迅速将嘴巴挨近悠一的耳边，问道：

"阿悠，最近有什么事吗？"

"老婆生孩子啦。"

"是你吗？"

"还能是谁？"

"这太好啦。"

加吉大笑起来，他们互相碰杯，为悠一的女儿祝福。但是，这种微妙的玻璃摩擦声里仿佛藏着什么东西，使得他们在现存的世界里一下子感到有了距离。加吉依然住在镜子屋里，那个领域里的人们，谁都看得很清楚。恐怕他直到死去都要住在那里吧。他即便在那里生了孩子，也会住在镜子的反面，同他这个父亲隔镜为邻吧。所有人世间的事情，对他来说，完全变得不重要了……

乐队奏着流行曲，男人们汗淋淋地跳着舞。悠一透过窗户俯瞰庭园，吓了一跳。院子里的草地上随处生长着一簇簇茂密的灌木，团团树影当中都分别有一对紧抱着的人影。影子里的烟火明灭闪烁，时时燃着的火柴，迅疾照亮了外国人的高鼻子，远远看去，十分清楚。

悠一看见院子角落杜鹃花的树荫下，一个身穿斜纹海蓝色 T 恤衫的人站起来，对方是素色的黄衬衫。两人站在那儿轻轻接了吻，随即像猫科动物一样摇摆着柔软的身子，各自奔不同的方向跑去了。

过一阵子，悠一发现那个身穿斜纹 T 恤衫的青年，装出一副哪里也没去的样子，守在窗户旁边。小巧而精悍的面孔，毫无表情的目光，充满稚气的嘴角，惨黄的脸色……

加吉站起身，走到他旁边，若无其事地问：

"贾克，到哪儿去了？"

"里基曼说头疼，他叫我到下面给他买药去了。"

一看便知道，他的话不过是故意让对方感到难受的谎言。这青年长着一副和那嘴唇相对应的酷薄的白牙，悠一也曾听人谈起过，所以一提到他的花名，就知道他是加吉所思念的人儿。加吉听他这么一说，双手捧起加着许多冰块的威士忌酒杯，来到悠一身旁，凑近他的耳朵说：

"这个撒谎的小子，你一定看到他在庭园里干了些什么吧？"

"……"

"看到了吧？那小子旁若无人，也不挑场合，竟然跑到我家庭园里干那种事。"

悠一从加吉的额头上看出他有着满心的苦恼。

"加吉宽大为怀嘛。"悠一说。

"爱的人总是宽大的，被爱的人总是残酷的。阿悠，别看我，我对那些迷恋我的人，比对待那小子还要残酷啊。"——于是，到了这般年纪的加吉，嗲里嗲气地吹嘘着比他年长的老外，如何向他献媚的故事。

"世界上最使人感到残酷的，就是被爱这种意识。不被爱的人哪里会有什么残酷？例如，阿悠，大凡人道主义者，肯定是个丑男人。"

悠一正要对他的苦恼表示敬意，然而，这时加吉却抢先亲手为这种苦恼涂上虚荣的白粉，乔装打扮一番，使之变成一种不伦不类、似是而非的奇怪的东西。两个人暂时在这里打住，转而谈起京都镝木伯爵的近况。因为伯爵现在有时还在七条内浜附近一家此道的店里露面。

加吉的肖像画旁边依然供着两根彩绘蜡烛，火炉架上的裸体泛起模糊的橄榄色。光溜溜的脖颈随意围着一条绿色的领带，这年轻的巴克斯酒神嘴边，呈现着一副无尽的快乐和安逸的表情。他的右手端着香槟酒杯，杯里的酒永远不干。

当晚，悠一丝毫不顾加吉的意愿，无视众多向他伸出诱惑之手的外国客人，和一个他所喜欢的少年同床共寝。少年圆圆的眼睛，尚未长须的丰腴的面颊，像果肉一般白嫩。完事之后，这位年轻的丈夫打算回家，时候已经是半夜，有一个老外必须连夜赶回东京，他提议用自己的汽车送悠一，悠一对此十分感谢。

按照一般的礼仪，他坐在亲自驾车的外国人的身旁。这个红脸膛儿的中年老外，是德籍美国人。他不断对悠一献殷勤，亲切地给他谈起自己家乡费城来，讲解着"Philadelphia"一词的来源。他说这蹈袭了古代希腊小亚细亚的一个城市名，"phil"在希腊语中是"philo"，是"爱"的意思。"adelphia"则是"adelphos"，是"兄弟"的意思。就是说，他的故乡是"兄弟友爱"之乡。他一边在夜阑无人的公路上疾驰，一边从方向盘上腾出一只手来，紧紧握住悠一的手。

再次回到方向盘上的那只手，立即操纵方向盘向左来个大转弯，车子拐进一条没有行人的黑暗的小道，再向右转，停在夜风拂拂的林荫道边。老外的胳膊挽住了悠一，他们四目对视，长满金色汗毛的粗大的臂膀和年轻人丰满滑嫩的臂膀，好一阵子搂抱在一起。这个巨汉的膂力大得惊人，悠一到底不是他的敌手。

熄灭电灯的车子里，两个人躺倒抱在一起。最先坐起来的是悠一，他伸出手来，想穿上刚才用力脱下的白色内衣和淡青色的夏威夷衫，这时，美青年光裸的肩膀，再次被那男子重新燃起的热情的嘴唇占有了。他欢欣之余，那惯于食肉的尖锐的巨齿，嵌进了闪耀青春光泽的肩肉。悠一大叫一声，一股鲜血顺着青年细白的胸膛流下来。但是，车棚很低，加上他背靠着倾斜的车前挡风玻璃，根本站不起来。他一只手捂着伤口，面对这种侮辱，他感到自己苍白无力，只好弓着腰站着，徒然凝视着对方。

被盯着的老外，眼睛从欲望里苏醒，蓦然变得卑屈起来，他看着自己行为留下的证据，被恐怖征服了，震颤着身子哭了。更愚蠢的是，他对着胸前吊着的小型银制的十字架吻了一吻，身子倚在方向盘上祈祷。此后，他便向悠一絮絮叨叨说明缘由，既像诉苦，又像发牢骚，说自己日常的良知和教养，在袭来的欲望的恶魔面前显得多么无能为力。这番话带有自以为是的滑稽，他的意思是想表明，当他凭着可怕的膂力征服悠一的时候，悠一肉体的软弱无力，刹那间使得对方精神的软弱无力变得正当化了。

悠一叫他赶快把衣服穿上，老外这才发现自己光着身子，马上穿好衣服。他留意自己裸体要花些时间，那么，感到自己软弱无力自然也要花些时间。因为这个疯狂的事件，悠一回家已经是早晨了。肩膀上的伤很快好了，然而，河田看到这个伤痕就醋意大发，一天到晚琢磨着，怎样才能使悠一也被自己弄伤，而又不会惹他生气。

※

悠一觉得和河田交往起来很困难，他对此有些畏葸。河田把社会上的矜持和爱的屈辱的喜悦严格区分开来，这使得尚不谙时世的青年感到困惑。河田甚至可以吻所爱的人的脚后跟，但他不允许所爱的人对他的社会的矜持动一动指头。在这一点上，他和俊辅截然相反。

俊辅不是青年的良师，他的彻骨的自我厌恶和蔑视一切现实所获的手法，还有那越是悔恨就越发觉得现在的一瞬最为宝贵的说教，强迫悠一一味满足于目前的青春时光，剥夺了由青春迸发出来的进取的力量。俊辅的说教极力使人相信，人生这段湍急的河流不过是死水一潭，宛如一座塑像岿然不动。否定是青年的本能，而肯定绝非如此。自己所具有的某些东西，为何俊辅加以否定，而偏偏要悠一加以肯定呢？俊辅名之为"美"的这种青春时期虚幻的人工的特权，果真存在吗？

俊辅夺走青春的理想主义化为己有，转而对以肉体形式存在的悠一的青春课以苦役。这就站到了对于一般青年来说绝非苦役的理想主义的反面，为此，这位美青年不得不借助镜子，将自身变成了一个镜中的囚犯而牺牲别的一切，仅仅忠实于只凭感性捕捉到的现实世界。例如，感觉的恣意放肆，将我等如风扫落叶一般弄得七零八落的官能的力量，还有飘散于相对性之中的现实里的各种奇妙的变化，在俊辅看来，不能靠伦理，只有人的完全的形态和样式之美，才能加以解救和制约。但是对于自身形态已经完美无缺的悠一来说，所有这一切，有的只能借助镜子才能看到；有的否定青春的本能需运用自杀形式方可实现最直截了当的否定；还有的是没有俊辅所说的"生活的艺术行为"不自然的介入，就很难相信其存在。这就是悠一自身肉体存在的意义所在，如同一个诗人心中的诗才一般。

如今在悠一看来，河田那种滑稽的表象的矜持，滑稽固然滑稽，但也是一种必不可少的装饰。这位美青年十分清楚，一度学会修饰边幅，对于男人来说，如同宝石、毛皮外套对于女人一般重要。在这一点上，河田单纯的虚荣心，比起俊辅来也更加直接地触动了他的心。俊辅在悠一这个学生心中灌输了这一看法，使他认识到这种虚荣心是愚劣和毫无意义的，但这位迂阔的老作家却忽视了这样一点：正是认为虚荣是愚劣的看法凸显了青春的洁癖，只有这股力量才能成为精神的支柱，别无其他。他教会悠一蔑视精神，但蔑视精神的本能和特权，正是精神所必备的，对于这些，他故意放过不提。

悠一青春朴实的心灵，轻而易举地完成了既知愚劣又爱愚劣的复杂进程，之所以这么容易，是因为错综复杂的精神终究敌不过肉体单纯的本能。就像女人渴望宝石一样，青年也会萌生社会的野心。他不同于女人的只是在认识上，他知道世上所有的宝石都是毫无意义的。

悠一具有幸福的天赋，他可以承受认识上的苦涩及其袭击青春的可厌的行为。在俊辅的指引下，他认清了名声、富贵和地位的空虚，人的不可救药的愚昧和无知，尤其是女人的毫无价值的存在，生的倦怠所产生的一切热情的本质等各式各样的现象。不过，在少年时代他的敏锐的官能已经使他看到人生的丑恶，对于任何丑行和无奈早已司空见惯，理所当然地忍耐下去。这种平静的纯洁，使他免于认识上的苦恼。他看到了生存的恐怖，看到了生活底层敞开着的黑暗的深渊，这些使他头昏目眩的感觉，为他以后作为康子生产时的一位旁观者，做好了一种健康的准备运动，就像蓝天底下运动员明朗的体育锻炼一样。

论起悠一怀抱的对社会的野心，皆是一些青年人所具有的、多少有些自我陶醉的充满稚气的东西。正如前面所述，他有理财的才能，悠一在河田的刺激之下，打算做一名实业界的人。

　　悠一认为，经济学是极好的富于人情味的学问。经济学是否同人类的欲望直接有着深刻的关系，决定经济学整体的活力的强弱。在过去自由主义产生时期，由于和发达的市民阶级的欲望亦即利己心紧密相联，以此发挥着自律的机能，但今天已经处于衰落时期，其原因就是因为机能游离欲望而变得机械化了，致使欲望也开始衰落了。新的经济学体系必须发现新的欲望。对于民众欲望的再发现，集权主义和共产主义则打算通过各自不同的形式加以实现，前者试图将类似人造兴奋剂的哲学作为火种，重新燃起市民阶级衰弱的欲望，唤醒他们集结起来。纳粹主义最理解什么是衰弱。悠一不能不从包括人工神话、隐蔽的男色原理、美青年组成的党卫军以及美少年组成的希特勒少年队等组织之中，寻求有关这种衰弱的赅博的知识。另一方面，共产主义则着眼于残留在衰弱欲望底层的一元化的被动欲望，以及资本主义经济结构激化起来的矛盾引起贫困的新的强烈欲望。于是，对于经济学探求和回溯原始欲望的恐怖感，在美国，本能地促进了毫无价值的精神分析学的流行。这种流行获得自慰的一点，就是相信通过寻求欲望的源泉并加以分析之后能够使其消解。

　　但是作为一个经济系的学生，由于悠一官能上宿命的倾向，使得他这种漠然的思考中，渗入了不少宿命论的因素。对于他来说，旧社会机构的种种矛盾和即将产生的丑恶，只是生的矛盾和丑恶的投影，而没有看到机构卫恶的投影形成了生的丑恶。比起社会的威力，他更感到了生的威力，为此，他总爱将自己认为属于人性恶的各个部分和本能的欲望看作同一种东西。可以说，这正是这位青年的逆反性的伦理关怀的表现。

今天，善和美德衰落了，现代社会发明的众多的市民道德被丢进垃圾堆，只有民主社会无力的伪善在飞扬跋扈，再次为各种恶行供给能源的好时机到来了。他相信亲眼所见的丑恶的力量，许多民众的欲望近旁都伴随着这种丑恶。共产主义新的道德信律，在民主社会死灭的市民道德旁边，显得十分惹眼，但是革命所采取的无数手段，除却因贫困的愤怒而产生的复仇欲之外，他们仅仅依靠自以为正确的目的意识，在这一点上还不算最恶。无疑，最恶的手段只存在于无目的、无缘由的欲望之中。为什么呢？因为以繁衍子孙为目的的爱，以利润分配为目的的利己心，以共产主义为目的的工人阶级革命的热情，在各种社会里都是属于善的。

悠一不爱女人，然而女人生下了悠一的孩子。那时的他看到了并非出自康子意志的生的无目的欲望的丑恶。民众也许是不自知地因这种欲望而产生出来的。悠一的经济学使他怀有一种野心，他想发现新的欲望，并力争亲身融入此种欲望之中。

　　悠一的人生观里，没有摈弃青春的寻求解脱的焦躁感。一看到社会矛盾和丑恶，就抱有一种畸形的野心，自己也想变成这种矛盾和丑恶的本体。他将生的无目的欲望和自我本能混杂在一起，梦想具有实业家的各种天赋，做一个俊辅所不屑一顾的凡庸野心的俘虏。过去，惯于被爱的这个"美丽的阿尔西比亚德"，也成了一名虚荣的英雄了。悠一甚至想打河田的主意了。

※

　　夏天来了。尚未满月的婴儿，只是睡醒了哭，哭够了吃奶，没多少特别的事情。但是，悠一对婴儿这种单调的生活总是看不够，这个父亲受孩子般的好奇心驱使，一心想掰开婴儿紧握的手心，看看那预示她今后成长的线团儿，每次都挨母亲的好一顿呵斥。

　　悠一的母亲心满意足，喜出望外，病也一下子好多了。康子分娩前的种种危险征兆，产后也全都消失了，围绕悠一的全家的幸福，使他感到心情不快。

　　康子出院前一天，溪子起名刚好过了一周，娘家送来了贺喜的童装，绯红的绉纱上用金丝络子系着南家酸浆草的家徽，还附着浅红色的腰带以及绣着花纹的红锦香荷包。这还只是第一道礼物，各方亲友送来了红白缎子，送来了婴儿全套用品，还有的特别送来了雕花的小银匙，预示着婴儿"含着银匙"长大。还有盛在玻璃盒子里的京都偶人和大头娃娃，以及幼儿的衣服和毛毯。

一天，百货店送来了胭脂红的大型童车，装饰豪华，使得悠一母亲大吃一惊。这是谁呢，送这种礼品？她说："啊，实在猜不出。"悠一一看送礼人的名字，上面写着"河田弥一郎"。

母亲叫悠一到门口看看，他见到这辆童车，立即泛起不快的记忆。去年，康子被诊断怀孕后不久，夫妻一同到康子父亲的百货店去，在四楼出售童车的店面前，康子站着看了很久很久。这辆童车和那辆童车一模一样。

由于这辆童车，他只好将自己和河田弥一郎的交往，撇去关键的部分，大致对母亲和妻子说了一下。听到河田是俊辅的学生，母亲对此深信无疑，悠一的人品能够博得这位前辈的喜爱，她对此十分满意。因此，入夏后第一个周末，河田邀请悠一到叶山一色海岸的别墅度假，反倒是母亲主动劝他赴约的。"向他夫人和全家问好。"她平素就很讲究礼节，吩咐儿子带去一份点心，作为还礼。

这座别墅有一片面积大约二百坪的草地，房子倒并不怎么宽阔。悠一三点左右到达那里，走廊上的窗户洞开，椅子上有位老人，同河田面对面坐着。悠一发现那是俊辅，不由吃了一惊。悠一一边擦汗，一边沿着海风吹拂的长廊，直奔两人身旁走来。

河田在有人的场合，装模作样抑制住感情，说话时故意不看悠一一眼，可是当悠一拿出礼物并为母亲带上问候话的时候，俊辅说了几句玩笑，于是三人心情放松下来，又像平时一样谈开了。

悠一看见桌上冷饮杯子旁边摆着黑白相间的棋盘，是西洋象棋，盘上的棋子有国王、皇后、主教、骑士、城堡和兵卒等。

"下一盘吗?"河田问。俊辅正向河田学习下棋。悠一回答"不下"。河田提议说："趁着风力正好，赶快准备出发吧。"河田已经和俊辅相约，等悠一来了，三人驱车到逗子镫摺游艇码头，去乘坐河田的游艇。

河田为显得年轻，穿着入时的黄色衬衫，连年老的俊辅也在衬衫外面扎了蝴蝶结领带。悠一脱掉汗湿的衬衫，换上鹅黄的夏威夷衫。

到了游艇码头，河田的"海马五型"的游艇称为"伊波利特"号，这个名字以前从未提起过，不用说是河田招待客人的一部分，大大激发了俊辅和悠一的兴致。那里还有美国人的游艇，一只叫"GOMENASAI"号，一只叫"NOMO"（喝吧）号。

云层很厚，午后阳光酷烈。隔海相望的逗子海岸，周末游人如蚁。

悠一前后左右，毫无疑问，一律是夏季风情。游艇码头炫目的钢筋水泥的斜面，斜斜插入水面，一直浸水的部分，有的地方覆盖着混杂无数半石化的贝壳和包着气泡的黏滑的苔藓。停泊的游艇微微摇晃着桅杆，船舷波光闪耀。从外海到低矮的防波堤之间，这小小港湾的水面，除了荡漾的微波之外，风没有使海水涌起什么大浪。悠一脱下衣服扔进船舱，只穿一条游泳裤，海水浸到大腿，把"伊波利特"号推下水。陆地上感觉不到的海风，低低吹过水面，满含温情地抚摸着他的脸孔。游艇出港了，河田在悠一的帮助下，将插在船中央的镀锌的沉重的活动板抛进水里。河田是操纵游艇的老手，他每每操起舵来，比平时更加厉害的面部神经痛，使他的面孔歪斜着，让人担心那顽固地衔在嘴里的烟斗会随时掉入水里。还好，烟斗没有掉，船向西奔江之岛驶去。此时，西边天空，云朵庄严灿烂，数条金光刺破云层，像一幅古战场的绘画，将光芒的末端射向这边。于是，在不爱亲近自然、单凭丰富想象的俊辅的眼里，那湛蓝色的波涛涌动的海面出现了幻景，看上去仿佛累累死尸。

"悠一君变啦。"

俊辅说。河田答道：

"不，要是能变那敢情好，可他没有变。现在他在这海里看来是安心的……前些时候（还是在梅雨季节），我们一起到帝国饭店进餐，接着去那里的酒吧喝酒。当时一个老外领着一个美少年走进来。那少年和悠一穿戴竟然完全一样！从领带到西服，再仔细一看，甚至袜子都是同一款式。悠一和那美少年轻轻交换了一下眼色，双方都明白眼下各人谁都不方便……喂，阿悠，风向变啦，把缆绳向这边拽，对……但是，更难为情的还是我和那个素昧平生的老外，自打互相扫了一眼之后，谁就也放不下谁了，当时阿悠的打扮已经引不起我的兴趣，他喜欢这样，那就只好定做美式的西服和领带了。打那时起，阿悠似乎和美少年约好了，两人外出都穿一样的衣服。那次偶然不凑巧，两人碰面时身边都伴着一位大哥，阿悠和那美少年等于公开表露了各自是一伙的关系。美少年是个皮肤白嫩、面容姣好的孩子，清纯的眼睛含着动人的微笑，为他的美貌更增添了青春的活力。您也知道，我是个很爱吃醋的人，那天晚上我真是苦恼极啦。哎，您看，我和那老外，不是眼睁睁给背叛了吗？阿悠这个人，他也知道越是辩解越是被怀疑，所以干脆像石头一样默不作声。开始我满怀怒气对他诉苦，到头来败下阵来，反而得向他讨好赔不是。永远都是一样的过程，一样的结果。有时考虑工作，本来应该很明确的判断也一时模糊不清起来，我真害怕人们会如何看待我。先生，您知道吗？我这个实业家，有一家大公司，三座工厂，六千名股东，五千名从业人员，年产能力近八千辆卡车。所有这一切，都牵系在我一个人身上。假如在私生活中有个女人的影子存在，兴许能够获得社会的谅解。但是，要是人家知道，我受到一个二十二三岁的学生的控制，这个荒唐的秘密一旦暴露，世人必定一片哗然。我们不因恶行而羞耻，却因滑稽而羞耻。汽车公司老板原来是个男色家，这真是旷古未闻。这就好比百万富翁是偷儿、绝代佳人爱放屁一般滑稽可笑。人们时常反过来利用有限的滑稽作工具，以博得众人的喜爱，但超过限度的滑稽就不容许别人取笑了。德国克虏伯钢铁厂第三代经理克虏伯，战前为何自杀？先生知道吗？一切价值颠倒的爱，摧毁了他的社会性矜持，破坏了他凌驾社会之上的基础，从而失去了平衡……"

这些没完没了的牢骚，从河田口里说出来，如同严肃的训示和演讲一般，使得俊辅根本无暇应对。河田述说着这段破灭的故事期间，游艇在他的操纵之下，眼看又轻轻地回到原来的平衡状态。

再看悠一，他光裸着身子躺在船头，目不转睛地盯着游艇前进的方向。悠一明明知道他俩的谈话是故意说给自己听的，但还是背对着那个中年的说话人和那个老年的听话人。他脊背上光滑的肌肉，是因为映着日光或者尚未被太阳灼伤吧，那大理石似的青春的肉体散放着夏草的芬芳。

随着江之岛渐渐靠近，河田背对着北边镰仓市街明丽的远景，将"伊波利特"号转向南方。两人的对话始终不离悠一，而又把悠一撂下不顾。

"悠一君还是变了。"

俊辅说。

"我看没变，您说他变了，有何理由？"

"没什么理由，总之是变了。我眼光可是很厉害啊！"

"他现在做父亲了，可他还是个孩子。本质上没有任何改变。"

"这个不必再争了，对于悠一君，阁下比我了解得更多。"——俊辅十分仔细地用带来的骆驼绒护膝，盖着神经痛的膝头，以免受到潮风的侵害。他狡黠地转换了话题："刚才阁下谈到人的恶行和滑稽的关系，我也对此很感兴趣。目前，那种极为精细的关于杜绝恶行的教养，早已被我们的现代教育彻底葬送了。恶行的形而上学已经死去，只剩下滑稽遭人耻笑。事情就是如此。滑稽的病魔打乱了生活的均衡，但恶行只要是崇高的，就不会破坏生活的均衡。这种道理并不奇怪，因为大凡崇高的东西在现代都是无力的，只有滑稽的东西才具有野蛮的力量。这不正是浅薄的现代主义的反映吗？"

"我呀，并不要求将恶行看得很崇高。"

"你认为有凡庸的受到社会公认的恶行，是吗？"俊辅用几十年前站在讲台讲课的口气说，"古代斯巴达，为了训练少年们战斗时的敏捷，其机灵的盗窃行为不受惩罚。一个少年偷了一只狐狸，但因失败而遭到逮捕。他把狐狸藏在衣服里头，否认犯罪。狐狸撕裂了少年的肚肠，他依然矢口否认，没有喊一声疼痛就死了。这个故事之所以传为美谈，抑或说明了克己比盗窃更符合道德，可以偿还一切。事情并非如此。他害怕因暴露，致使非凡的恶行堕落为凡庸的犯罪，他是因羞耻而死去的。斯巴达人的道德是古希腊不可遗漏的审美性的，精妙的恶较之粗劣的善，因美丽而富于道德性。古代的道德因单纯而强大，崇高总是站在精妙一边，滑稽始终居于粗劣一侧。然而在现代，道德脱离了美学，道德因卑贱的市民原理而变成凡庸和公认的最低恶行的朋友。美变成了夸张的样式，变得陈旧起来，要么崇高，要么滑稽，二者必居其一。这两者在现代只是意味着同一种东西。不过，前面我已说过，无道德的假现代主义和假人性主义，散布着崇尚人性的缺陷的邪教。近代艺术，自打堂吉诃德以来，倾向崇拜滑稽的一方。作为汽车公司老板的阁下，你的男色癖的滑稽，正在受到人们的崇拜，你也许觉得很受用吧。就是说，既然受到崇拜，那就是美的。阁下的教养如果也不能对此加以抵御，那么这种滑稽就会越来越获得世人的欢迎。阁下被粉碎，只有这样，才真正是值得尊敬的现代现象。"

"人性！人性！"——河田不停叨咕，"我们唯一的避难所、唯一的辩解的根据就在这里。但是，如果不搬出人性来，自己也闹不清到底是不是人，这不正是黑白颠倒吗？其实，人既然是人，就像世上平常一样，总要借助人性以外的东西，诸如神明、物质、科学真理等，这不更是符合人性的吗？我们把自己当作人，为自己的本能就是人性这一说法进行辩护，也许一切滑稽就在这里吧。但是，作为听众的世上的人们，并不是每个人都对人性感兴趣。"

俊辅微微笑着说：

"我倒是很感兴趣啊。"

"先生特别。"

"是的，我是一只名叫艺术家的猴子。"

船头荡起哗哗的水声。一看，悠一早已跳下海游起来了，他们的谈话冷落了悠一，使他感到十分无聊。他脊背上滑润的肌肉和优美的臂膀，时时从平滑的波间闪现着光辉。悠一也不是漫无目的地游着，游艇右手一百米的地方便是那岛，奇形怪状地浮在海里，从刚才的镫摺码头一望可及。那岛是一座低俯的狭长的海岛，由一系列没有沉没海中的分散的岩礁组成。说到树木，只有一棵发育不良的虬曲的松树。这座无人岛最为奇特的景观，就是中央岩石上临水高高耸立的巨大牌坊。这块尚未落成的牌坊，四周牵拉着几根粗大的绳索。

牌坊耸峙于刚才云隙间漏泄的阳光之下，缠络的绳索映出一幅意味深长的剪影。没有一个工人，看样子牌坊面对的神社也正在建筑之中，目前看不到一点影子，所以无法判断出神社的方向来。牌坊本身似乎对这些毫不在乎，只管静静伫立于海面，摆出一副无目的地朝拜的样子。牌坊的影子是黑的，周围是一片斜阳辉耀的波光粼粼的海面。

悠一攀住一块岩礁，登上海岛。他似乎怀着孩子般的好奇心，一时兴奋起来，很想到牌坊那里看看吧。他时而被岩礁遮挡，时而又登上岩礁。悠一来到牌坊跟前，他的俊美的塑像般的线条，脊背映着夕晖，描绘出一幅裸体青年秀洁的影像。他一只手支撑着牌坊，另一只手高高举起，对着游艇上的两个人挥动着。

河田把"伊波利特"号摇向最靠近那岛的水面，只要不触到暗礁就行，在那里等着悠一游回来。

俊辅指着牌坊旁边青年的身影，问道：

"那就是滑稽吧？"

"不。"

"那是什么呢？"

"那小子真美，可怕是可怕，但这是事实，没法子。"

"那么，河田君，滑稽究竟在哪里呢？"

河田从来不肯低下的额头，这时倒是稍稍垂下来了。

"我们必须拯救一下自己的滑稽了。"

听到这话，俊辅大笑起来，他的持续不断的笑声似乎越过海面，送到了悠一的耳畔。只看到美青年顺着礁石，朝着"伊波利特"号停泊的岸边跑过来。

他们一行来到森户海岸，沿海岸又折回镫摺，将游艇收好，驱车去逗子海岸的海滨饭店吃晚饭。这是一座小型的避暑饭店，最近刚被解除接管，所以，接管期间游艇俱乐部的许多私人游艇，都用来招待住宿的美国人游览了。饭店一旦解除接管，前面的海岸，从今年夏天开始，也撤去了一直怨声沸腾的栅栏，为一般的游客所用了。

到达饭店已经是晚上。院子的草坪上摆放着五六张圆桌和椅子，桌子中央插着的五颜六色的阳伞，早已像柏树一样收束到一块儿了。海岸上的游人还很不少，R口香糖的广告塔上，扩音器喧嚣不止，在嘈杂的流行曲的间隙里，插播经过精心安排的夹杂着广告的迷路儿童的招领启事。

"请大家注意，现在广播走失的儿童。有个三岁的男孩，戴着水兵帽，上面写着'健二'的名字。听到广播后，请家长到R口香糖广告塔下认领。"

晚饭后，三人坐在暮色包围的草坪上的圆桌旁边，海岸上的游人骤然消失，扩音器沉默了，只剩下澎湃的涛声。河田离开了座席，留下来的老人和青年，两个人久久陷入早已习惯了的沉默之中。

不一会儿，俊辅开口了。

"你变啦。"

"是吗?"

"确实变啦。我很害怕，我似乎有一种预感，总有一天，你会变得不是你了。这一天早晚会到来的。为什么呢？因为你就是镭，一种放射性物质。说起来，我一直害怕这一天啊……但是，你还是有几分像你。也许现在正是分手的好时候。"

"分手"一词，使得青年笑了。

"什么分手，听起来就像先生和我之间果真有过什么事一样。"

"的确有过'什么事'，你对这个有怀疑吗？"

"我只懂得低级的语言。"

"你看，这样说话，已经不是过去的你了。"

"那么……我只好沉默。"

这种不经意的对话，老作家是如何经过长久的迷惘和深刻的决断之后，才说出来的啊！悠一对这一点毫无所知。俊辅在昏暗的暮色里叹着气。

桧俊辅怀着自我创造的深邃的迷惘，这迷惘既有深渊，又有广原。如果是青年，也许会早一天从这种迷惘中觉醒过来吧。然而，俊辅到了这种年龄，已经怀疑觉醒的价值，觉醒不是更使迷惘加深一层吗？我们究竟该向何处，为了什么目的求得觉醒呢？人生既然是一种迷惘，那么在错综复杂、不堪收拾的迷惘之中，构筑一种井然有序的、合乎逻辑的人工的迷惘，不正是最贤明的觉醒吗？不愿觉醒，不想治愈，这种意志，目前支撑着俊辅的健康。

他对悠一的爱，就是如此。他感到恼怒、痛苦。众所周知，关于作品美构成的讽刺，为描画出平静的线条所花费的灵魂上的苦恼和错乱，最终会在描画的平静的线条上，自动找出苦恼和错乱的真正的缘由。这样的讽刺，在这种时候也在起作用。他由于固守最初着意描画的平静的线条，因而保有坦白其中缘由的权利和机会。假如爱一旦剥夺这种坦白的权利，那么，对于一个艺术家来说，不存在任何不能坦白的爱。

悠一的变化，在俊辅敏感的眼睛里，描画着这种危险的预感。

"总之，我很难过……"——黑暗里传来俊辅沙哑的嗓音，"……对我来说，这种痛苦无法形容……我呀，阿悠，大概不会再和你见面了。过去，你支支吾吾，不来见我，那是因为你根本不想见我。这次，是我提出不再见面……不过，假如你有需要，非见我不行，那时候我会欣然答应。现在的你，也许认为不会有这样的需要……"

"是的。"

"你认为不会有这样的需要……"

俊辅的手触到悠一搭在椅子扶手上的腕子，盛夏季节，他的手冰冷冰冷的。

"总之，不到那时候，再不见面。"

"就这么办吧，既然先生这么说了。"

海面上渔火闪烁。也许连品味这种景象的机会也没有了，他俩陷入了令人窒息的习以为常的沉默之中。

黑暗里出现了穿着白衣的侍者，手捧盛着啤酒瓶和玻璃杯子的银盘，紧跟着靠近的是河田黄色的衬衫。俊辅又恢复了常态，保持着一个讽刺家的快活态度，应酬着河田接着先前翻腾出来的争论。这些不着边际的议论看来得不出什么结果，不久，一股刺骨的冷风将他们三个又赶回了门内的大厅。这天晚上，河田和悠一留在饭店，河田劝俊辅也找个房间住下来，但俊辅还是坚决谢绝了他热情的请求，所以河田只得叫司机送俊辅一个人回东京。车上，老作家裹着驼毛护膝的膝盖剧烈疼痛起来。司机听到呻吟，吃惊地停下车来，俊辅说没关系，叫他继续开车前进。他从里边口袋掏出随身携带的吗啡 Pavinal，吃下去了。镇痛剂不会马上起作用，老作家为了分散精神上的痛苦，他决心什么也不去想，只是无聊地数点着街道两旁的电灯。拿破仑行军的时候，不也是这样骑在马背上数点沿街有多少窗户吗？一颗根本和英雄行为不沾边的心，忽然想起这样一个奇妙的传说。

第二十七章　间奏曲

渡边稔十七岁，肌肤白嫩，一张五官端正的圆脸，眉目清朗，笑起来带着两个酒窝，很是漂亮。他是某新制高中二年级的学生。战争末期三月十日那天的大空袭，将他位于平民区的自己家的杂货店化为乌有，父母、妹妹在房子里被烧死，他有幸活下来，借住世田谷的亲戚家里。亲戚家主人是厚生省一名官员，生活谈不上富裕，哪怕只多了稔一张嘴，日子过得也很艰难。

稔十六岁那年秋天，他想去打工，从报纸广告上找到神田一家咖啡馆，在那里当侍者。放学后就去上班，到十点闭店，可以干五六个钟头。期末考试前，老板答应他提前七点下班。工钱也高，稔可算找到了一个好饭碗。

不仅如此，店老板也很器重稔。他四十光景，浑身精瘦，是个沉默寡言的老实人。五六年前老婆出逃了，现在还继续过着独身生活，一直住在店的楼上，听说名字叫本多福次郎。一天，这个人到世田谷稔的伯父家拜访，打算收稔作为养子。这个请求真是雪中送炭，立即办妥了领养的手续，稔的姓也改成本多。

稔如今也时常做店里的帮手，不过那是出于兴趣。每天无忧无虑去上学之外，还常跟养父出外吃饭，听戏，看电影。福次郎喜欢旧派戏剧，但他和稔出去时，就一同看稔所喜欢的热闹的喜剧和西部电影。稔还叫他给买了冬夏的少年服装，买了冰鞋。这种生活对于稔来说从来没有过，所以使时常来玩的伯父家的孩子很羡慕。

这期间，稔的性格产生了变化。

虽然还是笑口常开，但喜欢孤独了。比如，去弹子房也是一个人。在该用功读书的时间里，他在弹子机前一待就是三小时。稔也不大和本校的同学们往来。

这种还算阴柔的性情中，镌刻着不堪容忍的厌恶和恐怖，和世上一般不良少年的道路相反，他幻想自己将来会走向堕落，不由战栗起来。他抱有一种固定观念，认为自己总有一天要彻底垮掉。夜间，他一看到点着昏暗的油灯、打坐在银行阴影里的算命先生，就一阵恐怖，生怕自己额头上浮现出倒霉、犯罪、堕落的未来，于是加快脚步，匆匆而过。

但是，稔喜爱自己明朗的笑颜，他笑起来露出整齐、洁白的牙齿，充满希望。屏弃一切污浊，他的眼睛也很清纯、美丽。他想，只要外观不改变，总是安心的，然而这种安心感不能长久维持下去。

他学会了喝酒，迷恋侦探小说，还学会了抽烟。香喷喷的烟味儿一股股流入胸腔，那尚未成形的未知的思念，仿佛从心底引出什么东西一般。在一味自我厌弃的日子里，他巴望再来一次战争，梦想发生一场包围大都市的劫火。他认为在劫火中可以见到死去的父母和妹妹。

他爱刹那间的昂奋，同时也爱绝望的星空。他到处徘徊，从一条街走到另一条街，三个月穿破一双鞋。

放学回家，吃罢晚饭，他换上鲜艳的少年休闲装，直到半夜，店里都不见他的影子。养父很心疼，跟在后头看，发现他到哪里都是一个人。于是也就免去了嫉妒，便放下心来。自己上了岁数，跟他玩不到一块去，也就忍住没有责怪，随他自由。

暑假的一天，天空阴沉，下海太冷，稔穿上绘有椰子树花纹的大红夏威夷衫，谎称到世田谷家里看看，外出了。这件大红的衬衫，和少年白皙的肌肤很相配。

他想到动物园去。他乘地下铁到上野站下车，来到西乡[1]铜像下边。这时，昏黄的太阳从云层里露出脸来，高高的花岗岩石阶阳光灿烂。

他攀登石阶，中途点上一支香烟，日光很强，几乎看不出火柴的亮光。他心中充满孤独的快活，飞奔着登上了石阶的顶端。

这天，上野公园游人稀少。他买了一张印有彩色睡狮照片的门票，钻进人影斑驳的动物园大门。稔不顾画着箭头的路标，信步向左前方走去。溽热中飘荡着野兽的体臭，那气味带着干草香气，使人想到，它们都很留恋自己睡觉的草窝。眼前出现了长颈鹿的铁槛，云影打长颈鹿冥想的脸孔、脖子、脊背依次掠过，阳光暗淡下来。长颈鹿一边走，一边用尾巴驱赶苍蝇，它每走一步，那又长又大的骨架似乎要松垮下来。稔看到了白熊，它耐不住暑热，疯狂地在水池和水泥地之间上蹿下跳。

稔顺着一条小路，走到能够眺望不忍池的地方。

池之端马路上飞驰的汽车闪着光亮，西自东京大学的钟楼，南至银座的街衢，各处起伏的地平线，都辉耀于夏日阳光之下，火柴盒般的洁白的大厦，像石英一样闪闪放光。这和不忍池阴沉的水面，以及上野一家百货店上空干瘪

1　西乡隆盛(1827—1877)，明治维新功臣，萨摩藩士。后在"征韩论"中同新政府发生对立，回乡发动"西南战争"，兵败自刃而死。

的、无精打采的广告气球，还有百货店灰暗的建筑物，互相形成了对比。

这里是东京，有着都市感伤的景象。少年感觉到，自己认真走过的这些道路，在这片景象中全都隐匿不见了。还有那多次夜间的放浪，在这明丽的景象里消失得无影无踪了。连同自己所梦想的摆脱不可知晓的恐怖的自由，也一点儿不着痕迹了。

从池之端七轩町绕过湖水开来的电车，震动着他脚下的土地，隆隆驶过。稔又折回去看动物。

动物身上的气味远远传来，气味最浓烈的是河马的屋子。雄河马迪卡和小河马查布，浸泡在浑水里，只露出鼻子来。左右有湿漉漉的铁槛，两只老鼠趁主人不在，瞅准草料箱，在铁槛里出出进进。

大象用鼻子卷起一捆捆麦秆送进嘴里，还没有嚼完又卷起另一捆来。有时卷得太多了，就扬起石臼似的前腿，把多余的麦秆蹬掉。

企鹅们像是出席鸡尾酒会，各自面面而立，将一侧的翅膀暂时离开身体，摆一摆屁股。

灵猫馆的地面上撒满鲜红的鸡头，两只灵猫身子叠着身子，站在高出地面一尺多的卧床上，目光阴郁地瞧着这边。

看到狮子夫妇，稔甚感满意，他想该回去了。含在嘴里的冰棒已经化完，这时候，他发现附近还有没看的小型建筑，走近一瞧，是小鸟馆，窗户上变幻不定的彩色玻璃，有的已经裂开了。

小鸟馆里，只有一个穿纯白色开领衫的男子，背向他站着。

稔嚼着口香糖，眼睛直盯着一只犀鸟，那犀鸟长着比脸还大的白嘴。面积不足十坪的馆内，充满了嘹唳和奇矫的鸣声，稔感到这和电影《人猿泰山》[1]里密林的鸟叫十分相像。他循声而望，那是鹦鹉。小鸟馆里鹦鹉、鹦哥最多，红金刚鹦哥一身五彩的羽毛，非常美丽。白鹦鹉一齐转过身子，其中有一只，全神贯注地用榔头般坚硬的小嘴敲打着饵箱。

稔走到九宫鸟笼子前面，那鸟站在污秽的黄色栖木上，张着鲜红的嘴巴，似乎要说些什么。正想着，突然叫了一声"你好"。

稔不由得笑了，旁边那个穿着白色开领衫的青年也笑了，他朝稔这边看了看。稔的身高只达到那青年的眉毛，转过来的脸孔稍稍低俯着。两个人对望着，久久不肯移开。他们都互相为对方的美貌而惊诧不已。稔一直嚼着口香糖的嘴

1　根据美国作家埃德加·莱斯·巴勒斯(Edgar Rice Burroughs，1875—1950)长篇系列小说《人猿泰山》改编的同名电影。

巴也不动弹了。

"你好!"九宫鸟又叫了一声。"你好!"那青年模仿了一句。稔笑了。

美青年不再看鸟笼,他点上一支香烟。稔也学着,从口袋里掏出皱巴巴的外国烟盒,接着连忙吐掉口香糖,将香烟含在嘴里。那青年又划了一根火柴伸过来。

"你也抽烟吗?"

青年惊讶地问道。

"嗯,上学时候不准抽。"

"是哪所学校?"

"N 学院。"

"我呀……"美青年说出一所著名私立大学的校名。

"能告诉我你的名字吗?"

"我叫稔。"

"我也告诉你名字吧,我叫悠一。"

他俩走出了小鸟馆。

"你这件红色夏威夷衫很好看。"

青年说,稔听罢脸红了。

他们山南海北地聊着,悠一富于朝气而潇洒的谈吐,以及姣好的长相,使得稔甚是着迷。悠一还没有看动物,稔已经看过了,他便陪悠一一道去。过了十分钟,他俩就像亲兄弟一样了。

"这位也是那号人吧?"稔忖度着,"这般出众的人也属于那一类,真叫人高兴。这人的音容笑貌、体态风情,都那么讨人喜欢。真想和他早点儿同床共寝。他一切会听我的,我也会叫他干这干那。我的肚脐眼儿,他也一定喜欢吧?"——他把手插进裤兜,将顶得生疼的那东西拨正,这下子好受了一些。他发觉裤兜里还剩一块口香糖,掏出来放进嘴里了。

"见过貂吗?还没去看过?"

稔挽着悠一的手臂,向小动物散发着臭气的笼子走去,他们相互紧握的手一直不肯松开。

对马貂笼子前面挂着说明动物习性的牌子,"早晨和夜晚活动于山茶树林,吸食花蜜"等等。里头有三只小黄貂,其中一只衔着一块鸡冠子,满含疑惧地瞧着这边。他们两个的眼睛和小动物眼睛碰到了一起,他们的眼睛只对着貂,貂的眼睛不光只看着人。但是,悠一和稔两个都觉得,貂的眼睛比人的眼睛更可爱。

他们的脖颈一阵热辣辣的,日光直射下来。太阳偏西了,光线依然很厉害。稔回头看看,周围没有一个人影。刚刚结识半个小时,他们就很自然地轻轻接了吻。"我现在很幸福。"稔想着。这位少年只学会了肉体的幸福,世界很美好,没有一个人,到处静悄悄的。

狮子的吼叫震撼了四围。悠一抬起眼睛，说道：

"哎呀，阵雨好像要来啦。"

他们看到黑云布满半个天空，太阳立即暗下来。走到电车站，最初的黑雨点儿已经铺满道路。乘上地铁，"到哪儿呢？"稔生怕被抛下，不安地问道。他们在神宫前下了车，接着走向不再落雨的另一条大街。悠一曾经从大学同学那里得知高树町一家旅馆，两人乘都电赶往那里。

稔陶醉于当天性感的回忆，寻借口疏远了养父。福次郎身上，没有任何地方能引起这位少年的幻想。福次郎一副佛爷心肠，把邻里关系看得很重要，街道上发生什么不幸，他总是立即跑到寺里烧香上供，一言不发，对着神佛坐上好半天。别的人来吊唁，他一概不知。此外，他那缺乏魅力的干瘦的身子骨儿，使人看了感到不吉利。账面上他不好托付别人，在这条学生来来往往的街上，咖啡馆柜台边整天守着一位表情冷漠的老头子，生意上这可不是高明的做法。还有，每晚关门后一小时，他便十分认真地检查当天的账目，就连那些老主顾见了也定会绕道儿走。

认真和吝啬，同福次郎的佛爷心肠互为表里。隔扇稍微关不严实，左右拉手靠到了正中央，他就立即走过去重新弄好。福次郎的叔父从乡下来，晚饭吃的是炸虾盖浇饭。稔看到那位叔父临走时，福次郎向他讨饭钱，感到很吃惊。悠一青春的肉体，是接近四十岁的福次郎无法相比的。不但如此，在稔的幻想之中，悠一同众多武打戏里的英雄人物和惊险小说里的青年才俊，化为一体了。稔从悠一身上看到了自己未来的一切希望。俊辅把悠一当作素材构思一部作品，稔将许多故事当作素材塑造一个悠一。

悠一猛然回过头来，在少年眼里，那动作就像一个年轻的冒险家，面对突乎其来的危难，做好搏斗的准备。稔只想自己将来做一名纯真的侍从，同各有其主的众多少年侍从一样，打心眼儿里钦佩主子的胆识和力量，和主人生死与共。因此，较之恋爱，这更是一种官能性的忠实、理想的献身和自我牺牲的快乐。对这位少年来说，这是极其自然的梦幻般欲望的表现。一天夜里，稔梦见悠一和自己在战场上的身影。悠一是一名英俊的青年军官，稔是一位美少年警卫兵。两人同时胸膛中弹，紧紧拥抱、亲吻着死去。还有一次，悠一是年轻的海员，稔是少年水手，他们登上热带地区一座海岛的时候，轮船在居心不良的船长命令之下开走了，两人遭到岛上土著人的袭击，他们用巨大的贝壳当盾牌，躲过叶荫深处射来的无数支毒箭。

就这样，两个人共度了一个神话般的夜晚。他们的周围，城市的夜翻滚着巨大恶意的浪涛，那些恶棍、仇敌和刺客，一个个从幽暗的窗外窥视着，巴望他们获得厄运，为他们的死亡高呼"快哉"。稔恨不得枕头下有一把手枪，这样他才能睡安稳。他老是怀疑那边的西装壁橱里藏着一个恶人，夜阑人静，趁他们熟睡时，打开一道细缝，用手枪向他俩瞄准。果真这样该怎么办呢？稔看到悠一对他这番心思浑然不觉，照旧呼呼大睡，心想，只有这个人才具备过人的胆识和力量。

稔一直希求极力从中摆脱出来的不可预知的恐怖，突然发生变异，这些恐怖如今皆成为稔陶醉于其中的甘美的故事了。他从报上看到走私鸦片和地下结社的报道，仿佛这些事都同他自己有关，热心地阅读起来。

少年这种倾向也或多或少感染了悠一。悠一过去害怕、如今仍然害怕的顽固的社会偏见，对于这位富于幻想的少年来说，反而可以鼓舞他的幻想，在他眼里，那只不过是传奇般的敌视、罗曼蒂克的危险、俗众对正义和高贵的妨碍、土著人无理的执拗的偏见罢了。这使悠一的心从中获得慰藉。而且，一想到少年这种灵感的源泉正是来自悠一本人，于是他为自己这种无形的力量而深感惊讶。

"那些家伙（这是少年对'社会'唯一的称呼）正在瞄准我们，我们必须小心。"稔说出他的口头禅来，"那些家伙巴不得我们早死。"

"怎么样呢？那些家伙不在乎我们，只是捂着鼻子打我们身边走过去。"——年长五岁的大哥，摆出现实的看法。然而他的意见不足以使稔信服。

"呀，女人！"——稔对着走过去的一群女学生啐了口唾沫，他把听来的一星半点的关于性的诅咒，一股脑儿抛出去，故意让她们听见，"女人呀，什么东西，不就是大腿之间夹着一个脏口袋吗？口袋里装的净是垃圾！"

悠一自然没有对他说出自己是有老婆的，只是微笑地听着他咒骂。

从前稔只一个人晚上出来散步，现在他和悠一一起散步了。漆黑的街角，到处潜伏着看不见的刺客。这些刺客，正蹑手蹑脚地盯着他们两个。甩掉这个家伙，或者耍他一下，来个无罪的报复，这就是稔爱玩的游戏。

"阿悠，你看。"

稔打算做出一次小小的犯罪，足以使追他的人跟过来。他吐出嘴里的口香糖，粘在路边光闪闪的外国人的汽车的门把手上。干完这件事，他又装作什么也没干，催促悠一快走。

一天晚上，悠一伴着稔一起到银座温泉楼顶上喝啤酒。少年泰然自若地多要了一大杯。楼顶上夜风清凉，他们汗湿的紧贴在脊背上的衬衫，立即被风吹得鼓胀起来。红、黄、浅蓝色灯笼，围绕着晦暗的舞场摇曳闪烁。在吉他的伴奏下，两三对男女轮番站起来跳舞。悠一和稔也很想跳上一场，但这里，男人和男人一起跳舞总是叫人看不惯。他们只得看着别人欢乐，心情渐渐郁闷起来，于是两人离席，走到楼顶黑暗的角落，靠在栏杆上。夏夜城市的灯光直达远方。南边汇聚着一片暗影，细想想，那里是浜离宫公园的森林。悠一把手搭在稔的肩膀上，漠然望着那座森林。只见林中逐渐腾起一团亮光，开始燃放的巨大的绿色的焰火，眼见着圆圆地扩大开来，伴随一声轰鸣，变成黄色，再变成淡红的光伞，消散了，又恢复了寂静。

"那样子，真好。"稔想起侦探小说里的情节，"要是把人全都当成焰火，打到天上让其散灭，那才好呢。世界上一切邪魔，一个个当成焰火全部毁灭，单单留下悠一和我两个人，那该多好啊!"

"那就不能生小孩啦。"

"要小孩干吗？假如我们真的能结婚生子，那么孩子长大了，也会欺负我们，再不然，就和我们一样。二者必居其一。"

他最后一句话，悠一听了有点儿悚然。康子生了女孩，他觉得这是神灵保佑的结果。青年的手掌亲切地抓住了稔的肩膀。

稔充满稚气的柔嫩的面颊以及天真的微笑里，隐含着叛逆的灵魂，这一点反而使悠一原有的不安的心情找到了慰藉。这种平时的共同感觉，强化着两人官能上的纽带，为友情中最本质的部分、最冠冕堂皇的部分带来力量。少年强大的想象力，拖带着青年的疑虑自行前进。其结果，弄得悠一也被孩子般的幻想迷倒了。一天夜里，他忽然认真地想象着到南美亚马孙河上游探险，一直没有睡好觉。

深夜，他们要到东京剧场对岸的码头划船。小船已经停泊在船坞里，码头上的小屋也早已熄了灯，上了一把大铁锁。两人只得坐在船坞边的木板上，双脚在水面上摇晃着，抽着香烟。对岸的东京剧场已经散场，右面桥对过的新桥舞剧场也散场了。河上灯火阑珊，幽暗沉滞的水面，白天留下的暑气尚未散去。

稔伸出前额，说生痱子了。他让悠一看自己额上斑斑点点发红的痱子。这位少年，总不会忘记把自己的笔记、衬衣、书、袜子和新上身的衣服，一律送给情人看。

稔突然笑起来了。悠一听到他的笑声，朝京剧场前面沿河的道路看了看，一个骑自行车的身穿浴衣的老人，没有扶住车把，连人带车摔倒在路上，好像伤了腰，爬不起来了。

"这么大年纪还骑自行车，真犯傻。要是滚到河里，那才好看呢。"

稔快活的笑脸，和暗夜里显露出来的满口残酷的白牙，看上去多么美丽！这时，悠一不由感到，稔和自己有着超出想象的共同之处。

"你有固定的朋友了吧？你经常离家出走，有点儿不像话呀。"

"他喜欢上我的缺点啦。倒也做了我的养父，法律上也承认的。"

"法律上"这个词儿，从这少年嘴里说出，外表上听起来有些滑稽。稔接着问道：

"阿悠有固定的朋友吧？"

"嗯，只有一个老爷子。"

"我去给你杀掉。"

"没用，那家伙杀也杀不死。"

"为什么？年轻漂亮的 gay 里的人，肯定都是人家的俘虏。"

"这样更方便。"

"又给置办洋服，又有花不完的零用钱。还有，尽管讨厌，总是自作多情。"

少年说罢，对着河面吐了一大口白花花的唾沫。

悠一揽住稔的腰，将嘴唇贴过去接了个吻。

"不成呀，"稔并不拒绝，他一边接吻，一边说，"和阿悠接吻，那东西就立即挺起来，不愿回家啦。"

过了一会儿，"啊，蝉！"稔叫道。都电的轰鸣驶过桥后一片寂静，这时，白天叫过头儿的蝉，夜间又穿破寂静，传来细微的鸣声。这一带没有像样的树林，一定是哪个公园里的蝉迷了路飞来这里的。蝉沿着河岸低低飞行，向着右方桥头群蛾乱舞的路灯飞去。

于是，两人不得不抬头看着夜空。但是，悠一的鼻孔闻到一股河水的恶臭，两人摇晃的脚上的鞋子离河面很近。悠一对这位少年打心里喜欢，但又不能不觉得"我们正像水老鼠一样谈恋爱"。

有一次，悠一无意看了看东京地图，他不由惊叫起来，世界上竟有这样的奇事：他和稔并排瞅着的河水，原来是他和恭子一起从平河门高台望到的护城河的水。平河门前锦町河岸的水，过了吴服桥转向左方，又在江户桥近旁注入支流，沿木挽町从东京剧场门前穿过。

本多福次郎开始怀疑稔了。一个溽热难眠的晚上，这位不幸的养父躺在蚊帐里读通俗故事杂志，一边等稔回来。他的脑子简直要发狂了。凌晨一点，后门有响动，接着又听到脱鞋子的声音，福次郎便熄掉枕头边的灯。里面房间的灯亮了，稔似乎在脱衣服。接着又好像花了好长时间，光着身子坐在窗下抽烟。透过微弱的灯光，福次郎看到薄薄的烟雾从栏杆里升起来。

稔赤裸裸走入寝室，正要钻进被窝的时候，福次郎一跃蹿过去，将身子压在稔的身体上。他手里拿着绳子，把稔的手绑上，剩下的绳子顺便又在胸脯上缠了几道。其间，福次郎一边绑，一边用额头将枕头顶住少年的嘴巴，稔的嘴压在枕头上，喊不出声来。

好不容易捆好了，稔在枕头底下诉起苦了，声音含含糊糊。

"好难受啊，闷死啦。我不喊，快把枕头挪开些！"

福次郎骑在稔的身上，唯恐这个养子跑了。挪开枕头，把右手伸到少年的腮边，打算稔一喊，就立即捂住他的嘴。福次郎用左手抓住少年的头发，推推搡搡地说：

"快快坦白，又和哪里的贱骨头鬼混去了？说，统统抖搂出来！"

稔的头发被抓住，裸露的胸脯和两手蹭着绳子，好不疼痛。然而，他听着那番老掉牙的审问，这位爱幻想的少年，想的不是突然来这里拯救他的可靠的悠一的身影，而是世态教会他的现实的法术。稔说，松开头发就坦白。福次郎一放开手，他就瘫倒装死。福次郎慌了，摇摇少年的脸孔。稔又说，胸间的绳子疼得穿心，解开绳子就坦白。福次郎点亮枕边的灯，解开绳子。稔的嘴唇贴着手脖子疼痛的地方，低着头不吭气。

胆小的福次郎骑虎难下的态势，早已蔫了一半。他见稔守口如瓶，这回想来软的一手。他对着盘腿而坐的裸体少年，低下头一边哭一边检讨自己的暴行。少年洁白的胸间，绳子留下淡红的伤痕。不用说，这场戏剧性的惩罚，就这样稀里糊涂结束了。

福次郎害怕暴露自己的行为，对于请秘密侦探，怎么也下不了决心。第二天晚上，他撂下店里的事，又开始对这个可爱的人儿盯梢了。稔的行踪难以捉摸。于是，他送给店里的心腹店员一些钱，叫他盯住。这位颇为聪明的忠心耿耿的店员，终于查到了和稔交际的人，从相貌、年龄和衣着，直到那人叫"阿悠"都查得清清楚楚，并报给了他。

福次郎去了很久没有光顾的此道的酒吧，他过去一位朋友，现在仍然脱不掉恶习，经常出入这里。他带着这个老熟人，到别的安静的咖啡馆和酒吧查找"阿悠"的身份。

悠一自以为自己的详情只是小范围知道，实际上，在这个除了打听别人隐私就没有别的话题的"小社会"里，就连如何才能接近他的小常识都传播开了。

大凡此道里的中年男子，都嫉妒悠一的美貌。他们从不吝惜对悠一的爱恋，但这位青年无情的拒绝，更使他们大发醋意。不如悠一漂亮的青年们也是如此。福次郎轻而易举获得了大批的材料。

他们都爱说三道四，尤其爱拿女人开涮。即便自己一无所知的事，也发挥了偏执的热情，为福次郎又找到一个掌握新情况的人物。福次郎去见这个男人。这个男人又介绍一个好心而健谈的男人。福次郎短短时间，会见了十多个素昧平生的男人。悠一要是知道了，准会感到震惊，且不提他同镝木伯爵的关系，就连他和世俗气十足的河田的来往都一个不漏地传开了。福次郎从悠一的姻亲关系到住址、电话号码一一查个明白，一回到店里，就精心策划起各种卑劣的手段来了。

第二十八章　晴天霹雳

悠一的父亲活着的时候，南家没有别墅。父亲讨厌守在一个地方避暑、避寒。终日繁忙的父亲留在东京，他们母子到轻井泽、箱根等地的饭店消夏，周末父亲来一次。这是惯例。轻井泽熟人很多，在那里度夏非常热闹。但是，近来母亲发现悠一的性格变得喜欢孤独了。同他的年龄和健康的身体不相称，漂亮的儿子不愿去交际繁忙的轻井泽，夏天情愿去没有几个熟人的上高地。

战争激烈的年月，南家也没有急于疏散。一家之主，对于这件事很不在意。空袭开始的几个月前，昭和十九年夏，悠一的父亲在东京自己家中溘然长逝，患的是脑溢血。坚强的夫人不听周围人的劝说，硬是留在东京家里，守护亡夫的牌位。这种精神力量也许吓退了燃烧弹吧，宅子完好地迎来了停战。

　假如有别墅，可以卖个好价钱，足可以应付战后的通货膨胀时期。悠一父亲的财产，除了现在的住宅，动产、有价证券、存款等，昭和十九年是二百万日元。被撇下的母亲，为了渡过难关，她的心爱的宝石被倒爷低价收购，惶惶恐恐度着日月。这时，碰巧得到父亲原来的部下、一个精于此道的人的帮助，很体面地交了财产税，又把存款变成有价证券，通过一番巧妙的操作，成功地闯过了施行通货非常措施的难关。经济稍稍稳定之后，留下了两件宝贝：七十万银行存款，以及混乱时期培养起来的悠一理财的本事。后来，这位热心的帮手，也得了父亲一样的急症死了，悠一的母亲遂将家计放心地交给了老女佣。这位好心眼儿的女佣在账目方面表现出脱离时代的无能，又不知道如何应付危机，悠一发现后吓了一跳。这在前边已有叙述。

　基于这些情况，战后南家始终没有避暑的机会。康子娘家在轻井泽有别墅，邀请他们避暑，这使悠一的母亲很是高兴，但她不想离开东京一天，害怕临时找不到主治医生，便轻易取消了这个高兴的念头，让小两口领着孩子一同去。母亲带着凄凉的神色，提出这种特殊的自我牺牲的请求，使得时时想着婆婆的康子，怎能抛开疾病缠身的老太太不管。媳妇体贴的回答引得婆婆十分开心。每有客来，康子总是拿出电扇、冷毛巾和冷饮招待，婆婆口口声声夸奖媳妇的孝心，弄得康子怪难为情的。她还说什么，假如担心来客将此看成只是出于婆婆的私心，那么她也可以提出一个不合情理的方案：建议把头胎孩子留在东京，让她习惯习惯东京酷烈的夏天。溪子爱出汗，生了痱子，整天搽痱子粉，弄得像个小雪人一般。

悠一一直不愿意受岳父家的照顾，出于一颗狂放不羁的心，也反对避暑的邀请。一家人里，在政治手腕上稍胜一筹的康子，将顺从丈夫的旨意看成是对婆婆尽孝心。

一家人平平安安度过了夏季，有了溪子，使得全家忘掉了暑热。但是，还没学会笑的婴儿，总不改一副动物般生硬的表情，打从参拜神社以来，孩子对于彩色风车的转动和嘎啦嘎拉的响声很感兴趣。获得的礼品有漂亮的八音盒，倒是很起作用。

八音盒是荷兰产的，这件玩具仿照古雅的农家，拥有一座开满郁金香的庭院。打开中间的门，就出现一个小人儿，穿着荷兰的衣服，系着彩色围裙，手里拿着喷壶，站在门框旁边。门开的期间，八音盒响着，演奏着耳熟的荷兰民谣的俗曲。康子爱待在通风良好的楼上，给溪子听音乐。夏天午后懒于用功的丈夫，也加入了这娘儿俩的娱乐。这时节，风从院里的树木吹来，穿过南北屋子，感到一阵凉爽。

"知道啦？看，听着呢，竖起耳朵来啦。"

康子说着。婴儿的这副表情，使得悠一看得入迷。"这孩子只有内部……"他想，"几乎没有什么外界。所谓外界，也只是肚子饿的时候，送到嘴边的母亲的乳头、夜里或白天漠然的光线的变化、风车美丽的旋转、八音盒嘎啦嘎啦单调而柔和的音乐，只有这些东西。然而，论起她的内部，怎么样！自有人类以来，女人的本能、历史和遗传受到挤压，而后就像水中花一样，在作为环境的水里，扩大，开花，只剩下这件工作了。我要把这孩子培养成女人中的女人、美女中的美女！"

按时授乳的科学育儿方法，近来不大吃香了。溪子一旦哭闹起来，康子立即喂奶。夏天敞开穿着薄薄衣服的前胸，裸露的乳房硕大、美丽，这团白嫩而富于敏感的皮肤上，游走着一线青色的静脉血管，清冽异常。然而，掏出的乳房像温室里熟透的果实，浸满了汗水。康子在用沾有稀硼酸水的纱布消毒奶头之前，必须先用毛巾擦去汗水。乳房尚未挨近幼儿嘴唇，奶水就渗了出来，她一直为过于丰盈的乳汁而头疼。

悠一看看这对乳房，又看看窗外夏云浮动的天空。蝉一个劲儿鸣叫，反而时时使人忘记耳边的聒噪。溪子吃完奶，在蚊帐里睡了，悠一和康子对望了一下，笑了。

悠一突然有一种自己被什么撞倒的感觉。这不正是一种幸福吗？还是意味着可怕的事情全部到来，并已取得成功，自己只能眼睁睁看着它的存在，感到无力的慰藉呢？他对这种冲击一时有些茫然起来。一切结果外观上看起来是这样确切和自然，这使他感到惊讶。

数日后，母亲的状况急剧变坏，平素每到这时候，她总是不失时机地叫来医生，这回却顽固地拒绝看病。这位爱唠叨的老年婺妇，整天闷不作声，只能让人觉得发生了异样的变化。当晚，悠一在家里吃饭。他看到母亲脸色不好，强作笑脸时表情极不自然，一点没有胃口，于是他不打算外出了。

"今晚怎么不出门了呢?"她对在家磨磨蹭蹭的儿子，故意表现出快活的样子说道，"我的身体用不着你牵挂，我没有生病。要说证据，我自己对自己的身体很清楚。要是有什么不好，会马上请医生来的，所以谁也不要担心。"

她尽管这么说，可是孝顺的儿子就是不肯走。第二天早晨，聪明的母亲变换了战术，一大早，她就显得精神振奋。

"你想知道我昨天到底怎么了，是吗?"她对着阿清莫名其妙地大声说，"昨天嘛，那只不过证明我还没有从更年期里毕业呀。"

昨晚她几乎一夜未睡。不眠带来的兴奋状态，以及数度唤回的理性，使她巧妙地导演了这出戏剧。晚饭后，悠一放心地外出了，果断的母亲命令贴心人阿清叫来一辆出租车，说上车后再告诉她去哪里。阿清想跟她一起去，母亲制止了她，说:

"不用陪，我一个人去。"

"不过，太太……"

阿清甚感惊奇，悠一的母亲生病以来，很少一个人外出。

"我一个人出门难道就这么稀奇吗？请不要把我当成皇太后。康子生孩子的时候，我一个人去医院，不是什么事也没出吗？"

"可那时家里没人。再说，太太自己也同我有约，说今后决不再单独外出的呀。我都记着呢。"

听到主仆两人的争执，康子来到婆婆居室，脸上露出担心的样子。

"妈，还是我陪您去吧，要是阿清去不方便的话。"

"好啦，康子，不用担心。"——她说话的声音很动情，很亲切，像是对着自己亲生女儿一样，"为了处理你们死去的父亲留下的一笔财产，我要去见一个人。这件事情我不想让悠一知道，假若我回来之前他回家了，就说我被一位老朋友的车子接走了。要是悠一在我后头回来，我什么也不说，康子和阿清你们也不要提起我出门的事。请记住了啊，我自有主张。"

她不管别人如何，发了一通指示后就慌慌张张乘车出门去了。两小时后她乘同一辆车回来了。看样子很累，立即入睡了。悠一深夜才回来。

"妈妈怎么样？"悠一问。

"好多啦。和平时一样，九点半就早早上床休息了。"——忠实于婆婆的妻子回答说。

第二天晚上，悠一一出门，母亲就立即要雇车准备外出。第二个晚上，她不要任何人靠近，独自默默地准备着。阿清送来银制的和服腰带扣子，女主人一手抓过去，老女佣不安地抬头看着她。然而，这位不幸的母亲，目光里闪现着不吉祥的热情，对好心的无能为力的女佣，一开始就置于视线之外。

她为了拿到唯一的证据，接连两个晚上到有乐町的罗登，等着悠一在那里出现。前天，她接到一封可怕的匿名信，写信人劝告说，为了证实密告不是说谎，请按信里的地图找到那家奇怪的店铺，在那里等他本人出现。她决心一个人单独行动。不论这袭击全家的不幸埋藏的根子有多深，那也只是母子之间应该解决的问题，决不能连累康子。

再说罗登，连连两个晚上，迎来一位非同寻常的客人，大家甚感惊奇。江户时代，按常规，男妓不仅接待男客，也接待女客。现代这样的习惯早已被忘却。信里还告诉她这家店许多奇异的风习和隐语。南太太费了九牛二虎之力，这才成为一个熟门熟路的客人。她丝毫不露惊讶之色，举止落落大方。因此，连出来应酬的店老板，都觉得她是一位有教养的老妇人。他被她洒脱的谈吐迷惑住了，也就不由放松了戒备。不说别的，只要这位上岁数的女客不惜花钱就成。

"也有这样好事的客人哩。"洛蒂跟少年们说，"都这般年纪了，还那么随和大度、心直口快，真是难得。其他客人，见到她也不会在意，可以尽情地玩乐。"

罗登的楼上，当初是女人的酒吧，后来洛蒂改变了主意，把女人赶走了。如今，每到天黑以后，男人们可以到楼上跳舞，看男扮女装的少年跳半裸体舞。

第一个晚上，悠一没有来。第二个晚上，她决心等悠一出现。滴酒不沾的她出钱请客，大大方方请陪侍她的两三个少年喝酒、吃东西。等了三四十分钟，悠一还没来，突然，一个少年的话引起她的注意。少年对伙伴说道：

"怎么回事呀？阿悠两三天没来了。"

"你瞎操什么心？"发话的少年受到了对方的奚落。

"我才不操心呢，反正悠一和我没有任何关系。"

"光嘴上这么说。"

南太太若无其事地问道：

"阿悠很有名气，是吗？他长得很帅吗？"

"我有他照片，给您瞧瞧吧。"第一个开腔的少年说道。

他拿照片花了好大工夫。他从里面口袋掏出一叠沾满灰土的脏兮兮的东西，有名片、折叠的碎纸、几张一日元的钞票、电影院的节目单，乱七八糟一大堆。少年歪着身子凑近台灯，一张一张仔细寻找。这位不幸的母亲到底没有勇气看着他慢条斯理地翻检下去，她闭上了眼睛。

"最好是照片上的青年同悠一又像又不像。"她在心里祈祷，"这样，还可以留有几分侥幸，获得片刻的安慰。对于那封不祥的信，哪怕只有一行（只要没有证据），就可以断定是有意诬陷而写下的谎言。老天保佑，那照片上不是悠一，而是一个陌生人。"

"有啦，有啦!"

南太太将老花的眼睛拉开距离，接过名片大小的照片，挨近灯光。照片纸面反光，看不真切，换个角度，这回看清楚了美青年的脸孔，穿着白色的开领衬衫，一副笑嘻嘻的样子。那正是悠一。

这真是憋闷得喘不出气来的一瞬间，母亲完全失去在这里看见儿子的勇气了。同时，到这会儿，一直保有的坚强的意志也崩溃了。她漠然地把照片还给少年，再也没有力气谈笑自如了。

楼梯上响起脚步声，新来的客人上楼了。一看到是个年轻的女客，包厢里拥抱接吻的男人们立即分开了。女子认出了悠一的母亲，表情严肃地走了过去。女子叫了声"妈"，南太太大惊失色，女子抬起头，是康子。

婆媳二人认真小声地交谈了几句，婆婆问她怎么到这地方来了，媳妇没有回答，只是催促她赶快回家。

"可是……在这里遇到你……"

"妈，回去吧，我是来接您的。"

"你怎么知道我在这儿？"

"回头再说，先回家吧。"

她俩匆匆算过账，走去店门。大街一角停着婆婆的包车，康子是坐出租车来的。

南太太靠在座席上，伸展着身子，闭着眼睛。车开了，康子浅浅坐着，照顾着婆婆。

"哦，浑身汗淋淋的。"

康子说着，用手帕擦婆婆的额头。南太太微微睁开眼来。

"我明白啦，你看到了我的那封来信，对吧？"

"我怎么会干那事呢？其实，我今早接到一封厚厚的信呀。看了信，我猜出婆婆到哪里去了。想到今晚没人陪您，我就找到这里来啦。"

"你也接到了同样的信？"

南太太痛苦非常，不由惊叫了一声。她说真对不起康子，说罢哭了。这种无缘的道歉以及痛哭，深深打动了康子，她也跟着哭起来。两个女人一路上在车子里一边哭，一边互相安慰，关键的事一句也未提及。

回到家，悠一还没回来。南太太本来想自己单独解决问题，她不愿累及媳妇，更要紧的是媳妇毕竟是外人，这种丑事没脸让她知道。可是这件家丑一旦随着眼泪败露出来，康子成了这个秘密唯一的分担者，同时又是她的不可替代的帮手。两人火速避开阿清，到离她很远的一间屋子里，拿出两封信对照着看。可是，要使她们对卑劣的匿名信的写信人打心眼里产生憎恶，还需要花一段时间。

两封信字迹相同，行文也完全一样。错字连篇，语句不通。不少地方，故意伪装自己的字体，将字写得歪歪斜斜。

信里说，对于悠一的作为，自己感到有义务写下来加以报告，悠一这位丈夫是个"不折不扣的假货"，他"绝不爱女人"。悠一不仅"欺骗家庭，玩弄社会"，并对破坏他人幸福的结合毫不介意。他虽是个男人，又被男人玩弄。他过去是镝木原伯爵的favourite[1]，眼下是河田汽车公司总经理的嬖儿。不光如此，这位美丽的骄子，不断背叛这些年长情人的恩爱情意，又对于源源不绝的少年相好朝三暮四，爱一个丢一个。这个数目比一百只多不少。"还有，记住"，这些少年情人，一律都是同一性别。

其中，悠一以夺取他人所爱为快，被他抢走宠童的一个老人自杀了。写这信的人也是同样的受害者。把这种信寄到您手里，也是出于不得已，望能体察这番心情，给予谅解。

1　英语，宠儿。

如果对这封信有怀疑，不相信我说的是实话，我劝您晚饭后到下面这家店里走一趟，亲眼看看我说的是否符合事实。因为悠一经常到那家店里去，要是在那里碰见他，就证明我上面说的没有错。

信的内容大致如此。另外还附了一份关于罗登地址的详细说明图，以及访客进入罗登的注意事项。两封信都一样。

"妈在店里见到阿悠了吗?"康子问。

照片的事，她本来想瞒住媳妇，最后不由得和盘托出了。

"虽然没碰到他人，可是看到了他的照片。那正是悠一的照片，那里一个不学好的招待，当成宝贝带在身边。"

说罢，她有些失悔，又补充说:

"……反正没见到人。不过，这封信的疑点，还没有彻底推翻呢。"

她虽然这么说，可那一副焦躁的目光背叛了她的话语，说明她心里并不认为那封信是假造的。

南太太突然发现同自己并膝而坐着的康子，脸上没有一点儿惊讶的表情。

"你这般镇静自若，真是没想到呀，你可是悠一夫人哪!"

康子做了个表示歉意的动作，她害怕自己无动于衷的样子会使婆婆更加伤心。婆婆接着说道:

"依我看，这封信并非都是谎言啊。要是真的，你还能坐得住吗?"

对于这个自相矛盾的诘问,康子的回答也使人难以捉摸。

"嗯,不知为什么,我也想到了这一点。"

南太太沉默良久,不一会儿,她低伏着眼睛,说道:

"也许因为你并不爱悠一吧。但是,如今碰到这种可悲的事,我没有资格责怪任何人,说不定只能将这个看成不幸中的万幸呢。"

"不,"康子果断的语调里似乎流露出几分喜悦,"不是的,妈,正相反。所以,我更觉得……"

南太太面对这位年轻的媳妇,有些招架不住了。

邻间屋子传来正在睡觉的溪子的哭声,康子过去喂奶。悠一的母亲一个人留在厢房的八铺席房间里。蚊香的香气搅得她更加不安,要是悠一回到这里来,做母亲的反而没了去处。同样一个母亲,到罗登去,一心想看到儿子,可眼下最怕遇见儿子。她甚至巴不得今晚儿子最好不要回家来。

南太太的苦恼是否基于道德的谴责,还很值得怀疑。道德上的判断能令人态度坚决,道德上的恼怒自然使人表情严峻。而她,则无视这两点。她心中的通常的概念和世俗智慧被推翻了,她为此而感到迷惘。她本来的亲切之情不见了,代之而来的只有厌恶和恐怖。

她闭上双眼，这两个晚上，她脑里浮现着地狱的光景。除了一封拙劣的信之外，这里还有一个她不具任何知识的现象。这个现象使人觉得无比的厌恶、可怖、反感，如此丑陋，令人产生恶心和呕吐等不快之感。而且，那个店里无论店员还是客人，都一律像普通人一样，保持着日常生活中泰然自若的表情，更加形成了令人不快的对比。

"那些人都觉得是理所当然的。"她忿忿地思考着，"这个颠倒的世界竟然如此丑恶！那些变态的家伙，要多丑有多丑。正确在我这边，我的眼睛没有走样。"

这样想着想着，她感到自己是彻底的贞女，她的纯洁的心灵从未这样炫耀过自己是贞女。人人充满自信，以此作为生活的支柱，一旦种种观念受到侮辱，就会愤然而起，发出哀号。这是不言自明的道理。世上百分之八九十正经的男子，都属于这种贞女类型。

她从来没有像现在这样优柔寡断，同时在过去数十年的岁月里，也从来没有像现在这样充满自信。判断倒是甚为简单，用一个可怖而又滑稽的词语"变态性欲"，就可以使一切迎刃而解。这个为良家子女闭口不谈的毛毛虫一般令人悚然的词语，竟然同自己的儿子直接挂起钩来了。对于这一点，这位可怜的母亲佯装不知。

看到男人和男人接吻，她一阵恶心，闭上了眼睛。

"一个有教养的人，怎么会干出这种事来！"

"变态性欲"这个滑稽的词语，和无可选择的"教养"这个滑稽的词语，一同在她心中浮现，这时，南太太一直沉睡心底的自豪感开始抬头了。

她所接受的是良家子女最高尚的教育。她的父亲属于明治时代的新兴阶级，像热爱"勋章"一样热爱"高雅"。她的娘家人个个高雅，连狗都表现一副高雅的样子来。一家人在自家餐厅吃饭，有人从远处递过来佐料，也要道一声"谢谢"。南太太成长的时代，未必是个安定的时代，却是一个伟大的时代。生来匆匆，看到日本在日中战争[1]中取得胜利，十一岁又喜逢日俄战争的胜利。她十九岁嫁到南家之前，父母为了守护这位具有敏锐接受能力的少女，除了依靠他们所处的时代和社会极其稳定的"有品味"的道德力量，再也不需要其他一切。

过门十五年，一直没生孩子，婆婆在世时，她实在抬不起头来。悠一生下之后，她这才松了口气。这时，她所信奉的"有品味"的内容产生了变化。这是因为，从大学时代起就爱玩女人的悠一的父亲，结婚后十五年来，一直过着放荡不羁的生活。悠一出生时最让她感到欣慰的一件事是，她没有让丈夫在不正经的土地上播下的种子进入南家的户籍。

1　指1894年的中日甲午战争。

她首先遭遇的就是这样的人生，但是，她把对丈夫的敬爱之心和天生的矜持性格互相折中，学会一种崭新的爱的态度——用宽恕代替忍耐、用包容代替屈辱。这就是"有品味"的爱。她感到，这个世界似乎没有自己不能宽恕的东西。至少应把"低劣"排除在外！

伪善一旦涉及兴趣上的问题，大事情可以洒脱地放过去，但是在细小的事情上就会出现道德方面的不和谐。但是，南太太对罗登的空气抱有无可容忍的厌恶，这和将此单单作为低劣的趣味而采取轻蔑的态度，两者丝毫没有矛盾。就是说，因为太"下流"，所以她不能宽恕。

看到这番光景，平素她那一副体贴的心肠，再也不能对儿子产生同情了，这是可以理解的。不过，使南太太感到惊讶的是，这种令人厌恶的下流无耻的事情，怎么会搅得自己如此肝肠寸断、痛哭流涕呢？

喂完奶，康子哄溪子睡了，又回到婆婆这边来。

"我呀，今晚上不想见悠一。"婆婆说，"该说的明天我会跟他说。你早点儿休息吧。翻来覆去想也没有用。"

南太太叫阿清来，要她赶紧收拾铺床，心里似乎有一种急不可待的感觉。今天她太累了，上了床之后，就像一个醉汉借助酒力昏睡一般，被苦恼折磨得有些麻木的她，相信能睡个好觉。

※

夏天，南家把吃饭的地方移到一间凉爽的房子里。第二天一大早就很热，母亲和悠一夫妇坐在廊子一角凸出的阳台椅子上，喝着凉果汁，吃着鸡蛋和面包。每天吃早饭时，悠一总是膝头上摊着报纸，看得入迷。今天也一样，只听面包屑像水点儿撒在报纸上，沙沙作响。

吃罢饭，阿清沏茶来，将桌面拾掇好后，走了。

人大凡专心于某种事，反而会有一些笨拙的举动。但南太太却不动声色地把两封信杵到了悠一面前。康子看了，心里咚咚直跳。信被报纸遮挡着，悠一的眼睛看不到，母亲用手里的信捅捅那报纸。

"算啦，别再看报了。我们这里收到两封信呢。"

悠一把报纸胡乱折叠一下放在旁边的椅子上，他看到母亲拿着信的手在抖动，看到她由于紧张过度，脸上浮现的浅浅的笑意。他看到了母亲和妻子的名字，翻过信封一片空白，后面没有寄信人的名字。掏出厚厚的信纸打开，再掏出另一封来。母亲用不耐烦的口气说：

"两封信完全一样。寄给了我，也寄给了康子。"

看了信，悠一的手也颤抖起来。读着读着，脸色变了，他用手帕不住地擦额头的汗。

他几乎没细看内容，知道密告的是什么事。他在苦思，如何巧妙地应对眼前的情势。

不幸的年轻人一副伪装的苦笑浮现在唇边。他鼓足勇气，正面望着母亲的脸。

"什么呀？乱七八糟的！写这种毫无根据、卑劣下流的信……我遭人嫉妒，才会有这种倒霉事。"

"不对，我去过信上写的那家下流的店铺。而且清清楚楚亲眼看到了你的照片。"

悠一再也无话可说了。母亲尽管言辞激烈、表情严峻，其实她站在距离儿子悲剧遥远的地方，她的愤怒近似于见到儿子戴一条不够高雅的领带时而产生的不快。悠一一颗激动的心，未能使他看穿这一点。性急的他，看到了母亲眼里的"社会"。

……康子抽抽噎噎哭了。

这个平时不想让人看到流泪、一贯用爱包容一切的女人，眼下丝毫不觉得悲哀，但还是哭了，她自己也甚感奇怪。她平素不流眼泪是害怕丈夫看了不高兴，她没有觉察，现在这眼泪是明知可以拯救丈夫而自然流下来的。她的生理被爱情所驯服，以至于为爱而产生功利性的运动。

"妈妈，别说了。"

婆婆的耳畔传来她沉滞的声音，康子说罢离开了。她沿着回廊一阵小跑，到溪子睡觉的房子去了。

悠一一言不发，身子也不动一下。不管怎样，现在必须立即行动起来。他把桌子上的十多张信笺从一端"刺啦"撕碎，又把碎片团成一团儿，投进碎白花纹的浴衣袖筒里。他等待母亲的反应。然而，母亲双肘支撑着桌面，手指顶着低下来的前额，一动不动。

过了一会儿，先开口的是儿子。

"妈妈您蒙在鼓里了。这封信您要是当真，我也没办法。不过……"

南太太几乎喊出来：

"康子怎么办？"

"康子怎么办？我是爱康子的。"

"可是，你不是讨厌女人吗？你爱的是学坏了的男孩子，还有那些阔佬和中年汉子。"

儿子对变得毫无体贴之心的母亲感到吃惊。事实上，母亲的发怒是因为他是她的亲生儿子，有一半是冲着她自己来的。她自己有意强忍住了同情的泪水。悠一想：

"同康子草草结婚，不是母亲您硬逼的吗？怎么把一切责任都推到我头上来了？"

出于对病弱的母亲的同情，他没有出口强辩。他用断然的口气说：

"反正我爱康子，只要这能证明我也爱女人，就够啦。"

母亲没有认真听他解释，用近乎胁迫的病中的胡话对他说：

"……总之，我要尽快见到河田先生。"

"不要干那种不体面的事，河田先生会认为这是欺诈他。"

儿子一句话很有效，可怜的母亲莫名其妙地嘀咕了几句，撇下悠一走开了。

早晨的饭桌上只有悠一一个人。他的面前有掉落着面包屑的清洁的桌布，有充满树枝间漏泄下来的日光和阵阵蝉声的庭院。除了右边袖子里沉甸甸的碎纸屑团儿之外，一切都像这晴明的早晨一样寻常。悠一点燃一支香烟，他卷起浆得直挺挺的浴衣袖子，抱着膀子。每当看到自己充满青春朝气的臂膀，总是感到一种值得夸耀的健康的自豪。他的胸脯像有一块重重的铁板，压得他喘不出气来。心跳也比平时急促得多。然而，这种苦闷和欢喜的充满期待的苦闷没有什么区别，不安之中有着一种明朗的希望。他很可惜一根烟抽完了。他想：

"至少，我现在一点儿也不感到无聊！"

悠一寻找妻子。康子在楼上。八音盒的音乐从楼上袅袅传来。

通风良好的楼上一间屋子里，溪子躺在蚊帐里，她高高兴兴睁大眼睛盯着八音盒。康子冲悠一微笑了，然而这种不自然的微笑并不中丈夫的意。悠一上楼时敞开的胸怀，见到这种情景后又重新关闭了。

一阵长久的沉默后，康子发话了。

"……我呀，并不在意那封信。"——她笨拙地敷衍着，"我不放心的只是你呀！"

这充满同情的话语在全世界听起来都是同样的温柔，正因为如此，才深深刺伤了这个年轻人。他眼望着妻子，这话与其说是同情，毋宁说是爽直的轻蔑。同刚才一番情绪激烈的表白完全相反，他的被伤害的自尊心，甚至促使他企图对妻子进行一次无缘无故的报复。

悠一希求援助，首先想到的是俊辅。但是一想起如今到这种地步俊辅应付的一些责任，他一阵恼怒，抹消了这个名字。他盯着桌子上两三天前读过的京都来信，那是镝木夫人写来的。悠一想，如今能够帮他一把的只有这位夫人了。于是，立即脱掉浴衣，准备换衣服出去发电报。

他出了门，阳光在行人稀少的路面上形成强烈的反射。悠一走的是后门，门口正有一个人影犹犹豫豫要进来。他一度走进门，又立即走出去，看样子是等待家里有人外出。

那个小个子男人脸转向这边的时候，悠一认出是稔，吓了一跳。两人靠在一起握握手。

"来信了吧？那封奇怪的信。我知道了，那信是我家老爷子写的。我真对不起阿悠您哪。我是逃出来的，老爷子派人盯梢呢。我们的事全被他查清楚啦！"

悠一并不感到惊讶。

"我也估计到了。"

"我呀，有话跟阿悠说。"

"这里不是地方，附近有个小公园，到那里说吧。"

悠一装出一副大人般的冷静，挽起少年的胳膊催促着。两个人边走边急匆匆述说着降临到他们身上的危难。

附近的 N 公园本来是 N 公爵宅第花园的一部分，二十多年前，公爵家出让广大土地，遂将池塘周围坡地上的一角庭院留作公园，献给区政府。

池面上布满盛开的睡莲，景色很美。除了两三个捕蝉的孩子之外，夏天近午的公园看不到人影。他俩在面对池水的斜坡上的松荫里坐下来。一直无人收拾的斜坡上的草地，到处是纸屑、橘子皮，报纸挂在水边的灌木丛上。太阳落山之后，小公园就会挤满乘凉的人们。

"你想跟我说什么？"——悠一问。

"我说，既然出了这种事情，阿悠，跟我一起逃吧，啊？"

"一起逃……"——悠一犯起了犹豫。

"你怕没钱是吧？钱不必担心，看，我有这么多呢。"

少年微微张着嘴，一副认真的表情。他伸手将裤子后面的口袋解开，取出来一叠精心包装的钞票。

"掂掂看！"他放到悠一手心里说，"有些分量吧？足有十万日元哩！"

"这钱从哪儿弄的?"

"我撬开老爷子的金库，把钱全拿来了。"

悠一和这个少年相处一个月来，共同幻想着冒险，也看到了这冒险带来的悲惨和龌龊的结果。他们面向社会，幻想着所向无敌的行动、探险、英雄的恶行以及明日即将死去的战友之间悲壮的友情，幻想着明知最终要受挫的感伤的政变，以及各种各样悲剧性的青春。他们知道自己的美好，也因而知道他们自己只适合于悲剧。他们相信，充满危险的光荣在等着他们：秘密团体中令人毛骨悚然的残酷的刑罚、被野猪咬死的阿多尼斯[1]之死、中了恶人阴谋诡计而身陷囹圄、水位一刻刻上涨的地下水牢、洞窟王国生死未卜的演练仪式、地球的灭亡，还有寻求舍身拯救数百战友生命的传奇故事的机会，等等。只有这样的失败，才是符合青春的唯一的失败。放过这种失败的机会，代之而来的必然是青春的灭亡。较之难于忍受的青春之死，肉体之死又算得

1　Adonis,希腊神话中的美丽王子,为女神阿佛洛狄忒所热恋。后被野猪咬死,鲜血育出银莲花。

了什么？众多的青春都是如此（若问为什么，因为青春的生命就是难以忍受的壮烈的死）。他们的青春永远梦想着新的破灭。面临死，美青年应当莞尔待之。

……但是，这种梦想的归结，如今摆在了悠一眼前。这是一件市井小事，既没有光荣的馨香，也没有死亡的壮美。一只水老鼠般的污秽的小事，也许会登报，但只能是一块方糖那样大小的新闻……

"看来，这位少年梦寐以求的是女人似的安定生活。"悠一大失所望，"带着这笔钱私奔，随便找个地方，两个人一起过日子。啊，要是这小子有胆量把那个老头子杀了，我会跪在这位少年面前给他磕头！"

有着全家老小的悠一，这位年轻的丈夫，对另外一个自己产生了质疑。他立即决定下了应该采取的态度。看来，比起那种悲惨的归结，伪善显得更合乎时宜。

"这些钱，放在我这儿行吗？"悠一把一叠钞票装进内衣口袋说。少年用一副天真、信赖的目光看着他，回答道："好啊。"

"我到邮局办点儿事，你也一起去吗？"

"不管到哪里，我这个身子都交给阿悠了。"

"真的吗？"

他说是真的。

悠一在邮局给镝木夫人发了一份孩子向母亲撒娇般的电报："有要事，快来！"接着，就叫了一辆出租车，邀稔一同上车。"到哪儿去？"稔半含期待地问。车子一停下，悠一低声对司机说了要去的地点，稔没有听清，还以为两人要去住豪华宾馆呢。

少年发现车子开到了神田附近，就像逃离羊圈的羊羔又将被关进圈里一样，一阵慌乱起来。悠一说："一切听我的，我不会害你。"少年从悠一坚决的语调里，忽然意料到要发生什么事，不由笑了。他想，这位英雄今天一定会为报仇而大显身手吧？

少年想象着老爷子丑陋的死相，高兴得浑身打战。悠一在稔身上寄托幻想，稔也在悠一身上寄托幻想：悠一挥舞着刀子，毫无表情地割断老爷子脖子上的血管。想到刹那之间这位杀手的美丽，映在稔眼里的悠一的侧影，随之变得神仙一般完美无缺。

车子在咖啡馆前边停下了。悠一下了车，接着稔也下了车。盛夏正午时分，学生街行人稀少，一片寂静。两人穿过马路，头顶上的阳光照得人不留一点影子。稔得意地抬眼扫视了一下周围二三楼的窗户。从那里不经意望着马路的人们，不会想到这两个人就是两个青年杀手吧？伟大的行为，总是在这种不露声色的时刻发生。

店里人很少。眼睛习惯了外头的阳光，走进店里觉得很暗。一看到他俩走过来，坐在柜台椅子上的福次郎慌忙站了起来。

"到哪儿去了？"

他抓住稔问道。

稔泰然自若地向福次郎介绍悠一，福次郎听了脸色立即惨白起来。

"我有事要和您商量。"

"到里面去吧，这边请！"

福次郎把账务托付给其他店员。

"你在这里等着。"悠一吩咐稔站在门口。

悠一从内衣口袋里掏出钱包，老老实实递给福次郎，福次郎一下子傻了。

"听说是稔君从家中金库里拿的，我收下来，如数还给您。稔君一时想不开，才干下这种事儿，您不要再责备他了。"

福次郎一言未发，胡乱向美青年瞧了一眼，此时，福次郎心里很不是滋味儿。他用那种卑劣的手段伤害了的对方，却让他在最初一眼就爱恋上了。他骤然想出一个傻里傻气的法子，趁早将全部心里话说出来，一任对方责罚，世上也许能够理解自己的"好心"。他想首先向对方道歉。至于台词，过去听过的江湖上的俗词俚语，要多少有多少。例如什么"哥们，我服了。老兄宰相肚里好撑船，千万别跟我这个小人一般见识，要杀要剐，一切随您的便"等等。

福次郎在演出这场大轴子戏之前，有件事必须赶在头里做好。他接过钱应该数一数。虽说金库里钱他记得烂熟，但账尾巴必须相合。不过，十万日元钞票一时数不下来，他把椅子拉到桌边，对悠一轻轻点了点头，然后解开钱包，认真数起来。

悠一盯着小商人数钱的熟练的手指，那种娴熟的动作里所包含的阴惨的真挚之情，超越了他们的色恋、告密和盗窃。钱数完了，福次郎双手搁在桌面上，又对悠一鞠了一躬。

"钱数全对吧?"

"全对，一分不少。"

福次郎放过了机会。这时悠一已经站起身，对福次郎瞧也不瞧一眼，向门口走去。稔从头到尾看着这位英雄不可饶恕的背叛行为。他背靠着墙壁，脸色惨白，目送着悠一。临出门，悠一对他点点头，稔背过脸去，不予理睬。

悠一沿盛夏的街道独自大踏步走着，没有人跟着他。他嘴边漾起了微笑。青年想极力忍住笑，皱着眉头走路。他充满了无可形容的傲慢的喜悦，他明白了慈善的喜悦为何能使人的行为变得傲慢起来。而且，他还懂得，要想自己有好心情，较之恶行，再没有比伪善更胜于一切的了。他感到十分高兴。

　　演罢这出戏，年轻人的肩膀如今更加轻松了，今天早晨沉闷的心情也一扫而光。为了使喜悦更加圆满，他想买点儿毫无意义的东西。悠一路过一家小文具店，选购了最便宜的赛璐珞铅笔刀和钢笔尖儿。

第二十九章　算计之神

悠一的无所作为很是完满，处于此种危急时刻，他的平静无与伦比。单单凭借这种从孤独的深渊中产生的平静，他瞒过了家人，使她们怀疑密告信也许是假的。悠一就是如此镇静自如。

他不多说话，平淡地过日子。他把自己的毁灭踩在脚底下，像走钢丝一样从容不迫。青年慢慢阅读早晨的报纸，正晌午睡午觉。不到一天，全家人就失去了解决那个问题的勇气，只得考虑如何从那个话题里逃脱出来。因为实在找不出另外的"有品味"的话题了。

镝木夫人回电报了，电报上说，她晚上乘八点半到达的"鸽子"号特快来东京。悠一去东京站迎接。

夫人拎着一只小旅行包从车上下来，看到了穿着淡蓝衬衫、卷着袖子、戴着制服帽的悠一。这时，她脸上浮现出恬静的微笑，她感到自己比起他的亲生母亲，更能迅速拂去这个青年的苦恼。抑或她从前一心巴望看到悠一如此隐含着苦恼的表情而未得吧。她穿着高跟鞋很快走近他，悠一也跑过来，低着眉，夺过夫人的旅行包。

夫人喘着气。青年切实感觉到，夫人依然像从前一样，用热情的视线紧紧盯着他的脸。

"好久不见了，出了什么事？"

"回头慢慢说吧。"

"没关系，不用担心，我来了呀。"

夫人说话时的眼睛里充满了无往而不胜的力量。悠一觉得，他已经和这个曾经被他轻易逼得跪在他面前的女人拴到一起了。这时，夫人从美青年纤弱的微笑里，看到了他经历的辛酸。而且，夫人觉察到，这并非她所给予的辛酸，于是，一阵寂寞的同时，反而产生一种莫名其妙的勇气。

"住在哪儿？"

"我给从前老宅子那家旅馆发了电报。"

两人到旅馆后，吃了一惊。用心周到的老板，为夫人准备了分馆楼上的西式客房，这里正是悠一和镝木被夫人偷窥的那间屋子。

老板过来问安。这位老派的循规蹈矩的人，没忘记依然照伯爵夫人的规格待客。他很注意主客间微妙的关系，仿佛趁夫人不在而强占她的住居一样，他总是唯唯诺诺，把自己旅馆的一间房子，当别人的住家夸奖一番。他走起路来像壁虎爬墙一般小心翼翼。

"家具都是高档的，我们照样使用着。客人们称赞说，像这种货真价实、古色古香的家具很难见到了。很抱歉，墙纸倒是换过了。这桃花心木质的柱子，光亮耀眼，总是给人一种心静气闲的感觉……"

"这里本来是管家住的屋子。"

"是啊，我们也听说了。"

对于被安排在这个房间里，镝木夫人没有表示异议。老板走了以后，她又站起来，重新打量了一下这间古雅的屋子，由于床上张起了白色的蚊帐，看起来更加偏狭了。打从在这里看见那种事儿离开这个家，已经半年多没来了。按夫人的性格来说，她不认为一次偶然的暗合会带来什么不吉利。再说，壁纸已经"重新更换"了。

"很热吧，去冲个澡好了。"

悠一听到吩咐，打开通向三铺席的狭长书库的隔扇，扭亮灯。书库的书没有了，全部贴了纯白的瓷砖。书库竟然改装成面积相当的浴室了。

宛如一个游子踏上久别重逢的土地，最初的一刻只能找回往昔的记忆，镝木夫人发觉悠一平静的苦恼里也刻印着自己苦恼的回忆。她被这种苦恼吸引了，然而未能察觉他的变化。他从自己的苦恼之中，发现自己就像一个束手无策的小孩子。夫人不知道他正在审视着自己的苦恼。

悠一去洗澡，传来哗哗的水声。镝木夫人耐不住暑热，她反手到背后，解开一排细细的纽扣，放松了前胸，依然光润的肩头一半裸露着。她不喜欢用电扇，从手提包里拿出洒满银箔的京扇子扇风。

"他的不幸和我的久别重逢的幸福，形成了多么强烈的对比啊！"——她想，"他的感情和我的感情，就像樱花树的花和叶一般总是凑不到一块儿。"

一只蛾子撞到纱窗上，夜间的大蛾子那种洒落鳞粉的窒闷的焦躁，她是很能理解的。

"看来只得这么想了。至少我的幸福感如今正鼓舞着一个人儿呢……"

镝木夫人看着往昔多次和丈夫一起坐过的洛可可风格的长椅子。没错，她确实同丈夫一起坐过，可是夫妻俩始终保持一定距离，连衣角都碰不到……突然，她看到了长椅上丈夫和悠一正在紧抱着的幻影。她的裸露的肩头发冷了。

那时候的窥见，只是一次偶然的、毫无疑虑的、天真的发现。夫人本想知道的是自己不在场时依旧确实存续的幸福，但往往在这个时候，那种狂妄的欲望反而会招来不祥的结果……而且，今天镝木夫人和悠一都在这间房子里，她也许介入了一个幸福已经过境的地方。取代幸福在场的，是她……这个无比聪明的灵魂，从不言自明的现实当中，立即觉悟到自己靠不住的幸福之感，以及悠一不爱女人的事实。仿佛袭来一股寒气，她伸手把背后的解开的扣子全都扣上了。因为，她觉得一切媚态都是白费。往昔的她，哪怕背后的扣子有一颗解开了，当场她会意识到，准有一个男人想给她重新扣上。那个时代同她厮混的男士们，假如有人看到她如今这番谨小慎微的样子，准会怀疑自己瞧花了眼。

悠一边从浴室走出来，一边用梳子梳头。夫人看见他那洋溢着青春光辉的水淋淋的面孔，想起从前同康子一起在咖啡馆相遇时，看到的他那张被骤雨打湿的面孔。

她想从回忆里回到自由中来，她发出了奇娇的声音：

"好，快说吧。把我拉到东京来，又想让我等得心焦吗？"

悠一从头到尾说了一通，请她帮忙。她从听到的事实中判断出当前要紧的是，不管采取什么方式，都必须首先动摇这封信的可靠性。夫人立即决定明天到南家拜访，她和悠一约好，就打发他回去了。她觉得这事儿也挺有意思，本来在镝木夫人独特的性格里，天生的贵族心态和娼妓心态是极其自然结合在一起的。

第二天早晨十点，南家突然来了一位不速之客，于是请她到楼上的客厅，悠一的母亲出面接待。镝木夫人说也想见见康子。只有悠——人同客人彼此心照不宣似的临时避开，这个年轻的丈夫躲在书房里没有露面。

镝木夫人一身淡紫色的西服包裹着丰满的腰肢，显出一副威严的神态。她不住微笑着，语气沉着而又诚恳。在她未开口之前，可怜的母亲被她慑服了，战战兢兢地想："莫非又是来告诉什么新的丑闻吧。"

"对不起，我不太习惯用电扇……"

客人既然说了，电扇就没有搬过来。来客慢悠悠摇着团扇，不时瞥一瞥康子的脸。自打去年那次舞会以来，两个女人今天是第一次坐在一起。"要是平时，我对这女子自然会产生嫉妒。"夫人想。然而，夫人咄咄逼人的心理，只能使她对于这个显得有几分憔悴的年轻而美丽的女子感到轻蔑。

于是，她开口了：

"我呀，接到了阿悠的电报。昨天晚上，他把那封匿名信原原本本都给我说了，所以今天我很快赶来了。听说信的内容还涉及了镝木……"

南太太默默低着头。康子一直转向旁边的眼睛，又转过来正面瞧着镝木夫人了。她低声而又坚决地对婆婆说：

"我想我还是避一避的好。"

婆婆不同意，她说她一个人留下来很害怕。

"难道你忘啦，夫人是说要同我们婆媳俩一起谈的呀。"

"是的，不过，要是关于那封信的话，我可不想听啊。"

"我也是这种心情，可是该听的不愿意听，往后会后悔的呀。"

女人们彬彬有礼地谈着话，都在围着一个丑恶的词儿遮遮掩掩绕圈子，真是天大的讽刺。

镝木夫人开始向她发问了：

"怎么啦？康子小姐。"

康子觉得眼下夫人正和自己比赛谁更有勇气。

"可我如今对这封信什么也不想了。"

……听到这句爽快的回答，镝木夫人咬紧了牙关。"嘀，这女子把我当对头，和我较劲儿呢。"想到这里，她的热情一下子冷却了，"看来，对于这个头脑偏狭的女子，只好省去一切说服的手续，没有必要叫她相信我是站在她丈夫这边的。"夫人忘记了自己所能起到的作用的限度，肆无忌惮地说起来。

"你一定要来听，我来告诉你们的都是好消息。当然喽，听的人有的也许会觉得是坏消息。"

"请快点儿说吧，等得令人好一阵子心焦。"

悠一的母亲催促道，康子终于没有走开。

"阿悠把我当成可以证明那封信没有任何事实根据的唯一证人，这才打电报让我来的。说出事情的真相本是件痛苦的事，但比起那封满纸谎言的不光彩的信，由我来把事实

真相和盘托出，也就可以安心了不是？"——镝木夫人稍稍
嗫嚅起来，接着，她忽然用异常热烈的口吻说起来，令人
大吃一惊：

"我呀，和阿悠一直有关系呢。"

可怜的母亲和媳妇两个对望了一下。这个新的打击使她
几乎昏了过去。她好容易缓过神来，问道：

"……那，那现在还是这样吗？打春天起您不是到京都
去了吗？"

"镝木的事业失败了，而且又对我和阿悠的关系看不顺
眼，硬把我拉到京都去了。其实，我经常到东京来呢。"

"和悠一……"——母亲说了一半，苦于找不到合适的
词儿，好久才想到"关系好"这个暧昧的词语，"……和悠
一关系好的只是您一个人吗？"

"这个，"——夫人瞅了瞅康子，"还有别的女人吧。嘻，
年轻人嘛，没法子呀！"

悠一的母亲涨红了脸，她怯生生地问道：

"这些人当中没有男的吗？"

"怎么会呢。"镝木夫人笑了。她的贵族气派又显露出来
了。她嘴里只顾吐着一些粗俗的话语，心里十分痛快。

"……可是，我知道，光是打掉阿悠孩子的女人就有两
个呢。"

491

镝木夫人不费吹灰之力，她的告白凭直率取得了很大的效果。面对当事人的妻子和母亲，她这种拉下面皮的告白，比起哭哭啼啼赚得听者一把眼泪式的告白，显得更加合乎时宜而又真实可信。

再说，南太太心情很复杂，她怀着一团迷雾，不知所措。她的贞淑的观念在那家"下流"的店里蒙受了最初的打击，她的一颗麻木而痛苦的心，对于镝木夫人引起的异常事端，这回只能顺其自然了。

南太太琢磨着，她努力想使自己冷静下来，于是她的顽固的固定观念又抬头了。

"这个忏悔或许没有说谎，其证据就是，男人会怎样不知道，单说女人，没有谁会将自己捕风捉影的私情随便袒露出来。况且，女人为了救男人，什么事干不出来？即使像原伯爵夫人这样的女子，也会趁机跑到母亲和媳妇跟前，把她那些见不得人的事情全都抖搂出来。"

这种判断存在着明显的逻辑上的矛盾。就是说，南太太在论"男"道"女"时，早已把他们之间的艳事当作谈话的前提了。

过去的她，对于有夫之妇或有妇之夫之间的艳情总是闭起眼睛、捂着耳朵，如今只得承认镝木夫人的告白了。她怀疑自己的道德观念是否出了问题，想到这个，她感到惶恐不安了。不仅如此，为了解决问题，她只好原原本本相信镝木夫人的告白，将那封信当作一张废纸。但是，她又对一直倾向这种进展的心情感到恐惧，反而固执地想为那封信寻找些证据出来。

"不过，我看到照片啦，就是那家叫人一想起来就恶心的店，一个不走正路的侍者，把悠一的照片当宝贝！"

"这事我听阿悠说过。其实，他学校有个在这方面感兴趣的同学，向他讨照片，阿悠经受不住纠缠，就给了他两三张，就这样流出去了。阿悠出于好奇，还跟着那位同学到店里去过，过来搭讪的男人都叫他轰走了。所以，人家就写信打击报复呗。"

"看来也是。那悠一为何不对我这个当妈的，一五一十说清楚呢？"

"还不是怕您这个母亲吗？"

"我这个母亲真是太糊涂啦……这个不说了，我还要冒昧地问一句，镝木先生和悠一真的没有那档子事吗？"

这个问题是早已预料到的，尽管如此，镝木夫人需要的是极力保持平静。她是看到了，她看到的可不是照片！

不知不觉之间，夫人受了伤。伪证绝不可耻，但是，自从看到那一幕起，在生活里所虚构起来的一番热情，背叛了眼下促使自己努力作伪证的热情，这是痛苦的。如今的她看起来是一位英雄，然而，她本人不容许把自己当成英雄看待。

"哦，那简直是不可想象的事。"

康子始终低着头，一声不响。她一言不发，使得镝木夫人很不是滋味。按理说，对事态最可能做出直接反应的应该是康子。这位夫人的证词是真是假，这并不重要，问题是，别的女人和自家丈夫这种滴水不漏的关系，究竟是怎么回事呀？

估计婆婆和夫人的对话快要结束了，康子寻找着使得这位夫人感到难堪的话题。

"我有件事不明白，阿悠的西装怎么渐渐多起来了呢？……"

"这个，"镝木夫人一句话挡了过来，"没什么奇怪，我给他做的呗。是我领他去西服店的……我呀，自己赚钱，喜欢给自己的心上人儿出点儿力气。"

"怪不得，您有工作。"

南太太睁大了眼睛。她没想这个乱花钱的女子竟然有份工作。镝木夫人干脆说个明白：

"我到京都以后，开始干贩卖进口汽车的生意，如今，我已经是个老练的中间商了。"

这才是她唯一真实的告白。最近，夫人精于商法，能将一百三十万买进的外国车一百五十万再卖出去。

康子记挂着孩子，她离开了。一直在媳妇面前虚张声势的悠一的母亲，这下子崩溃了。她闹不清眼前这个女人是敌是友，她无目的询问着：

"我究竟该怎么办？康子比我更可怜！……"

镝木夫人冷然地说道：

"我今天是下了决心的。我想，与其你们受着那封信的威胁，不如让你们知道事情的真相，这对您对康子都有好处。我打算带阿悠出外旅行两三天。我和阿悠不可能产生真正的爱情，康子小姐用不着担心。"

这种旁若无人、快人快语的表现，使得南太太很佩服。这位镝木夫人到底具有凛然难犯的气质，南太太放弃了一个母亲的特权。而且，她在夫人心中发现了较之自己更像母亲的东西。她的这种直觉是正确的。她没觉察到，在这个世界上，自己的话语显得多么滑稽。

"悠一的事，多亏您关照啦。"

康子把脸贴近睡着的溪子，连日来，荡漾在她心间的平和的音乐消失了。她像地震时一样，作为母亲她本能地用身子掩护着孩子。她只希望这种破灭，这种崩溃，不要危及溪子身上。康子失去了位置，她像一个无人居住的孤岛，四周受到波涛的侵袭。

一个比屈辱更为复杂的巨大的东西压在她头上，几乎没有什么屈辱感了。然而，令人窒息的苦闷打破了她心理的平衡，一种在信件之后决心不相信信的内容的平衡。听了镝木夫人毫无遮拦的证词，康子的内心深处确实起了变化，不过，她自己尚未注意到这种变化。

康子听到婆婆和客人一边说话一边下楼来。她想夫人要回去了，准备出去送行。可是夫人不是要回去，康子听婆婆吩咐着什么，于是从帘子后头看见了夫人的背影，她正在婆婆的陪伴下顺着走廊向书房走去。康子想："这个女人把我家当成自己的家，走来走去的。"

婆婆一个人从书斋折回来，坐到康子身边。她的脸色并不显得苍白，反而因兴奋变得红润润的。

门外阳光酷烈，室内一片昏暗。

过一会儿，婆婆开口了：

"这个女人为什么要来说这些呢？光凭摆阔气和酒后吐真言，也不至于这样啊！"

"还不是喜欢阿悠嘛。"

"看来只能是这样。"

这时，作为母亲，对媳妇的考虑撂在了一边，她感到了一种安心和自豪。是相信那封信还是相信夫人的证词，在这个阶段，如今的她毫不犹豫地选择了后者。英俊的儿子讨得女人的欢心，从她的道德观看来，是件好事。就是说，她获得了一种快慰。

康子发觉疼爱自己的婆婆也站到了另外的世界，看来只有自己维护自己了。然而，根据历来的经验，她知道除了一切顺乎自然之外，再没有别的避免苦恼的好办法了。她处在这般悲惨的位置上，像一只小动物一动不动。

"一切都完啦！"

婆婆破罐子破摔地说。

"妈妈，还不能说都完了呀！"

康子这话，实际上说得很激烈，可是婆婆权当是安慰自己，她含着眼泪说了些客套话：

"难为你了，康子。有你这样的好媳妇，我是多么幸福啊！"

……书房里只剩下两个人了，镝木夫人就像走进一座森林的人常做的那样，用鼻孔深深饱咽着屋里的空气。她觉得这里的空气比任何森林里的空气都要清新、爽适。

"真是一间好书房呀！"

"这是先父的书房。我只要待在家里，总是关在这里，尽情呼吸。"

"我也是一样啊。"

这自然的应和，悠一十分明白。这位夫人风风火火闯入别人家庭，抛掉一切礼节、体面、顾虑和羞耻，对己对人用尽一切残酷手段，一心为着悠一，敢于使出超人的力量呼风唤雨一番，如今，她可以松口气了。

窗户敞开着，桌子上摆满了老式的台灯、墨水瓶、一摞字典，还有镶着夏季花朵的慕尼黑酒杯等，面对着这样一幅幽暗的铜版画般的细致的前景，展现着一片残暑熏蒸下的广阔的街景。那些建筑在废墟上的许多新式房屋，反而给人一种荒凉的感觉。都电顺着电车轨道从坡上开过来，云彩打头顶掠过，前后线路、那些尚未盖房子的火灾留下的基石，还有垃圾场上的碎玻璃，一起闪射着刺眼的光芒。

"已经没问题啦。你母亲和康子再不会特意去那家店调查了。"

"看来是没问题了。"青年满怀信心地说，"不会再来信了，妈妈没有勇气再到那家店里去了，康子即使有勇气，她也决不会再去。"

"你累了。该找个地方稍微养养身子。我没同你商量，就对你母亲说了，打算带你去玩上两三天。"

悠一惊讶地微笑了。

"今晚就可以出发。火车票我来托人买……回头就去打电话。你在车站等我好了。我回京都顺便去一下志摩，旅馆的房间已经订好了。"

夫人紧紧审视着悠一的表情。

"……不必担心呀，我一切都明白，我打一开始就没有为难过你。我们之间不是什么也没发生吗？只管放心吧。"

夫人再次察看悠一的意向，悠一答应去。事实上，他也想从这种失败的结局里逃出两三天来，再没有比夫人更体贴更安全的旅伴了。青年的眼睛里闪现着感谢的神情，夫人怕他这样，连忙摆摆手。

"这点儿小事，不要对我感恩，这可不像你。说实话，旅行期间，你就把我当作一股空气对待好了，否则我会不高兴的。"

夫人回去了，母亲出外送行，然后跟着悠一又回到书房里。刚才瞧着康子的时候，她明白了自己应该做些什么。

母亲反手用力关紧了书房的门。

"听说你和那位夫人去旅行？"

"是的。"

"这可不成呀，康子好可怜啊！"

"那么，为何康子自己不出面阻止呢？"

"你还是个小孩子！你只要对康子说定一起去旅行，康子还会一时没了主意吗？"

"我想离开东京几天。"

"那就和康子一块儿去好了。"

"和康子在一起，我不能很好休息。"

可怜的母亲叫了起来。

"稍稍为孩子着想一下吧。"

悠一低着眉，不吭一声。最后母亲说道：

"也该稍稍为我考虑一下呀。"

这种自私性，使得悠一想起当匿名信事件发生后，一点也不体谅自己的母亲来。这位孝顺的儿子一阵沉默之后，说道：

"我，还是要去的，这件怪事麻烦了人家，要是连了人家的好意，总是不合适吧？"

"你这是想给人家当男妾！"

"不错，正如她所说的，我就是她的男妾。"

悠一对着仿佛距离自己千里之遥的母亲，得意扬扬地说。

第三十章　勇敢的恋爱

夫人和悠一乘坐的是晚上十一点发出的夜班车，这时候，暑气已经大半消去了。旅行有着一种奇妙的感情，不要说留在身后的土地，甚至从连续拖曳的时间里，人们都能获得自由的快感。

悠一没有后悔。奇怪的是，这样做正是出于他对康子的爱。这种爱被表现的苦涩歪曲了形式，出于此种观点，青年为出外旅行所干下的种种无理的事情，一概可以看成是向康子饯别。这期间，他那一番认真的内心活动，甚至连伪善也不害怕了。他想起自己对母亲说的一席话："反正我是爱康子的，只要证明我也喜欢女人就够啦！"——这么说，有充分理由可以认为，他不是为了救自己，而是为了救康子才麻烦镝木夫人的。

镝木夫人不知道悠一这种新的心理活动。她只是以为这个青年很美，充满青春的魅力，而且绝不爱女人。能够拯救这个青年的，只有她了。

东京车站深夜里的站台退到了远方，夫人轻轻吐了口气。只要稍微显露一点爱的表示，悠一定会失去好容易获得的安然的情绪。列车震动着，两人裸露的臂膀时时靠在一起，每次都是她若无其事地缩回手臂。即便从微微的震颤里，悠一也能感受到夫人的爱意，她害怕这样下去，其结果只会使悠一感到无聊。

"镝木先生怎么样了？倒是经常接到他的来信哩。"

"如今，我们还是结发夫妻，要说过去是这样，那倒也是。"

"他对那种事儿还是那样吗？"

"最近我全都清楚了，他干脆表现出一副喜不自胜的样子。我们一起逛大街，他经常捅捅我，说：'看那孩子长得多帅！'那肯定都是男孩子。"

看到悠一默默不响，片刻，夫人问道：

"这类事你不愿听，对吗？"

"嗯。"青年也不瞧一眼女人的脸，"我不想从您嘴里听到这样的话题。"

敏感的夫人一下子看穿了这位随心所欲的青年眼里，隐藏着天真的梦想。这是她的一个重要发现，意味着悠一依然想从夫人那里寻求某些"幻影"。"我必须佯装不知，要在他的眼睛里，永远留下一个没有任何危险的情人的影像。"夫人多少带着几分满足的心情下了决心。

两个人疲惫不堪，不久都睡了。早晨，在龟山换乘开往鸟羽的列车，再从鸟羽乘坐志摩线，不用一小时就抵达贤岛。这里是终点站，一座短桥将这个岛和本土连接起来。空气清新无比，两位游客在这个生疏的车站一下车，就嗅到了越过英虞湾众多海岛吹过来的潮风的气息。

到了位于贤岛山顶的旅馆，夫人只订了一个房间。她并非有什么期望，夫人对自己置于困难的爱的境地感到迷惘。如果这也叫爱，那么这种真正的前所未闻的爱，没有作为典型写入任何戏剧和小说之中。一切都得由自己决定，自己试验。她想，假若和自己心爱的男人睡在一间屋子里，没有任何欲求，一觉到天亮，通过这种严峻的考验，就会给柔情似水的爱以固定的形式，使之百炼成钢。悠一被人领进房间，看到两张并排的床铺，一时有些困惑，但立即羞愧起来，觉得自己不该对夫人有半点儿疑虑。

这天天气响晴，空气爽净，也不十分炎热。平素，旅馆以长住客为主。午饭后，他俩到志摩半岛御座岬近旁的白浜游泳。到白浜，须从旅馆后面乘大型摩托艇沿英虞湾海岸到达那里。

夫人和悠一换上泳装，外面套着一件轻衫，走出旅馆。

自然的宁静包裹着他们俩。四面的景色，看上去与其说岛屿浮在水上，不如说众多海岛挨在了一起，海岸线极为曲折，所以，海水无孔不入，剥蚀着陆地。而且，景物异常宁静，仿佛使人感到置身于保留着广大丘陵的洪水的中央。自东到西，手指所向之处，甚至看到的出乎意料的山峡一带，到处都有金光闪烁的海水。

上午游泳归来的客人很多，下午乘同一艘游艇去白浜的，除悠一他们之外，仅有四五个人。其中三人是带着孩子的年轻夫妇，还有一对美国中年夫妇。深深浸入陆地的沉静的海面，到处漂浮着珍珠筏，这是将养殖用的母贝笼子吊入海里的筏子，游艇就从这些珍珠筏的夹缝里穿过。节令已至晚夏，这一带看不到海女的身影。

船尾的甲板上摆上两张折叠椅，两人坐在椅子上，悠一第一次看见夫人裸露的身子，他被吸引住了。她的肉体优雅与丰满兼而有之，所有的部位都包裹在强韧的曲线中。那秀美的双腿使人想到，大凡从孩童时代起就习惯坐椅子的人都是如此。最惹眼的是从肩头到臂膀的线条。丝毫不见衰老的皮肤映射着阳光，夫人一点儿也不怕太阳晒黑皮肤，对着炎阳，她没有任何保护肌体的意识。海风吹拂着她的头发，自飘动着发丝的双肩到手臂，那浑圆的线条，看起来就像古罗马贵族妇女宽袍大袖里露出的素腕。屏弃那种必须抱有欲望的固定观念，免除作茧自缚的义务感，悠一这才深刻懂得这尊肉体的美丽。只用一件雪白泳装遮蔽胴体的镝木夫人，脱去身上的外褂，迎着耀眼的太阳，眺望着应接不暇的众多的海岛。岛屿流到他们面前，又逐渐闪现过去。悠一想到，无数的珍珠筏垂挂在浓绿海水中的笼子里，在晚夏的阳光底下，一定有一些珍珠开始成熟了吧？

英虞湾一个海湾，又像枝干一般铺展开好几个小海湾，游艇从其中一个海湾驶出来，转了几道弯，依然航行在看似被陆地包围的海面上。周围海岛上，采珠者家家户户的屋脊遥遥相望，岛上的绿色因而起着指点迷津的作用。

"那是文殊兰！"船上一人喊道。

他看到一座海岛上点缀着白色花朵的村落，镝木夫人越过青年的肩头，朝着那些花期已过的文殊兰的花朵望去。

她从前不爱自然，只有体温、脉搏、血与肉，还有人体的气味使得这位夫人着迷。然而，眼前明媚的风光攫住了她一颗勇猛的心。若问为什么？因为自然拒绝了她。

傍晚，他俩洗罢海水浴回来，吃晚饭前，先到旅馆西侧的酒吧饮饭前酒。悠一要了一杯马丁尼酒，夫人吩咐侍者做调和酒，侍者遂将绿色苦酒掺进法国艾酒和意大利艾酒混合摇动，制成一杯鸡尾酒。

两人被遍照每条海湾的晚霞惨丽的景色惊呆了。桌子上放着橙黄色和焦褐色的两种酒，经霞光一照，变成了血红色。

窗户大敞着，没有一丝风，伊势志摩地方黄昏时节风平浪静的海面远近闻名。毛织物一般沉沉下垂的燃烧的大气，无法妨碍身心愉快的青年健康的休息。游水和入浴后浑身的爽净、复苏的快意、身边尽知一切又原谅一切的美女、适度的酩酊……如此的恩宠简直没有一点儿瑕疵，甚至会让身旁的人陷入不幸。

"究竟这个人有没有'体验'过呀？"——丝毫不留记忆的丑恶，眼下，夫人瞧着青年澄澈的眸子，不得不作如是想，"这个人每一个瞬间，每一个空间，永远都是洁净无垢地挺身而立。"

如今，镝木夫人对于一直以来包裹着悠一的恩宠了然于心。他陷入恩宠的方式，正如坠进陷阱的人一样。"应该使他心情愉快。"夫人想。否则就像从前一样，只不过是背负着不幸重压的一次重逢罢了。

此次进京，紧接着来志摩旅行，夫人坚定放弃自我的决心表现很勇敢，不是简单的抑制，也不是克己。她只是停驻于悠一常住的观念之中，只相信悠一所看到的世界。她警觉地提防着自己的希望不能丝毫歪曲这种观念。她要经受长期的艰苦的磨炼，以使自我辱没希望和自我辱没绝望达于同一种意义为止。

尽管如此，久别重逢的两个人有着说不完的话题。夫人说了最近参加祇园祭的事，悠一讲了和桧俊辅一起提心吊胆乘坐河田游艇的经过。

"这次匿名信事件，桧先生知道吗？"

"不，怎么啦？"

"可是，你不是做任何事都要同他商量的吗？"

"不过，这种事情不便对他说明。"——对于那个依旧保留的秘密，悠一有些神情黯然，他继续说道，"关于那件事，桧先生一无所知。"

"不是吗，那老头子，打很早起，就特别喜欢女人。可奇怪的是，到头来还是叫女人一个个逃走了。"

太阳下山了，微风乍起。日落后，海面水光潋滟，一直到远处的连绵群山，依然保持一片明净。大海无处不在，接近岛屿岸边的海面，影像幽深，橄榄色的海景映着残照，和明灭闪烁的水面形成对比。两人离开那儿去用晚餐。

在这家远离人群的旅馆，吃过晚饭就无事可做了。两个人听听唱片，翻翻摄影画报什么的，或者仔细阅读飞机公司和别的旅馆的说明书。纵然无事可做，但眼前有个一直不想睡觉的大孩子，为了照顾他，镝木夫人只得担当起一个保姆的责任。

夫人发现，过去那些看起来像是胜利者的倨傲的事情，不过都是小孩子的心血来潮罢了。这一发现既不令人可厌，也不使人扫兴。现在，悠一一个人自得其乐地熬夜，他的沉着冷静以及无所事事时的一种独特的快乐，尽皆因为他时时意识到身旁有个夫人存在。对此，夫人自己也心知肚明。

……悠一终于打起哈欠来了。他很不情愿地说：

"好吧，该睡觉了。"

"我困得睁不开眼啦。"

——可是，直喊困的夫人，走进卧房之后又开始说个不停。她一旦开口，连自己也无法控制了。他们各自将头枕在枕头上，熄灭中间床头柜上的台灯之后，夫人依然兴致勃勃，她继续热烈地唠叨着。话题很天真，都是些既不属于毒药，也不属于补品的事情。悠一在黑暗里应和着，声音越来越小，不一会儿就不吭声了。代之而起的是稳健的鼻息。夫人也突然沉默了下来，半小时之后，她听到了青年有规律的纯洁的鼾声。她的眼睛越发清明，再也睡不着了。她打开台灯，拿起小桌上的一本书。她被他翻身时床铺发出的尖厉响声吓了一跳，看了看相邻的那张床。

其实，镝木夫人一直在等待。她等得疲倦了，等得绝望了。打从那次使她怪讶的窥见以来，她深有所悟，等待已成为不可能，但她还是像磁针永远指着北方一样继续等待下去。然而，悠一在这个世界上找到了唯一使他放心、可以和他共诉衷肠的女人，他对她无上信赖，他是那般快活，眼下，他平躺着疲倦的身子睡着了。他翻了个身，光着上半身躺着，此时，他耐不住暑热，撩开了胸上的毛毯。枕头边浑圆的灯光照着那深深印着睫毛阴影的俊逸的睡脸，照着那一起一伏的宽阔而健美的胸膛，如同照耀着古代金币上的浮雕胸像。

镝木夫人重新调整自己的梦想，准确点儿说，是从梦想的主体转向梦想的对象。这种梦想中微妙的移位，在梦中由一把椅子换坐到另一把椅子上，这种细微的无意识的态度的变化，使得夫人对等待彻底断念了。犹如蛇借着细流搭桥过河一般，她将穿着睡衣的身子当作桥梁伸向旁边的床。她用手掌和胳膊支撑着身体，战栗起来。她的嘴唇就在沉睡的青年面孔的前边。镝木夫人闭上眼睛，她的芳唇在细细窥探。

恩底弥翁睡得很甜蜜。青年挡住照在脸上的灯光，根本不知道自己处在一个多么燠热难熬的夜晚之中。女人的香发拨弄着他的面颊，他也毫不知晓，只是翕动着无可形容的优雅的嘴唇，时时显露着洁白而莹润的牙齿。

镝木夫人睁开眼睛，嘴唇尚未触及。此时，那种勇敢的自我放弃的决心使她猛醒："要是嘴唇接触了，最终必将致使一种东西振翅而飞，永不回头。为了保守自己和这位青年之间永远没有终场的音乐，决不可动他一根指头。昼夜都要屏住呼吸，千万注意，不能吹走两人之间一粒尘埃。"……女人又从不该有的姿势里回过神来，睡到自己的床上，脸庞紧贴着热烘烘的枕头，全神贯注凝望着那金色的圆形浮雕。熄灯了，浮雕依然浮泛着幻象。夫人转向墙壁，拂晓时分，她睡着了。

这场考验奏效了。第二天，夫人心如明镜地醒过来了。她那盯着悠一睡脸的眼睛里，含有一种崭新而坚强的力量。她的感情经受了提炼。她用洁白的枕头戏弄地撞撞悠一的脸颊。

"快起来吧，今天是个好天气，多可惜呀！"

——比起前一天，这晚夏的一日更使人感到神清气爽，大大催发着行乐者怡悦的旅思。吃过早点，他俩带上饮料、盒饭，包了辆车，打算先到志摩半岛尖端游玩，午后从昨日游泳的白浜乘船返回旅馆。他们从旅馆附近的鹈方村出发，穿过灼热红土地上点缀着小松树、棕榈和鬼百合的原野，到达波切港。耸立着巨大松树的大王崎，风景秀丽。两人裹在潮风里，他们看到大海各处正在干活的海女，她们身上的白衣如雪浪起伏。他们看到北方岬上像一支粉笔直立着的安乘灯塔，以及老崎一带海女在各处海边燃起的篝火。

导游老婆子，将光滑的茶花树叶切碎卷烟抽。和她年纪相配的油污的手指，哆哆嗦嗦指点着远方烟霭萦绕的国崎尖端，据说那里过去是持统天皇偕众多女官坐船游玩的地方，七天里还建造了一座行宫。

——这些或新或旧旅行中无用知识的堆积，弄得他们很是疲劳，回到旅馆，悠一离出发时刻还只剩一个多小时。由于今晚回京都还没有联系妥帖，夫人一个人留下，明日一早动身。傍晚，海上一片宁静，青年这时走出了旅馆。夫人送他到旅馆附近的电车站。电车来了。两人握手。握过手，夫人旋即离开，走到车站外面的栅栏旁边目送着他。她满心快活，干得很出色，似乎什么感情也没有，只是久久挥着手。其间，血红的夕阳照耀着夫人半边脸庞。

电车开动了。夹在生意人和渔民的乘客里，他成了孤家寡人。于是，悠一对这位夫人高贵而恬淡的友情，心中充满感谢之意。这种感谢逐渐高扬起来，不由得对以这位完美的女人做妻子的镝木产生了嫉妒。

第三十一章　精神及金钱诸问题

悠一回到东京，碰到一件麻烦事。在他短期外出期间，母亲的肾病恶化了。

不知对谁以何种方式发出抗议的南太太，半是为了责备自己才病成这个样子的。本来身体好好的，她忽然感到眩晕，很快就昏过去了。接着就不停地有稀薄的尿流出来，无疑是肾萎缩的症状。

早上七点回家时，一看来开门的阿清的脸色，悠一就立即明白母亲病重。推开屋门，浓烈的重病患者的气味扑鼻而来。旅行的欢乐一下子冻结在心头。

康子还没有起床，她看护婆婆到深更半夜，太疲劳了。阿清去烧洗澡水。无事可做的悠一，上了二楼他们夫妻的房间。

为了使凉风进来，整夜打开着高窗。朝阳从高窗射进来，照亮了蚊帐的一角。悠一的床位铺着，被子摆得整整齐齐。旁边的床上，康子搂着溪子睡得正香。年轻的丈夫撩起蚊帐钻进去，悄悄趴在自己的床铺上。婴儿醒了，在母亲的臂弯里，睁大眼睛，一动不动盯着父亲。传来浓浓的奶味儿。

婴儿忽然笑了。嘴边的微笑像小水滴一点点滴落下来。悠一用指头轻轻按着婴儿的小脸儿。溪子依旧目不转睛朝他微笑。

康子气闷般地翻过半个身子，她醒了，睁开眼意外地看到眼前丈夫的面颜。康子没有一丝笑意。

康子双眼蒙眬的数秒之间，悠一的记忆迅速翻动起来。他想起多次注视过的妻子的睡脸，此外，想起了他所幻想的一切都完好无损、心满意足的睡脸。他还想起有一次深夜探访病房时，自己看到的充满惊愕、欢喜和信赖的面颜。抛下痛苦中的妻子出外旅行回来，悠一并不奢望从妻子醒来的眼睛里得到什么。然而，他那习惯于被饶恕的一颗心却在渴望着什么，一种习惯于被信赖的无辜在梦想着什么。他的瞬间的感情，其实是一种几乎没有任何祈求，而且除了祈求再无其他办法可想的乞儿的感情……康子醒过来了。她从沉睡里睁开苦涩的眼皮。悠一于此发现一个从未见到过的康子。这是另外一个女人。

康子用迷迷糊糊、单调但却很有条理的口气说着话。"几时回来的？早饭还没吃吧？妈妈身体很不好啊。您都听阿清说了？"她说话就像念账本一样。她还说，马上去准备早饭，叫悠一到楼下阳台上候一会儿。

康子理一理头发，很快换衣服。她抱着溪子下楼了。她没把婴儿交给丈夫，而是将孩子放到丈夫看报的阳台前面一间房子里。

早晨还不太热。悠一将自己的不安归咎于暑热难眠的夜班火车上。

"我已经彻底明白，所谓不幸的准确速度和真正的节拍何时降临，像时钟一样不差分秒。"想到这里，青年咂咂舌头，"嘿，睡眠不足的早晨，早已知道！说千说万，都是因为一个镝木夫人！"

……从极度的疲劳里醒来，发现了眼前的丈夫。对于自己的变化感到吃惊的不是别人，正是康子自己。

即使闭着眼，也能细致描画出自己苦恼的肖像，睁开眼随时都能看到自己的肖像，这已经形成了康子的习惯。这副肖像完美，甚至壮丽。但是，今早睁开眼来的她，看到的不是肖像，而是一张青年的脸。朝阳的光辉透过一角蚊帐，为这张脸孔添上轮廓线，只给她留下雕像般的物质的印象。

康子的手打开咖啡罐，向白瓷的咖啡壶倒开水。手毫无感觉地灵敏地运动着，手指也丝毫不见"悲哀的颤抖"。

不一会儿，康子把早饭盛在一只镀银的大盘子里，端到悠一面前。

这顿早饭，悠一吃得很香。庭院里依然晃动着浓丽的晨景，阳台涂着白漆的栏杆光闪闪的，那是映入眼帘的晚夏的露水。年轻的夫妇两口子一块儿吃早饭。溪子乖乖地睡着。病卧的母亲还没有醒。

"医生说，妈妈最好今天就住院。我打算等你回来就办理住院手续。"

"就这么办吧。"

年轻的丈夫回头看着院子，对着米槠树梢头闪烁的朝阳眨了眨眼睛。第三者的不幸，此时不是旁人，正是自己母亲的重病，拉近了夫妻的两颗心，如今眼看着康子的心就要归属自己所有了。刹那间，悠一陶醉于这种幻想之中，呈现出一般做丈夫的媚态来。

"就我们俩一起吃早饭，倒是很好啊。"

"可不是嘛。"

康子微笑了。微笑里含着严冷的漠不关心。悠一很是尴尬，面颊羞愧地发红了。不久，这位不幸的青年说出了下面一段台词。他的话很可能被一眼看穿是充满戏剧性的轻薄的自白，但同时也是他出生以来对女人说出的最深情、最诚实的自白。

"旅行途中，我想念的只有你一人。这段时期，通过各种各样的事情，我切实感到，我最喜欢的依然是你。"

康子镇定自若。她轻轻一笑，一副无所谓的神色。悠一的话仿佛是另一个星球上的语言，康子似乎隔着厚厚的玻璃墙，只是眼望着悠一的嘴唇在翕动。总之，他们已经言语不通了。

……况且，康子神态自若，她已在生活中稳住了自己，专心致志养育溪子，直到老丑都不离开悠一的家。这种绝处逢生的贞淑，具有任何不伦行为都无法战胜的力量。

康子舍弃绝望的世界，从那里走出来。她住在那个世界的时候，她的爱没有向任何事实屈服。悠一冷淡的表现，他的无理的拒绝，他的迟迟不归，他的外宿，他的秘密，他绝不爱女人，在这些确定无疑的事实面前，一封告密信又算得什么呢？康子不为所动。因为她曾经住在那个世界。

她之所以走出那个世界，也不是出自康子的意愿，准确地说，她是被拖出那个世界的。作为丈夫，过分热情的悠一，特地借助镝木夫人的力量，将妻子从居住的灼热而宁静的爱之乡，从无一不是透明而自在的领地，拖进了混杂的相对的爱的世界。康子被相对的世界围困了。对于她来说，周围是一堵过去早已熟知的、亲近的、那种讨厌的不可能

515

存在的墙壁。处于此境，方法只有一条，使自己没有任何感觉，视而不见，充耳不闻。

康子在悠一旅行期间，学会了住在新世界的处世术。即使对于自己，她也决然成了一个没有爱的女人。这位精神上变成聋哑人的妻子，乍看起来相当健全，胸前束着时髦的黄格子围裙，伺候丈夫吃早餐。"再来一杯咖啡吧。"她说起话来很轻松。

铃声响了。病室里母亲枕边放着一只银铃。

"好像醒了。"康子说。两人来到病室，康子打开挡雨窗。"哎呀，你回来啦？"南太太问，她没有从枕上抬头。悠一从母亲脸上看到了死，浮肿压抑着那张面孔。

※

这年九月上旬，也没有刮什么大的台风，当然也有几次台风来，但都从东京外围滑过，没有造成风灾和洪灾。

河田弥一郎极其繁忙。上午去银行。下午开会。董事们聚集在一起商谈如何打入对手公司的销售网。这期间，还要和电装公司等承包商谈判，会见访日的法国汽车公司经理，就专利权转让和利率为条件的技术合作进行交涉。夜里，招待银行方面逛红灯区。不仅如此，根据劳动科科长实时得来的情报，由于公司方面的瓦解政策很不得力，致使工会方面乘机扩大争议，发展势力。

河田右边面颊的痉挛越来越厉害。这位仪表严谨的汉子，唯一抒情的弱点威胁着他。绝不低头的德意志傲岸的面庞、端正的鼻子、鼻下明净的沟线、无边眼镜，掩盖在这些道具下面的河田抒情的心在流血，在呻吟。晚上就寝之前，他在床上总要阅读荷尔德林[1] 青年时代的诗集一页，就像偷看黄色书籍一般，悄悄朗诵："我们的最爱永远都不存在，我们仅仅将幻影当作我们的最爱。"这是题为《致大自然》的最后一节。"他是自由的，"这个富裕的单身汉在床铺上呻吟，"仅仅因为年轻英俊，他就认为有权向我吐唾沫。"

那种双重嫉妒使一个上了年纪的男色家之爱变得难于忍耐，令河田孤身难眠。男人对浪荡女人怀有的嫉妒，半老徐娘对妙龄女子怀有的嫉妒，这两者互相交错，再加上所爱者均为同性的奇妙意识，把对于女子、大臣、宰相也甘心忍受的屈辱，扩大成为不可容忍的了。对于河田这样的人物来说，没有比男人之间的爱的屈辱，使他的自尊心受到更大伤害的了。

1　Johann Christian Friedrich Hölderlin（1770—1843），德国诗人，主要作品有《自由颂》《人类颂》《为祖国而死》《漫游者》和《给大地母亲》等。

河田想起年轻时，在纽约华尔道夫·阿斯托里亚饭店[1]的酒吧，曾被往昔一位豪商所诱惑，想起柏林一次夜总会上和一个熟悉的绅士，一起乘坐他的希斯巴诺·苏莎车到郊外别墅过夜，两个穿燕尾服的男子，不顾车头照进来的灯光，彼此拥抱在一起。他们散发着香水味儿的乌黑的胸膛相互触磨。面临世界性危机的欧洲最后的繁荣，贵妇人和黑人、大使和流氓、国王和美国武打演员等，两两同床共寝的时代……河田还想起那些挺着水鸟般雪白而光亮的前胸的马赛少年水手们，想起在罗马的维亚·维奈特咖啡馆邂逅的美少年，还想起阿尔及利亚的阿拉伯少年以及少年阿尔弗雷德·吉米尔·姆萨·扎鲁扎尔。

但是，悠一凌驾于所有这些记忆之上！有时，河田挤出时间会见悠一，河田邀他看电影，他说不想看电影。悠一有时候会一反寻常，一时心血来潮，走着走着突然闯进台球店。河田不打台球。悠一在球台旁边转上三个小时，繁忙的企业家就只好坐在褪色的粉红窗帘下，耐着性子等着自己所爱的人玩到尽兴。河田额头暴出青筋，面颊抖动，心里大喊：

"让我坐在台球店的破椅子上傻等，我可从来没有等过谁啊！我这个人，可以叫客人等上一星期，毫不含糊！"

---

1 Waldorf Astoria Hotel，位于曼哈顿公园大道的地标性酒店。

这世界上的毁灭是各种各样的，河田所预料的是被旁观者看作极尽豪奢的毁灭。

年过半百的河田所祈求的幸福，就是蔑视生活。乍一看，这是最为廉价的幸福，世上过五十岁的男人，都是无意识地工作着，但男色家决不当工作的奴隶，他们的生活具有强烈的反抗性，一有缝隙，这种感性的世界就会泛滥，寻机淹没男性事业的世界。他认为，王尔德的那句著名的大话，只不过是为失败而感到可惜罢了。

"我把自己的天才全部投入生活，而作品之中只用了自己的才能。"

王尔德不得不这样说。大凡有为的男色家，谁都认为自己心里有某种男性意识，迷恋于此，固守于此。然而，河田所确认的男性的美德，是祖传的十九世纪的勤勉。好一个奇妙的作茧自缚！往昔尚武时代，爱女子被视作娘娘腔行为，即便对于河田来说，背叛自己男性美德的热情，也属于娘娘腔行为。武士和男色家最丑的恶行就是这种小女子气。含义尽管各色各样，对于武士和男色家，"男性"并非本能的存在，而只能是道德修养的结果。河田担心的毁灭，就是他的道德的毁灭。河田是保守政党的支持者，按理说，这个政党拥护基于既定秩序和异性爱的家族制度，本该是河田的敌对者。但河田支持它，实在也是合乎情理的。

年轻时轻视的德意志一元论、德意志绝对主义，出乎意料地深深侵犯了上了岁数的河田，一种突然冒出来的青年人常有的想法，因某种缘故倏忽走向二律背反。他时常爱考虑的是，要么蔑视生活，要么干脆毁灭。他感到，如果不停止对悠一的爱，就无法使自己的"男性"得以恢复。

悠一的影子在他所有的生活领域里摇曳，如同一不小心直视了太阳，视线所移随处都有太阳的影像。河田在悠一不可能进来的经理室里，从开门的响声、电话铃声里，还有从汽车窗户里瞥见的街上年轻人的面孔上，都能感受到悠一的影子。这种影像不过是一种虚像，当他脑里浮现出想和悠一分手的一闪念时，这种空虚越发强烈了。

河田实际上是把他宿命论的空虚和心情的空虚大半混同起来了。他决心分手是基于这样的选择：比起总有一天发现自己心中因热情衰微而感到恐怖，还不如运用残酷手段将热情扼杀为好。在缙绅和名妓排排而坐的晚宴上，连年轻的悠一都感到压力的多数决定原理，摧垮了具有充分抵抗力的河田的傲岸心理。他的那些一系列洒脱的猥亵的言谈，虽然在宴席上一致叫好，但这类长年言不由衷的技艺，如今使得河田自己都感到十分厌恶，这时候，他郁郁寡欢的态度，弄得公司负责张罗宴会的人胆战心寒。他甚至想，要是这样，经理不出面反而会使宴请获得更大实效。但是河田还是讲究礼仪，该他出面的一定出面。

河田处于此种心态时，某天晚上，悠一突然出现在河田家里。正巧碰到河田在家，分手的决心被这突如其来的喜悦打消，河田的眼睛对着悠一的脸孔看也看不够。这双眼睛时常为疯狂的想象力所警醒，然而如今却为同一种东西所迷醉。神秘的美青年！河田为眼前的神秘而陶醉。照悠一的想法，今夜的来访虽说是一时心血来潮，但这样做实在不像他这个疏于玩弄神秘的人干的。

夜还很浅，河田拉美青年到外面喝酒。这是个不太喧闹的酒吧，自然不属于他们那个道上的，他们去的是有女人的酒吧。

这里，正好遇到四五个同河田相熟的人来喝酒，他们是著名药品公司的经理和董事。经理松村，轻轻眨眨一只眼睛，笑着对坐下来的他们两人扬扬手。

这位年轻的第二代经理松村不过三十岁，风流倜傥，远近闻名。他踌躇满志，而且是个同类。他为自己的恶行而感到自豪。凡是在他的力量控制范围内的人，都要强迫崇尚异端，即便不如此，至少也要使他们容许异端存在，这就是松村的志趣。松村有个循规蹈矩的老秘书，勤勤恳恳，极力要使自己相信同性恋是至高无上的，他认为这个愿望总有一天会实现，但现在，却将自己缺乏这种高尚的素质托故于自己的卑贱。

颇具讽刺意味的是，当对这类事十分谨慎的河田，领着美青年一出面，对方和公司的同僚们，公然像看风景似的一边从正面瞧着他们，一边吃喝。

过了一会儿，河田去洗手间，这时松村不动声色地离开自己座位坐到河田的椅子上，当着悠一左边女招待的面，装作谈公事，豁达地说道：

"哎，南君，我有件事想找你帮忙，明晚一同吃顿饭怎么样？"

他一本正经地瞧着悠一，一字一句，像下棋子似的郑重地说。悠一不假思索地答应了。

"你务必来啊。这样吧，明天晚上五点，我在帝国饭店酒吧等你。"

喧闹的世界，一些机巧的作为自然实行，瞬息结束。当河田回到座位时，松村已经谈笑自若了。

可是，河田灵敏的嗅觉似乎闻到急急踩灭的烟头的香味，他故意装作不知道。这种忍耐实在太痛苦了，如果硬要坚持下去，未免会坏了心情。河田害怕对方觉察，又怕自己受不住而说出不高兴的缘由，所以催促悠一特意向松村热情地打了招呼，火速离开了酒吧。河田来到车子旁边，说还要去附近另外一家酒吧，叫司机等着，然后到下一个酒吧去了。

这时候，悠一讲清了事情的原委。美青年走在凹凸不平的马路上，两手插在鱼白色法兰绒裤兜里，低着头边走边说：

"刚才松村先生叫我明天五点钟到帝国饭店一起吃饭。我没办法，就答应他了。真烦人！"——他轻轻咂了咂舌头，"本想马上告诉您的，可在酒吧里不太方便。"

河田听到这话无比高兴。他这个沉溺于世上谦虚的欣喜之中的实业家，深深地道了谢。"松村这样说了，现在你又告诉我了。对于我来说，最要紧的问题是，这段间隔的长短。酒吧里当然不好说，可你在最短时间里对我说了。"这话既是大道理上的甜言蜜语，也是肺腑之言。

在下一个酒吧里，河田和悠一好像在商量工作似的仔细研究明天的对策。松村和悠一之间没有任何工作上的瓜葛，而且松村很久之前就迷上了悠一。那么，这次请客包含着什么用意，还不是一目了然吗？

"这回我们可是同谋啊！"河田在心里体味着这番难以置信的喜悦，"悠一和我是同谋，两条心就这样迅速贴在一块儿了！"

因为跟前有女招待，河田像在经理室一样，用平时上班的语气吩咐道：

"你的心情我明白了，我知道你懒得打电话拒绝他。这样吧（河田在公司里，只说'给我这样干！'，绝不说'这样吧'）……松村是一国一城之主，不可稍有怠慢。你即便不想去，可已经答应了……你就去赴约吧，去吃喝一顿吧。然后你就说，受到款待，下回该我陪您喝酒了，松村就会放心地来赴宴。接着，我假装在酒吧偶然碰见你们。这样安排怎么样？我七点钟在那里候着。我常去的地方，松村有戒备，不会来。我从未到过的酒吧，偶然在那里见面，又太不自然了。一切都要做得自然些才行……对啦，我们一起去过四五次的吉莱姆酒吧怎么样？就选那里吧。要是松村有戒备不肯下决心，你可以撒个谎，就说你和河田从未去过那里……这主意怎么样？这样做，三方面都皆大欢喜。"

悠一同意这样办。河田考虑，明天一早就得向公司说明晚上有个工作上的约会。他们俩适当地喝了点儿酒，紧接着是一夜欢乐无涯。河田一时怀疑自己是否真想同这位青年分手。

第二天晚上五点，松村在帝国饭店西式小餐馆酒吧等悠一。这个人心里怀着所有肉体上的期待，骄矜自负，信心十足，虽然身为经理，却一心想当情夫。他轻轻摇晃着被手掌焐热的干邑白兰地酒杯。约会的时间已经过五分钟了，这时，他细细品味着等待的快乐。酒吧里几乎都是外国人，咽喉管里讲着没完没了的英语，听起来像低低的狗吠。松村看到过五分钟悠一没有到，接着就和前一个五分钟一样，试图品味下一个五分钟，然而下一个五分钟已经变质了。这可以说，就像手心里的金鱼那样，是活蹦乱跳、不容疏忽的五分钟。他想悠一大概到门口了，正在犹豫进还是不进去，周围到处可以感到他的存在。这五分钟一过去，此种感觉破灭了，另外一种新鲜的不在场的感觉闯了进来。已经过五点十五分了，他还想努力等待下去。松村的心好几次产生了一种换气的作用。但是，这样的重复过去二十分钟后，突然停滞，他被不安和绝望击倒，期望为何如此之大？这回只得忙于修正造成这次痛苦的这一原因了。"再等一分钟看看。"松村想。他寄希望于金色的秒针缓缓划过的六十个刻度。于是，松村破例地白白等了四十五分钟。

松村扫兴地离开酒吧约莫一小时后，河田匆匆处理完工作，来到吉莱姆酒吧。河田这一次虽说更加缓慢，但也和松村一样品尝了等待的苦恼。然而，这种刑罚之长久大过了松村数倍，其苛酷性也是松村蒙受的苛酷无法可比的。河田一直等到吉莱姆闭店，在一种想象力的鼓舞下，时间越长，他的苦恼也越发沉重、剧烈。他依然不死心，苦恼也就一个劲儿增大。

最初一小时，河田想象里的宽容无限广大。"吃饭很费时间，一定是被请到哪里的包间里吃日本料理了。"河田想。也许是那种有艺伎伺候的筵席。在有艺伎的场合，松村也要谨慎行事吧？这想象对于河田很合胃口。又过一会儿，看来稍稍迟到了。努力减少这种疑惑的心，突然爆发，别的疑惑也一个接一个地着了火。"悠一会不会撒谎？不，他从来没有过呀。这小子太年轻，敌不过狡猾的松村。他太纯情、太天真了。他喜欢我，这是不容怀疑的。但是单凭这小子的力量，他是没办法把松村拉到这里来的。一定是松村识破了我的计谋，不肯上钩吧？眼下悠一和松村一定待在别的酒吧，悠一一定会瞅空子逃到我这里来的。再稍微忍耐一会儿。"——这样一想，河田深感后悔。

"都干了些什么呀，我？都是我的虚荣心，才特意使悠一落进松村的陷阱了吧？我为何不叫悠一断然拒绝邀请呢？悠一不好打电话，他多少有些不够大气，那么我也可以给松村打电话表示拒绝的呀！"

猝然间，一种假想撕裂了河田的心。

"现在，也许在哪个旅馆的床上，松村和悠一正抱在一起吧?!"

种种臆测所具有的逻辑渐渐精确起来，"纯情的"悠一，"卑劣的"悠一，两种逻辑各自形成了完整的体系。河田向酒吧柜台上的电话求救，给松村打电话。十一点过了，松村还没回家。打破禁忌，往悠一家里打，不在。河田问清了悠一母亲医院的电话号码，他不顾一切常规礼仪，央求医院总机问问病房，悠一也不在那里。

河田几乎发狂了。回到家里怎么也睡不着，深夜两点，他给悠一家里挂电话，悠一没有回来。

河田一夜未眠。第二天早晨，一个初秋时节清爽的晴天。上午九点，悠一来接他的电话了，河田没有说一句责备的话，叫他十点半到公司经理室来。河田这是第一次把悠一叫到公司。在去公司的车子里，河田的眼睛里丝毫没看见车窗外的景色，只是在心里喃喃重复着一夜之间所做出的大丈夫式的决断。"一旦决断，绝不反悔！刀山火海，也不回头！"

十点钟，河田准时走进经理室。秘书进来问好。他本来委托一位董事代替他出席昨晚的宴会，他吩咐秘书找那位董事来汇报情况，眼下还没到。不巧，另一位董事慢腾腾走进经理室闲聊。河田弥一郎心烦意乱地闭着眼睛。虽然一夜未睡，但也不觉头疼，高昂的头颅反而更加清醒。

那个董事靠着窗户，摆弄着百叶窗的穗子，他说话总是一副高嗓门儿：

"这两天喝醉了，头一直疼得厉害。昨天晚上被一个想不到的人拉去喝酒，一直喝到凌晨三点。两点离开新桥，又在神乐坂被人敲门吵醒。你猜是谁？是松村制药公司的松村君！"——河田一听，甚觉愕然。

"同那种青年人一道耍，我这个身子早晚要垮掉的。"

河田装作毫不感兴趣地问：

"松村君的伙伴儿是个什么样的主儿？"

"松村君只是一个人呀。他家老爷子和我很熟，有时候，他就像拉自家老爷子一样，拉我出去喝酒。昨天本来想早些回家泡个澡，结果他来电话叫我了。"

河田差点儿乐得哼哼起来，但别一种心思使他忍住了。这个好消息还不足以消除昨晚的苦恼。不仅如此，说不定松村委托一个亲近的董事跑来撒谎，证明他自己不在现场，也有可能啊。一旦决定，绝不回头！

那董事又东拉西扯谈了些工作中的杂事，河田本人也漫无边际地应付一通。秘书进来说有客人到。原来是亲戚的一个学生求职来了，河田皱着眉头说，成绩太差了。那董事知趣地避开，这时悠一走进来。

初秋的早晨，美青年在明丽的光芒之中，脸上闪现着青春的朝气。没有一点云翳，没有一丝暗影，朝朝夕夕，总是一张生动的脸，撼动着河田的心胸。昨夜的疲劳和背叛，一概交付他人，丝毫不留苦恼，一副不知报偿的青春的面颜，即便昨晚杀了人，还是没有任何改变。他穿着一件蓝大衣，灰色裤子裤线笔直地向前挺着，步履轻捷地来到河田面前。

河田愚不可及地先开了口：

"昨晚怎么回事？"

美青年露出男子洁白的牙齿微笑。河田让他坐下，他便坐在椅子上，说道：

"因为太麻烦，我没到松村先生那里去，所以我就想也没必要到河田先生您这里来了。"

河田对于这种明确的矛盾百出的辩解已经习惯了。

"为什么没必要到我这里来呢?"

悠一又一次微笑了。而且,像一个放肆的学生一样,把坐着的椅子弄得咯吱咯吱响。

"不是三天两头都见面吗?"

"我给你家里打过好几次电话。"

"听家里人说了。"

河田气急败坏地一味蛮干下去。他一下子跳到悠一母亲生病的话题上了。他问住院费有没有困难,青年回答说没有困难。

"我想知道你昨夜住到哪里了。我想送你母亲一笔抚恤金,可以吗?给你个能接受的数目。你答应了,就点点头……而且,"——河田用严肃的处理公务的口气说着,"今后一切,希望你断绝同我的来往。我也绝不再缠着你。我希望今后再不要遇到倒霉的事情,以免干扰我的工作。可以吗?"

河田一边叮嘱,一边取出支票本子,他一时犹豫不决,不知道这种场合要给青年几分钟考虑的时间,他偷偷看看青年的脸。这之前,一直低着眉头的,实际上是河田,青年始终抬着头观望。一瞬间,他既等着悠一的辩解、赔礼和哀求,又感到害怕。青年却高傲地挺起了脖颈,一声不吭。

沉默之中,传来河田扯下支票的声音,悠一一看,写着二十万。他默默用手指尖儿推了回去。

　　河田把支票撕毁了。在下一张上填好金额，扯下来推到悠一面前。悠一又推了回去。这种颇为滑稽而又认真的游戏反复了好几次，到了四十万，悠一想起了俊辅借给他的那五十万日元。河田的作为只能引起悠一的轻蔑。青年打算耍弄他一下，先把他逼到极限，再将拿到的支票当面"刺啦"撕毁，然后走人。然而，一想到五十万日元，便冷静下来，看河田下面如何出牌。

　　河田弥一郎没有低下骄傲的额头，他右侧的脸颊像闪电一般抽搐了一下。他撕毁前一张，又新写一张扔在桌面上。五十万！

　　青年伸出手指，慢慢将支票折叠好，装进胸前的口袋。他站起来，淡然一笑，打了个招呼。

　　"谢谢……感谢您长期以来对我的照顾。好吧，再见。"

　　河田从椅子上站起来的力气都没有了，但还是伸过手来，说了声"再见"。悠一握手时，觉得河田的手剧烈地颤抖着，他认为这是正常的。悠一一走出屋子，就感到河田从不对人表示怜悯，河田也最讨厌别人对自己的怜悯，这正是他的幸运。不过，这种自然的感情里，总是不免流露着友情。他喜欢乘电梯，所以没有走楼梯，而是按了一下大理石柱子上的按钮。

※

　悠一想到河田汽车公司就职的打算落空了。他的一番社会的抱负遂化作泡影。再说河田，他用五十万日元赎回了"蔑视生活"的权利。

　悠一的野心本来就具有空想的性质。同时，这种空想的受挫，妨碍他回到现实。受伤的空想较之无伤的空想，似乎更是把现实当成敌人看待。本来，他对自己能力的幻想和自己能力准确的计量之间还存在着落差，如今，消除这种落差的可能行为一下子断绝了。然而学会观看的悠一，一开始就知道这种可能总要断绝的。因为在这种可叹的现代社会，按习惯，能力的计量首先要有必要的能力。

　是的，悠一学会了观看。可是，他并不借助镜子，身处于青春之间而观察青春，这是很困难的事。青年的否定终止于抽象，青年的肯定倾向于官能。困难使他的这种认识变得根深蒂固。

　昨晚突然想赌他一把，让松村和河田都扑了个空，干脆跑到同学家里喝个通宵，度过一个清净的夜晚。然而，这所谓的"清净"也脱不出肉体的范畴。

　悠一寻求着自己的位置。一度冲破镜子的限制，就忘记了自己的脸孔，权当此物不存在，然后开始寻找观者的位置。他摆脱一切位置都由社会赐予的孩子般的野心，如今立于青春的中央而寻求之。他想将存在的位置摆放在自己目无所见的东西之上，他为这桩困难的事情而焦躁不安。以往，他的肉体很乐于完成这项工作。

悠一感到俊辅的诅咒捆住了他的手脚，他首先必须把五十万日元还给俊辅。一切都得从那之后开始。

数日后，一个秋凉的晚上，美青年预先没有打招呼就来到俊辅的家。老作家正在续写几个星期前带来的稿子。他把自己评传的题目定为"桧俊辅论"。俊辅不知道悠一突然来访，他把未完成的稿子又重新读了一遍，有些段落都用红铅笔改动过了。

第三十二章　桧俊辅的"桧俊辅论"

孤寂的天赋，或者天赋的孤寂，身处其中而以孤寂自恃，这是一些作家消除孤寂的唯一办法。俊辅不是这样。虚荣心将他从陷阱中救了出来。假若自恃孤寂是一种虚荣心的反论，那么拯救我们的只能永远是不陷于反论的某种正统的浅薄。他的平衡，某些地方借助于对这种浅薄的信仰。

打幼年时代起，艺术就成了他的胎毒般的东西。除此之外，他的评传就没有什么特别可以记述的了。兵库县的名门望族，在日本银行任参事、工作三十年的父亲，他十五岁时死去的母亲，这些关于家庭的记忆，应有的学历，优秀的法语学习成绩，三次归于失败的婚姻，这最后一项是作者最为关切的内容，但是任何作品都没有触及这个秘密。

在他随想的一页上，我们可以读到这样一节：儿时的他走在想不起来是何处的一片森林里，那里有明丽的阳光、歌声和飞翔的声音。那是一大群蜻蜓。可是这样美好的情节，整个作品的前后再也看不到了。

俊辅创始了从死人嘴里拔去金牙的艺术，在他这个人工乐园里，严格摈除不含有对实用目的加以嘲笑的价值，只存在死人般的女人、化石似的花朵、金属的院子和大理石的寝床，此外没有其他任何东西。桧俊辅执拗地描写被贬抑的一切人性的价值，明治以来的日本现代文学中，他所占据的位置总带有一种不祥的因素。

少年时代给他影响的作家是泉镜花，明治三十三年创作的《高野圣》，数年之间成为俊辅理想中的艺术作品。故事描写许多人都中魔变形了，唯一剩下一个保留人形的淫欲似火的美女，还有一个逃脱这唯一的美女之手的保持人形的僧人。这篇作品也许暗示着他自身创作根源的主题。但是不久，他舍弃了镜花的情绪世界，和独一无二的好友萱野二十一，一起置身于当时渐渐传入的欧洲世纪末文学的影响之下。

他当时的许多著作，似乎模仿死后出全集的编纂方法，都收进新近出版的《桧俊辅全集》之中，笔墨稚拙、素朴。其中《仙人修行》这篇极短的寓言，是他十六岁时写的，我们惊奇地发现，在这篇几乎是无意识的创作里，包含着他晚年全部创作的主题。

"我"是仙人洞里被使唤的侍童。侍童生在山岳地带，幼时只以云霞为食。因此，仙人们便雇用了"我"，这样可以不付工钱。仙人们对世人宣传说，他们仅以云霞为生，事实上，他们也像世人一样，必须吃蔬菜和肉才能活着。"我"为了筹集"我们侍童"——实际只有我一人——的食品，经常到山下的村庄里购买好多份羊肉和蔬菜。一个狡猾的乡下人，把得了瘟疫病死的羊肉卖给了我。仙人们吃了这种羊肉都一个个中毒死了。善良的乡民们得知有人贩卖了毒肉，十分担心，登上山顶一看，那些所谓仅以云霞为生、不老不死的仙人们全都死了，吃了毒肉的侍童依然完好地活着。于是，大家都把侍童当作仙人而尊崇。侍童既然成仙，遂宣称尔后仅以云霞为食，独自一人在山顶过着安逸的生活。

这里所写的不用说是对艺术和生活的暗喻。侍童知道艺术家生活的诈术，他在了解艺术之前已经学会了生活的诈术。其实，侍童一生下来就掌握着这种诈术的诀窍和生活的密钥。就是说，他本能地仅以云霞为生，于无意识的部分体现着艺术家生活的最高诈术这一命题。同时，正因为无意识，才为仙人们所役使。仙人的死，使得他艺术家的意识获得觉醒。"我今后仅以云霞为食，不再像过去那样吃羊肉和蔬菜。因为我已经成仙了！"侍童说道。他将这种意识化、天赋之才当作最高诈术加以利用，由此，他从生活蜕变出来，成为一名艺术家。

对于桧俊辅来说，艺术是最易行的一条道路。他从这种容易的自觉中找到了作为艺术家的痛苦的快乐。世间将这种雕虫小技称作刻苦勤勉。

最初一部长篇小说《魔宴》（明治四十四年），是文学史上独一无二的杰作。当时正是白桦派文学兴隆时期，同年，志贺直哉写了《污浊的头颅》，桧俊辅破例地只和该派的异端萱野二十一交游，一生始终同白桦派无缘。

他通过《魔宴》一书，确立了小说创作的方法和自己的名声。

桧俊辅丑陋的容貌，成了他青春的奇妙的天赋。他所敌视的自然主义文学作家富本青村，在作品中塑造了一个青年，把他作为模特儿。这种白描的手法很能传达俊辅青年时代的风采。

三重子只管独自一人坐到那个男人面前，她试图弄明白，为何这人脸上总有一种寂寥之色。"我说小郎君呀，您再怎么央求，那都是不可能的。"听到她两次三番冷言以对，那男子还是觍着面皮，脸上显出无限的寂寥。龌龊的嘴角，缺乏情趣的鼻子，软塌塌紧贴两侧的薄耳朵，桑树皮般的脸上，只有眼白灿灿发光，麻风病的眉毛似有若无。既缺乏灵气，又毫无朝气。其人一副寂寥之相，定是来自他本人不自觉其丑的缘故吧？三重子胡乱猜度起来。

（青村《老鼠的闺房》）

现实的俊辅是"自觉其丑"的。但是，在生活之中，仙人失败了，侍童没有失败。容貌给予他的深深的屈辱感，成为他青春时代秘密的精神活力的源泉。他学会从最表面的问题上展开深远主题的方法，可以说这就是他的体验。《魔宴》的故事是，冰雪般的女主角由于眼角下面有一颗小黑痣，因而受到了不幸命运的播弄。这种情况下，黑痣似乎是命运的象征，实际相反。桧俊辅和象征主义风马牛不相及。他作品里的思想，像黑痣那样独自执拗于毫无意义的表层而获得保障，并由此引出他的一段著名的箴言："没有化作形式或潜隐于形式之中的思想，不能称作艺术作品的思想。"（《谵语聚》）

他认为，所谓思想这种东西，像黑痣一样产生于偶然的原因，因同外界的反应而必然化，并不具备自身的力量。思想是一种过失，可以说是生来就有的过失，不可能先有抽象的思想，而后再加以肉体化，思想从一开始就是一些夸张的样式。长着大鼻子的人，他就是大鼻子思想的主人。一个耳朵能动的人，无论如何翻来调去，他都是能动的耳朵的独创思想的主人。他的所谓形式，可以说几乎都是肉体，桧俊辅立志创作类似肉体存在的艺术作品，形成讽刺的是，他的作品无一不发散着尸臭，其构造就像精巧的黄金棺材一样，给人以极端人工化的印象。

《魔宴》里的女主人公委身于她最心爱的男人，两具肉体如干柴烈火，发出"瓷器般互相磨合的声响"。

"华子不知怎么了，仔细一想，原来是高安的牙齿强烈抵在她的牙齿上，摩擦摇动发出的响声，高安镶着满口瓷牙。"

这是《魔宴》中力求写得最具滑稽效果的唯一的段落。这里有着品味不太高的夸张，丑恶的卑俗趣味在前后众多丽词佳句中突然露出脸来。但这一节，埋下了初老男人高安之死的伏线，这种结构给读者带来了"死"这一突如其来的卑俗的恐怖。

历尽沧桑变化，桧俊辅依然很顽固。这个欲死还生的男人心里，天生具有自身无法燃尽的活力和麻木感。在他身上，丝毫找不到堪称作家个人发展的定规，即由反抗至轻蔑、由轻蔑至宽容、由宽容至肯定的轨迹。侮蔑和美文成为他一生割舍不掉的痼疾。

俊辅在长篇小说《梦景》里首次达到了艺术完美的境界。尽管有个甘美的题目，却是一部残酷的爱情小说。友雄在故乡老家度过了像《更级日记》中女主角那样所梦想的少年时代，来到京城之后突然遭遇强烈肉欲的恋爱，由于过于敏感和无持续性的性格，逃不脱年长女子肉体的羁绊，十数年间，挣扎于厌恶和倦怠之中，最后携带暴死的女人的骨灰，欣然回到了乡里田园。五百页中有四百多页充满了对生活无限的倦怠和厌恶。这种对于主人公温和生活态度的和缓的描写，总是以不断的紧张情节拖住读者，其中奥妙正潜隐于仿佛蔑视读者热情的作者这种态度之中，看来这是一种方法论的秘密。

论起小说，很难想象作者对于自己蔑视的事物一点也不企图移入自己的感情。其实这种移入倒是一条有利的捷径，正是这样，福楼拜才塑造出了那个不朽的人物郝麦[1]，李尔-阿当才塑造了特里布拉·博诺梅[2]。看来，只能认为桧俊辅缺少小说家必要的能力，那种对于自他毫无偏见的客观态度一旦以现实为对象，其客观的自体就能化为自由、改变现实的热情的神秘能力。已经看不到再次将小说家投入生活旋涡的那种可怕的具有"客观热情"的实验科学家般的热情了。

桧俊辅对自己的感情进行精选，他具有将自认为美的归于艺术、坏的归于生活的一种任其挑选的形迹。于此，他建立起了最佳意义上的唯美和最坏意义上的伦理这样一种

1　法国作家福楼拜《包法利夫人》中的药剂师。
2　法国作家奥古斯特·维里耶·德·李尔-阿当（Auguste Villiers de L'Isle-Adam，1838—1889）《克莱尔·勒诺瓦》中的实证主义代表人物特里布拉·博诺梅。

奇妙的艺术。然而，只能认为他一开始就放弃了美和伦理的艰难的交配。与其说是支撑众多作品的热情，毋宁说是单纯物理性的力量的源泉，这究竟是什么呢？这单单来自艺术家的易行和忍受寂寞的自我克制的意志吗？

《梦景》是自然主义文学的一种滑稽的仿制品，但是自然主义和反自然主义的象征主义，按照相反顺序输入了日本，处于这种日本自然主义起步的时代，桧俊辅和谷崎润一郎、佐藤春夫、日下耿之介、芥川龙之介一道，成为大正初期艺术至上主义的旗手。他一向不受象征主义的影响，煞有兴趣地翻译了马拉美[1]的《希罗狄亚德》，以及于斯曼、罗登巴赫等人的作品。如果说从象征派中获得了什么，那不是反自然主义的一面，而是反浪漫主义的倾向本身，仅此而已。

但是，现代日本文学中的浪漫主义，不是桧俊辅真正的敌人。这种文学早在明治末叶夭折了。桧俊辅心中自有真正的敌人，没有比他更能切身感受浪漫主义危险的人了。他是被讨伐者，又是讨伐者。

这世界上脆弱的东西、感伤的东西、易于转化的东西、怠惰、放纵、永恒的观念、未熟的自我意识、梦想、执拗、

1　Stephane Mallarme（1842—1898），法国象征主义诗人。作品有长诗《希罗狄亚德》《牧神的午后》，诗集《徜徉集》等。

极端自恃和极端自卑的混合物、殉教者的伪善、愚痴，有时"生"的本身……从这些方面，他看到了所有浪漫主义的阴翳。浪漫主义就是他所说的"恶"的同义语。桧俊辅将自己青春时代危机的病因悉数归咎于浪漫主义的病菌。于此，产生了一个奇妙的错误。俊辅摆脱了青春的"浪漫派"的危机，在作品的世界里，随着反浪漫主义者的绵延，浪漫主义也在他的生活里执拗地绵延下去。

因侮辱生活而固守生活，这奇妙的信条使得艺术行为无限地改变为非实践的东西。不存在用艺术可以解决的事情，这是桧俊辅不知餍足的信条。他的道德的缺失，终于使得艺术上的美和生活上的丑具有同等的重要性，从而陷入可供选择的、单纯的相对存在之中。艺术家定位于何处？艺术家简直像魔术师一样，高踞于面对公众的冷酷诈术的顶点。

青年时代的俊辅自觉貌丑而深感苦恼，就像梅毒患者的病菌侵犯脸部一般，俊辅爱把艺术家的存在，看成是外表受到精神毒害的奇妙的残疾人。他有一个远亲，患了小儿麻痹症，成年后像狗一样在家里爬行。不光如此，这个人下巴颏儿特别发达，像鸟嘴一样向前突出，实在是个不幸的怪物。然而，每当看到他精心制作的深得好评的许多手工艺品，都会为异样的纤巧、美丽而震惊。

一天，俊辅在市中心一家豪华商店看到店头陈列着这些手工艺品，有用木雕的圆木片缀成的项链和带着八音盒的白粉盒。制作洁净而又华丽，摆在众多美男倩女出出进进的店内，真是适得其所。女顾客也买这些东西，但真正的买主一定是她们那些富裕的保护者。许多小说家面向这里透视人生。然而俊辅却将透视的目光转向反面。女人喜爱的华丽之物、异样纤细美好之物、无用的装饰品、穷极人工美的东西……所有这一切，必然具有阴翳。残留着看不见的不幸工匠的丑恶的指纹。这些制造者，必是小儿麻痹的怪物、不愿一顾的变性者，乃至类似的一伙儿。

"西洋封建时代的诸侯是正直的，也是健全的。他们明知个人生活的奢侈和华美必然伴随着极度的丑恶，并将证据暴露在光天化日之下，以此获得自慰而完善人生的享乐。他们雇用一些鬼怪、侏儒。在我看来，贝多芬就是蒙受宫廷恩宠的一个侏儒。"（《关于美》）

俊辅继续写道：

"……那么，丑陋的人为何能制造出纤细美丽的艺术品呢？要加以说明就只能归结于人的心灵美之上了。问题总是在于精神，在于所谓无垢的灵魂。然而谁也无法亲眼看到它。"（《关于美》）

俊辅认为，所谓精神的作用，只能使崇拜自我无力的宗教得以传播。苏格拉底首先将精神带入古希腊，这之前，统治希腊的是肉体和睿智的平衡，而不是破坏平衡、表现自我的"精神"。阿里斯托芬[1]用他的戏剧揶揄社会，苏格拉底使青年从奥林匹亚竞技场到集会广场，引诱他们由磨炼肉体以供给战场，转向崇拜关于爱智的论争和自我的无力。青年们变得"肩膀狭窄"了。看来，苏格拉底的死刑至为恰当。

桧俊辅忍辱负重，在麻木不仁中度过了由大正末期到昭和时代的社会变动以及思想混乱时期。他确信精神是毫无力量的。昭和十年写作的短篇小说《手指》，被誉为名作。描写潮来地区水乡的老船夫，一生运送过各行各业的旅客。年老之后，有一次载着一位菩萨般的美女，陪她到秋雾溟蒙的水乡游玩，在一个河湾里做了巫山一梦。这个情节十分陈腐、古旧。作者还附了一个警拔的结尾：老船夫无论如何都无法使别人相信这一现实，但梦中被美女玩笑般地咬伤了食指，为了保留这个一夜欢情的唯一证据，他强忍疼痛不加治疗，终于因化脓不得不割掉指头。他把从根部切断的令人毛骨悚然的食指拿给人看。故事就到这里结束了。

简洁而冷酷的文章令人想起上田秋成幻想式的自然描写，达到了日本艺术中所谓名人的境界。俊辅在这篇作品里企图嘲笑同时代人一副滑稽相，他们失去了信奉文学现实

1　Aristophanes（前446—前385），古希腊戏剧作家，代表作有讽刺苏格拉底的《云》，以及《和平》《女人的议会》等。

的能力，最后导致连自己的指头都丢掉了。

战时的俊辅，曾打算使中世文学的世界，亦即藤原定家的《十体论》《愚秘抄》《三五记》美学影响下的中世世界，获得一次再现。但不久战时不当的检查之风卷来，只得守着祖传的财产而默默活着，继续写一部无意于发表的怪异的兽奸小说。这就是战后出版的可以和十八世纪萨德侯爵的作品相比肩的《轮回》。

但是，战时他一度发表过大声疾呼的时事评论。当时，他被右翼文学青年所推行的日本浪漫主义文学所激怒。

战后，桧俊辅的创作力开始衰微，偶尔发表一些片段的作品，这些虽说都未辜负名作的称号，但战后第二年，五十岁的妻子和年轻的情人一起殉情之后，他有时只是为自己的作品试着做一些注释罢了。

桧俊辅不再打算写任何文章了。他和几位被称作文豪的老年作家，一起躲在自己构筑的文学之城里，深居简出，即使死也不动城郭一块石头，以终其严谨的一生。但是，在世人所看不到的地方，这个作家的愚行的天分和生活中长久被压抑的浪漫的冲动，暗暗地妄图进行复仇。

侵袭老年作家的竟是一种怎样的相反意义的青春啊！这个世界上有着奇怪的相遇。俊辅不相信灵感的存在，然而他又不得不被此种相遇的灵妙所打动。一个出现于海涛之中的青年，具备了俊辅的青春所不具备的一切。当他发现这个绝不爱女人的美青年的姿影时，桧俊辅看见了他自身青春的不幸的模型、使他大为惊叹的塑像。俊辅的青春寄托在这个用大理石的肌肉塑造的青年身上，生活的畏怖从他身上消失了。好吧，这回就利用老年的智谋，恢复铜墙铁壁般的青春吧。

悠一一切精神性的缺失，治愈了被精神腐蚀殆尽的俊辅的艺术这一夙疾。悠一对女人一切欲望的缺失，治愈了俊辅因欲望而避忌的生活的怯懦。桧俊辅打算创作一部终生未能实现的理想的艺术作品，一部以肉体为素材挑战精神、以生活为素材挑战艺术那样的，与俗世唱反调的艺术作品……这一企图成为俊辅有生以来第一次具有的未能转化为形式的思想的母胎。

开始乍看起来，创作进行得很容易。不过虽然是大理石也不免被风化，这活的素材时时都在变形。

"我想，我想成为现实的存在。"

悠一发出叫喊时，俊辅感到这预示着最初的挫折。

成为讽刺的是，挫折的预兆来自俊辅的内部，这样就有数倍的危险。他开始爱上了悠一。

更加成为讽刺的是，世界上没有如此自然的爱。这种艺术家对素材的爱，使得肉欲和精神的爱珠联璧合、身心相融，再也没有这样完美的境界了。素材的反抗倍增魅惑。俊辅被无限的本想摆脱的素材迷住了。

俊辅第一次感觉到创作行为中官能的伟大力量。众多的作家青年时代都是自觉地开始创作的，而他却反其道而行之。或者说，这位"文豪"对悠一的爱和肉欲使他自己备受折磨，他是被迫成为小说家的，不是吗？那种可怖的"客观的热情"难道是第一次进入俊辅的体验之中吗？

不多久，俊辅离开化为现实存在的悠一，数月不见自己所爱的青年，回到孤独的书斋生活中。和好几次试着想逃避不同，这一回是果断的行为。这是因为他再也不能眼看着这个寄托自己的"生"的素材的变化而无动于衷，这种无法指望的肉欲越深刻，他就越是渴望仰仗过去自己极端蔑视的"精神"。

俊辅过去从未尝到过如此深刻的同现实的断绝，现实未曾凭借官能的力量使他不断加深这种有意识的断绝。他所爱的淫奔女人们具有的官能的力量，一面拒绝他，一面轻易转卖她们的现实，借助这种买卖，俊辅写下了无数冰一般的作品。

俊辅的孤独，完全转化为深沉的创作行为。他构筑了一个梦想的悠一，一个不为生所忧烦、不被生所侵蚀的铁壁的青春，耐得住一切时间侵蚀的青春。俊辅的座右一直摊开着孟德斯鸠[1]《史论》的一页，是论述罗马人青春的一页：

> 罗马人的圣经上写着，塔奎尼乌斯[2]建立神殿的时候，所选的理想的地址已经供奉着众多的神像。于是对照鸟卜知识，众神协商打算为朱庇特神像让出一块地方，除了玛尔斯和青春之神还有特米努斯诸神[3]之外，所有的神都赞成。因而，产生了三种宗教的方案。其一，玛尔斯的氏子坚决不让临时占领的土地；其二，罗马人的青春决不能屈服于他人；其三，罗马人的特米努斯神决不撤退。

艺术开始变成桧俊辅实践的伦理，生活中久已存在的他所忌恨的浪漫主义，被他用浪漫主义本身的武器铲除了。至此，堪称俊辅青春的同义词的浪漫主义，被封存到大理石里了，成为永恒的浪漫观念的牺牲品……

俊辅并不怀疑自己的存在对悠一是必要的，青春不该独自生活。就像重大的事件必须立即加以历史的记述一样，

1　Montesquieu（1689—1755），法国政治思想家、法学家，创立"三权分立"说，给美国宪法和法国革命以影响。著作有《论法的精神》等。
2　Tarquinius，传说中的罗马皇帝。
3　朱庇特是罗马神话中的主神，玛尔斯是战神，特米努斯是罗马护界神。

寄寓于宝贵的美丽肉体中的青春，旁边必须有个记述者。行为和记述，同一个人绝不能兼而有之。肉体之后萌发的精神，行为之后萌发的记忆，以及仅仅有赖于此的青春的回想录，无论多么美丽，都是徒劳又徒劳的东西。

青春的一滴水，必须立即结晶，成为不死的水晶。沙钟上半部分漏下来的沙子，将近完了的时候，下半部分就会堆起同样形状的沙子，和原来的上半部分一样。青春即将终了时，漏刻一滴一滴全部结晶，旁边必须迅速刻上不死的像。

造物主的恶意，不让完全的青春和完全的精神在同一年龄上相遇，总是使青春芬芳的肉体包容着半生不熟的精神，对此不必引起慨叹。所谓青春，是精神的对立概念。不论精神如何永生，都只能是笨拙地在青春肉体精妙的轮廓上描摹一次而已。青春无意义地活着，这是莫大的浪费，是不思收获的一个时期。生的破坏力和生的创造力于无意识之中保持至高无上的均衡。必须造就这样的均衡才行……

第三十三章　大团圆

悠一夜访俊辅的那一天，从一早就闲着无事可做。到康子娘家的百货店就职的考核，一周之后就要举行了。就职问题岳父已经考虑决定了，但是考试还得去走走形式。为了商量一下如何考试，有必要到岳父家跑一趟，顺便打声招呼。本来早就应该去的，母亲病情的恶化，倒成了他一再拖延的借口了。

今天悠一也不想到岳父那里，他身上带着装在纸袋子里的五十万日元支票，独自一人到银座去了。

都电停在数寄屋桥站，已经不打算再向前开了。一看，人们都挤满了线路，朝尾张町方向奔跑。明净的秋空，黑烟滚滚。

悠一下了电车，夹在人群里，也急急向那里赶去。尾张町交叉路口已经挤满了人。三台深红的消防车停在人群里，数十条巨大的水龙向各处冒黑烟的地方喷射。

火场位于一家大酒吧。从这边望过去，被眼前的二层楼挡住了，只能见到时时腾起的火舌在黑烟里闪动。要是夜晚，一定能看到无数的火粉，但现在只是一团黑烟。大火已经波及周围的商店，眼前的二层楼建筑楼上被烧毁，只剩外墙了。可是，外墙淡黄色的涂料依然那样鲜艳、平静，外观和平时一样。一位消防队员登上大火围困的屋顶，用消防钩极力切断火源，群众对他的勇敢行为交口称赞。看到这个和自然的力量作殊死战斗的小小的人影，人们的心里仿佛感到一种真挚的快乐，犹如没有意识到正被看着的近似卑琐的快乐。

邻接火场的一座大楼，搭着改建用的脚手架，几个人站在脚手架上警戒着火势。

大火意外地没有发出响声。这里听不到爆炸声和烧毁的梁栋掉落的声音，只能听到低低的单调的轰鸣，那是报社红色的单引擎直升机，在头上盘旋发出的声响。

悠一脸上飘来水雾，他往后退了退。路边的消火栓连接着消防车上老朽的橡皮管子，水从修补过的破洞里喷射出来，路面上像下大雨。水柱无情地把和服店的橱窗打湿了，店里的人为了躲避火灾，把保险箱和日常用品都拿出来了，他们蹲在这些东西中间，外面的人瞧不见。

消防用水时时断绝，冲天的水柱眼看变弱，低垂下来了。这期间，被风吹得斜斜的黑烟丝毫不见减弱。

"预备队！预备队！"群众高呼。

卡车分开人群停下来，只见车尾上下来一群戴白色铁头盔的队员。他们是专门来维持交通秩序的警察，竟然引起群众一阵惊恐，实在可笑。也许这是出自大家的本能，觉得自己给现场带来了麻烦，才招来这群预备队员吧。队员们还没有挥舞警棍，挤在线路上的人群就像觉察失败的革命群众一样，海潮般向后退去。

这种盲目的力量巨大无比。每个人都失去自控，全被外来的力量所左右。原来拥塞在线路上的压力，又转向站在商店前边的群众身上，将他们挤在橱窗旁边了。

店铺前一个年轻店员站在贵重物品橱窗玻璃前边，张开两臂大叫：

"当心玻璃！当心玻璃！"

他像一只飞蛾，提醒那些根本没有看到玻璃的群众，唤起他们的注意。

悠一挤在人群里，他听到焰火般的声响。原来是小孩子手里断线的两三只气球被人踩破了。悠一还看到人们杂乱的脚底下，一只蓝色木凉鞋，像漂流物一般被踢来踢去。

悠一终于挣脱人流，这才发现自己站在一个意想不到的地方。他重新系好歪斜的领带，迈开脚步。火场已经看不见了，然而，那惹来一场纷扰的异常巨大的能量，已经转移到他体内，酝酿着一种难以说清楚的快乐。

没有可去的地方了，悠一从那里走了一段路，进入一家剧院，正在放映的电影引不起他的兴趣。

※

……俊辅将红铅笔搁在旁边。

肩膀一阵酸疼。他站起来，捶捶肩，来到书斋隔壁七坪大的书库。一个月前，俊辅将藏书的一半处理了。同世上老人相反，因为岁数越大，书籍就越来越没有用了，只留下一些特别心爱的书物，拆除空下来的书架，在一直遮光的墙壁上凿了窗户。于是，除了仅有的邻接玉兰树密叶的一扇北窗之外，又新增了两扇明亮的窗户。放在书斋供临时休息的一张床，也搬到书库去了。俊辅在这里可以一边歇息，一边拿起小桌上的许多书籍，随便翻阅。

俊辅走进书库，找到上半部排列法国文学原著的书架，要找的书一眼就看见了。这是用高级日本纸印制的精装版《宠童诗神》[1]的法文译本。《宠童诗神》是哈德良[2]时代罗马

1　*Musa Puerilis*。

2　Hadrian（76—138），罗马帝国第五任皇帝，同性恋者。传说他宠爱小亚细亚美少年安提诺斯（Antinous），后来进攻埃及时，安提诺斯溺死于尼罗河，他为之悲伤不已。

诗人斯特拉托[1]的诗集。他仿照宠爱安提诺斯的哈德良皇帝的复古趣味，歌颂了美少年：

> 白皙的皮肤多美好，
> 蜜色的肌肉放光彩。
> 亚麻的头发很美丽，
> 乌亮的青丝更可爱。
> 褐色的眼睛人羡慕，
> 可我呀，
> 迷上了光闪闪的黑眼珠。

蜜色的肌肤、黑头发、乌黑的眼眸，这恐怕就是那位著名的东方奴隶安提诺斯的故乡小亚细亚所产。二世纪罗马人所梦想的青春美好的理想，带有亚细亚风格。

俊辅又从书架上抽出济慈[2]的《恩底弥翁》，看到了那几乎可以背诵的诗句。

"……已经所剩无几了。"老作家在心中嘀咕。

"幻影的素材里已经不缺什么了，再加一把劲儿就完成了。一座永垂不朽的塑像即将大功告成。作品完成之前的心

1　Strato，大约生活在二世纪。

2　John Keats（1795—1821），英国诗人。诗作还有名作《圣艾格尼丝之夜》《秋颂》《夜莺颂》《致秋天》等。

跳，莫名的恐怖，我久久没有体会过了。在这完成的瞬间，这个最高的瞬间里，究竟会出现些什么呢？"

俊辅斜着身子靠在床上，漫不经心地翻着书页。他侧耳倾听，庭院里一片秋虫的鸣声。

书架的一角，摆放着上月才出齐的二十卷《桧俊辅全集》。一排排整整齐齐烫金的文字，闪现着单调而迟钝的光亮。二十卷，无聊而自嘲的反复！老作家像打心底里抚摸自己丑陋的爱子面颊一般，用手指肚麻木地抚摸着书脊上的文字。

床周围有两三张小桌，摆着正在阅读的书籍。许多书籍摊开着书页，宛如死蝴蝶灰白的翅膀。

桌上摆着二条派歌人顿阿的歌集，打开的志贺寺上人的《太平记》，记述花山院退位的《大镜》中的一页，夭折的足利义尚将军的歌集，装帧得古色古香的《古事记》和《日本书纪》。"记纪"两书，不厌其烦地重复着青春盛年被杀或自杀这个主题。轻王子是如此，大津王子也是如此。俊辅很喜欢这些古代众多受挫的青春故事。

……他听到书斋门的响声，夜间十点钟了，谁会这么晚还来呢？肯定是女佣端茶来了。他没有朝书斋那边看，随口应和了一声。进来的不是女佣。

"正在忙着哪？我一头闯进来了，府上的人也没敢拦我。"

悠一说。俊辅出了书库，看见站在书斋正中央的悠一。

美青年来得太唐突，他发现俊辅好像从书窝里冒出来一般。

两人叙着久阔。俊辅把悠一让到安乐椅上坐下，自己去书库书架上拿待客的洋酒。

悠一细听着书斋一角蟋蟀的叫声。书斋还像原来一样，窗户三面的百宝架上几件古瓷依然放在原处，古拙美丽的陶俑也没有移动。各处见不到应时的鲜花，黑大理石座钟一味沉郁地走着时间。看样子，这钟要是女佣一时怠惰，忘了上发条，平素与此无缘的老主人也绝不会动它一下，过不了几天就要停摆的。

悠一又一次打量了一番，这座书斋对于他来说，是一间有着奇缘的屋子。他体验最初的快乐之后访问这个家，听俊辅给他读《儿灌顶》中的一节，就是在这间屋子里。还有一次，他被生的恐怖摧垮，前来商量康子堕胎，也是在这间屋子。如今，悠一既不为过度的欢乐所陶醉，也不为烦恼所折磨，带着一副麻木的明朗的心情站到了这里。过一会儿，他将把五十万日元还给俊辅，从此扔掉沉重的包袱，摆脱他人的控制，恢复自由，离开这座屋子，再也没有必要向这里跑了。

俊辅把盛有白葡萄酒瓶和玻璃杯的银盘端到年轻的客人面前，他自己坐在摆着琉球染靠垫的两用长椅上，往悠一的杯子里斟满酒。他的手剧烈地震颤着，酒洒了出来，年轻人不由联想起几天前见到的河田的手。

"这个老人看我急忙来访，真是高兴死了。"悠一想，"不好冒冒失失提还钱的事。"

老作家和青年干杯。俊辅一直没有正面瞧过悠一，这回才朝这个英俊的青年看了看。

"怎么样？现实什么样子了？还算中意吧？"

悠一露出暧昧的微笑，他那鲜润的嘴唇，因表现一种习惯的讽刺而歪斜着。

俊辅不等对方回答又接着说：

"看来还是有些心事吧？不便对我讲的事、不愉快的事、令人吃惊的事，还有干得很出色的事，总会有一些吧？可是，照我看，这些都一文不值。唉，都写在你的脸上呢。你的内心也许变了，但是，你的表面，从我见到的时候起，一点儿也没有变。你的外表没有受到任何影响。现实也没有在你脸上刻印任何痕迹。你具有青春的天赋，这东西是任何现实都决然征服不了的……"

"我和河田先生分手了。"

青年说。

"那敢情好啊，那家伙被自己创造的观念论给毁了，他很害怕你的影响。"

"我的影响？"

"是啊，你绝不会受现实的影响，反而时时不断对现实施加影响。你对那家伙的现实的影响，变成了他可怕的观念。"

由于有了这番谈话，尽管捧出了河田的名字，悠一还是失去说明想归还五十万日元钱的机会。

"这位老人是在对谁说话呀？是对我吗？"青年很惊讶，"如果还是当初我什么也不知道的时候，我会极力去理解桧先生的奇特理论。可是，现在这位老人假造出来的一副热情，对于我已经触发不起一点兴趣了。还给我说这些干什么呢？"

悠一不由回头看看房间里黑暗的一角，他感到这位老作家仿佛正对着站在自己背后的某个人说话。

夜很静。除了虫鸣听不到其他任何声音。白葡萄酒从瓶子里倒出来的响声，听起来像玉佩叮咚。刻花玻璃杯闪射着光亮。

"来，喝！"俊辅说，"秋夜，这里有你，有葡萄酒，这个世界再也不缺什么啦！……苏格拉底站在小河畔，一边听蝉鸣，一边和美少年斐德若谈话。苏格拉底又问又答。凭借提问而到达真理，是他发明的迂远的方法。然而，从天生肉体的绝对的美里，绝不能得到答案。问答应该在同样的范畴里交互进行。精神和肉体绝不能进行问答。

"精神只能发问，绝不能回答，除了回响之外。

"我没有选择又问又答的对象。问是我的命运……那里有你，有美丽的自然。这里有我，有丑恶的精神。这是永恒的格式，不管什么数字，都不能互相换项。不过眼下，我不想故意贬低自己的精神。精神也有很好的方面。

"但是，悠一君，所谓爱，至少我的爱，不具备苏格拉底那种爱的希望。爱只能从绝望中产生。精神对自然，这种对于不可能理解事物的精神运动就是爱。

"那么，为什么要问呢？因为对于精神来说，除了向某一事物发问之外，就再也没有证明自己的方法了。不发问的精神几乎都是不存在的……"

俊辅说完了，扭着身子打开了窗户。透过防虫纱窗俯瞰庭院，只能听见微弱的风声。

"起风了，是秋冬之际的风啊……还热吗？要是热，窗户就这么敞开着。"

悠一摇摇头。老作家又把窗户关上，转头看看青年的脸，继续说：

"……所以说，精神必须不断制造疑问、积蓄疑问。精神的创造力就是制造疑问的力量。于是，精神创造的终极目标，就是疑问本身，也就是创造自然。这是不可能的，但是，永远朝着不可能前进，这就是精神的方法。

"精神这个东西……可以说是将'零'无限地积聚起来，以期达到'一'的一种冲动。

"'你为何这么漂亮？'

"这是我在问你。你能回答吗？精神本不期待回答……"

他的眼一直盯着，悠一想回看他一下。悠一作为观者的力量，却像被咒术束缚住一般地失掉了。

美青年看来是招架不住了。那是一副极为无礼的目光。他把对方当成岩石，夺走对方的意志，将对方还原为自然。

"对啦，这视线不是冲着我来的。"悠一有些战栗，"桧先生的视线虽然明显对着我，但他所看的并非是我。那不是我，在这间屋子里，一定还有一个悠一存在。"

一个天然去雕饰，其完美不亚于古典的雕像的悠一，悠一清楚地看见了这个不可视的美青年的雕像。另一个美青年的确站在书斋里。正如俊辅在"桧俊辅论"中所写的，沙钟下部堆积的沙的雕像伫立在那儿。这是一座还原为大理石、真正坚不可摧、巍然屹立的青春的雕像。

……玻璃杯子注入白葡萄酒的声音使悠一猛醒过来。他双眼圆睁，沉醉于梦想之中。

"喝吧!"俊辅把酒杯端到嘴边，继续说:

"……至于美，依我说，美就是不可到达的此岸。不是这样吗? 宗教永远将彼岸和来世置于距离遥远的彼方。然而，距离，在人的概念里毕竟是可以穷尽的。科学和宗教不过是距离之差，相距六十八万光年的大星云也是有可能到达的啊! 宗教是到达的幻影，科学是到达的技术。

"美，与此相反，永远在此岸，在现世，在眼前，确乎伸手可及。我们的官能可以品味它，这正是美的前提条件。

官能很重要，它可以检验美。但是，它绝不能到达美。为什么呢？因为来自官能的感受最先遮挡了这种到达。希腊人用雕刻表现美，这是聪明的方法。我是小说家，现代发明的种种没有价值的东西之中，我是把最没有价值的东西当作职业的一个人。难道你不认为在表现美这一点上，这是最低劣、最没出息的职业吗？

"既然在此岸，就不可能到达。我这样说，你能明白吗？所谓美，是人心中的自然，是置于人的条件之下的自然。既在人的心中，又对人加以最严格的规制，和人作对抗。这就是美。因为有了美，精神片刻不得安眠……"

悠一侧耳倾听。他感到美丽的青年雕像在自己的耳畔同样在侧耳倾听。屋子里已经出现了奇迹。然而，奇迹发生后，只有日常的静谧占领着周围。

"悠一君，这个世界有着所谓最高贵的瞬间。"——俊辅说，"这就是现世的精神和自然的和解、精神和自然交合的瞬间。

"这种表现，在活着的人的身上，是根本不可能有的。活着的人也许尝到过这种瞬间，但是不能表现出来。它超越了人的能力。你不是说过'人不能表现超人的东西'吗？这是错误的。人不能真正表现人的致极的状态。人不能表现人的最高贵的瞬间。

"艺术家不是万能的，表现也不是万能的。表现总是被迫二者择其一，要表现还是要行为？在爱的行为中，人只能以行为爱人，尔后再加以表现。

"但最重要的问题是，表现和行为是否可以同步。关于这方面，人只知道一点，那就是死。

"死虽是行为，却是唯一一次致极的行为……哎呀，我说错了。"俊辅莞尔一笑。

"死不过是一种事实。行为的死，可称为自杀。人不能依靠自己的意志而生存，但可以凭意志而死。这是亘古以来所有自杀哲学的根本命题。但是，毋庸置疑，在死这一点上，自杀行为和生命的整体表现可以同步进行。最高贵瞬间的表现应该有待于死。

"这从反面也可以证明。

"生者的表现中的制高点，位于最高贵瞬间的第二位，即由生的整体形态里扣除一个 α。这种表现加上生的 α，由此生得以完成。为何这么说呢？人一面表现一面生存。不能否定的生一旦从完成中除外，表现者只能装作假死。

"这个 α，人是如何寄望于它呢？艺术家的梦想总是与此有关系。生稀释了表现，剥夺了表现的真正的目标，这一点谁都感觉到了。生者考虑的目标只不过是一个目标。对于死者来说，那也许就是我们所想象的蔚蓝的天空或灿烂的绿色。

"真是不可思议。对于表现感到绝望的生者，跑来拯救他们的是美；教给你断不能停滞于生的不确定的也是美。

"至此，美被官能性和生所束缚，教导人只信奉官能的正确。这一点，唯有这一点，才使人明白美对于人是伦理性的。"

俊辅说完了，他沉静地笑着又添了几句：

"好啦，不说了。你要是困了，就糟啦。今晚不着急，好久没来了呀……要是不想喝酒……"

俊辅看到悠一的杯子依然满满的。

"……好吧，下盘国际象棋怎么样？你不是跟河田学过吗？"

"嗯，稍微会点儿。"

"我的老师也是河田。他大概不是为了使我们两个在这岑寂的秋夜决一胜负，才教会我们的吗？……这棋盘……"

他指指古雅的棋盘和黑白两种棋子。

"是我从古董店找来的。国际象棋恐怕是眼下的我唯一的娱乐了。你不喜欢吗？"

"不。"

悠一没有拒绝。他已经忘记今天是为还清五十万才到这里来的。

"你执白子儿吧。"

悠一面前，摆着城堡、主教、国王和骑士等十六枚棋子。

国际象棋棋盘左右，喝了一半的白葡萄酒酒杯闪着光亮。接着，二人沉默了，静默中只有象牙棋子互相碰撞的微微响声。

在这沉默的期间，书斋里另一个人的存在之感越发明显了。悠一多次转过头去，那无形的雕像抑或也在凝望着棋盘上的棋子吧？

这样不知过去了多少时间，漫长？还是短暂？浑然不觉。被俊辅称作最高贵瞬间的那一刻，要是在这不经意的时间里来临，那一定也会在不经意的时间里离去。一局下完了，悠一获胜。

"呀，认输啦。"老作家说。他脸上反而充满喜悦。俊辅这番温和的表情，悠一还是第一次看到。

"……也许我喝多了，输啦。再来一次雪耻战吧。要稍微醒醒酒……"

他说着，拿起漂着柠檬薄片的水壶往杯子倒满水，端在手里站起身子。

"我去一下。"

他走进书库，过一会儿，看到他躺在小床上的脚。只听书库里他在高声地呼唤悠一。

"再过一会儿，就醒酒啦，二三十分钟之后请叫醒我，好吗？起来后，再战一盘。请等着啊！"

"好的。"

悠一答应了。他也坐到窗边的长椅上，尽情地伸着腿，手里摆弄着黑白棋子。

悠一去叫醒他，俊辅没有应。他死了。枕头旁的小桌上，脱下的手表压着一张匆匆写就的纸条。

"再见了。送给你的东西放在右边抽屉里。"上面写着。

悠一赶紧叫醒家里人，打电话叫来了主治医生久米村博士。已经没救了。博士问了当时的情况，原因虽说一时不明，但他认为，俊辅是吞下了平素抑制右膝神经疼的镇静剂——Pavinal，超过致死量而自杀。问有没有留下遗书，悠一拿出刚才那张纸条来。打开书斋的书桌右侧的抽屉一看，两人发现了全部遗产的遗赠公证书。根据记载，将近一千万日元的不动产和动产以及其他一切财产，遗赠南悠一。两位证人是出版全集的那家出版社同俊辅关系密切的社长和出版部长。一个月前，俊辅带他们两人去了一趟霞关公证处。

悠一偿还五十万日元债款的企图落空了。不仅如此，他的一生还将捆绑在俊辅用一千万日元钱所表达的情爱之中，想到这里，他一阵忧郁。但这种心情同眼前的场面不相符合。博士给警察署打电话，搜查主任带着刑警和法医前来检查现场。

每一条检查笔录，悠一都作了明确的回答。博士好心地插话说，丝毫没有帮助自杀的疑点。然而，刑务部部长助理看了遗赠公证书，追问悠一和死者是什么关系。

"先父的朋友，我和现在的妻子结婚时，是他代父亲做主张罗的。他十分疼爱我。"

悠一做出这个唯一伪证时，脸颊上挂满了泪水。搜查主任看到这纯洁美丽的眼泪，冷静地下了职业性的判断，承认悠一在一切方面都是无辜的。

消息灵通的报社记者赶来了，对着悠一发出了同一种质问：

"所有遗产都赠给您，请问，先生非常爱您吗？"

丝毫没别的意思的这句话里，一个"爱"字刺疼了悠一的心。

青年板着面孔没有回答。他想起还没有告诉自己家里，于是去给康子打电话。

天亮了。悠一一点儿也不觉得疲劳，也没有睡意袭击他。但是，一大早就跑来这里的吊唁者和新闻记者，使他实在受不了，他给久米村博士打了声招呼，出外散步去了。

这是一个晴朗的早晨。走下坡道，都电两条闪光的铁轨，穿过行人稀少的大街，通向蜿蜒的街道的远方。店铺大多尚未开门。

一千万日元！青年边想边跨过电车道。当心啊，要是现在给汽车轧死，一切都完啦……刚刚卸下窗帘的花店，簇拥着众多的花朵，鲜艳欲滴。一千万日元！能买多少鲜花啊！青年在心里嘀咕着。

　　无可名状的自由，较之整夜的忧郁更加沉重地压在心头，不安使他笨拙地加快了脚步。这种不安权当是彻夜不眠引起的好了。快到省线的车站了，他看到上早班的人们向检票口拥去。站前早已摆上了两三个擦皮鞋的小摊子。"先擦擦鞋再说……"悠一想。

　　　　　　　　　　　　一九五三年六月二十七日于强罗

译后记

　　《禁色》是三岛由纪夫的第五部长篇小说，也是三岛文学作品中最长的一部长篇小说。其第一部分（相当于中译本第一章至第十八章）自1951年1月至10月，连载于《群像》杂志，同年11月由新潮社出版单行本；第二部分题为《秘乐》，自1952年8月至1953年8月，连载于《文学界》杂志。同年9月，由新潮社出版发行。《秘乐》以第十九章《老伙伴》为第一章起始，直到最后。前后两部作品之间，作者利用长达十个月的间歇到国外旅行。当第一部连载结束，三岛曾在末尾缀以"第一部完"一行文字，可见他从一开始就有将第二部收录《禁色》全书的意图。

　　当时的日本社会不像今天，以同性恋或近亲相奸为题材的作品毕竟显得不同一般，在前一部作品《假面的告白》（1949）已经被判为触犯社会道德标准的背景之下，这部相当"异色"的作品，同样引起巨大反响，半是赞扬肯定，半是批评排拒。

　　一生遭受女人背叛的老作家桧俊辅结识"决不爱女人"的美青年南悠一，利用其希腊式的男性美，诱骗一个个女子上当落井，以达到向女人复仇的目的。最后将巨额财产留赠悠一而自杀。这部小说的主题在于：借古希腊雕像般的人物造型，标举文艺复兴式的古希腊精神；同时模拟法国十七世纪以来心理小说的传统，将其技法巧用于自己笔下的人物身上，以突出个人文学创作的特色。按照评论家野口武彦的看法，作者在《十八岁与三十四岁的肖像画》一文中，曾经透露写作《禁色》是对自己的一次"总决算"，是抱着"将自己的气质彻底加以故事化，并使自己的人生埋没于故事之中的一次试验"。就是说，《禁色》写作的真正动机，在于将自己的感受能力乃至气质，进行文学性处理，变古希腊精神为平民化、世俗化。

被称为"不是战后派的战后派"的作家三岛，将书中主人公、男色同性恋者的美青年南悠一的所谓"异常"，作为市民正常秩序的反叛的证据，从而可以看出当时代表时代精神的一部分"战后派青年"思想流变的进程。

《禁色》的问世，证明作者已经具有建构长篇小说熟巧的技能，为今后的代表作《金阁寺》以及二十世纪日本文学盛宴《丰饶之海》的创作，及早奠定了坚实的艺术基础。

《禁色》中译本始译于 2009 年 4 月，同年 11 月底完成最后第三十三章《大团圆》；12 月上旬，校改定稿；2011 年 4 月，由上海译文出版社出版平装本；2014 年出版黑皮精装版修订本；2017 年 5 月第 5 次加印。在三岛文学中译本中，《禁色》可能是最受读者欢迎的一部长篇小说。记得那年我坐在"被炉"一侧翻译《禁色》，双腿直伸在榻榻米上，不一会儿就麻木、发疼，只得站起来走动一下才行。但当时精力颇佳，每天可译三四千字，进程相当顺利。我曾在《春雪》的译后记中说过："《春雪》和《禁色》都是长篇巨著，竟然能耐着性子用电脑一个字一个字'敲'出来，连我自己都感到是个奇迹。"

如今，三岛由纪夫的大部分作品都有了中译本，三岛文学已经逐渐在中国获得广泛的传扬。明后年公版到来之际，我相信三岛文学将进一步获得我国读书界的认可与欢迎，同时也会涌现出一批三岛文学的研究家。作为一名三岛文学的读者和译者，我期待这一天早些到来。

此次，趁雅众再出《禁色》辛丑版之机，我又重新校订一遍，使之俞趋完善，望读者朋友继续批评指正。

陈德文

2019 年秋末初稿

2020 年冬至修订

2021 年花冷时节补记

图书在版编目（CIP）数据

禁色 /（日）三岛由纪夫著；陈德文译 . — 北京：
北京联合出版公司，2021.10
ISBN 978-7-5596-4980-5

Ⅰ . ①禁… Ⅱ . ①三… ②陈… Ⅲ . ①长篇小说－日
本－现代 Ⅳ . ① I313.45

中国版本图书馆 CIP 数据核字 (2021) 第 015212 号

禁色

作　　者：〔日〕三岛由纪夫
译　　者：陈德文
策划机构：雅众文化
策　划　人：方雨辰
出　品　人：赵红仕
特约编辑：马济园
责任编辑：夏应鹏
装帧设计：typo_d

北京联合出版公司出版
（北京市西城区德外大街83号楼9层　　　100088）
北京联合天畅文化传播公司发行
山东临沂新华印刷物流集团有限责任公司印刷　　新华书店经销
字数326千字　　787毫米×1092毫米　　1/32　　18印张
2021年10月第1版　　2021年10月第1次印刷
ISBN 978-7-5596-4980-5
定价：68.00元